XIAN SHANG DE XING GUANG

顾浅意 / 著

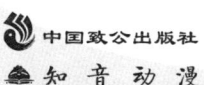
中国致公出版社
知音动漫

目录 CONTENTS

楔　　　　子	002
Chapter 01　偶　像	004
Chapter 02　遗　憾	018
Chapter 03　微　光	032
Chapter 04　天　赋	049
Chapter 05　命　运	064
Chapter 06　往　事	080
Chapter 07　失　败	091
Chapter 08　反　击	107
Chapter 09　努　力	120
Chapter 10　自　尊	133

Chapter 11	孤　勇	147
Chapter 12	天　真	160
Chapter 13	意　义	173
Chapter 14	迷　失	188
Chapter 15	珍　惜	202
Chapter 16	爱　情	214
Chapter 17	失　意	225
Chapter 18	转　机	240
Chapter 19	独　行	252
尾　声		263
后　记		266

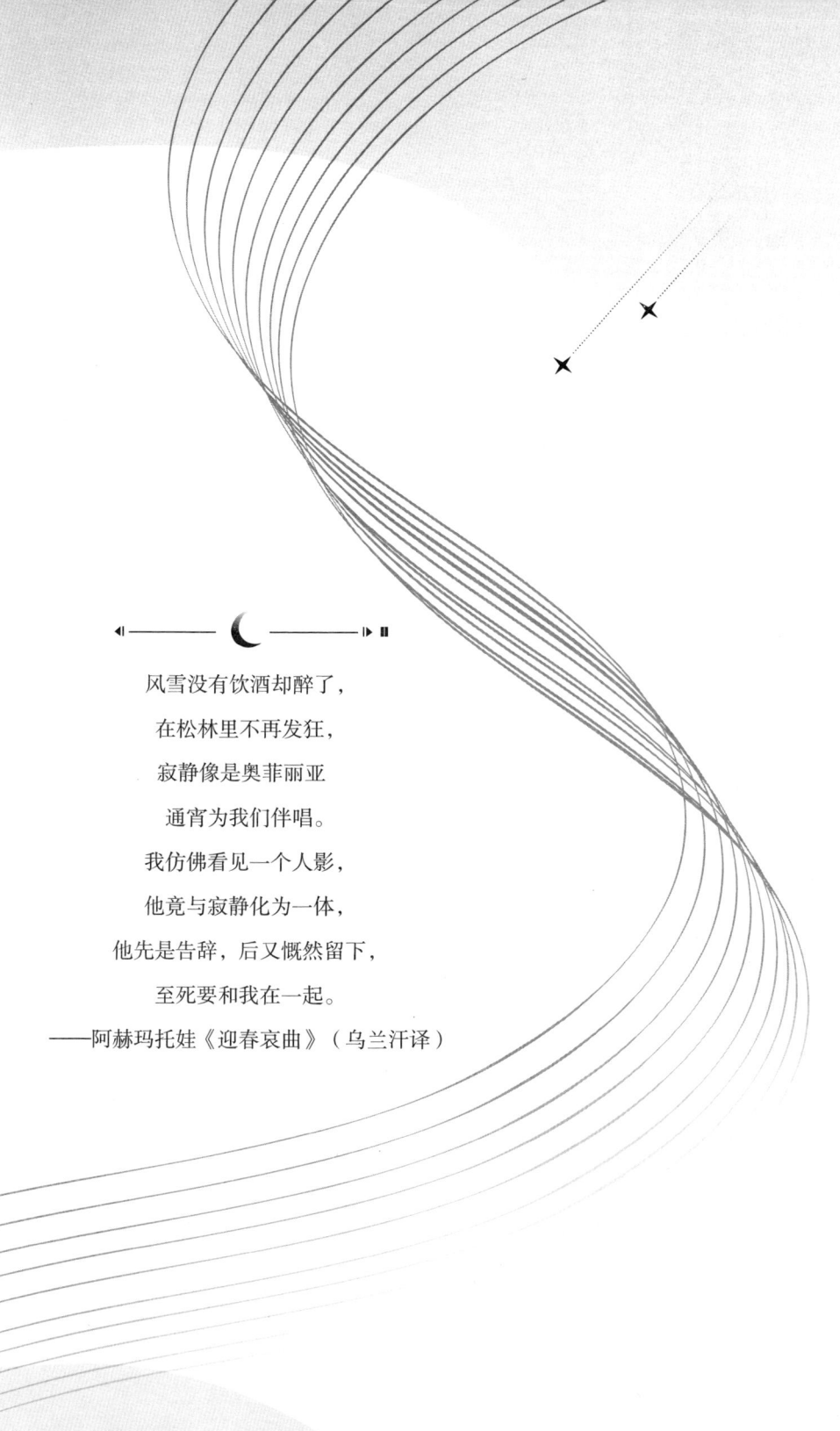

风雪没有饮酒却醉了,
在松林里不再发狂,
寂静像是奥菲丽亚
通宵为我们伴唱。
我仿佛看见一个人影,
他竟与寂静化为一体,
他先是告辞,后又慨然留下,
至死要和我在一起。
——阿赫玛托娃《迎春哀曲》(乌兰汗译)

楔子

她总是梦见自己在跑。

偶尔在天寒地冻的冰雪里,偶尔在广袤荒芜的沙漠里,偶尔在风雨呼啸的荒岛上,她如夸父一般追逐着那近在眼前又遥不可及的太阳,却总是突然被身后一股执拗的力量拉扯住,她一次又一次地被扯进深渊,像扔进大海的石头,坠入一片窒息的黑暗中,仿佛没有尽头……

"楼小姐,醒醒……"白灰色的光晕中是导游小姐一张模糊的脸,"刚刚机场告知因雷暴天气要进行空中管制,我们回国的航班可能还要再等等,真的很抱歉。"

楼兮遥尚未从混沌的噩梦中彻底清醒,睁着迷离的眼,表示知晓。

相比于其他人的焦躁与抱怨,楼兮遥这样随遇而安的淡然态度让导游小姐不由得对她多了几分好感,虽然在这一个礼拜的旅行过程中,她总是不爱讲话,喜欢独来独往。导游小姐对她礼貌一笑后,又去向旅行团中的其他游客复制刚刚那番话。

楼兮遥环顾四周,才反应过来自己仍旧身处斗湖机场。她顺手摸了摸斜躺在身边的黑色大提琴盒,轻柔地隔空抚过琴身,仿佛是在安慰自己不安的心绪。身边的手机发来一封邮件提示,寄信人是程老:"管理委员会今天开会,决定你在乐团的去留。还有……高远在找你。"

附近突然传来高声叫骂,旅行团中一位中年妇女正骂骂咧咧抱怨旅行社安排不善,身边有小孩被突如其来的争吵吓得哭了起来,四周慢慢聚集了看热闹的群众。

所有人都焦躁起来。楼兮遥望向落地窗,外面闷热的气流似乎正在酝酿着一场大风暴。而此刻的斗湖机场像一个巨大的玻璃罩子,将芸芸众生堵在里面变成拥挤而枯萎的标本。

争吵声、广播声、哭闹声……在这个浮生百态的微缩版杂乱剧场里,突然传来了一句悠扬的琴声。

巴赫的《无伴奏大提琴组曲》第一首，简单而熟悉的旋律低沉而悠扬地飘荡在机场内，像一管镇静剂注入四肢血液一般，让所有人慢慢平静了下来。

一曲结束，楼兮遥才慢慢睁开眼睛。此时，广播突然传来消息，请飞往江城的旅客做好登机准备。她抬起头，朝着登机口的方向看了一眼，眼神中浮现出一丝迷茫，最后似乎下了某种决心一般，将琴收进琴盒里，背在身上坚定地跟着导游小姐走去。

而身后不远处的英俊男子望着楼兮遥的背影摘下了墨镜，眸若星辰。

他拿出手机，给远在柏林的乔纳森打电话："我想，我找到她了。"

Chapter 1

每个人心中都有一个引路的英雄,
所谓偶像,大概就是一个符号,
一种向往,一份对梦想的仰望。

从斗湖机场飞来的航班在推迟了五个多小时后,终于降落在了江城的地面上。此时,在接机处等待的温婉早已心急如焚,伸头张望之余不停地看表,有种时间忽快忽慢的错觉。

10点20分,背着大提琴的楼兮遥终于出现在温婉的视线中。温婉激动地拨开接机人群,往出口处迎上去,边挥手边跳起来大叫:"师姐,我在这儿呢。"

楼兮遥用那双藏在墨镜后面的眸子打量了她一眼——牛仔背带裤、马尾辫、白色球鞋。看上去清清爽爽的一个女孩,可惜是个话痨,时常念得人脑仁儿疼。

每次看到这样的温婉,再想起程老说的"温婉呀,真像小时候的你",楼兮遥便忍不住抬眼望天。

奈何程老一辈子就收了这么两个学生,一个是她这不争气的楼兮遥,另一个便是那一点也不温婉的温婉。恰巧她们又都在江城交响乐团工作,每天坐在一起排练的距离都不足琴弓长,让楼兮遥想躲她都不行。

虽然师姐被冠以"冰箱美人"的称号,看起来并不怎么平易近人,但温婉挺喜欢楼兮遥的,毕竟她们都是程老的学生,说到底总是自己人。而且身为乐团大提琴首席的楼兮遥琴技超群,永远都是以实力说话,于是温婉"不怕冷"地挤进楼兮遥的朋友圈,常常在她耳边唠叨。

温婉迎上楼兮遥,立刻殷勤地从她身上接过大提琴背在自己身上,同时施展她念紧箍咒的绝技："师姐呀，你可不能再这样悄无声息地一走了之了，晓不晓得我们多担心你呀！你都不知道，你这一走，乐团发生了好多事，周佳怡又跟孟如吵起来了。她那个脾气呀，你可得好好说说她。"

温婉是S市人，说话的尾音总是不自觉地带一个"呀"字，楼兮遥按了按太阳穴，蹙着眉头直接切入正题："委员会什么时候开？"

温婉差点没把脑袋埋进脖子里，声音瞬间低了好几度："今天，十一点。"

其实温婉有很多话想问，比如委员会为什么突然说要解雇楼兮遥，楼兮遥又为什么在一个礼拜之前消失去了仙本那。要不是周佳怡收到短信托她来接机，她至今都还以为楼兮遥准备悄无声息地离开乐团。

温婉看着楼兮遥蹙起的眉头，反天性地将十万个为什么咽在肚子里。楼兮遥听她说完后，站定凝神，很快便又加紧脚步往外走去。

温婉背着大提琴跟在楼兮遥身后小跑着，不料中途突然被迎面而来的一个女人拦住去路。温婉从楼兮遥身后探出身来，眼神从下往上扫了来人一圈：脸上妆容精致，典型的白领打扮。

"楼小姐，高总请您去一趟远程。"

楼兮遥隔着墨镜看向她，将眼底的烦躁和无声的反抗隐在黑暗里。

人精的邹敏还是看出来了，嘴角挑了一下，像极了她主子平常那阴阳怪调的样子："怎么，不愿意啊？那可没办法，您也知道高总的脾气，惹急了他，咱们都没好日子过。"

楼兮遥不想与她多费口舌。她声音清淡冷然，没有任何情绪化的争辩，却藏着不容商量的倔强："我现在必须去一趟剧院。"

楼兮遥拿起行李箱绕道就走，邹敏正想让不远处的司机强行阻拦时，手机突然响了起来，上面显示的是"高总"。

楼兮遥握着行李杆的手紧了一度。

邹敏一边接起电话，一边用余光瞥过此刻老实站在原地的楼兮遥。那头说了大概不到一分钟，邹秘书立刻公式化地应道："明白，我知道怎么做。"

楼兮遥惊讶地看着邹敏让出了路，伸手笑道："楼小姐，您请自便。"

楼兮遥拉过行李箱毫不客气地走出机场，身后的邹敏还虚情假意地喊道："楼小姐，需不需要我让司机送您一程？"

本就小跑才能跟上的温婉感觉楼兮遥的脚步更快了。

温婉不知道,一切与高远有关的人和事,楼兮遥总是能躲多远就躲多远。

江城交响乐团的管理委员会是由乐团团长、两位副团长、常任指挥、音乐总监、两位客座指挥、乐团首席组成,决定乐团所有人事去留。

楼兮遥到达江城剧院时,委员会已经在会议室争执十来分钟了。程老是乐团的常任指挥,老江从首席退下来之后,一直担任乐团的音乐总监。他们跟楼兮遥的爷爷楼承是过命的交情,也是看着楼兮遥长大的,自然会将手中的票投给她,而卢故是老江的嫡系学生,再怎么跟楼兮遥说不上话,也会看在老师的面上将票给楼兮遥。

提起楼承、程老和老江三个人的缘分,就不得不说起江城交响乐团的历史了。可以说,江交就是在他们三人手中诞生的。

当年,楼承是国内第一批留学意大利的钢琴家,回国后结交了拉小提琴的江华和拉大提琴的程齐英。三人成立了一个三重奏组合,用音乐给战斗的军人、群众送去慰藉,也借此传播古典音乐。改革开放后,三人回到老家江城,着手建立江城交响乐团,乐团从寥寥数人和简陋的演出场地发展成如今可以演奏大编排的交响乐规模,中间经历了无数波折。

可惜,当年捧着江交长大的楼承早年意外去世,只留下楼兮遥,程老说什么也不能看着兮遥就这样被赶出去。

由于常任指挥、音乐总监、乐团首席和另一位指挥何才辉分别给楼兮遥投下赞成票,于是场面一度僵持不下。

团长付博对这样的结果很不满意,看着坐在一旁淡定不语的程老说:"程老,虽然您是江交的功臣,但毕竟楼兮遥是您的学生,您看这场投票是不是该回避回避?"

程老还没开始说话,何才辉便站出来不答应了:"这怎么能行,乐团大小事一向是大家投票决定,这规矩早就定了的,从来没有例外,而且您觉得程老还会偏私不成?"

付博知道何才辉是程老一手提拔的,帮他说话也不奇怪。他一时无言以辩,被他噎得只剩下个"你"字。

另一位指挥秦军早就看不惯何才辉的做派,但也不好明面上得罪程老,于是缓声劝道:"其实兮遥的表现一直很不错,琴拉得也好,跟乐团配合无话可说,但这件事关乎我们乐团巡演,只能暂时委屈她,若以后有机会,我们还是可以再把她招进来嘛。"

秦军的和稀泥并没有换来气氛缓和,反倒让所有人都陷入凝重的沉默中。虽然他说以后再招回来这话听上去很蠢,但提到的"乐团巡演"四个字却是击中了大家的心思。

江城交响乐团作为一个三线城市中的小乐团,好不容易等来了全国巡演的机会,谁不想借此机会吐气扬眉、一展身手?

在门外的楼兮遥一脸疑惑,她皱着眉低声问在一旁快要把耳朵都竖起来的温婉:"我的事情跟乐团巡演有什么关系?"

温婉摇摇头,表示自己也一头雾水。

秦军见气氛尴尬,于是又开始打哈哈:"我相信兮遥会体谅我们的,毕竟以大局为重嘛。"他用手肘推了一下身边的卢故:"哎,你说是不是?"

被称为"女版楼兮遥"和"冰箱二号"的卢故看都没看秦军一眼,直接高冷地回答他:"我不管其他,我只认楼兮遥的琴,她拉得好,就没理由走。"

秦军被眼前的"朽木"搓出了火气,怨气从鼻孔里闷闷地喷出来:"那你刚刚替江老投的票不能算数,他没到现场,我们怎么知道是不是他本人的意思。"

卢故懒得去嘲笑秦军这狗急跳墙的智商,直接播放了一段语音。老江那中气十足的声音立刻传来:"臭小子,你给我转告老付,别给我整什么大道理,我就一句话,要把我那宝贝孙女赶出去,门儿都没有。"

楼兮遥的太阳穴隐隐跳了两下,即使隔着大洋彼岸和无线电波,她也担心老人家能随时扔出两个炮弹来。

被点名的付团长实在是听不下去了,气得站起来道:"说什么我这次都要解雇了楼兮遥,票也别投了,我是乐团的团长,人事方面我说了算。"

默不作声的程老终于开口了,他摸了摸眉头,像是有些累了:"既然付团长决定了,我也无话可说,照你的意思做就是,也顺便把我解了,好让我提前收拾收拾回乡下养老去。"

这下连秦军都急了,一齐喊道:"程老,您别生气,有话好好说。"

付博也缓和了语气,低了声:"程老,您别激动,我们再好好商量商量。"

楼兮遥知道程老一向德高望重，乐团里从上到下无人不对他敬重有加，如今却因为她，一再陷入两难之境，这实在让她羞愧难忍。

上个礼拜因为和高远发生了争执，她激动之下报了个旅行团出去散心。谁想刚到仙本那，周佳怡便给自己发短信说乐团要解雇她，当下她便给程老去了电话。程老对具体原因也是语焉不详，只说让她放心，他会处理好。如今看来，解雇她的事情一定缘由非常。

楼兮遥推门而入，在大家诧异的目光中向程老问了一声好。程老已年过花甲，站起来的时候微微撑了一下桌角。他看着楼兮遥，语气慈爱地说道："兮遥，你回来了！"

楼兮遥走过去扶着程老坐下，轻声答道："刚下飞机。"

刚才还被程老逼得进退两难的付博此刻见楼兮遥出现，立马将这烫手山芋扔了出去。他看向楼兮遥，客客气气地笑："小楼，你回来得正好，今天我们委员会在这儿开会的事，你清楚吧？"

楼兮遥点头，不咸不淡地说："知道一点，我想知道为什么，是因为我触犯了纪律，还是乐团找到了比我更适合的大提琴首席？"

付博脸上闪过一丝心虚："那倒不是，不过……这没有外人，告诉你也无妨，其实，解雇你并不是我们的意思，是赞助商的要求。"

楼兮遥皱起了眉："江交全国巡演的赞助商？"

付博勉强"嗯"了一声。

前段时间付团长给大家带来了好消息，说有赞助商愿意无条件地赞助江交巡演，当时为了这件喜事，他还私人请客，好好庆祝了一番。

就算是B市那样的国家一级交响乐团，巡演半年都未必能靠票价支撑所有开支，更别说像江交这样的三线乐团。交响乐的欣赏群体在全国范围内还只是小众，买票进剧院的绝大多数是圈内人和真正的古典乐爱好者，也有一些图新鲜蹭格调的门外汉，不像在维也纳和柏林那样的音乐之都，他们的交响乐永远是一票难求。

所以，可想而知，一场全国巡演的机会，对于江交来说有多难得。这样不用担心经济压力，只关心音乐和演奏的一场盛宴对于江交人来说，又有多难得。

只是楼兮遥不明白："为什么赞助商会提出解雇我的要求？他们不满意我的音乐？"

付博脸上一片茫然，他刚想说不知道，便听到坐在楼兮遥身后的程老轻叹了一声，莫名说了一句："这次的赞助商是远程。"

楼兮遥只觉当头一棒。

六年来，这还是楼兮遥第一次主动去找高远。

她站在远程大厦的楼底下，仰直了脖子循着高楼往上看。接近中午的太阳晃得她视线模糊，头脑发晕。

楼兮遥记得第一次来远程时，她才十岁，个头跟一把大提琴差不多。当时妈妈把她从爷爷住处带走，她一直哭闹着要回去找爷爷，妈妈被她吵得不耐烦，扬手给了她一巴掌，她还记得自己的脸上被妈妈戴着的钻戒划出了一道血口子。

那时，母亲再嫁不久，嫁给了自己的老板，也就是这幢远程大厦的主人。

从小跟着爷爷长大的楼兮遥一直被当作心肝疼，突如其来的一巴掌把她打蒙了，一时竟忘了哭。而妈妈似乎也没有任何愧疚，只是眼中闪过一丝微不可察的波动，随后又恢复了一张冷然的脸，牵着她往里面走去。

小小的楼兮遥只觉得母亲好高，大厦也好高。

这么多年过去，她长大成人，仰望这座楼时仍觉得有什么东西高不可攀。

楼兮遥跨出脚步，走进了远程大厦。

邹敏将楼兮遥领进高远办公室的时候，还不忘冷冷地嘲笑她："楼小姐，刚刚我还请不动您，想不到这么快您自己就移驾前来了。"

楼兮遥面无表情，不置一词。

其实邹敏敢用这样的语气跟楼兮遥说话，全是因为她掐准了高远不待见楼兮遥，甚至有时候邹敏还得配合高远唱双簧，一起奚落她。

那些看多了霸道总裁言情剧的助理们还私底下提醒过邹敏，说是按照高总这样的虐恋套路，楼小姐说不定以后会是远程女主人。

知道内幕的邹敏听了这样的言论之后只是冷笑一声，说了一句"永远不可能"。

楼兮遥站在邹敏身后，听着她轻叩高远办公室的门。

高远的声音隔着厚重的玻璃门从里面传来，听上去像是空弦拉过后的余音，遥遥而不真实。

高远坐在办公桌后面，从文件上抬头看向邹敏，冷冷问道："什么事？"

配合一起唱双簧的邹敏说："高总，楼小姐说有事找您。"

"开什么玩笑。"高远冷笑一声,"清高的艺术家楼小姐会来主动找我?找我这个肮脏无耻的人?她不嫌恶心了?"

站在邹敏身边一直被当作透明人的楼兮遥默不作声,想起了他们上次的争执,也是在这间办公室,高远掐着她的脖子,龇牙咧嘴地问她:"楼兮遥,你是不是觉得我肮脏又无耻?"

高远不知道刚从哪个脂粉堆里爬出来,浑身的烟味和酒气,楼兮遥觉得闻着鼻尖的味道比被掐住脖子还难受,眉间蹙起,微微扭了头,像跟自己赌气似的低声道:"嗯,我觉得恶心。"

高远差点把她当场撕了。

楼兮遥知道高远心里有怒气,如今被他奚落几句她无话可说,默默站在他面前随他发泄,而且相比他之前的一些报复手段,这两句话对楼兮遥来说不过是被蚊子咬一口而已。

对于高远的问话,"中国好秘书"邹敏一本正经地答道:"也许楼小姐她觉得自己也挺脏挺可耻的,所以就不恶心了。"

高远举起手来鼓掌:"说得好。"然后才转头看向站在一旁默不作声的楼兮遥,对邹敏说道:"你先出去吧。"

邹敏出去后,高远才对楼兮遥说:"过来。"

楼兮遥走过去,抬眼迎上高远的目光。薄唇、高鼻,浓眉下是一双锐利的丹凤眼,听说他的眼睛跟他过世的母亲特别像,也听说拥有这样一双眼睛的人,不是特别媚,就是特别狠。

高远随意地靠在身后的椅背上,嘴角一侧勾出一点冷笑的弧度:"楼兮遥,你气色不错呀,看来旅行很愉快?"

"还行。"

高远嘴角的笑意瞬间凝固。他哼了一声,冷冷道:"找我什么事?"

"为了乐团的事。"

高远笑了一声:"是不是那什么破乐团要解雇了我们家楼小姐,楼小姐要面临失业了?"

楼兮遥没有在意他语气中的调侃,反而把本应质问的话变成了普通询问:"你一直等着这一天?"

"当然。"高远用看傻子一样的眼神看着她,"等着你从三年前的一无所有走到现在。"

高远直起身子,眯起双眼,一字一句地说:"楼兮遥,拥有之后的失去,才是最痛的。"

楼兮遥瞥见高远将搁在扶手上的左手慢慢地放了下去,缓缓地抚摸过大腿,停在膝盖处的时候收紧了拳头,如果不是被办公桌挡住,楼兮遥一定可以看到他手握成拳、青筋暴起。

楼兮遥想,是啊,比起高远的失去,她失去一份工作又算得了什么呢?

她看着高远的眼神慢慢地柔和起来,刚才的恼和怨化成了愧疚和同情。而高远看到这样的她,心里莫名涌起一阵恼火,抓起桌上的签字钢笔往楼兮遥的脸上扔去,怒道:"滚!"

钢笔盖划过楼兮遥的脸颊,露出一道猩红,伤口的位置似乎与当年被母亲钻戒划过的地方一样,但她这回并没有感觉到疼痛,只是看着高远像一只发怒的凶兽一般。

高远从小就没有什么好脸色,可她从来都没畏惧过,如今真是越长越回去了,楼兮遥竟觉得有点害怕高远。

楼兮遥弯腰捡起那支钢笔,尽量控制着微微颤抖的手将它轻轻放在桌上,说:"我不能离开乐团,除了这个,我可以答应你任何条件,只要你能……开心。"

楼兮遥说的是真心话,可传入高远的耳朵里却觉得异常讽刺。开心?早在六年前,他高远的人生里就再也没有这两个字。

楼兮遥刚走出办公室,里面便传来"哐当"一声,门外的邹敏立刻紧张地跑了进去。邹敏看到试图站起来而摔倒在地上的高远时,吓得花容失色:"高总,您没事吧?"

高远对她怒吼道:"都给我滚出去。"

楼兮遥背对着门口站了一会儿,终究还是走了。

温婉一直在远程大厦楼下等着楼兮遥,见她从里面走出来,立刻迎了上去。走近一看,只见楼兮遥脸上被划了一道口子,惊吓道:"师姐,你的脸怎么流血了?"

失魂落魄的楼兮遥此时才反应过来,摸过脸颊后染了一指的血,她看着那鲜红的颜色，莫名失笑，自嘲的一笑被压制在心底，没有浮上眼睛。

温婉以为楼兮遥魔怔了，赶紧从包里翻出创可贴撕开给她贴上，直到这一系列动作结束，楼兮遥才后知后觉地察觉到温婉的存在。

她皱起眉头问道："你怎么还在这儿？"

温婉觉得委屈："程老师让我看着你，而且，你的行李还在我这儿，我要送你回家呀。"

楼兮遥觉得头疼，任由温婉拉着上了她的那辆小 Polo。

楼兮遥回到公寓，将行李扔在客厅，走进卧室后便直接躺在了床上。半夜，楼兮遥被悠扬的长笛声从梦中拉回现实，曲子听上去并不是周佳怡最近在练习的《维瓦尔第长笛协奏曲》，哀愁的调子和简单的旋律，像是当下的流行歌曲。

楼兮遥翻身，将手叠在枕头上，静静地看着坐在飘窗前吹笛的周佳怡，窗外有盈盈的月光洒进来，在她浓密的短发上投下一片阴影，那双眼睛更加明亮。

周佳怡将长笛从嘴边拿下来，看着楼兮遥，嫌弃地摇了摇头："真丑。"

这样的颜值简直影响她的发挥。

楼兮遥随手一擦，才发现未卸的妆容被梦中的泪水糊了一脸。周佳怡打开灯，将楼兮遥拉起来："赶紧洗洗去。"

周佳怡是和楼兮遥一起进的乐团。三年前乐团招新，程老安排楼兮遥去走个过场，当时面试这么多人，她只记住了周佳怡。

周佳怡背了一个双肩包，齐耳短发，身穿黑色机车夹克和绑带短靴，第一眼看过去还以为是个帅气小伙，可那巴掌大的小脸、明亮的眸子和眼皮上一条细细的褶，又是说不出的女子气。

她手里握着一根里三层外三层包裹着的长笛，扫了一圈，将目光停在候场的楼兮遥身上，见楼兮遥也在看她，便笑了一下。

周佳怡毫不客气地往楼兮遥身边一坐，拿着手里的东西在她眼前晃了晃，问："美女，知道我这宝贝叫什么名字吗？"

寻常人一般的搭讪不会是这样无厘头，楼兮遥只觉得她怪，不愿深聊，摇摇头，很敷衍。

周佳怡与生俱来对美女有好感，也不顾她的冷漠，自己圆了话："柏原崇——怎么样，是不是很赞？每回吹奏的时候就像是和他在接吻，妙不妙？"也不顾周围人的目光，说完还自己哈哈大笑起来。

楼兮遥当时并不知道，这个怪女孩的出生地，在面试前四个月，刚刚发生了一场强震。

楼兮遥掀起被子，从床上爬起来，走进洗手间，打开水龙头。

周佳怡抱着她的"柏原崇"，双臂交叉倚在门框上，笑道："听说你今天闯了委员会？怎么样，我们伟大的付团长有没有把你这位'嫡系公主'贬为庶人？"

楼兮遥不想搭理她，继续洗脸。

周佳怡自觉无趣，瘪瘪嘴揭过了这段八卦。

楼兮遥边洗脸边问她："刚刚那首曲子很好听，谁写的？"

周佳怡将买来的啤酒和夜宵放在阳台的小桌板上，向她嚷道："我根据网上一首很火的曲子改编的，原名叫《消愁》。"

楼兮遥将毛巾挂在杆子上，擦了擦手，走向阳台，坐在周佳怡旁边的藤椅上，"嗞"的一声扯开易拉罐拉环。

周佳怡打开手机，播放那首原创歌曲，楼兮遥边喝边听着，一字一句都像是从她心里流出来的。

"一杯敬朝阳，一杯敬月光，唤醒我的向往，温柔了寒窗，于是可以不回头地逆风飞翔，不怕心头有雨，眼底有霜。"

楼兮遥卸了妆，素颜的样子比化妆的时候要显得年轻稚嫩许多，若不是那双眼睛被生活消磨掉应有的天真明亮，她看上去更像十七八岁的纯真少女。

周佳怡看着此刻的楼兮遥，仿佛想从她那双波澜不惊的眸子里看出一点什么来，许久后才笑道："怎么样，是不是多了一点潇洒的古朴意味，侠客仗剑走天涯的感觉？"

楼兮遥和周佳怡虽然都是学习西方古典乐的，却意外偏爱中国风的音乐。"是不错，不过你的长笛协奏曲练好了吗？下回排练别又让程老训你。"

周佳怡摆摆手："不说这些。"她举起杯来，笑道："老规矩，第一杯敬音乐。"

楼兮遥相视不语，一口气喝了一大瓶。

周佳怡看着她："说吧，出什么事了？是不是那个高总又找你麻烦？"

楼兮遥闷声喝了一口酒。

周佳怡知晓楼兮遥的事情，叹气感慨道："不就是欠他一条腿吗？你该还的也还了，该付出的代价也够了，他怎么就这么不愿意放过你？"

楼兮遥没说话，只将酒喝了个底朝天。

周佳怡逗她："哎，你说他这么折腾到底为啥？难道是玩霸道总裁爱上我？豪门恩怨，虐恋情深？"

"别胡说，他是我哥。"

周佳怡笑："又没有血缘关系，你妈曾经嫁给他爸而已，就算是法律上的兄妹，现在也是过去式了。"

楼兮遥拿眼看她："是想你的'柏原崇'破个相？"

威胁有效，周佳怡认输，立刻拉上嘴上"拉链"。

周佳怡聪明地转移话题："说起来，你这二十四年来难道就没谈过一次恋爱？"

"没有。"

周佳怡翘起嘴角笑："那总该喜欢过谁吧？"

楼兮遥摇头。

周佳怡不信："暗恋？某一刻的怦然心动？都没有？"

楼兮遥抬头望了望月亮，忽然神思恍惚，她莫名地想起了一个名字和一张记忆里模糊的脸，眼角微微向上扬了一点："有一个人，一直是我音乐道路上的榜样和指引，我曾经以追逐他的脚步为目标，梦想着走进他能看到的队伍里。"

周佳怡举起酒杯，笑道："暗恋偶像也算暗恋，来，敬暗恋。"

楼兮遥看了周佳怡一眼，纠正道："敬偶像。"

每个人心中都有一个引路的英雄，所谓偶像，大概就是一个符号，一种向往，一份对梦想的仰望。

周佳怡懒得跟她争执，笑着将手中的酒一饮而尽。

此时，楼兮遥的手机发来邮箱提示信息，她瞥了一眼，只见上面是一串你认识我我不认识你的英文，寄件人是什么……乔纳森？

楼兮遥以为是垃圾邮件，看也没看便删了。

最后两人喝到兴之所至时，又忍不住谈起了音乐。

周佳怡唱着："清醒的人最荒唐。"

楼兮遥喝着消不了愁的酒。

楼兮遥第二天忍着宿醉的头痛去了一趟剧院,她想去问问程老该如何做。

不料她前脚刚踏进剧院,温婉便火急火燎地从里面跑了出来。楼兮遥抓住根本不看路的她,皱眉问道:"出什么事了?"

温婉一抬头满脸都是泪,看着楼兮遥瞬间崩溃地哭了出来,这一哭更是话不成句:"师姐,你终于来了,程老师在医院,他……摔倒了。"

楼兮遥一听也急了,根本不等温婉说完,拉着她就走:"在哪个医院?边走边说。"

温婉一边结结巴巴地说着医院地址,一边哆嗦着从包里翻出车钥匙,刚要开门上驾驶座,楼兮遥便一把夺过钥匙,心急道:"手抖成这样怎么开车,坐边上去。"然后自己坐在驾驶位,关门、点火、系安全带,一气呵成。

一旁抽抽搭搭的温婉只能"哦"一声,老老实实地坐在旁边。

程老比温婉所说的"摔倒"还要更严重一些,他在家里晕过去的时候吐了满嘴的血,买菜回来的保姆吓了一跳,赶紧拨打了120。

程老一辈子都未结婚,唯一的亲侄子还在国外。医生听说楼兮遥和温婉是他的学生,又见楼兮遥比温婉看上去更稳重些,便告诉了她实情。

"患者是肝癌晚期,别说现在没有合适的肝源,就算有,凭他这么大年纪,也很容易产生排异反应。"

楼兮遥感觉有什么东西堵在胸口,缓了好久才问出来:"什么……意思?"

医生说:"最多三个月,患者有什么心愿尽量满足他,目前我们能做的也只有这些。"

医生说完便走了,留楼兮遥一个人站在走廊上。

楼兮遥回到病房的时候,程老已经醒了,不知情的温婉正在要宝,逗老人家开心。

程老每次听温婉说话都特别有耐心,总是慈祥和蔼地看着她,等她说完每一个字,也许受温婉的影响,他有时候叫她们名字时,也总是"温婉呀""兮遥呀"地叫,比如"兮遥呀,拉G弦的时候手腕侧一点,要注意用力均匀"。

程老看到在门口眼眶发红的楼兮遥,向她招了招手:"兮遥呀,过来。"

楼兮遥走过去,蹲在床边握住老师的手。

苍老而憔悴的程老看着她,眼里充满了怜惜,他虚弱地问:"昨天高远有没有为难你？"

楼兮遥忍着泪摇头。

"老师知道你想什么，但兮遥呀，老师不希望你为了心里的愧疚就轻易放弃音乐。老师这辈子，最放不下的就是江交和你了。"

楼兮遥知道程老的意思，她保证："老师您放心，三年前我都没有放弃音乐，现在更不会。"

程老满意地点点头。

"老师，要不要跟老江说声，让他从欧洲回来？"

程老轻轻摇头："先别告诉他，他有更重要的事要做。"

楼兮遥不解："他到底在办什么重要事？这几年总是隔三差五地跑去欧洲，而且现在有什么事比您的事还重要？"

程老眼中闪过一丝幽远的光，仿佛回忆起了什么人，里面藏着岁月沉淀的隐晦情感和声声叹息，他自言自语："很重要，比一切都重要。"

此时，江交的成员们都听说了消息，纷纷过来探望情况，楼兮遥也没有机会继续追问连老江都对她三缄其口的重要事。程老以休息为由，将大家都打发走了，最后剩下楼兮遥的时候，他只交代她将手机拿过来，让她拨通一个非本地的号码。

"兮遥呀，把手机给我，你也回去吧。"

楼兮遥疑惑地关上门，透过门上的隔音玻璃看到程老正靠在床头，对着电话那头弯起了嘴角，脸上是一贯的和蔼慈祥。

楼兮遥离开医院后，给高远打了一个电话，言简意赅："你说的那个条件，我答应。"

楼兮遥说过，其他任何条件她都可以答应，而且这本就是他的东西，她也没有什么好放不下的。

那头的高远笑了，假意夸赞道："终于开窍了，我的好妹妹。"

楼兮遥挂上电话，抬头看了一眼，晴朗天空中的蓝色不像是纯净的湛蓝，倒像夹杂了一点阴霾，但不管怎么说，出了日头就是个好天气。

在她身后的医院里，程老刚结束那通越洋电话。结束之前，他笑着对那头说："谢谢你，Augest。"

那头正在柏爱总部和乔纳森喝下午茶的男人对着电话说："您跟我不需要这

么客气，不过，我更喜欢您叫我中文名。"

程老笑了笑："好的，河洲。"

万里之外的乔纳森看着对面的男人挂了电话，见他表情凝重，疑问道："出什么事了，Augest？"

对方沉浸在凝神的回忆里，并未及时听到乔纳森的询问，乔纳森对他突如其来的神飞魂游见怪不怪，接着刚才的话继续给他念咒似的洗脑："反正我不答应你离开柏爱。你说要暂时休整一下，大不了请个年假，或者你跟上次一样找个海边躲几天，不一定非要辞职嘛。还有，你知不知道现在的失业率多高，你放着高年薪的工作不干，非要玩自由，不是拉仇恨吗？"

作为一个久居海外的华裔，很多时候骆河洲实在是叹服乔纳森的非主流中文水平，但此刻的他显然完全忽略了乔经纪人的满嘴跑火车。骆河洲用手指敲了敲桌面，好像是在把那些咒语从耳边赶走，最后凝神想了一下，突然站起来对乔纳森说："帮我订机票，明天飞江城。"

乔纳森一头雾水："What？"

他冲着骆河洲的背影大喊一句："你要去哪里？离开欧洲吗？你到底有没有听见我刚刚说的话？"

显然什么都没听进去的骆河洲走到一半回过头，提醒那个前几天还因为邮件石沉大海被威胁减工资而此刻怒气填胸的乔纳森："对了，那个女孩我会带回来。"

乔纳森觉得整个伦敦的雾霾都旋在了自己的头顶上……

男人的心情很奇妙，也不知道是因为突然听说长辈生病了，还是因为巧合发现自己要找的人竟然是程老的学生，或者，是因为好久没有听到别人叫自己的中文名了吧。

骆河洲。

那夜楼兮遥抬头望月，心里也是念着这三个字——骆河洲。

Chapter 2

> 人生的遗憾，
> 从来不是成功与否，
> 而是从未尝试。

楼兮遥在律师事务所等着高远。

她握着远程集团15%的股权转让书，可悲地想：母亲机关算尽一辈子，在应酬桌上喝到落下一身病，到头来只是为了这样一张薄薄的纸吗？

虽然楼兮遥从小和母亲并不亲近，但也知道她这一生活得并不容易。第一任丈夫是个包装精良的烂心菜，结了婚撕了伪装才发现是酒鬼一个，于是要强的她寄希望于工作，踩着高跟鞋和一堆金钱数字以及吐了又喝的酒精日夜相伴，最后终于得到了老板的赏识，并赏识到了私人生活中，成功上位。好不容易给老板打拼出了一片锦绣河山，谁知鸟尽弓藏、兔死狗烹，老板兼老公时刻谋划着将她一脚踢走，于是两人从一出励志剧演变成了一出商战片，最后成功变成了同床异梦的敌人。

虽然楼兮遥不明白，也不赞同母亲的活法，但她一直谨遵母亲遗愿，好好保管着那份她用命挣来的股权书。这些年来，不管高远如何折磨她、算计她，她都没有轻易地将它交出来。

如今，她为了自己那不肯死心的微小梦想，竟用母亲的命去换。

高远很满意楼兮遥的选择，看着她无条件地在股权转让书上签字时，哼哧冷笑一声："你也别觉得委屈，我只是拿回属于高家的东西而已。"

楼兮遥不委屈，但还是忍不住替母亲说了句公道话："我妈妈没有功劳也有苦劳，这股权是她应得的。"

高远冷笑："如果跟男人结婚也算苦劳的话，那确实可以算。"

楼兮遥不想与他争辩，今天这字一签，她算是与高远、与高家，也与自己那段波折不顺的悲苦少年岁月做了了断。

她说："只要你开心就好。"

高远最讨厌楼兮遥这样一副什么都无所谓的样子，好像任你恨怒痴狂，她总是事不关己、走不了心，就像一拳打在棉花上，有天大的怒气也发泄不出，反而全作用在了自己身上。

高远很想激怒楼兮遥，又怕过分激怒她，让她像上次一样一走了之，那就无趣了。

他拿着股权转让书，向楼兮遥邪魅一笑："祝你在那破乐团待得开心和……长久。"然后推着轮椅离开了。

楼兮遥知道他话里有话，也知道他绝对不会这么轻易放过自己，高远要想让她不好过，那真的太简单了。

但此时，楼兮遥已经没有时间再去考虑其他，既然答应了程老，就必须义无反顾地做到最好。在这一个月内，她一定要让乐团以更高的水准走向巡演舞台。

理想与现实总是存在差距。没有程老在的第一次乐团排练便出现了问题。

江交乐团成员大概分成两个阵营，一派是像首席卢故那样完全靠才华取胜，清高又难搞的实力派，一派是被付博以"综合考虑"为由招进来的关系户，技术平平、水准平平的流水兵。

从前程老以自己的崇高师德和高超的指挥技巧让两方和谐存在，可如今当指挥棒落在秦军的手里，他完全找不到节奏和方法，一首德沃夏克的《第六交响曲》被演奏得错误百出，简直不堪入耳，偏偏指挥还觉得不错。

勉强演奏完第一乐章的楼兮遥终于听不下去了，她扶着大提琴，手执琴弓站起来，不急不缓道："刚刚第二小提琴组进入得太快了。还有铜管组的圆号，第四个句子慢了半个拍子，结束的时候气息太弱，我们重新来一遍吧。"

秦军还没说什么，刚刚被点名批评的第二小提琴组首席孟如先不答应了，她连正眼都没往楼兮遥身上放一下，摆弄着自己的小提琴轻而响亮地酸了一句："指挥都没说什么，一个拉大提的倒是指手画脚起来了，以为自己真了不起似的。"

圆号手肖鹏也跟着附和起来："是啊，你行你自己来吹呀。"

沉浸在代替常任指挥喜悦里的秦军根本没有注意到这些小失误，他单纯认为楼兮遥是因为委员会上的事给他穿小鞋，于是严肃地咳了一声，装腔作势道："楼兮遥，刚刚我们演奏的第一乐章没有什么问题，你别在这儿胡说八道。"

楼兮遥直接忽视他，看着首席卢故问道："你怎么说？"

卢故离孟如比较近，他带领第一小提琴组结束第一段之后，孟如便带领第二小提琴组进入，所以他可以听出孟如确实抢了拍，至于圆号……他并未听出来。

"孟如确实抢了一点，圆号的话，我没有听出有什么问题。"

孟如听了卢故的话之后，更是挺直了腰板，怪声怪气道："首席都说没问题，不知道某些人在这儿瞎嚷嚷什么。仗着自己是程老的学生就目中无人，不把指挥放在眼里。"

周佳怡本就和孟如不对付，这回自己的头号敌人把矛头指向自己的闺蜜，她几乎扯开嗓子来怼："孟大小姐，你是耳背吗？首席说你抢拍子了，你怎么还有脸在这里数落别人？"

孟如吹了吹新做的粉色水钻手指甲，脸上是婉转的媚笑，说出来的话却是针针见血："男人婆都有脸犯花痴，我怎么没脸数落人？"

周佳怡站起来，差点冲动地用"柏原崇"去敲孟如的头。

更可气的是，周佳怡身后吹单簧管的萧何竟淡定而响亮地吹了一个升F，似乎是回应孟如，告诉她这话说得没毛病。

结果，所有人炸开了锅。

在一阵爆发式的吵闹中，有站在孟如身边帮腔的，有像温婉一样两头劝和的，有不敢出声的，也有像卢故和萧何一样视若无睹的。

一旁的秦军已经是一个头两个大了。

乱哄哄的声潮里，卢故别有深意地看了楼兮遥一眼，虽然他刚刚如此说，但脑子里却突然闪过一个念头，他一直以来认为楼兮遥只是大提琴拉得好，从未想到她会有如此耳力。

楼兮遥不想争辩什么，也不是为了自己出风头，如果今天程老在，相信也不会要她来指出这些错误，可是乐团巡演指日可待，她希望每一遍的练习都能精益求精。

"如果大家都是这种态度，那我们也别去巡演了，去了也是让人看笑话。"

楼兮遥语气平常，声量也不大，但周围的争吵却突然奇迹般地停了下来。那些不敢出声的都默默低下了头，那些刚刚还脸红脖子粗的也变成了小声嘀咕："什么意思啊，以为自己是指挥吗？凭什么这么说！"

正愁灭不了火的秦军赶紧东引战火，严厉教训楼兮遥："你这是什么态度？"

孟如身边的小女孩趁势追击："她就是仗着平日程老宠着她，不把我们放在眼里，自己不会拉小提琴，也不会吹圆号，凭什么说我们有错？"

"我不用会，只要能听就行。"

孟如忍不住讥笑："你以为你谁呀？程老？还是Augest骆河洲？"

不管是作为世界第一乐团的首席指挥Augest，还是作为华人骄傲的古典乐之王的骆河洲，都是在座所有人望尘莫及的名字。几乎大家都只是在书本上、电视里、传说中听过骆河洲的事迹，听他九岁作曲，十二岁拿国际钢琴大赛冠军，十五岁指挥顶级乐团完成自己亲手写的交响乐，二十四岁成为柏爱的首席指挥。更何况，骆河洲还是钢琴大师、著名作曲家"午后牧神"唯一公开承认过的学生。

作为圈内神一般存在的骆河洲，常年活在江交剧院展览室的墙壁上。

听到孟如的讥笑，圆号组的肖鹏跟着附和："是啊，要是骆河洲亲口说我刚刚错了，我立马给你跪下吹十遍。"

"那你现在开始吹吧。"

昏暗的观众席中突然传来一句醇美低沉的男声，大家纷纷投去疑惑的目光，注视着一个英俊的男人渐渐走入光亮中。

有反应快的突然跟被雷劈了一般惊吓在当场，捂住嘴都变成了结巴："是……是……骆……"

而那些还没反应过来的人沉浸在你看着我、我看着你的莫名其妙中。

刚从医院探望完程老，正好赶上乐团排练的骆河洲本来很后悔听了一场糟心的演奏，但最后听到楼兮遥能这样准确地指出每一个人的失误时，他突然觉得有那么一点惊喜。

"第二小提琴的首席不仅抢了拍，第三段的第二个句子也拉错了一个半音。"孟如哑口无言。

"中间那段鼓点进入太慢了。"鼓手陆征简直没脸抬头。

"首席嘛，炫技不错，适合独奏，早点离开乐团比较好。"卢故皱起了眉。

"至于圆号，"骆河洲挑了挑眉，"现在开始跪着吹吧。"

整个乐团鸦雀无声，最后站在指挥席上的秦军惊讶得滑落了手中的指挥棒，"啪"的一声打破了长久的沉默。

此刻，扶着大提琴站在人群中的楼兮遥大脑一片空白，骆河洲的目光轻轻地看过来时，她只觉恍若梦中。

骆河洲和楼兮遥单独坐在江城剧院的小会议室里。骆河洲用一种毫不掩饰的探索目光看着她，而楼兮遥还沉浸在刚刚被当众叫出来的震惊茫然中。

骆河洲交叠双腿，一手搁在会议桌上，撑着脑袋歪头看她，一手放在膝盖上，随意搭成弹琴的手势来回抬敲五指。

楼兮遥被他看得有些不好意思，虚咳一声低下了头。

此时，江交所有成员以指挥秦军为首，几乎全都趴在门板上侧耳偷听。他们一边竖起耳朵，一边小声抱怨剧院的隔音效果为什么这么好。

没有竖起耳朵但仍站在一旁的萧何很看不起同伴们的这种行为，他双臂交叉倚在墙上，慢悠悠地吐槽了一句："跟没看过男人似的。"

一旁跟他同样姿势的卢故别有深意地看了他一眼。

不少成员此时都被一股粉丝荷尔蒙冲昏了头脑，不要命地回击萧何："男人见过不少，但骆河洲这样的还真是第一次见。"

有小女生附和："是呀是呀，虽然我以前看过柏爱的音乐会，但这么近距离地看到骆河洲，还真是第一次，讲真，这么近距离看更觉得骆大师帅炸天。"

周佳怡受不了这些小女生叽叽咕咕，抬起手指嘘了一声："小声点，根本听不到他们说什么。"

有人提议："要不给骆大师泡杯茶送进去？"

孟如倒觉得是个好主意，至少可以光明正大地开门看一眼里面的状况，不过马上说道："谁送呀？你去？"

反正刚刚被羞辱过的孟如是不敢。

最后在大家的合计下，温婉被推了出来。她吓得忙摆手："我不行呀，我紧张……话都说不了。"

孟如把泡好的铁观音直接塞给她："不用你说话，赶紧的。"

于是，被迫担此重任的温婉敲了敲会议室的门。

没动静？

温婉用力敲了敲。

会议室里的楼兮遥被人看得破天荒红了耳根，罪魁祸首竟然还丝毫不见怪地开口："敲门声是什么调？"

大脑一片空白的楼兮遥脱口而出："E调do。"

骆河洲勾了勾嘴角，收起随意的坐姿，正襟危坐，与楼兮遥相对，然后对门外说了一声："进来。"

楼兮遥一脸茫然。

温婉不敢说话，将茶杯放在骆河洲面前的时候手还哆嗦，洒了几滴。她偷瞄了楼兮遥一眼，看着师姐像平日一样云淡风轻地直视着骆大帅，瞬间觉得自己很挫败。

其实温婉不知道，楼兮遥只是演技好而已。

温婉出去后关上门，被一群人围着打听里面的状况，温婉说他们似乎只是在大眼瞪小眼，所有人都不信。

此时，里面两人结束了大眼瞪小眼的环节，骆河洲直接对楼兮遥说："你有绝对音感，这是一种不可多得的天赋——成为指挥的天赋。"

楼兮遥没想到骆河洲突然说了这样一句话。

虽然她知道自己的音感耳力比常人可能更好一些，但她认为这也只是帮助自己更好地配合乐团，引领大提琴组的成员而已。

她收起讶然，跳过这个话题，问道："骆……老师，您到江交来，是为了？"

"为了你。"

楼兮遥觉得自己的演技快要崩了。

骆河洲却认真起来，一本正经道："我叫骆河洲，唔，看样子你应该知道。程老是我母亲的故交，也是我的长辈，他前几日跟我通话，请求我推荐你去慕尼黑音乐学院深造大提琴，不过推荐你去学习之前，我希望你能来帮我完成一场音乐会。"

楼兮遥觉得脑子不够用。

骆河洲看着她的表情，知道自己应该解释解释，但从哪里开始说好呢？

他问:"你有没有收到过柏爱给你发来的邀请邮件?"

随便乱删邮件的人自信地摇摇头:"没有。"

在心里默默给乔纳森记上一笔冤枉账的骆河洲:"那我现在正式邀请你,作为特邀嘉宾参加柏爱的一场特别音乐会。这次音乐会有几首大提琴协奏曲的曲目,我希望由你来演奏。虽然跟柏爱合作有一定的难度,但我们还有时间来磨合,而且你负责独奏和主奏的部分,我会尽量做到让乐团来配合你。"

"等等……"楼兮遥的语言系统差点休眠,"可是……为什么是我?您听过我的音乐?"

骆河洲毫不隐瞒:"在斗湖机场,你演奏过巴赫的《无伴奏》,我很喜欢。"

大概摸清了一点头绪的楼兮遥想了想:"谢谢骆……老师,不过江交马上要进行国内的巡演,我可能没有时间。"

骆河洲疑惑道:"程老不是说你打算离开江交吗?"

"我从来没有想过离开江交。"

骆河洲不追究缘由,只说:"关于你们乐团的水准,我就不予置评了,不过你应该知道,与柏爱合作的机会多难得,如果你表现精彩,根本不用我来推荐,那些名校和老师都会抢着要你去。"

楼兮遥沉默不说话。

骆河洲皱了皱眉。

若是换作平常,他一定不会强人所难,会尊重当事人的一切决定,但程老有言在先,不管楼兮遥如何拒绝,请他无论如何也要多给她一些时间。

骆河洲不明缘由,只是按照程老的指示,说:"这一个星期我都会待在江城,如果你改变了决定,随时来找我。"

看着骆河洲的背影消失在视线里,楼兮遥挺直的腰背瞬间弯了下来。她抄起那杯骆河洲没有动过的茶,猛灌了一口,好不容易才缓过气。

她想,这一定是一场梦。

闲来无事故地重游的骆河洲在江城剧院里迷路了。

他来回转悠了四五遍之后又回到了排练厅,正好与最后一个离开的楼兮遥撞个正着。

楼兮遥站在舞台上，惊讶地看着他："您还没走？"

路痴骆河洲低咳一声，装作闲逛的样子："嗯，随处逛逛。你呢？怎么还没走？"

楼兮遥弯下腰，将琴的站脚收起来："我习惯排练之后再单独练一会儿。"

骆河洲走过去，将一旁的琴包递给楼兮遥："因为一个人的时候更能专注于手中的音乐？"

楼兮遥手上一顿，抬头惊讶地看了他一眼。

由于天生的绝对音感，每次和乐团演奏时，楼兮遥总是被迫接受来自各个声部的音调，但没有进行过专业训练的她有时候会因为这样的耳感不能纯粹地专注于自己的声部旋律，特别是在自己心情浮躁时。

今天下午的排练就是这样。

此时的楼兮遥惊讶于骆河洲如此准确的猜测，但转念一想，对于拥有绝对音感的世界一流指挥家来说，可能也有过相似的体验吧。

骆河洲自然地将楼兮遥准备背在肩上的琴包拿过来，轻轻地挂在自己的右肩上，这一番顺理成章的绅士行为，让楼兮遥想要婉拒都不好意思开口。

于是他们自然而然地并排一起走出剧院。

楼兮遥觉得有些尴尬，故作闲聊："听说您从小生活在德国，没想到您的中文说得这么好。"

不用费心思找出口记路线的骆河洲心情轻松："我母亲是江城人，从小在家要求我和父亲说中文，不过我比父亲说得要更好一些。"

骆河洲的父亲是土生土长的德意志人，典型的高鼻深眼，一副英俊长相，而他的母亲却是标准的东方美女脸，黄肤黑眼，气若幽兰。骆河洲天生受宠，挑拣了父母的好基因，生着中国人的肤色，又有着混血气质的深邃五官。

以上这些被粉丝八卦过的网络信息在楼兮遥脑海里一一闪过，她侧头仰看着身高185厘米的骆河洲，印证着那些八卦信息的真实性。

骆河洲见身边的人突然望着自己，侧头疑惑道："我说得不对？"

楼兮遥摇摇头，收回了目光。

骆河洲蹭着身边的人肉导航仪成功地走出剧院。他跟着楼兮遥穿过门前的一排桃树，踏过满地落蕊时，突然心生感慨："江城这些年变化挺大的。"

"您很久没回来过了吧？"

"上次来江城的时候，好像还是六年前。"骆河洲突然停下脚步，转身随手摘下掉落在楼兮遥头发上的花瓣，举在手里说，"当时这儿的桃树才刚种上。"

楼兮遥看着眼前之人那双深棕色的双眸，恍惚有种错觉，像是突然穿越时空回到了某个晴空万里的午后，春风迎面而来，吹落一身沉醉花香。

她收回目光，继续向前走着，直到走到门口的公交站牌处时，楼兮遥才后知后觉地问道："对了，您住哪儿？"

骆河洲："堇山。"

楼兮遥看了看身后的路线牌："这儿没有直达的公交，我给您叫个专车吧？"

很久没回国的骆河洲一脸疑问。

楼兮遥打开手机预约了一辆专车，然后告诉骆河洲："待会儿您直接下车就行，我这边会自动帮您付款。"

骆河洲对她说了一声谢谢。

楼兮遥礼貌地抬了一下嘴角，伸出手来："您把琴给我吧，挺重的。"

"还行，我以前经常帮我母亲背，对了，她也是位大提琴家。"

楼兮遥当然知道，骆郁是堇声国际的华裔大提琴家，她的独奏更是被知名乐评人啧啧称道，只可惜她现在已经很少公开演奏了。

骆郁是程老的学妹，大提琴启蒙师承一人，楼兮遥听程老评价过骆郁天赋非凡，是个难得的大提琴演奏家，至于为何在年轻时就隐退，似乎有不足为外人道的隐情。

楼兮遥不习惯去打听别人的八卦，没有多问，幸好专车正好过来，于是她接过骆河洲肩上的大提琴，对他说："路上小心。"

骆河洲礼貌地一点头，上车后又摇下车窗，望着她："你请我坐车，我请你吃饭吧，明天晚上？"

楼兮遥："……"

"这叫……"骆河洲凝神想了想，"礼尚往来。"

楼兮遥看着扬长而去的车尾，错过了身边那趟回家的公交车。

楼兮遥刚回到公寓，立刻被周佳怡逮着轮番轰炸。奈何她解释了半天自己以前根本不认识骆河洲，周佳怡就是不信。

"不可能，不认识人家还大老远跑到剧院来点名找你？"

"是程老托他来找我有事。"

"借口，有什么事要这么神神秘秘的。好啦，你不愿说呢，我也不问了，不过，好姐们儿，下次你们再见面的时候能不能帮我要张签名照？"

"我们不一定能再见。"

"骗谁呢。"

楼兮遥刚想解释，手机便响了，是程老。

周佳怡见她有事，撒腿准备告退，楼兮遥拿起一旁的长笛递给她："把你的'柏原崇'带走。"

周佳怡使了个贱兮兮的眼神："不不不，以后它叫骆河洲。"

楼兮遥握着她的长笛差点儿当场给折了。

周佳怡体贴地给她关好门后，楼兮遥才接起电话。那头程老着急道："兮遥呀，河洲跟我说要邀请你参加柏爱的演出，你怎么不答应呢？这是多好的机会啊。"

"老师，我想留下来参加巡演。"

程老原本只是想请骆河洲帮忙推荐楼兮遥去国外深造学习，当听到她被邀请与柏爱合作时，更是惊喜兴奋，他激动道："兮遥呀，虽说河洲是我的晚辈，但他的音乐造诣早已在我之上，若是你能得他几分指点，甚至与他合作，那比在我这儿学个四五年还要强。你若放弃这次机会，以后会留遗憾啊。"

楼兮遥不敢说程老所言有所夸大，但她心里清楚，与骆河洲合作确实是机会难得，只是放弃巡演她也不愿意。

楼兮遥握着手机，强辩道："老师，即使我去了国外学习，与柏爱合作，也不一定会成功。"

程老沉声道："兮遥呀，人生的遗憾，从来不是成功与否，而是从未尝试。"

楼兮遥握着手机一紧，被这句话堵住了嗓子眼儿，半晌才低声道："可放弃这次巡演，我也会觉得遗憾。"

程老知道楼兮遥的脾气，她虽然寡言内向，但一向主意自己拿，决定了的事情怎么劝也没有用。他低叹一声："高远突然同意你留在乐团，一定是与你交换了什么条件吧？"

楼兮遥没有说话。

"如果你真想参加巡演，老师也不强求你，但去国外深造学习的事情，你还是要考虑考虑，我让河洲给你留着推荐信，等你这边演出结束再说好不好？"

楼兮遥有所顾虑："可是……"

"兮遥呀，"程老感慨道，"这本是你六年前就该做的事啊。"

过往的一切，如同朦胧的雾中闪过一帧帧镜头碎片，遥远而不真实。可楼兮遥一想到那场突如其来的伤害，想到之后所经历的无尽黑暗和痛苦，想到那种噬人的怨恨，她内心深处的痛感仍旧来得那么猛烈，清晰得心如刀割。

"可是老师，我早已失去了资格。"

程老没有劝慰，因为他知道，说得再多也体会不了当事人所经历的切身感受，你不懂她的恐惧、悲伤和绝望，也就无法轻易说出：没关系，一切都会过去。

因为一切都不会轻易过去。

可程老不愿楼兮遥总是活在过去，那是对她才华的浪费，就连骆河洲都听到了她的音乐天赋，如此困在江城这种小城市里岂不是可惜？

对了，骆河洲……

希望骆河洲有办法吧。

第二天下午排练，骆河洲坐在江城剧院的观众席上。

虽然骆大师只是过来找他们的大提琴首席吃个晚饭，但乐团所有成员都被一股无形的气场压迫着，坐着的时候腰板都比平常挺得更直一些。

不管是来观摩还是像骆河洲自己解释的那样只是闲得慌过来坐一坐，秦军都无法将这位气场压人的唯一观众赶出去，毕竟人家是程老授意随意出入的。

秦军打起十二分精神，简直比第一次登台还紧张。他咳一声，对着同样紧张但异常兴奋的成员们说："今天暂时不练德沃夏克的《第六》了，练习老柴的《第四》吧。"

昨天的那首《第六》被骆河洲批评过，大家巴不得指挥说换一首，可单"蠢"的卢故却有意见了："老柴的《第四》程老已经带我们练过很多遍了，有必要吗？"

被拂了颜面的秦军黑了脸："程老是程老，我是我，当然有必要。"

秦军擅长柴可夫斯基的曲目，曾经指挥这首《第四》还获得过国内的奖项。卢故虽然清楚秦军有显摆的意思，但也不好当面顶撞。而且秦军说得也不是没有道理，因为即使是同一首曲谱，不同指挥家指挥出来的音乐也是不尽相同的。

在他们窸窸窣窣地换谱子时，早已熟悉曲谱的楼兮遥装作调弦的模样，偷偷用余光瞥了一眼台下那人,眼力极好的她发现骆河洲竟然在撑头睡觉。

秦军轻咳一声,拿着指挥棒抬起手,《柴可夫斯基第四交响曲》的第一乐章,在圆号和大管威严的号角声中拉开序幕。

"停停停。"秦军看着铜管组,"中午没吃饱饭吗?会不会用点力?"

秦军为了印证自己是位专业又追求完美的指挥家,折磨着铜管组和弦乐组反反复复练了十几遍,而如此反复的结果是那些会吹的反而不会吹了,会拉的也拉不好了。

于是,本应轰然震响的命运之声变得死气沉沉,而如同哀叹低吟的弦乐之音也夹杂着一丝莫名的诡异。

单簧管进入时,"嚓"的一声,竟然还走了音。

就是这一声刺耳的音调把沉睡中的骆河洲吓醒了,他的脑袋从手掌中滑了下来,放在一旁的苏打水"砰"的一声摔倒在地,咕噜咕噜地顺着台阶滚到了舞台下。

所有人都看向骆河洲。

被人误解刚刚是在装睡装格调的骆大师真的是被吓醒的,他本就在倒时差,昨晚又被乔纳森的长途电话骚扰了半宿,于是困意说来就来。

不过此刻,骆河洲浑身的瞌睡虫已经全被吓跑了。若是柏爱的单簧管成员看到骆河洲现在的眼神,早就打着哆嗦准备递辞职信了。

大家都以为骆大师准备像昨天一样毫不留情地批评他们,可骆河洲只是皱了皱眉,然后若无其事地站起来,对楼兮遥说:"我去外面走走,待会儿再过来等你。"

所有人沉了紧绷的身体,不知道是松了一口气,还是觉得莫名失落。

等路痴骆河洲转悠了一遍又一遍终于回到排练厅时,乐团竟然仍旧停留在主部主题的排练上。

其实真怪不了大家,本来所有人都已经习惯了程老对于这首《第四》的指挥,可秦军非要在大师前面来个标新立异,到头来不仅把大师吓跑了,也把成员们指挥得云里雾里。

楼兮遥虽然耳力极佳,但毕竟不是指挥,她能分辨音量大小以及音调变化,但绝做不到代替指挥做一些定量处理的提示。

中途休息的时候,早已蠢蠢欲动的周佳怡放下长笛跑到楼兮遥身边,挤眉弄眼地推搡着她。楼兮遥见她怪模怪样,不解道:"怎么了?"

周佳怡一副孺子不可教的表情，凑到她耳边小声道："你去邀请骆大师给我们排练一次呗，机会难得啊。"

周佳怡见楼兮遥发愣不动弹，直接上手将她拖起来，推一把："去呀。"

楼兮遥被迫走下台，走到刚刚返回的骆河洲面前，想了想，委婉道："骆老师，要不今晚还是我请您吃饭吧。"

骆河洲："嗯？"

"您不是说礼尚往来吗？我请您吃饭，您能帮我们排练一次吗？"

骆河洲怔了一下，认真地打量起楼兮遥来，相比于斗湖机场那个心事重重的女孩，此刻有点儿羞赧的她似乎更符合她的年纪。他弯下腰，笑道："不如我帮你们排练一次，你答应跟我去柏林？"

楼兮遥："……"

骆河洲失笑。

他站起来，绕过傻愣在原地的楼兮遥走向舞台。他走到一脸莫名表情的秦军面前，对着指挥台上的指挥棒抬抬下巴："不介意吧？"

秦军本能地摇摇头。

骆河洲站上去，拿起指挥棒，想起什么后回头对着那位还在愣神的人说："还不过来？"

楼兮遥后知后觉地走了过去。

等所有人都反应过来是骆河洲要亲自指挥时，大家已经从激动变成了高度紧张。骆河洲端正威严地站在指挥台上，与刚刚坐在台下的慵懒模样一分不像。

他站在那儿，就会让你去绝对相信与服从。

骆河洲对着首席卢故点点头，示意整个乐团做好准备。他抬起指挥棒坚定地指向铜管组，圆号和大管在他绷紧身体的感染下，奏出了威严的号角声。

这才应该是《柴可夫斯基第四交响曲》的序幕啊。

坚定又咄咄逼人的短句从骆河洲的指挥棒下轰然震响，就像达摩克利斯的剑悬在头顶。骆河洲微微侧身，将手指从卢故缓缓滑向楼兮遥，引领着小提琴和大提琴奏出哀叹的主部主题，半音下行的音调，动荡不定的延留节奏，就像命运重压下的呻吟哀叹，人们被困在阴森的命运之网里，压抑而悲伤。

骆河洲抬头凝眉，右手坚定地一指，弦乐组一齐奏出越来越强烈的挣扎之音，最后迸发出暴烈的声响,强烈的情绪还未褪去,他左手飞快地指向小号,小号组立刻高奏号角,像是痛苦的哀鸣,也像是奋力的抗争。

副部主题时,骆河洲微微弯下身体,指挥着弦乐渐渐弱下来,左手轻轻一抬,单簧管立刻吹奏出了一支怪诞的曲调,长笛和大管忽明忽暗,如同迷雾升起的梦幻,把人们带入一种虚幻的世界。

最后,弦乐组以悲泣之声结束了压抑的第一乐章。

演奏结束后,所有人怔愣在场,久久无法回过神思,他们像是进入命运之网的蝼蚁,真的奋力挣扎抗争过一番一样。

楼兮遥觉得很痛快,手指的痛快,心里的痛快。没有人比她更懂这种曾经挣扎在命运边缘的痛苦和无奈,此时她内心就像有一团燃尽的火焰,有一种纾解释放后的轻松。

楼兮遥扶着琴,抬头仰望着指挥台上的骆河洲,脑袋里竟然闪过一个不可思议的念头。

她想:若是骆河洲能留下来指挥江交的巡演,那该多好啊。

Chapter 3

当生活变得千疮百孔的时候,
幸好心底还留一点微光。

楼兮遥带骆河洲去了古街的红灯记吃晚餐。

这家餐厅最有名的并不是他们家的菜肴,而是每晚的苏州评弹表演。表演的台子搭在一楼,二楼的阁楼上围摆着梨木方桌,古色古香的灯笼挂在屋里,有一种说不出的格调。

也许是音乐人的缘故,楼兮遥喜欢在哪里都能有音乐,所以她格外喜欢这里,只是古街离剧院比较远,能来的时日也不多。

今天请骆河洲吃饭,她特地选这儿。

餐厅里的服务员也应景地穿着古代店小二的服装,一路机灵活络地引着他们上二楼。

楼上的包间比外面更暖一些。骆河洲一进门便将长风衣脱了,服务员刚要伸手去接,身后的楼兮遥顺手拿了过去,挂在了门边的衣架上。

骆河洲没有注意到这些,他的焦点都在一楼的评弹舞台上。

服务员给他们拿来菜单,骆河洲直接推给楼兮遥:"你点,我随意。"

楼兮遥拣着当地特色菜点了几样,转手把菜单交给了服务员。看着骆河洲出了神似的,楼兮遥忍不住问他:"骆老师,您很喜欢苏州评弹?"

骆河洲反问道:"这一拨一拨听起来让人酥酥麻麻的弦声,叫苏州评弹?"

"准确地说,这整个舞台上的表演形式叫作苏州评弹,您刚刚说的酥酥麻麻的弦声,是一种叫作琵琶的乐器。"

骆河洲凝眉想了一下:"大珠小珠落玉盘?"

楼兮遥有点惊讶地抬了抬眉，笑着点点头："想不到您还知道这首诗。"

骆河洲喝了一口茶，想起什么似的苦涩一笑："我母亲是一个有强烈民族自豪感的中国人，怕我长在国外忘了本，要求我从小说中文，背唐诗。"他耸耸肩："喏，《琵琶行》倒是背得滚瓜烂熟，只是这真正的琵琶，倒是头一回见。"

楼兮遥笑了笑。

两人不说话，听着苏州评弹的时候，倒也不觉得尴尬，只是这评弹的表演时间就一个多小时，他们本就来得晚，没过多久便散了场。

台下散场，楼上却依旧是灯火通明。

骆河洲见楼兮遥沉默着喝茶，一点儿也没有热络聊天的意思，于是主动开口："这苏州评弹挺新鲜的。中国传统音乐和西方古典音乐有很大的差别，几乎可以说是大相径庭，但抛开调性层面、逻辑层面等因素来说，音乐给人的感受却是异曲同工的。"

楼兮遥一方面佩服骆河洲的成语水平，一方面很认同地点点头。说起西方古典乐，她忍不住想起了今晚的那场演奏："骆老师，您很喜欢老柴吗？"

骆河洲挑眉："为什么这么问？"

"刚刚那首老柴的《第四》指挥得特别好。"

骆河洲："什么叫好？"

"每一个细节的处理，主题之间的衔接，还有音乐情绪的把握，都特别自然，就好像本该这样。"

"我不太喜欢老柴，特别是这首《第四》，虽然这是他成熟时期的巅峰作品，但我觉得太过压抑纠结。"

骆河洲以前有过一段无法轻易掌控自我情绪的时期，那时候年纪小，沉浸在一首曲子的情绪里很难走出来，这首老柴的《第四》就曾经让他整整一个月都郁郁寡欢。

"那您最喜欢哪个音乐家？"

骆河洲："你猜？"

"莫扎特？"

楼兮遥六年前听过骆河洲在公开场合弹奏莫扎特的《土耳其进行曲》，那一刻一分一秒的幸福感她至今都还能清晰记起。

"为什么这么说？"骆河洲见她话少，于是故意引导她多说点。

"小时候我就喜欢听莫扎特，觉得特别有趣和快乐，长大了才发现，他的音乐里藏着一点隐晦的忧伤，就像笑中带泪，但莫扎特从来不会将自己的苦难放大在音乐里，他想要做的，是用音乐抚慰人心。"

骆河洲看着楼兮遥，眼中闪过一丝若隐若现的光。

他的声音却不露痕迹，淡淡道："嗯，确实是。不过我也喜欢巴赫，他的音乐平衡而规整，我喜欢一切有平衡感的事物。"

"所以您喜欢交响乐？"相比平常，楼兮遥的眼睛里竟闪过一点明亮。

骆河洲笑了笑，不置可否。他很久未曾和人聊得如此放松，便多了一句嘴："你刚刚的那首《第四》拉得不错，不过……"

楼兮遥放下筷子，认真看着骆老师。

"主部主题的那几个强音，你的声部节奏如果稍微调整一下会更好。"

楼兮遥聚精会神："怎样调整？"

骆河洲凝眉想了下，顺手拿过一只空碗，拿着筷子在上面敲节奏："当当当当，当当当，当当当当当当，最后不要收，要很坚定。"

楼兮遥闭着眼睛在心里按照骆河洲刚刚教的预想一遍，确实觉得调整过后的节奏更能表现出音乐情绪。

她睁开眼来，笑了笑："果然好很多，谢谢您的指点。"

骆河洲照单全收："不客气。"

沉默半晌后，楼兮遥掂量着语气，终于厚颜地开了口："骆老师，您……可以留下来指挥我们江交的巡演吗？"

可以想象，见识过多少大风大浪的骆河洲是有多震惊才堪堪稳住嘴边的筷子，不过脸上的震惊很快便转化成了有趣的笑意。他放下筷子，双臂交叉撑在桌上，身体稍稍前倾，魅惑一笑："你觉得我指挥得好？"

楼兮遥点头。

他压低声音："那不如，你跟我去柏林？"

楼兮遥："……"

楼下的台子上每日唱的是浮生百态，而楼上的包间里每日上演的是人间烟火，此时楼兮遥全然忘记了什么琵琶、莫扎特、大提琴、江交，她的五感都变成了耳朵，贴在自己的胸腔上用绝对音感分辨着自己心跳声的节奏、音量和速度。

她低下头:"对不起,我……"

骆河洲仰身靠在椅背上,故作委屈:"哎,算起来,这似乎是我人生中第一次被人拒绝。"

楼兮遥把头埋得更低了。

她没有看到骆河洲眼中闪过一丝揶揄的笑,不过那笑很快被心上浮起的一桩疑问吹散,那个被骆河洲埋在心底深处的名字拉着他的神经,连脊背都直了。他似乎酝酿了很久才开口:"能不能问你一个问题?"

楼兮遥疑惑地看着骆河洲突然严肃的表情:"您说。"

"你听过一个叫楼承的人吗?"

楼兮遥怔了一下:"嗯?"

骆河洲深棕色的眼睛眯了一下,深深地看着她:"你们都姓楼,莫非?"

楼兮遥打断骆河洲的猜想:"他是我们江交的创始人之一,又是程老的至交,我当然听过。"

骆河洲听出了楼兮遥的潜台词,脊背渐渐弯下来,眼角也微微垂下去。楼兮遥觉得,比他刚刚半开玩笑说的第一次被拒绝,此刻的神情才叫失落和遗憾。

"您认识他?"

骆河洲不愿多说,又恢复了漫不经心的语气,似是而非地回答:"优秀的华人钢琴家不多,他算一个。"

楼兮遥还想继续问,奈何被剧烈的手机铃声打断。

楼兮遥瞥一眼,是邹敏,眉目瞬间凝起。

她对骆河洲说了声抱歉后走到门外才接起,那头邹敏公式化地对她说:"楼小姐,高总让你来一趟聚会所。"

楼兮遥有点不耐烦:"邹秘书,我想高总应该没有理由再找我了。"

邹敏嗤鼻冷笑:"楼小姐,这有没有理由可不是你说了算的。高总吩咐了,半小时之内到。"

楼兮遥彻底阴了脸:"我的自由为什么不能自己说了算?"

"你来不来自己看着办,反正高总没有带人,也不让人去接,喝醉了就让他躺在轮椅上吹冷风好了。谁让高总可怜,余生就靠着两个轮子活呢。"

所谓掐七寸，邹敏真是一把好手。

楼兮遥听着忙音，顿时感觉自己像是一只被人捏住线的风筝，就算飞得再高，只要线还在别人手里，她随时可以被人拽回去。

其实也可以两败俱伤的，再咬咬牙使使劲，大不了一崩两散，别管会不会勒疼谁的手。但不管楼兮遥装得多冷漠，她天生就不是能够对别人下狠心的人，都说三岁看到老，十岁前的楼兮遥被爷爷捧在手心里长大，植根于性格深处的那点善良即使经历再多折磨也不容易被抹去。爷爷从来没有教过她如何去损人利己。

爷爷……

想起爷爷，楼兮遥忍不住朝未关紧的门那头看了一眼，骆河洲端起一杯酒转头看着台下，晃了好久的酒杯才一口饮下。

为什么要向他隐瞒呢？因为内心深处，她希望楼承根本就没有自己这个孙女。

她走进去，对骆河洲说："骆老师，不好意思，我有点急事，恐怕得失陪了。"

骆河洲"唔"了一声，点点头："嗯，不过记得把账结了再走。"

楼兮遥失笑。

楼兮遥走后，骆河洲一个人坐在原处自斟自饮，想起了久远的往事。那时他十三岁，少年得志，在掌声和赞誉中长大，从不知道"谦虚"两个字怎么写，是个对谁都准备随时开屏的公孔雀，连走路都恨不得把脖子仰到天上去。骆郁怕儿子低头不看路，随时会自己绊了自己的脚，于是停了他所有的比赛和演出，听从同门师兄程齐英的建议，将骆河洲送到楼承那里去接受改造。

骆河洲还记得他第一次见到楼承的情景，楼承穿着一身深色的中式绸缎套装，双手背在身后，微微弓着身子围着骆河洲转了几圈。

骆河洲见他一副寻宝的表情，皱起了眉："干吗呢？"

楼承："你妈妈说你长了一根翘上天的尾巴，我找尾巴呢。"

十三岁的骆河洲还没有彻底深谙中文的博大精深，不明白楼承是在笑话他装大尾巴狼，但他知道那肯定不是什么好话。虽然表情已经出卖了他气急败坏的情绪，但嘴上不饶人："老头，我妈说你很有本事，难道是耍嘴皮子的本事吗？"

楼承看了骆河洲一眼，竟哈哈大笑起来："你这小子的脾气，我喜欢。"

快二十年了，老头长什么模样骆河洲早已记不清了，但他似乎还能听见他那老顽童一般的笑声。

骆河洲坐在包间里饮下最后一杯酒，眼中蒙上一层迷雾，他给程老拨去电话："恐怕这次我得辜负您的所托了。"

"怎么，兮遥还是没有答应吗？"

骆河洲："是的，虽然我也感到惋惜，但音乐不能勉强。"

程老叹了一声，也没有再说什么。

楼兮遥半个小时之内赶到了聚会所。服务员将她领进一间包厢，高远正在里面与酒场上的朋友应酬。

觥筹交错的气氛里，形色各异的人都朝她投来了打量的目光，楼兮遥的目光从一个油光满脸的胖子脸上滑过，最后定在前方的高远身上。

高远抬起头，眼里有微醺的酒色，他勾起嘴角，向站在门口的楼兮遥招手："过来。"

楼兮遥走过去，语气有点不耐烦："高总找我什么事？"

高远举起面前的酒杯向她笑："我喝醉了，你来替我敬敬酒。"

楼兮遥皱眉。可高远根本不给她拒绝的机会，将酒杯强塞到她手里，使了个要她识时务的眼色。

楼兮遥没办法，硬着头皮将手里的白酒灌进去，酒液滑进喉咙的时候火辣辣地疼。

一个戴金丝边框眼镜的年轻老总认出了楼兮遥，酒意上头时激动地抓住她的手腕："你是江交的大提琴手？我上个月还去看过你们的演出呢。"

楼兮遥不惊不慌地抽出自己的手。

眼镜老总兴奋地看着高远："高总，我说得对不对？"

高远脸上察觉不出任何情绪，他坐在定制轮椅上，撑着头，眸光里隐去了平时的锐利，露出一点蒙眬的微醺醉意，勾起嘴角时，嘴角的梨涡若隐若现，声音中只有楼兮遥才听得出的嘲笑戏谑："对，我们家楼小姐，就是位艺术家。"

一群摸不透两人关系的看客们这会儿才敢有所动作，纷纷拍着自以为是的马屁，夸楼兮遥："哎呀，原来这位美女是音乐家呀，难怪气质出众，浑身上下散发着高贵优雅的气息。"

楼兮遥心里冷笑——就这成语水平，还不如骆河洲呢。

"不如，让楼小姐给我们拉奏一曲，助助兴？"那位油光满面的胖子不负长相地犯蠢。

敢叫高远的人给你表演助兴，胆子还真是与身材成正比。

然而高总似乎并不抗拒这个提议，挑眉笑道："这个主意不错。"

楼兮遥惊讶地看向高远。

自从那件事发生后，高远再也没有听她拉过琴了。高远恨她，更恨拉琴的她。

不管高远说的是真心话还是故意为了羞辱她，楼兮遥都不想在这种地方拉琴，她随便找了个借口："不好意思，我今日没带琴。"

众人也不是非要听什么高雅音乐，起哄着要罚酒，楼兮遥没法，只能端起手边的酒瓶又给自己倒了一杯。

高远意味深长地看着楼兮遥仰头灌酒，勾起嘴角似笑非笑。

酒桌上的事是没有什么不可以用酒来解决的，楼兮遥豪气地以酒自罚，大家也就忘了助兴那档子事。

胖子看着楼兮遥，笑得堆肉横生，嘿嘿道："楼小姐好酒量。"

高远慵懒一笑，说得很随意："我们家楼小姐喝红酒也是不在话下。"

看客们立刻领会了主角的心思，张口就要叫服务员拿红酒。高远却说："我去挑吧，正好出去醒醒神。"说着还冲楼兮遥使个眼色，眼角往身后的轮椅一瞥，示意她过来推他出去。

楼兮遥忍着心底翻涌而上的醉意和不自在，走过去握住高远的轮椅。

经理殷勤地领着他们去了酒窖挑红酒，然后自作聪明地留下楼兮遥和高远两个人。

楼兮遥推着高远慢慢地浏览着酒架上的红酒，他的食指在整齐排列的红酒瓶上划过，最后停在一瓶法国木桐红酒上。

楼兮遥停下脚步。

高远拿起红酒看年份，笑道："1984年的木桐，不错。"

他抬起手臂，侧头拿给楼兮遥，顺便问她："刚刚为什么不想拉琴？是不是觉得在这种地方拉琴玷污了你们艺术家的气质？"

楼兮遥知道高远喜欢用话激她，她也不回，接过高远手里的酒，只说："我以为那天签完字，我们之间的恩怨就一笔勾销了。"

高远保持着手握酒瓶的姿势，看着手中空空如也，慢慢收拢五指，放了下来。他冷笑一声："一笔勾销？呵，楼兮遥，你真是天真。"

楼兮遥看着他，终究没有说下去。

两人继续慢慢挑选着，谁也不再说话。

会所里的两位女服务员过来拿酒，忙里偷闲聊八卦，谁也没有注意酒窖中的门是敞开的。

"今天紫苑包间里来的客人是谁呀？经理好像很重视。"

"怎么，看人家长得帅，跟我这儿故意打听呢？"

"没……那是什么人啊，我哪敢。"

"最好是，别说人家看不上我们这种人，就算看上了，你敢要？"

"你是说他的腿？"

"长得再好又怎么样，谁年纪轻轻愿意去照顾一个瘫子？就算有，也是冲着他的钱，哪有真心实意的。"

"姐，这人的腿到底是怎么坏的？遗传还是车祸？"

"听说是被人害的，好像是被谁从楼上推下来，大出血又伤了神经，花了很多钱才捡回一条命，只可惜……"

"哎，也是作孽。"

"别八卦了，赶紧走吧，经理还等着呢。"

酒架后的楼兮遥从未觉得时间如此难熬，空调的冷气迎面扑来，冻得她瑟瑟发抖。

气氛凝结成了死一般的寂静。

楼兮遥不敢去看高远，连想象也觉得害怕。

她小心翼翼地推着高远走回包间，不过一段短短的距离，楼兮遥觉得自己像是历经了崇山峻险走了百年。

高远回到座位后，将刚刚随手拿的一瓶酒扔在楼兮遥身上，楼兮遥猝不及防，虽然敏捷地接住了，但小腹仍被撞得疼起来。

即使身体疼痛难忍,楼兮遥也不想在任何人面前表现得楚楚可怜。眉间的蹙然也不过一闪而逝,她仍旧是一副若无其事的模样。

一束阴鸷冷凝的眼神飘过来:"楼小姐,喝吧。"

楼兮遥言听计从,旋开酒瓶塞给自己倒了一杯,一口下去的时候因为小腹疼痛而呛了一下,强忍着才喝完一杯。

周围一阵掌声,赞楼兮遥豪气。

高远却很不满意,直直地看着她:"我说的是喝整瓶。"

虽然高远对楼兮遥无时无刻不在嘲讽讥笑,但那样随意的慵懒只会给不知情的人一种暧昧的错觉,而此刻,高远的声音变得异常阴森,冷得像是要用一字一句将眼前之人杀死。

醉酒熏天的周围人抖了个机灵,纷纷反应过来高总已经变了脸。人精们自然不会自讨没趣,自觉地在一旁安静当看客。

楼兮遥一开始就喝得急,如今两种酒液下去冲得头脑昏沉酸胀,加上小腹传来一阵一阵的疼痛,让她如同身处水深火热中。

楼兮遥紧紧抓住身体里的残留意识,扶着酒瓶又给自己倒了一杯,十分不豪气地一口一口喝着。

高远看在眼里甚是恼火,拿起面前的空酒杯往她脸上砸去,玻璃杯就在楼兮遥的眼前被打碎,她本能地闭上眼往后退一步。

玻璃碎渣溅到她的眼睛里,红酒洒了她一身。

"让你来品酒呢?"高远怒道,"磨磨蹭蹭地装什么白莲花?你妈当年不就是靠这喝酒的本事吗?"

楼兮遥睁开眼看他,眼里布满了血丝。

高远冷哼,看着她被激怒的样子觉得痛快,冷笑道:"怎么,我说得不对?不如你今晚就让我这几位朋友爽一爽,让他们来验证一下?"

楼兮遥捏紧手中残留的玻璃碎片,狠狠地盯着高远,她没有哭,就是眼里在淌血似的发红。

高远看着周围一群不说话的看客们,笑道:"怎么,楼小姐这姿色大家还不愿意吗?莫不是都跟我一样有洁癖,嫌脏?"

看客们可不想变成池鱼,统统选择默不作声,顶多有个犯蠢的胖子嘿嘿应和,连声说是。

楼兮遥的眼神紧绷成了一根弦,她的声音跟哑了似的:"高远,你到底有完没完?"

高远瞪着她,大声怒道:"没完,老子就跟你没完没了。"

看客们看不下去了,试图出言劝和:"高总,消消气,别跟……"话还没说完便被高远吼道:"滚出去。"

一场宴席就这样不欢而散。

包间里剩下他们两个人,和一桌残羹、一地狼藉。

高远滑着轮椅来到楼兮遥旁边,扯着她的手腕一拉,迫使她跪在一地碎玻璃上,与自己平视。

即使浑身上下难受得要命,楼兮遥仍旧倔强地看着高远,没有哭也不喊痛。

"楼兮遥,你觉得我哪里说错了吗?难道你妈没有见钱眼开?难道你没有为了达到目的就可以随便跟男人上床?"

楼兮遥将手里的高脚杯碎片掐进掌心里,血液直直地往下淌:"高远,你说我可以,但不要侮辱我妈妈。"

高远冷笑:"这么说,你是承认了?承认自己六年前做的肮脏事?"

楼兮遥一字一句地告诉他:"即使我做过什么,也跟你没有任何关系。"

高远握紧拳头,咬着牙齿,真恨不得扇她一巴掌——他从来没见过这么无耻下作的人。气急之下,高远拉着楼兮遥的手腕一路将她拖到阳台,他把她提起来,举起手掐住她的脖子,逼着她向后弯腰悬在扶手上。

他真恨不得杀了她:"楼兮遥,你以为我想跟你有任何关系吗?要不是你们母女贪图富贵招惹高家,我能跟你这种人扯上关系?我会变成今天这个样子?"

楼兮遥觉得手心疼、膝盖疼、眼睛疼,她窒息一般从喉咙里发出一点气息,闭上眼睛,像是心死一样绝望:"高远,你把我推下去吧,我把欠你的……都还给你。"

高远哼哧一笑,眼中带着嗜血的猩红,他在楼兮遥晕过去之前放开了她,一字一顿道:"想得美。你欠我的,这辈子都还不起。"

楼兮遥跪在地上猛咳,玻璃碎片从她手里跌落到地上,也不知道哪里来的血将橡木色的地板染得狰狞肮脏。

高远滑着轮椅压过一路未干的血迹，高声向守在门外的邹敏喊道："让她滚。"

楼兮遥到家的时候，周佳怡吓了一跳。

周佳怡一开始还拉着她调侃是不是遇到流氓了，可见到楼兮遥一身酒气和一脸失魂落魄，便知道事情肯定与高远有关。她一把抱住楼兮遥，一遍一遍低声对她说没事。

周佳怡拿出医药箱给楼兮遥处理伤口。膝盖和手上已经结痂，一碰就疼，但楼兮遥不哭也不说话，只是捂住小腹脸色发白。

周佳怡很担心："要不要去医院？"

楼兮遥摇头，挣扎着站起来："我想去洗个澡。"周佳怡赶紧给她拿了换洗的衣物。

洗澡的时候她才发现是"大姨妈"如期而至，难怪疼得受不了。公寓里的热水来得不及时，打开莲蓬头被一阵猝不及防的冷水浇头而下，她打了个哆嗦，感觉如坠深湖冰窖。

楼兮遥趴在马桶上翻江倒海地吐，吐完之后才觉得整个人轻松许多。她顶着一头湿漉漉的头发，也不吹干，就这样躺在床上打算睡过去。

周佳怡拿来吹风机，硬拽着她坐起来，呼啦啦地给她吹头发。楼兮遥看着被夜风吹拂而过的白色窗纱，痴痴地发起了呆。

清清爽爽躺在床上的时候才开始觉得伤口有点疼。疼痛来得那样迟缓，就像事故发生之后很久才会察觉到它的伤害是随着时间越沉越深的。

周佳怡心里藏不住话，坐在床边看着毫无睡意的楼兮遥："亲爱的，到底发生什么事了？你别吓我。"

"没事，就是喝多了。佳怡，我想听听音乐。"

周佳怡滑开手机，打开播放器："你想听什么？"

楼兮遥闭上眼睛，轻声说："莫扎特的《土耳其进行曲》吧。"

她想，当生活变得千疮百孔的时候，幸好心底还留一点微光。

高远一个礼拜没有联系过楼兮遥，骆河洲也是。

这些天来，楼兮遥除了去剧院排练，便是抽空去医院看望程老。虽然和往常一样，日子过得单调又忙碌，她却总是心神不宁。

程老的病时好时坏，药物控制也是一时作用，长久不了。她几次想联系老江，却都被程老阻止，前几天，程老的侄子从国外飞回来，在医院陪了一个礼拜便被程老赶了回去。程老心里清楚，活不活得了都是命，何必去牵累这些孩子呢。

楼兮遥却不听程老这番无稽之言，挨了骂还是雷打不动地去医院报到，积极地查资料，跟各个医院联系肝源，和专家们商量各种治疗方案。

程老知道楼兮遥的性子，也放弃了唠叨。唯一没放弃的，便是见缝插针地劝她跟骆河洲去柏林，合作也好，学习也罢，他希望她能走出去。

楼兮遥不敢去想远走追梦这样奢侈的事，江交对她来说有特殊的意义，她是不可能轻易离开的。自己有生之年还能遇见骆河洲，她已经觉得很幸运了。

楼兮遥抱着侥幸的心理和程老说过，看他能否请求骆河洲留下来指挥一场江交的巡演，当时程老想都没想就摆手，说不可能。

虽然骆河洲并非柏爱的常任指挥，给别的乐团担任指挥并不违反契约精神，但骆河洲自从加入柏爱后，从未指挥过其他乐团。

当然，柏爱这些年来的成就，也离不开骆河洲的专一用心。

程老说，骆河洲是不可能离开柏爱，中途去插手一个三流小乐团的。

虽然早就知道是这样的结果，但楼兮遥心里还是觉得遗憾，特别是看着秦军拿着指挥棒自以为是的时候。

秦军又一次喊停："怎么回事？这首《柴四》练了一个礼拜，你们倒是越练越回去了！上次 Augest 指挥的时候，你们不是这样的啊，给我故意耍滑是不是？"

有人忍不住小声嘀咕："怎么不说是自己指挥有问题？"

秦军耳尖，厉声道："我指挥有问题？当年我拿奖的时候你还在玩泥巴呢。少跟我在这儿瞎叨叨，要是今天这首再练不好，谁也别想回去。"

大家一阵哀怨。

所有人再次丧气地拿起乐器，陷入不看指挥自己跟自己玩的死循环里。真不是大家故意刁难秦军，实在是他的处理和那日骆河洲的指挥差别太大了，大家演奏的时候总是陷入纠结和矛盾中，理智上知道要按照秦军的指挥去演奏，但内心深处又无法回避骆河洲给他们雕刻的演奏记忆。

本该跳出来带领大家走出困境的首席卢故，却意外地在这几日的排练中显得心神不宁，当初他被骆河洲当面批评时还很不服气，可那日只短短与他合作一个乐章，卢故便感觉自己的音乐有所不同，仿佛得到了升华与塑造。

而与卢故一样心神不宁的楼兮遥，就远远不止这点困扰了。所以，两人由着秦军去耍宝，等他独角戏唱累了，自然会放过老柴。

就在江交的排练快要把老柴气活过来的时候，排练厅突然来了几位不速之客。

乐团成员激动地以为又是骆大神来了，伸长了脖子去看，可期待的视线中竟出现了一个坐着轮椅的陌生男人。

是高远。

楼兮遥抬头的那一瞬间，身体像是被麻了一下。

高远一眼便看到了人群中间的楼兮遥，她坐在舞台左侧，大提琴琴颈靠在左肩，右手拿着琴弓搭在膝盖上，眼神看过来的时候像是期待着什么，很快又淡下去，然后轻轻皱起眉来。

高远勾唇哂笑。

来人中除了高远，还有身后给他推轮椅的邹敏，以及一旁卑躬屈膝的付博。

付博让所有人暂停手中的练习，说是远程集团的总裁来看大家了。远程集团或许有人不清楚，但说起巡演的赞助商，大家立刻眼睛一亮。

高远忽略了大家对他小心翼翼的打量和猜测，眼神淡淡的，似乎真的只是无事过来随便看看。

付博在他身边使劲吹牛，简直要把江交夸出花来，还特别自信地提议："不如让他们给您演奏一首？"

高远挑眉浅笑，说得很谦谦君子："荣幸之至。"

秦军早已摩拳擦掌，得到付博的眼神指示后，更是激动。他早就想在团长面前表现一番了，何况今天金主也在。他转身轻咳，对成员说："都拿出真实水平来，别给我丢脸，也别太紧张了，就当作平时排练。"

楼兮遥身后的温婉忍不住小声吐槽："那不是更丢脸呀。"

楼兮遥扭头看了她一眼，温婉立刻吐了吐舌头。

秦军没有放过老柴，还是那首《第四》。楼兮遥拿起弓子，集中心思去演奏自己的声部。

第一乐章顺利结束。虽然没有骆河洲指挥得那样精彩，但也算勉强过关。

付博一脸求表扬,可惜音乐结束后高远一直紧皱眉头,抿嘴摇头表示不满意。

付博问道:"高总觉得如何?"

高总觉得不怎么样,只说:"其他都挺好,就是这大提琴首席,似乎拉得不怎么样。"

付博不敢再问高总哪里不好,因为他也摸不准这位高总是真的精通古典乐,还是仅限于装门面。

高远突然对台上的秦军说:"秦指挥,不如我给你提个建议,换个大提琴首席怎么样?"

秦军看向付博。

付博本就支支吾吾,现在更是手足无措。他以为楼兮遥这事儿翻篇了,没想到高远还是抓着她不放。也不知道楼兮遥跟这位高总到底结了多大的梁子。

一旁的邹敏见付博犹豫,立刻提醒他:"怎么,付团觉得高总提的建议不中肯?"

付博:"这……"

台下这出戏还没完,台上有人忍不住跳出来了。周佳怡站起来仗义执言:"别太欺负人了。"

温婉也看不过去,站起来皱眉道:"你凭什么说我师姐拉得不好呀?!"

高远抬头扫了她们一眼,然后对付博冷笑一句:"你们这大提琴首席手艺不怎么样,人缘倒是不错。"

楼兮遥知道周佳怡的性子,给了她一个眼神,顺手把温婉拉回座位,小声警告她:"坐好,别乱说话。"

温婉立刻耷拉着头。

高远却笑起来,看着温婉:"你刚刚叫她师姐,不如你和你师姐比一场,如果你师姐赢了,那她留下,如果你赢了,那你就是首席,如何?"

温婉毫不犹豫要拒绝,却被付博抢先道:"这个主意好,你说怎么样,小楼?"

楼兮遥见他使眼色,知道此时骑虎难下,只得说:"好。"

驻团钢琴师李晋给她们伴奏,两人选择同一首大提琴奏鸣曲先后演奏,团长付博、指挥秦军、赞助商高远三票决定输赢。

楼兮遥让温婉选曲子,无辜选手温婉被逼着上了台,支支吾吾半天不肯拉。

楼兮遥自作主张选了一首贝多芬的《A大调第三号大提琴奏鸣曲》。

温婉沮丧地抓起琴弓，演奏了第一乐章。

这首《A大调第三号大提琴奏鸣曲》是程老最喜欢的一首作品，也是她们上课时被拿来做示范讲解最多次数的一首，温婉当然很熟悉。

《A大调第三号大提琴奏鸣曲》是贝多芬五首大提琴奏鸣曲中较为成熟的作品之一，第一乐章由一段抒情伤感的旋律拉开序幕，其中有两个重要的抒情主题，两个主题均由大提琴陈述，旋即被钢琴接替，紧接着主题重复，乐器的顺序则颠倒过来。

温婉抱着比不过更好的心态拉完了整首曲子，没有什么差错，甚至在一些细节的处理上非常细腻，可以看出音乐上的天分和平常的努力。

温婉下台后，楼兮遥拿着琴走上去。她坐在台上，忍不住看了高远一眼。高远表面上不动声色，一脸平淡如常，可内心早已暗潮汹涌。

楼兮遥手上的琴声低沉悠扬，不管是与钢琴相伴而生的伤感，还是独奏时的低吟哀叹，都像是从她内心深处流泻出来的。右手的拉弓、拨弦，左手在把位上的快速移动、捻弦，都用力地诉说着她的无奈和愧疚。

高远已经很久没有听过楼兮遥拉琴了。从前在高家，两人的房间占据一东一西，可即使隔了最远的距离，楼兮遥练琴的声音偶尔还是会随着春日早晨的微风飘过来，不分青红皂白地塞进高远的耳朵。

他一直都很讨厌楼兮遥，特别是拉琴的楼兮遥。

此刻，他在这儿看着她，觉得那些平日里隐藏起来的伤痛，一点一点地被她的琴声勾了出来，他握紧拳头，真恨不得立刻上去摔了她的琴。

楼兮遥拉完最后一个音，抬头看向高远。高远明明不懂什么古典乐，可此时的眼里像是有一团火。

付博笑着对高远说："高总，怎么样？"

高远微抿唇角，眼神阴冷："投票吧，同意换人的举手。"然后缓缓地举起了手。

付博犹豫再三。他好歹是懂一点音乐的人，若说刚刚楼兮遥拉得不好，那简直是昧良心，可……毕竟没有什么比赞助更重要。

高远转头扫了一眼很识时务的付博，又转向台上的秦军。秦军被眼风震慑，立刻投降缴械，颤颤巍巍地举起了手。

全票通过，一个不用比就可以确定的结果。

就在高远准备喊楼兮遥收拾包袱滚蛋时，在一旁当看客的群众队伍里突然冒出一个突兀的声音，不是傻愣着没有反应过来的周佳怡和温婉，而是不管老江如何卖力拉郎配也无法和楼兮遥产生化学反应的卢故："这样的投票不公平，要投也是乐团所有人一起投。"

高远深深地看了卢故一眼。卢故像是天生面部神经不好使，无论什么情绪在他脸上都不可能找出任何痕迹。

付博想说什么，被高远扬手打断了，他勾起嘴角，很"民主"地说："没问题，既然首席都这么说了，那我们大家就一起投。"

"对对，一起投。"反应慢了不止半拍的周佳怡和温婉这才激动地附和起来。

其实楼兮遥人缘并不差，相反因为拉琴水准高，大家都很尊重她，而且她平时安安静静的，看上去高冷，但一起相处时也会保持基本的礼貌，并不会因为和程老的关系就搞特殊、玩散漫。

奈何周佳怡与"人气王"孟如是死对头，孟如本就气不过卢故为楼兮遥说话，见周佳怡站在楼兮遥这一边，毫不犹豫地给了反对票，然后哗啦啦一片跟随者。

周佳怡狠狠地瞥了孟如一眼。孟如勾起嘴角，轻飘飘地接收了她的怒意，吹了吹手指甲，笑得越发得意，反而是没有举手的萧何，让周佳怡吃了一惊。

意识到周佳怡的眼神，萧何擦着单簧管，头也没抬地解释一句："别误会，我只是不喜欢随主流。"

这话听上去没毛病，但仔细一想很气人。周佳怡的脑弧线跑了八百米才回程，立刻反驳一句："什么主流非主流，明明赞成票更多好不好。"

周佳怡一句不过脑子的话，却是瞎猫碰上死耗子，确实是一票之差险胜。周佳怡心想，幸好这个乐团还是有气节的。

然而刚感慨完的周佳怡立刻被打脸。高远笑眯眯地说了一句："看来大家还是很团结的，连坐冷板凳也要一个不少。"

意思很明显，保楼兮遥还是保巡演，自己掂量着办。

这样的威胁立刻起了作用，本来就只举了半只手的小号手贺鹏马上颤颤巍巍地缩了回去。

所以说，生活如戏剧，生活比戏剧更精彩。

"导演"高远很满意这样的结果，漫不经心地说："楼小姐，认命吧。"

话还未落地，身后突然传来低沉醇厚的男声："我投楼兮遥。"

所有人都看过去，只见骆河洲从暗处走来，双手一下两下地鼓掌："很精彩。"

楼兮遥惊讶地看着这位不速之客。

迎着楼兮遥的讶然目光，骆河洲还很体贴地补充了一句："当然，我指的是你刚才的演奏。"而不是什么投票。

高远看着来人，皱起了眉："你是谁？"

骆河洲气缓声轻："我是骆河洲，也是……"他扫一眼台上的楼兮遥，"接替程老的江交指挥。"

大家全都倒吸一口气。

付博激动道："Augest，你说什么？"

骆河洲："程老今日请求我担任江交巡演的临时指挥，本来我拒绝了，但现在……哦，对了，如果我是江交的指挥，那投票作数吧？"

付博简直笑开了花："作数作数。"

高远看了他一眼："付团，你们内部的事我不想管，不过赞助的事，我只看楼小姐的去留。"

骆河洲轻轻地看过去，唔了一声："这是我们的赞助商？"

付博点头。

骆河洲笑起来："当然，赞助商若是不满意，换人便是。我刚刚的投票，也只是想表明她拉得好。"

高远和其他人都疑惑地看着他。

只见骆河洲走上台，站在楼兮遥面前："你说让我留下来指挥江交的巡演，我可以答应，但有一个要求。"

楼兮遥愣愣地问："什么要求？"

"你离开江交。"

Chapter 4

天赋

不够努力的人最后只会消磨掉所有天赋,
拼命努力的人才会让自身的天赋闪闪发光。

楼兮遥没有听错,骆河洲说的确实是让她离开江交。

本来骆河洲订好了今日飞柏林的机票,临走前去跟程老告别,顺便拒绝了老人家磕磕碰碰才说出的留在江交指挥的请求。

骆河洲一直是个我行我素的人,走到今天这个位置,获得太多也看透太多,对很多人事已然提不起兴趣,也不再像年轻时那样有什么执念。当初在斗湖机场,他确实很欣赏楼兮遥的琴声,也希望她能来参加柏爱的演奏会,但如果对方实在不愿意,他也没有非要勉强。

即使他无聊之余逛到了江交,听到了楼兮遥那首令人惊艳的《A大调第三号大提琴奏鸣曲》,即使他心中无限感慨,楼兮遥这样的乐手天生就该待在舞台上,成为一个真正的音乐家,即使他知道失去与她合奏的机会可能会成为一种遗憾,但骆河洲从没动过心思要去改变一个人的人生轨迹。

行止由心,成了他人生现阶段最大的生活信奉。

然而,在他伴随着奏鸣曲的尾音,默默走出剧院时,乔纳森突然心血来潮给了他一个电话。

自作聪明的乔纳森以为亲爱的指挥先生轻轻松松地拿下了欣赏的大提琴手,正准备带着美女回柏林,于是非常愉快地给他一个意外惊喜,欢喜雀跃地告诉骆河洲:"你知不知道,原来那位拉大提琴的美女就是楼老先生的孙女啊,音乐世家出生,难怪能被你看上。Augest,我给你爆了个这么大的料,你可别再怨我没有把她挖过来了……"

剩下的骆河洲就听不见了。

而那头还在邀功的乔纳森不知道,这是他一生中最后悔的一通电话。

刚刚还定位自己为懒得动心思的骆河洲如今动起心思来简直让人大跌眼镜。楼兮遥惊讶地看着骆河洲,只听他又说了一遍:"我希望你暂时离开江交。"

决定几乎是那一瞬间做出来的。若是放在几个月前,有人跟他说骆河洲会留在一个三流水平都称不上的乐团做指挥,那他自己都会觉得可笑。但事实确是如此,他打破人生信奉,竟主动插手了另一个人的人生。

楼兮遥只是看着他,根本无从质问骆河洲此番毫无征兆的要求,而台下的高远却很高兴,他对识时务的新晋江交指挥很满意,向一旁的付博道:"付团,你还有什么异议吗?"

付博当然不会为了一个楼兮遥而得罪高远又错失骆河洲,于是十分爽快地答应:"当然没有,楼兮遥的解聘手续我会尽快办好。"

楼兮遥伫立在不知所措当中,一脸茫然地看着骆河洲,脑回路好不容易跑完全程,才怔怔然开口:"为什么?"

骆河洲伸出手,突然拉着她走下台去,中途他回过头来,扫了一眼眼神凌厉的高远,又轻轻地看向一脸茫然的乐团成员:"明天8点,请所有人准时到。"

以周佳怡为首,乐团所有人都变成了忘记当看客的群众,拍疼了脑袋也摸不清此刻的事情走向。

而如同大家一样坠入迷雾的楼兮遥只能任由骆河洲拉着走出了剧院。

骆河洲不疾不徐地点着餐,楼兮遥好不容易等到服务员拿着菜单离开,骆河洲又开始不慌不忙地铺餐巾。她实在忍不住,又问了一遍:"骆老师,为什么您要求我离开江交,是不是我刚刚拉得不好?"

骆河洲:"不。虽然我不会拉大提琴,但鉴赏的水准还是有的,刚刚那首奏鸣曲如果让我来评分,我会打到90分。"

"那剩下的10分我丢在哪里?"

骆河洲笑起来:"问得好。不过这个问题我恐怕回答不了你,程老也不行,但有一个人可以。"

"谁?"

"丽兹。"

世界公认的大提琴大师、现任巴黎国立音乐学校的终身教授曼弗瑞·丽兹？

骆河洲看着眼中精光乍闪的楼兮遥，点点头："我曾经与丽兹老师合作过，有些私交，她过段时间会到S市担任一场大提琴比赛评委，还有意将冠军收为关门弟子。她虽然年过半百，但手把手带过的学生不过三个，一个是如今享誉世界的大提琴家马诺，另外两个全在顶级乐团担任大提琴首席。"

最重要的是，比赛的冠军将会直接被巴黎国立音乐学院录取。

楼兮遥根本不可能想到，在周佳怡耍几句嘴皮子的短短时间里，骆河洲的心思就已经从江城想到了巴黎，相比之下，她的脑筋"方向盘"就显得不那么灵活了："您的意思是让我参加比赛？还要拿冠军？然后成为丽兹的学生？曼弗瑞·丽兹？"

骆河洲又点点头。

"怎么可能？！"

如果是丽兹来担任评委，那这场比赛必定高手云集，别说她楼兮遥没有正经上过音乐大学，即使有，也拼不过别人辉煌的履历。

"所以，你现在没有精力留在乐团排练，你必须拿出全部时间准备这次比赛。"骆河洲回答了她最初的疑问。

楼兮遥发愣似的看着他，仍旧摆手道："不行。我不能参加比赛，我没有参赛经验，而且我不能离开江交。"

骆河洲："如果是我在江交，你也不放心吗？"

楼兮遥无话可说。比起她一个大提琴首席，当然是骆河洲对江交更有意义。

骆河洲拿出手机递给楼兮遥："输入你的手机号和邮箱地址。"

楼兮遥知道此时的自己已是毫无退路，但又明白对骆河洲的遵从其实很大一部分原因来自内心深处的渴望，某一个时刻，她也突然闪过一个念头——如果是比赛的话，她会赢吗？她还能像六年前一样做到吗？

骆河洲看着她输入号码："我待会儿会把报名表发给你，你填完之后再给我，之后我们找个时间一起商量一下比赛曲目。"

楼兮遥把手机还给骆河洲，凝眉看着他："您……为什么要这么做？"

即使骆河洲说过很多次希望她能去柏爱参与演奏会，她还是很清楚，骆河洲口中的"希望"并不是"非你不可"。如今他突然愿意留下来，并提出一个与自己毫无利益关系的要求，难道仅仅是因为惜才吗？

骆河洲看着楼兮遥，目光深邃，仿佛是穿越了她在看某个人。当年骆河洲在楼承那里接受改造时，楼兮遥刚满五岁，豆大一点儿的人却跟老太太一样爱念叨，整天不是唐僧念经似的屋里屋外自言自语，就是随时随地叨出一箩筐的话强行塞满骆河洲的耳朵，以至于后来骆河洲偶尔看到五六岁的小女孩时，脑仁儿还会隐隐发疼。

虽然天不怕地不怕的骆河洲跟躲炸弹似的躲着"小唐僧"，但她却是老头恨不得天天揣在手心里的掌上明珠。老头经常抱着楼兮遥在钢琴旁给骆河洲指导，顺便就着琴声哄他的宝贝睡午觉。

虽然骆河洲很不甘心沦落到给小孩子弹摇篮曲，但只要唐僧不念咒，他什么都忍了，甚至某个时刻，他觉得睡梦中的小女孩挺可爱的。

他记得老头总爱叫她茜茜，骆河洲还以为"小唐僧"的大名就叫楼茜茜，谁知老头一听笑得眼角褶子都起了，厚脸皮地回答："是啊，她就是我的公主。"

骆河洲记得当时的"公主大人"除了天真无邪地"念经"，根本不会任何一门乐器。他甚至都忍不住怀疑，如今那个拉出《A大调第三号大提琴奏鸣曲》的楼兮遥，与老头怀里的小女孩真的是同一个人吗？

骆河洲看着楼兮遥，回答道："可能是因为我们有缘吧。"

连日来，楼兮遥一直窝在公寓里背谱、练琴，得空便出来吃个饭。

那天吃完饭后，骆河洲扔给她一本厚厚的谱曲，说是自己"费尽心思"挑选出来适合参加比赛的曲目，要求她在一个礼拜之内将曲子练熟。

本来还被"有缘"两个字砸得有些轻飘飘的楼兮遥，此刻终于回到现实，像第一天上学的小学生一样充满仪式感地接过"课本"，然后开始了晨昏定省、闭关修炼的日子。

一天练十几个小时琴对于楼兮遥来说不过是家常便饭，她从学大提琴开始便比常人更努力地练习，别人练一个小时，她就练三个小时，别人在玩皮筋、挑发夹、谈恋爱的时候，她几乎全在练琴。

骆河洲刚开始还担心楼兮遥会偷懒，一日三刻掐着点来电话查岗，发现楼兮遥比他想象的更刻苦时，心里更对她多了一份欣赏。

只有骆河洲自己才知道，从小被称为天才的他，身上有多少天赋，就有多少努力。不够努力的人最后只会消磨掉所有天赋，拼命努力的人才会让自身的天赋闪闪发光。

而与楼兮遥形成鲜明对比的是朝九晚五的周佳怡，她每天准时准点进出剧院，拿着乐器去乐团就像公务员拿着公文包上下班。现在每天回家后除了在某网站上捣腾一些二次元音乐，竟还能空出时间来练习长笛协奏曲。

刚开始那几天，楼兮遥忙着练琴也没有注意到这些情况，后来发现不对劲时，便问了周佳怡几句，只听她差点把嘴角咧到后脑勺，将骆河洲夸出一朵花来："骆大师根本不像传说中那样严厉无人性嘛，下课不拖堂，周末不加班，排练不骂人，准点能吃饭，而且长得这么帅，简直不要太幸福。"

楼兮遥看着手边那本厚厚的曲谱，一点都不想认同周佳怡的话。

这些天，楼兮遥一副闭关修炼、闲人勿扰的样子，周佳怡也没好意思打扰她，但此时见她还有心思来关心乐团的事情，终于忍不住八卦起来："我家骆大师突然留下来跟一群小屁孩过家家似的玩，到底是怎么回事？还有，他亲自把你从乐团'赶'出去，你这位嫡系公主连哼唧两声反抗都没有？"

楼兮遥没有搭理她的八卦。

虽然周佳怡沉浸在对骆河洲的个人崇拜里，非常满意自己目前的工作状态，但楼兮遥还是隐隐担心这样放松的管理模式对江交不是件好事。

"卢故有没有说什么？"

周佳怡不知道楼兮遥是用哪条脑神经思考问题，才跳过她的八卦突然想起了"面瘫"卢故："他能说什么，到点下班比谁都走得快，恨不得多长几条腿似的。"

楼兮遥皱了皱眉，突然忧虑起来，可转念一想，如果连卢故都没有提出什么异议，想必是骆河洲确实能令乐团服众。

"那我离开乐团之后，大提琴首席找了吗？"

周佳怡第一次发现楼兮遥是个这么啰唆的人，虽然十分不满意自己输出八卦信息，但鉴于寄人篱下，只能被迫接受不公平待遇："骆大师让温婉替了你的位子，这丫头可紧张得不行，压力大得都冒青春痘了。"

周佳怡总有本事把话题扯到一些无关紧要的事情上，楼兮遥也不想浪费精神跟她瞎掰，随手把门一关，又开始了新一轮的闭关。

后来温婉给楼兮遥打过几个电话，听着她快哭的声音就知道，这丫头压力确实不小。其实温婉本身很有天赋，也肯努力，多点经验的话，胜任江交的大提琴首席也没什么大问题，但她天生性格温软，又长时间活在楼兮遥这个师姐的光环之下，难免胆怯不自信。压力一来，就有点措手不及、心思沉重了。

楼兮遥鼓励了她几句，将平时不说的好话几乎全说了，随后又分享了一些经验，告诉她作为大提琴首席应该注意什么。温婉听了之后果然心里多了些底气，感慨道："师姐说得可比指挥清楚详细多了，这样我就明白啦。"

指挥？骆河洲吗？

楼兮遥于是打探了几句乐团的情况。

温婉告诉她，骆河洲按照程老留下来的谱子按部就班地练习，每天由卢故带领大家排练，有问题的话骆河洲会及时指出来。由于骆河洲很少有废话，所以效率特别高，这也是为什么周佳怡能每天朝九晚五的原因。

而且，骆河洲对大家的"课后问题"也有问必答，虽然温婉觉得骆大师好几次都像是强忍下了"你是白痴吗"的眼神。

对于骆河洲如此"正常"的训练方式，楼兮遥虽有些担忧，但也说不出哪里不对劲。事已至此，她也只能走一步看一步了。

在闭关的日子里，除了忧心，还有堵心的事，比如邹敏的电话隔三岔五就打进来。自那天高远出尔反尔在剧院逼她离开乐团后，楼兮遥再也没有见过高远。

一个礼拜快要结束，马上就到向骆老师"交作业"的日子，楼兮遥也顾不上邹敏的电话，干脆关了机。她破罐子破摔地想，既然自己怎么做高远都不满意，那还不如能逃避一时便自在一时。

但有些事情并不是她想躲就能躲得了的。

那天晚上，她正在认真调弦，屋里突然一片漆黑，断电了。她给物业打电话，物业说是业主的要求，她这才想起来，这套小公寓当初是母亲留下的，而那天她除了把股权转让给了高远，也签字归还了母亲名下的两处房产。

楼兮遥正在愣神时，被调成静音的手机屏幕突然亮起了，上面"高远"的名字像个魔咒一样出现在暗夜里。

那头的高远终于在耐心耗尽前听到了楼兮遥冷淡的声音："找我有事吗？"

高远压下心头的怒火，不跟她计较又玩失踪的把戏，尽量公事公办地说道："楼兮遥,签完字那天没有马上叫你搬走已经是给你情分了,你可别揣着明白装糊涂。"

楼兮遥摸到手边小茶几上的水杯,用刚刚练习到发麻的手指摩挲着杯沿,心平气和地说:"你放心,我明天就搬。"

高远那头顿了一下,很快又想到什么,冷笑道:"要不你求求我?也许我会看在咱们兄妹一场的面子上,好心给你一个落脚之处。"

"高总,谢谢你的好心,但不用了。还有,我真的希望一切到此为止,我们都能……重新开始。"

楼兮遥毫不犹豫地挂了电话,将高远那声还未跑出喉咙的阴鸷怒讽隔绝在了看不见的远处,然后看着手机的光源渐渐灭下去,一切又归于黑暗。

楼兮遥找来蜡烛,将弦调完,然后拿起松香,坐在窗前一遍一遍地擦着琴弓,反复单一的动作慢慢地让她的心安定下来。她思考着自己以后的出路。

楼兮遥今年二十四岁,在她的人生经历里,已有过不少落脚之处。十岁之前她与爷爷住在偏远的小楼房里,院里常年有花草,童年都是清香的味道;后来跟着母亲到了高家,大别墅大房间住着,却过得小心翼翼,步步维艰;之后挤在几平方米的清苦幽暗之地,度过了一段漫长无望的痛苦岁月;最后被放逐到这间小公寓,以为借此安身立命,聊慰余生,所谓流浪也就到头了。

可谁承想,生命不过一处寄居之所,哪里有什么永远的落脚之处。

其实在这个四处都是公寓、酒店的现代化城市,想要找一个住的地方并不难,但楼兮遥此刻回溯自己的过去,突然怀念起了那段无忧无虑的童年岁月。其实很多人事物都记不清了,但恍惚间总有清凌凌的钢琴声藏在记忆深处,此刻如泉水一般倾泻而出。

楼兮遥突然很想爷爷。

第二天一大早,楼兮遥很快便收拾好了行李,将浪到很晚才回来的周佳怡从被窝里拉起来,告诉她房已换主,请另谋住处。

鉴于楼兮遥很少开玩笑,周佳怡几乎是被吓醒的。她愣了几秒后,跪在床上抱住楼兮遥的大腿,哭道:"美人,你可不能抛弃我啊,你看我一个外地女孩,孤苦伶仃的,也没一个亲人,每月就千把块工资,本来就吃不饱穿不暖,哪里去找房子住呀。"

楼兮遥心里一颤，停了脚步，昨天回溯人生还觉得自己凄惨无比，现在转念一想，二十几岁的女孩刚从学校出来，哪个不是四处飘零艰难谋生的？谁的生活都不容易。

她转过身来，口气软了下来："我要搬去我爷爷以前的房子，在堇山，路远，房子也旧，你要不嫌弃，就一起吧。"

只要不要钱，周佳怡才不介意。

楼兮遥和周佳怡都属于不太讲究的女孩，一人一个箱子就把自己打发了。她们搭了两趟公交车才到达堇山，几乎快接近郊区了。周佳怡估算了一下，从这儿到剧院，不堵车也得一个小时。

她心里有点儿慌。

不过幸好房子还行，虽然看上去有些年月，但也没有楼兮遥说的那样老旧，好歹也是上带阁楼下带花园的楼房，而且有点类似于简易的联排别墅，一幢两户，中间有矮墙隔出来。

楼兮遥已经很久没回来过了。当初上高中时，如果她在高家过得不开心，还会偷偷躲在这里住两晚，可自从六年前出了那桩事故后，她再也没有回来过了。

楼兮遥将爷爷的房间收拾出来自己住下，把从前住过的小房间留给周佳怡，楼上是爷爷的琴房和书房，已经封锁许久了。

楼兮遥把收拾打扫的艰巨任务留给了周佳怡，然后将行李一放，立马背起琴赶去剧院"交作业"。

周佳怡捏着鼻子在心里骂了楼兮遥一声"剥削分子"。

周末剧院不排练，下午也没有演出，所以楼兮遥赶到的时候，一切都是静悄悄的。

骆河洲在一间小型音乐厅里等着楼兮遥。楼兮遥推开一扇厚重的大门，从观众席后座走进去，远远地看见骆河洲坐在一架黑色三角钢琴前，台上的灯光打在他的身上，镌刻出他清晰的轮廓。骆河洲单手抚在琴键上，零零散散地按下几个音，显得随意又慵懒。

楼兮遥一走近，骆河洲立刻拉直脊背，从"懒散闲人"一秒切换到"为人师表"的状态，还没等楼兮遥问一句老师好，骆老师立刻一派严肃地问道："琴练得怎么样了，谱子都能背下来吗？"

楼兮遥觉得有点紧张，但面不改色："嗯，差不多了。"

骆河洲"嗯"了一声，拿起谱子随手选了一首，有模有样地检查起来。楼兮遥把琴打开，调完弦之后镇定自若地接受了考试。

她确实把曲子练得滚瓜烂熟，而且拉得比骆河洲期望的更好。

骆河洲合上曲谱，单臂靠在钢琴上，问她："你自己觉得哪首最有把握？"

楼兮遥摇摇头："都没有。"

骆河洲凝眉，认真地看着她："我十二岁参加国际钢琴大赛的时候，是当时年纪最小的选手，可最后是我赢了。你知道凭什么吗？"

"天赋？"

骆河洲摇头："是自信。你知道对一个乐器演奏者来说最大的对手是谁吗？"

"竞争对手？"

骆河洲又摇头："是我们手中的乐器。"

他告诉楼兮遥："我们手中的乐器就像是剑客手中的剑，骑士胯下的马，我们每一次演奏就是一次驾驭它的过程，而在那之前一定要有驾驭它的自信。"

楼兮遥定定地看着骆河洲，眼睛里像是有星光划过。骆河洲并不是在说什么情话，可楼兮遥心里莫名一紧，像是星垂平野阔，又像海上明月升。

楼兮遥想起一桩事，忍不住问道："骆老师，你好像这几年都没有开过个人钢琴独奏会了吧？"

骆河洲眼中闪过一丝微不可察的光芒，打开曲谱随意地翻起来，语气很平淡地说："柏爱训练太忙了，没时间。"

楼兮遥没有看出骆河洲的不自在，只是觉得可惜："你的钢琴乐迷们一定会觉得很难过。"

因为她就是其中之一。

把所有曲子拉一遍，然后再回答几个老师的课间提问后，日暮已经降临了。

对于一对一的小课教程，骆河洲一点儿也不像周佳怡说的那样效率高。

两人在剧院附近的餐厅吃过晚饭后，骆河洲主动提出送楼兮遥回家。楼兮遥像个怕给老师添麻烦的好学生一样连忙摆手："不用了，我住堇山，路挺远的。"

骆河洲却挑眉："唔，那正好顺路。"

楼兮遥这才想起来，骆河洲也住堇山。由于骆河洲天生路痴，直到走到自家门前，他才发现两人住得如此近。

骆河洲："你什么时候搬过来的？"

由于楼兮遥接受了一下午的高强度训练，所以没有分辨出骆河洲这句话其实有问题。按照正常人的思维，应该问的是"你怎么也住这儿"，然后来一场惊喜的友好问候。

然而楼兮遥做了一下午的好学生，对于老师的提问几乎没有质疑，本能就回答："今天上午，怎么了？"

骆河洲指了指连在一起的另一幢房子："我住这儿。"

楼兮遥诧异道："怎么会？你一直都住这儿吗？我怎么以前没见过你？"

骆河洲看着自己的新邻居，笑了笑："正好，要不要进去参观一下？"

楼兮遥愣了一下之后才点头。

当年骆河洲来楼承这里学习十分不情愿，开始那几天总是找各种理由企图离开，可骆郁女士也不是吃素的。骆河洲说吃不惯中餐，她就请一个法国厨子过去；骆河洲说睡不惯新床，她就连夜将家里的旧床寄过去；骆河洲说适应不了新环境，她索性直接把旁边的房子买下来，将柏林的房间直接给骆河洲搬了过去。

骆郁女士对付儿子的方式向来简单粗暴，要么宠你上天，要么令行禁止。骆河洲见母亲挥金如土，便知道她这回是下了决心治他，认清形势的骆河洲也就慢慢停止了作妖，乖乖留下来接受改造。

骆河洲跳过了一楼的厨房餐厅和会客室，直接带楼兮遥来到二楼。相比楼承堆满了书籍乐器凌乱风的工作室，骆河洲的二楼显得宽敞多了，整面弧形的落地窗连通卧室和半开放式的琴房，卧室面积只占了四分之一，从未关紧的门缝里瞥一眼，只看到一张简洁宽敞的矮床。

然后是半开放式的大琴房，一架九尺的黑色斯坦威摆放在落地窗前，旁边是一张三米长的沉香木方桌，上面一堆凌乱的曲谱和纸稿。最令楼兮遥移不开眼睛的是钢琴旁边的那架斯式大提琴，单从背板枫木的纹路来看，就知道这一定是一把顶级的大提琴。

骆河洲指着那架大提琴："这是我母亲从前练习用的，你可以试试，若是顺手，可以拿去。不过用之前恐怕得调弦一段时间，毕竟很久没动过了。"

楼兮遥惊讶地看着他："这……真的可以？"

骆河洲点头："当然。"

楼兮遥跃跃欲试，小心翼翼地走过去，坐在椅子上，像是抱着一个婴儿一样将那把琴揽入怀里，她拿起琴弓拉了一弦，心随之一动。

虽然音准确实需要矫正，但是那种移山破云的力量从弓与弦的摩擦中倾泻而出，沉稳又美妙。

楼兮遥抬头看着骆河洲，眼里有光："我真的可以调弦？"

"可以，不过你最好把它拿到隔壁去，关起门来慢慢调。"骆河洲打着哈欠，"我困了，明天还要早起去剧院折磨自己的耳朵。"

楼兮遥诧异道："我可以把琴带回去？"

骆河洲靠在钢琴旁："不然呢？哦，对了，既然我们是邻居，那指导练习的事也不用跑剧院了，我明晚直接去你家。"

楼兮遥对自己的智商下限产生了前所未有的怀疑，她有点反应不过来："我家？"

骆河洲眯了眯眼："记得把二楼书房收拾好，我不喜欢太乱。"

骆河洲困意横生，眼睛里染了一点蒙眬慵懒，印在暗夜的落地窗上是说不出的风华。他转头径直往卧室走去，声音里带着困倦的鼻音："我就不送了，下楼记得把门关好。晚安。"

楼兮遥看着骆河洲的背影，总觉得哪里不对劲，回到家才拍头想起：他怎么知道书房在二楼，而且很乱？

楼兮遥将很乱的书房收拾了一天。

自从爷爷过世后，二楼书房一直是封锁状态，即使楼兮遥之后过来小住，也没有打开书房的门。

书房不大，一架棕色亚光的雅马哈立式钢琴靠在墙边，墙上挂了一幅印象派风格浓墨重彩的画，另一面墙是一个大书柜，上面七扭八歪地塞满了各类书籍，其中还夹杂着一两张碳素笔划过的谱曲草稿，窗边有一张旧式单人沙发，旁边是一个小圆桌和一盏落地灯，圆桌上面摊开一本《约翰·克利斯朵夫》，灯架上搭着一块落满了灰尘的薄毯。

其实楼兮遥对小时候的事情几乎记不清了，但一打开书房的门，熟悉与亲切感立刻扑面而来，她甚至觉得那种蒙尘的老旧味道给自己带来了巨大的安全感与归宿感。

楼兮遥没有改变书房的布置，只是整理了书架上的书籍，擦了一遍屋里的灰尘，叫师傅来给钢琴调了音，然后泡了一壶爷爷最爱的普洱等着骆河洲。

骆河洲也不知道是被屋内太过老旧的物件给惊着了，还是因为相比自家的简洁风格嫌弃这儿实在太乱了，愣是在进来后围着不大的书房缓缓地绕了四五圈，一只手伸出来从钢琴盖、沙发靠背、书架上一一抚过，不知道是在检验有无灰尘，还是在抚摸着什么。

幸好最后骆河洲也没说什么，只是坐在沙发上，叠起双腿，端起手边的茶："先随便拉几首曲子听听看。"

楼兮遥坐在他的对面，放好今天调了一下午的那把斯式琴，挑了几首自认为还不错的给骆河洲听，然后问他意见："怎么样？"

"还不错。"

"那您觉得选哪首去参加初赛比较合适？"

骆河洲反问她："你自己认为呢？"

"我想选舒伯特的《a小调阿佩乔尼奏鸣曲》。"

骆河洲皱眉，似乎有不同的意见："所有人都知道丽兹钟爱舒伯特，这首曲子必定是大多数人的首选，所以我们可以选择一些其他更有意思的曲目。"

"那您觉得哪首合适？"

"门德尔松的《D大调无词歌》怎么样？"

对于楼兮遥来说，这首曲子还是她学生时期的练习作品，它的旋律同舒伯特的那首《a小调》一样，听上去都是哀愁悲伤，但单纯从技巧上来看，这首要简单许多。

骆河洲知道楼兮遥的顾虑，解释道："门德尔松的《无词歌》讲究的就是旋律性。如果丽兹喜欢舒伯特，那一定会喜欢门德尔松。而且以你现在的水平和比赛经验，不适合去演奏高难度炫技作品，这首《D大调》精致、隽永，情绪内敛又饱满，你要做到收放自如，还真得好好下功夫。"

虽然楼兮遥有点失落,但也承认骆河洲说得中肯又实际。以她现在的水准,确实很难去跟顶尖高手拼技巧,也许她的优势,就在于感情的投入吧。

"行,那初赛就定这首吧,不如我拉一遍给您听听?"

骆河洲点点头。

楼兮遥调整姿势,拿起弓开始演奏。主题句低吟浅唱,不断重复变化,中间突然变成了急促的快板,旋律强烈起来,短短的一段之后,又换回了悠长悲伤的旋律,最后在一个低音中缓缓收尾。

楼兮遥深吸一口气,抬头问骆河洲:"怎么样?"

骆河洲:"技巧、音准、节奏都没问题,可是,还不够动人。"

楼兮遥也很愁,这样简短的作品确实更加考验演奏者的水平,要想在短短四五分钟之内就感动别人,确实不是一件容易的事。

"不如,请骆老师弹一遍给我听?"好学生楼兮遥自认为这样的要求对于骆老师来说既合理又轻松,可骆河洲难得别扭起来,扭头给自己倒了一杯茶:"你听我弹没什么帮助,只会更加不自信。"

楼兮遥:"……"

"那能不能给我弹个伴奏?"身为钢琴大师骆河洲的资深粉丝,楼兮遥仍不死心地想着借公谋私。为了显得愿望急切,她还补充了一句:"有伴奏的话,或许我会很快找到感觉。"

奈何"纸上谈兵"的骆老师不买账:"我已经很久没弹琴了,给你伴奏恐怕会影响你的演奏,不过,你想要找人伴奏练习的话,估计很快会有人选。"

"谁?"

骆河洲低头喝了口茶,卖了个关子。

"虽然我不能给你伴奏,但可以给你讲一个以前听过的故事,想不想听?"

楼兮遥点头。

骆河洲坐在旧沙发上,左手轻轻托着茶杯底端,尽量回忆起当年楼承说话的语气和神态:"很久以前,有一个武功高强的剑客,立志打遍天下高手。他花了几年的时间在江湖上打败了一群草莽匹夫,自以为是天下第一,十分骄傲自负。后来有人告诉他,南边一个山下住着一位隐世高人,至今没有一人可以打败他。剑客听了之后不服气,立即去找那位高人一较高下。谁知那位高人毫不费力,只在他面前虚晃一招,便将剑客击倒在地。剑客终于认识到自己井底之蛙的浅薄,决定要拜高人为师。"

其实,骆河洲并没有完全还原楼承的话,比如他将骄傲自负后面那句"尾巴翘到天上去"以及那位"仪表堂堂的高人"作了适当的修改,并且再一次在心里怀疑,老头当年是有多不要脸,才将少年骆河洲隐射为自负浅薄的剑客,而称自己仪表堂堂的。

当骆河洲第一次向别人说起这个故事时,才发现故事的这段引子其实全是废话,指不定当年是老头为了挖苦他才胡乱瞎编的。

他晃了一下神,继续说:"高人见剑客筋骨极佳,又被他的诚意打动,于是答应教他两招,回答他两个问题。剑客首先问他,怎样才能练成最高超的剑术。高人回答他,剑术之道,讲究行云流水,任意所之。剑客又问他,怎样才能做到天下第一。高人说,在沉静中反观自照,并超越自己,就能天下无敌。"

楼兮遥已经渐渐习惯了骆河洲牵引式的指导方法,顺着他隐晦的比喻想了一下,说:"您的意思是,让我忘记手中技巧,回归最初的本心?"

骆河洲从回忆里抽神,深深地看了她一下。当年楼承不晓得从哪本武侠小说里摘来几段拗口的古文给骆河洲洗脑时,骆河洲的第一反应是"这老头简直满嘴跑火车"——他也是很久之后才领悟到其中真谛的。

这是冥冥之中的牵引吗?命运安排楼承给他讲述这个道理,是为了日后通过他来点拨自己的孙女吗?

骆河洲挥去脑海中这些隐秘而又未知的想法,给了楼兮遥一个肯定而赞赏的眼神。

楼兮遥闭了闭眼,再次拉起了那首《D大调无词歌》。一曲结束,骆河洲缓缓地举起了手,赞了一句:"Bravo!"

楼兮遥觉得心底澄澈明净多了,随口问了一句:"刚刚那个故事结束了吗?"

骆河洲沉默许久,久到楼兮遥都以为没有下文了,他才缓缓开口:"后来,剑客如愿以偿成了天下第一,可当他真的天下无敌了,又觉得无限孤独和迷茫。他再次去找高人,想问问他练剑的目的是什么,可惜,高人已经不在了。"

不知道为什么,当骆河洲怅惘地说出"不在了"这三个字时,楼兮遥的心瞬间变成了紧绷的弦,像是被弓子拉过一样。

她竟然莫名想起了爷爷。

楼兮遥见骆河洲轻轻摩挲着手边那本摊开的《约翰·克利斯朵夫》，眼神幽幽的像是在想什么，终于忍不住说道："骆老师，我要对您坦白一件事。"

"嗯？"

"上回您提起楼承，我确实认识，而且他是……我爷爷，这儿就是他以前住的房子。"

骆河洲好像并不是很惊讶，反而拿起茶壶，倒完最后一杯茶："你对老……先生还有印象吗？"

楼兮遥点点头。

"爷爷很喜欢笑，有时候跟个大孩子一样，他也很疼我，经常弹琴给我听，对我几乎百依百顺。我记得有一年圣诞节，我一直吵着想吃巧克力，爷爷便冒着大雪出去买。这儿离市区又远，他来回倒好几趟车才买到，回来的时候因为路滑，不小心摔了一跤，巧克力掉了出来滚到路面上，被过路的车全压坏了。那时我还很不懂事，一直哭闹，连爷爷膝盖摔青了都不知道。"楼兮遥看向失神的骆河洲，突然问道，"您呢？"

骆河洲扬眉，怔愣了一瞬："嗯？"

"您住这儿的时候，见过他吗？"她想了想，又自我嘲笑地摇摇头，"不过应该不太可能，估计您搬过来的时候，他早就不在了。"

骆河洲看着楼兮遥，心想：看来这小丫头是真把他给忘了。

Chapter 5

生活的剧本总是与主角的打算背道而驰，
命运像是一个狙击手，
潜伏高处只等着给你致命一击。

骆河洲所说的钢琴伴奏人选，在第二天便来到了堇山。

当天骆河洲提前结束了乐团排练，专程绕道去中山路的巧克力店买了十几种巧克力。

晚上训练的时候拿出来递给楼兮遥，让她吓了一跳："这是？"

骆河洲："顺路买的，咳，算奖励吧。"他将外套脱下来，搭在一旁的沙发上。

楼兮遥没敢往深层次方面联想，自作主张地认为是骆老师对她昨日演奏的另一种赞扬方式，于是心满意足地接下来，还十分礼貌地说了一句："谢谢。"

骆河洲今日带了空白的曲谱稿纸和碳素铅笔，坐在书桌前写写画画，他让楼兮遥按照昨天的方式自己练习，不用管他。

练了一个小时后，楼兮遥便开始心猿意马。

她拿起松香擦拭琴弓，装作很认真的样子，可余光却一再出卖自己的意志，偷偷往骆河洲的方向跑出去。骆河洲右手握拳，松松垮垮地撑着头，左手夹着笔在稿纸上飞速地画"蝌蚪"。

楼兮遥心里一怔，有点兴奋地想，她此刻是在近距离观摩骆河洲创作吗？

作为眼观六路、耳听八方的指挥，骆河洲对眼神十分敏感，立刻感受到了学生楼兮遥的心不在焉，于是抬头问道："怎么？"

楼兮遥很不自然地低下头，耳朵上渐渐泛起一点粉红色，她虚咳了一下，头摇得跟拨浪鼓似的。

这回骆河洲显得不那么敏感了，他也没往深层次方面想，将楼兮遥慌乱的原因归结为开小差被老师抓包,刚想继续低头写谱,突然听见楼兮遥抬头问他:"乐团最近训练得怎么样?"

由于这些日子骆河洲来家里给楼兮遥上小课,于是周佳怡每次都在外面浪到很晚才回。

楼兮遥还问过周佳怡,不是一口一个"男神"对骆河洲崇拜至极吗,怎么现在跟躲猫似的。周佳怡顶着每天睡眠不足的熊猫眼,抱怨说在家见到骆指挥会有种加班的感觉,而且,她很有不当电灯泡的自知之明。

周佳怡那双贱嗖嗖的八卦眼神飘过来的时候,楼兮遥打定主意不再跟她说半句话。

所以,楼兮遥顺理成章地断了乐团近况的消息来源。

骆河洲回答得不是很走心:"还行。"

楼兮遥还想追问,骆河洲却抢先打断了她:"麻烦给我添点水。"

于是她只能压下心中的担忧,乖乖去给老师倒水。经过一段时间的接触,楼兮遥渐渐发现,骆河洲其实对古典中式的东西很感兴趣,比如上次的琵琶和爷爷的普洱茶。作为一个能将成语运用自如以及用半古文讲故事的混血儿,很多时候楼兮遥都会产生他就是一个地地道道在国内长大的中国人的错觉。

当然,这一切除了源于骆河洲血脉深处和自身基因里对于民族的认同感,还要归功于骆郁女士简单粗暴的教育方式。

楼兮遥给骆河洲倒了一杯茶,刚刚放在他手边,低头写稿的骆河洲下意识地伸出手来拿,于是他修长的手指轻轻地划过楼兮遥的手背。如触电一般,楼兮遥瞬间缩回了双手,紧紧地握住那一片像被烫了一下的皮肤。

骆河洲也在电光火石间抬头看了她一眼,两人四目相对时,周围的空气分子仿佛都在"尴尬"两个字上跳舞,它们还未来得及被两人的眼神酝酿成一片暧昧雨雾,门外一阵响动突然打碎了空气中的凝结点。

一个黑卷发的帅小伙气急败坏地说着满口英文,刚刚还在骂 Augest 不要脸,突然变得目瞪口呆。

很识趣的乔纳森立刻捂着自己的脸退出去,口中连连道:"对不起,我不是故意的。"顺便一只手将身后的周佳怡给拦住。

一头撞在乔纳森背上的周佳怡差点儿骂出来。

骆河洲自动忽视了几乎有些落荒而逃走回座位的楼兮遥，然后镇定自若地恢复了一副正气凛然的姿态，对门外的乔纳森说："要么进来，要么一直退回柏林去。"

乔纳森大步迈进来，想起自己万里赶来的伟大使命，立刻硬气起来："我飞了十几个小时赶过来，你就这么对我？"

骆河洲望着他，眼神无辜："我怎么对你？"

乔纳森气急又委屈，带着一点儿哭腔："你把我一个人抛在柏林，说不回去就不回去了。"

要不是明显的性别特征和骆河洲实在太过镇定的眼神，楼兮遥都要怀疑这是娇妻上门撒娇耍赖了。楼兮遥惊讶地看了看乔纳森，见他顶着一头自然卷的脑袋下，是一张高鼻梁的娃娃脸，脸上还挂着一副圆框眼镜，如果给他一把扫帚，活脱脱就像罗琳笔下的哈利·波特。

长手长脚的"哈利·波特"站在这儿卖萌，骆河洲觉得有些辣眼睛，警告道："乔纳森，戏过了。"

乔纳森更生气了："Augest，你竟然以为我在演戏吗？噢，no，我真的是在生气好不好！知不知道你打电话来说要留在这里的时候，我简直快要疯了。不行，我今天一定要把你拖回去。"

还没等骆河洲说什么，身后的周佳怡便踮起脚来拍了乔纳森一脑袋。她揉搓着刚刚被撞疼的脸，粗着嗓子："哪儿跑来的'中二病'，竟胆敢来挖我们江交的指挥？"

乔纳森弯着身子摸脑袋，表情像是吃了一百只苍蝇，指着周佳怡"你"了半天，最后才冒出一句听起来就不是什么好话的英文。

两人从开始见面掐到现在，简直快要将这幢老房子的屋顶给掀了。楼兮遥和骆河洲互相看了一眼，皆是无奈一笑。

要不是这两个活宝闹一场，刚才的尴尬还不知道怎么化解呢。

后来楼兮遥才知道，骆河洲所说的陪练，指的就是看起来有些疯疯癫癫的乔纳森。乔纳森少年时跟随家人移民英国，毕业于伦敦音乐学院钢琴系，如今却成了骆河洲的经纪人，中间到底是一段怎样有趣传奇的故事，除了当事人谁也不知。

有了乔纳森的伴奏训练后，楼兮遥的练习确实比以前有效率多了。乔纳森的钢琴并不像骆河洲形容的那样只是凑合，以楼兮遥这个资深钢琴粉的欣赏水平来看，他胜任江交的常驻钢琴师都绰绰有余。

虽然乔纳森钢琴弹得不错，但嘴实在是太碎了，楼兮遥觉得他待在骆河洲身边没有被他掐死，简直是祖上积德。

虽然乔纳森八卦起来堪称男版的周佳怡，但对于他主动输出的八卦信息，楼兮遥倒是不嫌耳朵疼，因为乔经纪最喜欢背后八卦他家的指挥先生了。他偷偷告诉楼兮遥，有一年古典音乐论坛评选最可怕的指挥，骆河洲荣登榜首便是柏爱成员的功劳；还说起骆河洲曾经把乐团里一个大胡子鼓手训得哭天喊地，柏爱的成员私底下都叫他魔鬼骆；虽然骆大师气场强大，但其实是个超级大路痴，他有一次单独回家竟然走到了邻居家，自己在那儿按了半天密码，差点儿被当成小偷给抓起来。

乔纳森每次一说起这些，总是手舞足蹈、前仰后合地笑，一旁的楼兮遥也乐得看乔纳森耍宝，有一回被骆河洲撞见了，跟他们大眼瞪小眼半天，逗得两人笑得更厉害了。

骆河洲总是提醒楼兮遥，与乔纳森保持距离，说是幼稚病会传染。当然，这话周佳怡也说过。

之前因为骆河洲的原因，周佳怡每天早出晚归，如今为了跟乔纳森掐架，她又恢复了以前的作息。楼兮遥为了找时间跟周佳怡说几句话，还得闯进硝烟迷雾的"战场"将她拉出来。

楼兮遥觉得鼻子有点儿痒，忍不住问道："你们一个中文一个英文地互掐，有意思吗？"

周佳怡拍了拍手，狠狠地冲着乔纳森的方向："有意思。"

楼兮遥摆摆手，不想再管，忙拽着她说几句正经话："乐团最近怎么样？有什么进展吗？"

"你每天跟骆大师在一起，问他不就知道了。"

"问了，他说得很含糊，我有点儿不放心。"

周佳怡觉得楼兮遥又犯操心病，一边拿起一本厚厚的英文字典，一边建议她："你要不放心，就去看看呗。"

楼兮遥确实不放心，第二天趁着骆河洲不注意，偷偷去了一趟剧院。江交的排练一切都很正常，骆河洲也很认真地在指导。

他调整了乐团的编排，对练习曲目也做了一些改动。在排练前他会先给大家做一个讲解，然后指挥示范一遍，之后让卢故带着大家分乐章练习，一切都是有序进行。

可排练的过程并不是特别顺利，其中最大的问题来自卢故。

独自带领大家练习的首席明显有点心不在焉，有几处衔接的地方甚至出现了节拍错乱的问题。虽然他在中途做了技术上的补救，但也依旧掩盖不了乐曲中的不和谐。

问题一出现，骆河洲便喊了停。他看了卢故一眼，也没明说，只要求重新来一遍。而卢故也如他想象的那样是个聪明人，同样的错误没有再犯，做了平滑的过渡，可等到独奏的时候，竟又出了差错。

骆河洲皱起眉，觉得有点儿上火。连围观的乔纳森都翘起二郎腿等待指挥先生放冷箭，可骆河洲只是独自平静了一下，暂停练习说休息几分钟。

乔纳森看着走出去透气的骆河洲，反应迟钝了好一会儿才跟上去。

楼兮遥往台上看过去，只见不少人趁着休息空当围在孟如身边。她坐在位子上像个女王一样展示自己新做的手指甲，周佳怡一边站起来伸懒腰，一边迎着孟如偶尔飘过来的挑衅眼神，回应"小心我揍你"的鬼脸。萧何照旧独来独往，自个儿擦拭着单簧管，不知听到前面的周佳怡嘀咕了什么，低头的嘴角扯起一点弧度，勾着"幼稚"两个字。温婉拿着曲谱四处张望，像是想找骆河洲进行课后辅导，十足紧张又认真的好学生模样。小号手贺鹏垂头丧气，鼓手陆征趴在一旁补眠，低音贝斯手林蔓缩在乐器后面一脸迷茫……江交还是江交，人还是那些人，似乎并没有因为骆河洲而有什么改变。

楼兮遥往卢故的方向看了一眼，见他坐在位子上盯着曲谱，脸上没有任何表情，只有从放空的眼神中才稍稍看出，他似乎在发呆。

这一点儿也不像平时的他。

楼兮遥刚想迈开脚步去找他聊几句，理智立刻追上来提醒她——以卢故的性格，估计不仅什么都不会说，还会嫌她多管闲事。

楼兮遥想到了老江，打算曲线救国。

她怕待久被骆河洲发现，于是躲着从后门溜出去，走到拐弯墙角处才拿起电话，给老江拨了过去，但响了很久都没人接听。她刚想给他留言，便听到转角另一头传来乔纳森的声音。

乔纳森少见地用正常的语气说话，楼兮遥难得听了个墙角——

"Augest，你确定要待在这儿，指挥这个什么三流乐团？"

骆河洲手里夹着烟，看着窗外，摆出一副不是很想聊天的样子，只是懒懒地"嗯"了一声。

乔纳森很认真地皱起眉："那你的演奏会怎么办？这是你在柏爱的最后一次演奏会，用你自己的话说，是告别演奏会，对你来说不是很重要吗？"

"是你一直说很重要，我可没说。"

操心的乔纳森简直快被眼前的骆河洲给气死。他正常说话不过三秒，又恢复了怪声怪调："不演奏了更好，这样你也不用离开柏爱了，我还巴不得呢。"

骆河洲可能真的想把乔纳森气死："辞职信我已经递了。"

乔纳森一副吞了苍蝇的表情，看着骆大指挥好半天才反应过来，追着不知道是休息够了还是被他烦够了往音乐厅走去的骆河洲，第一百遍问道："你怎么就铁了心非要离开呢？理由呢？"

骆河洲头也没回："没有。"

哪有这么多的因果理由，人生想不通的事情已经够多了，还要在这样的问题上纠结不是给自己找罪受嘛。

楼兮遥看着骆河洲的背影，一时间把给老江留言都忘了。骆河洲早就打算离开柏爱吗？如果离开的话，他要去哪儿呢？

她当然知道，留在江交是骆河洲计划之外的事，而留下来的原因，肯定也不是那句扯淡的"我们有缘"。

楼兮遥看不懂骆河洲。

但有一件事，她是可以肯定的——骆河洲希望她赢得比赛。

三天后，楼兮遥在紧张的训练和不可言状的忧愁中迎来了预选赛，她准备在前一天出发去Ｓ市，骆河洲为了耳根子清净，以不能拒绝的态度让乔纳森陪同。

一路上，乔纳森像自带喇叭一般对楼兮遥的视听神经进行残害。楼兮遥一只耳朵塞着耳机听比赛曲目，一只耳朵被迫接收乔纳森的八卦信息，同时在心底无限同情骆河洲。

乔纳森十分不满意楼兮遥的零互动，威胁说要去打她的小报告。

楼兮遥下意识地拿耳机塞住另一只耳朵，乔纳森立刻用灵活的手指挑开了："上回你偷偷跑到剧院去，我看见了。"

乔纳森一脸得意地威胁起来。

楼兮遥却没有像他期待的那样求饶，反而摘下另一只耳机，借机问他："骆河洲真的早就打算离开柏爱？"

"你怎么知道？哦，你偷听我们讲话。"

楼兮遥看着他。

乔纳森收敛起来，沮丧地点点头。

"为什么？"

他耸耸肩："我要知道为什么，就不会坐在这儿干着急了。"

"那他留在江交的原因呢？牺牲自己的告别演奏会，留在一个……"楼兮遥自己都不知道该怎么定义别人眼中的江交，"小乐团？"

乔纳森像个摇头机器："不知道，Augest 做事从来都不跟任何人商量，他永远都是那样我行我素。"

我行我素？为什么楼兮遥觉得他有时候看上去很迷茫？

由于乔纳森的一问三不知，楼兮遥已经失去了与他交流的兴趣。为了挽回自己的颜面，他几乎献宝似的将这次比赛的内部消息免费卖给了楼兮遥。

乔纳森偷偷帮她打听过了，这次报名参赛的人很多，而且绝大多数都是名校出身的大提琴手，甚至有些已经是小有名气的大提琴家。乔纳森还告诉楼兮遥，连茱蒂和梁晨都报名参加了这次比赛。

梁晨在国内已经颇有名气，十四岁就在 B 市开了自己的个人演奏会，后毕业于柯蒂斯音乐学院，被大家称为第二个骆郁。但茱蒂是谁？

孤陋寡闻的楼兮遥听乔纳森介绍道："她是柏爱大提琴首席马科姆的徒弟，目前在英国 S 乐团担任首席。她的实力可是连 Augest 都认可的，要是你跟她分在一组，就彻底完蛋了。"

第二天，当楼兮遥看到分组名单的时候，她第一反应是乔纳森可以去申请一项诺贝尔乌鸦嘴奖。

很不幸，预选赛她便和茱蒂分在了一组。茱蒂确实实力非凡，自信地拉奏了一首卡萨多的《大提琴独奏组曲》。准确的节奏，变换的弓法，一首短短的前奏曲就听得人激情澎湃，斗志昂扬。

巧合的是，按照骆河洲给楼兮遥的挑选，在预选赛的时候她要演奏的是卡萨尔斯的《百鸟之歌》。同样作为西班牙人，卡萨多是一种不服输的民族浓烈色彩，而卡萨尔斯展现的是温暖人性的一面。《百鸟之歌》是加泰罗尼亚民谣，讲述耶稣诞生的故事，像巴赫的作品一样，充满了对生命和人性的尊崇与敬畏。

楼兮遥以平和的心态演奏完了曲目。

骆河洲借着她晚上练琴后的间隙给楼兮遥打电话，闲聊间她说到茱蒂。骆河洲对茱蒂赞誉有加，但也告诫楼兮遥："我们的对手不是别人，只有自己手上的乐器。"

楼兮遥抱着骆河洲送给她的那把大提琴，轻轻地"嗯"了一声："每次觉得紧张的时候，我就会想起这句话，然后心会慢慢平静下来。"

骆河洲当时正排练完，走在夜晚回家的路上，脚步悠闲缓慢，空气中传来淡淡的花香。他听着手机里那清灵而欢悦的声音，有一种莫名的幸福感："看来你这声老师没白喊。"

楼兮遥扬起嘴角，好心情让她无意识地甩了一句俏皮话："当然没白喊，不过骆老师，如果我连预选赛都没过，会不会砸了你的招牌？"

骆老师倒是很看得开："放心，我这块招牌牢得很，你只管使劲砸着玩。"

预选赛的第二天，楼兮遥便收到了进入初赛的通知。她心上的石头落了地，到底是没把骆河洲的招牌给砸了。

当时她便发了短信告诉骆河洲这个消息。骆河洲给她回了个电话，让她好好练习初赛曲目，并告之江交预演的时间已经确定了，正好是她初赛那日。

楼兮遥听到这个消息的时候，几乎是震惊的。她一直想不明白骆河洲留在江交的理由，但其实这并不是最重要的，她最在乎的是骆河洲能不能把江交带到真正的舞台上。

这也是她对躺在病床上的程老的承诺。

一直以来，楼兮遥都担心骆河洲并非真心实意想帮助江交，就连周佳怡都说，骆大师留下来就像跟一群小朋友过家家，有点儿不真实。

所以，当听到骆河洲说要进行预演时，她心里感觉就像石头落地般踏实，以至于激动得喜形于色，问了好几遍：“真的吗？”

骆河洲：“真的，预演过后就是初演，地点联系好了，在 S 市。你好好比赛，取得好成绩的话，我给你留最好的位置。”

楼兮遥一遍一遍地说：“谢谢，谢谢你，骆老师。”

骆河洲知道楼兮遥谢的并不是什么好位置，他坐在江交剧院音乐厅里昏暗的观众席上，看着台上一张一张生动而又真实的面孔，心情复杂：“不用谢，这是我答应你的。”

楼兮遥想，她一定会拼尽全力。

初赛那天，楼兮遥早早地来到音乐厅抽签，不幸的是，乔纳森那张乌鸦嘴又一次一语成谶，楼兮遥和梁晨一组。

比赛这才刚刚开始，楼兮遥就出师不利，相继路遇两大高手。乔纳森说她手气好，不去买彩票可惜。

楼兮遥在候场厅里擦着松香，内心平静地听着乔纳森的感慨。乔纳森怕她紧张，赶紧找个话头安慰过去：“别太担心，赛制也没规定每组必定淘汰一个，也许你俩都能晋级呢。”

乔纳森这番安慰之言还挂在嘴边，工作人员恰时地贴出了参赛人员的比赛曲目，在大部分人选择的舒伯特的作品中间，有两名选手意外地选择了门德尔松的作品，巧合的是，竟然都是《D大调无词歌》。

乔纳森如同晴天霹雳，折返到一旁的角落里告诉楼兮遥：“怎么办怎么办？你听到了没有？你和梁晨选了同一首曲子。不在一组还好，这同一组同一首势必会分出个高下来。”

楼兮遥也没想到竟会如此巧合，但既来之则安之，她能做的也只是拉好作品而已。

正在楼兮遥反过来安慰乔纳森时，一个穿着黑色长裙的高挑女孩走了过来，她一手提着大提琴琴颈，一手拿着琴弓，站在楼兮遥面前，微笑着打招呼：“你是楼兮遥小姐吧？"

楼兮遥抬头看她，站起来："我是。"

"我是梁晨。"她伸出手来，"初次见面，很高兴。"

楼兮遥伸手与她相握。虽然在电视和杂志上见过梁晨，但当她本人亭亭玉立地站在自己面前时，她还是感觉到了一刹那的惊艳。梁晨皮肤很白，像是常年待在音乐厅里未受过风吹雨打的白玫瑰，高贵而艳丽。

梁晨笑了笑，转头看向乔纳森："乔纳森，好久不见。"

乔纳森立刻从"乔三岁"变身成了成熟经纪人，望着梁晨有模有样地点了点头，装腔拿调地沉了声音："你好，梁小姐。"

乔纳森见楼兮遥疑惑，顺口解释道："去年柏爱曾有机会与梁小姐合作演出，只可惜梁小姐行程安排不过来。"

乔纳森把话说得很好听，完全不像平时油嘴滑舌的样子，看上去还真像个经纪人。实际是被柏爱婉拒的梁晨此时听了很舒服，笑得明媚灿烂，直说太遗憾了。

互相客套一番后，梁晨很自然地将话题引到了骆河洲身上，主动问起来："Augest 不会也来了 S 市吧？"

"没有啊，他最近忙着呢。"

"忙什么呢？是不是柏爱的下一季巡演？"

乔纳森很熟练地跟她打太极："他除了演出的事情，还能忙什么。"

梁晨轻轻地皱起眉，悻悻然地收了话题。由于乔纳森的关系，楼兮遥也跟着沾了光，梁晨亲切地问她："兮遥，听说这次比赛我们选了同一首作品，还被分在一组，可真巧啊。"

楼兮遥点点头，草草地结束了一段莫名其妙的寒暄。

此次初赛程序十分严谨，从评审阵容来看，完全是高规格。由于丽兹的参加，不少媒体都很关注这次比赛。比赛过程也会有专业媒体全程录像直播，即使是有经验的选手也难免紧张起来。

楼兮遥和梁晨分在了第十三组，两人同时上台，抽取先后顺序，梁晨首先演奏，楼兮遥失去了最后一点的优势。

楼兮遥已经很久没有登上舞台参加比赛了，即使是六年前，她也不过是经历过一些小型的校园类赛事，毫无大赛经验。也许是这些年来被高远磨练出的抗高压心理素质，楼兮遥竟然没有想象的那么紧张。

她在台下等待着，认真地聆听梁晨的演奏。

梁晨不愧天才盛名，她手起弓落，拉奏出第一个音便紧紧地抓住了所有人的耳朵，手法、技巧、姿态，甚至是脸上的表情，都挑不出任何瑕疵，是一场堪称无懈可击的演出。

弦停音止，丽兹主动鼓起了掌。她面带微笑地看了台上的人一眼，与她对视时轻轻地点了点头。

楼兮遥上台，扶着大提琴向评委鞠了一躬，然后淡定地坐下来。她将大提琴轻轻地放置在两腿之间，左手放在把位上，右手拿起弓。

主题句低吟婉转，情绪递进地反复咏叹，中间突然快速地拉奏，手指在把位上的变化移动甚至出现了虚影，激烈得像是有一团火焰喷射而出，而后又慢慢地弱下来，与前段的浅吟低叹不同，多了一丝余音绕梁的悲戚意味。楼兮遥手中的音符像是有了生命，甚至会让你忘记这其实是一件乐器由于物理摩擦而发出的声音，耳朵里听到的那些声音旋律像是化为具象，变成了一个个精灵拨动着你的心弦，你随着它的热烈而热烈，悲痛而悲痛，完全情不自禁。

弓子拉过琴弦，音虽止而心不静。不仅是丽兹，就连非专业的摄像人员也能感受到内心深处无法平静的震撼。

沉浸在音乐里的楼兮遥结束后闭了闭眼，竟然想起了骆河洲。

评审人员都觉得楼兮遥拉得好，可看着丽兹一张毫无表情的脸，全都不敢带头鼓掌。等到楼兮遥下了台，丽兹才慢慢回过神来，轻叹了一句："Bravo！"

所谓一战成名，说的就是楼兮遥这次的演奏。网络上关于楼兮遥比赛的直播视频被疯狂转载，有专业的音乐评论员还将她与梁晨的演奏放在一起对比，说出个一二三来解析楼兮遥的表演到底强在哪里。不仅如此，丽兹在公开采访中还表明了对楼兮遥的欣赏，说很期待这个中国女孩接下来的表现。

相比于楼兮遥的惊艳亮相，江交的预演就显得乏善可陈了。虽然是骆大师亲自指挥，而且几乎奇迹般地带领江交成员发挥出了前所未有的好水平，但观众席的听众一脸茫然，甚至有人打着哈欠，指着这位年轻而帅气的指挥偷偷问是谁。

惊心动魄的结果不过是感动了自己，当所有人拼尽全力赢来的却是敷衍而跟风的掌声时，首席卢故觉得有点挫败，他想，这样的努力有意义吗？

幸好并不是所有江交人都关心这些，就像孟如，她伸了个懒腰，很高兴今日结束得早，还可以组一场午夜局。

当然，对于上座率根本不上心的还有骆河洲，他在演出结束后便来到休息室，恰巧接到了楼兮遥刚刚打过来的电话。

楼兮遥匆匆汇报完自己的成绩后，立刻问道："预演怎么样？"

骆河洲坐在沙发上，扯了扯领结。刚刚结束完演出，他额头上还冒着细细的汗："挺好的。"

这是实话，江交今天能拿出这样的水准上台，已经超出了他的期望值。

楼兮遥还来不及表达自己的欣喜，骆河洲休息室的门立刻被人敲响，他匆匆挂了电话，应道："请进。"

带头的人是温婉，她身后跟着一群同样表情的乐队成员，垂着头，盯着自己的脚尖，一副没写完暑假作业突然发现要开学的样子。骆河洲扫一眼，发现这群人中包括小号手贺鹏、定音鼓手陆征以及低音贝斯手林蔓，当然骆河洲的脑袋里只是相对应的乐器，记不住他们的名字。

"怎么？找我有事？"

由于首席卢故在结束后离开了乐团，所以大提琴首席温婉众望所归，被推选出来。温婉支支吾吾半天不开口，陆征实在看不下去了，在身后推了她一把，这才把温大小姐的话从嗓子眼里推出来："骆老师，我们……我们还会继续演出吗？"

预演本就是看效果，效果不佳的话演出可以随时调整或取消，而今天，他们期待的巡演就要在惨败的预演中草草结束了吗？

骆河洲："为什么不继续？"

大家几乎提着一口气，半天才明白过来骆河洲的意思。陆征见骆河洲神情很轻松，甚至看上去还很愉悦，这才大胆道："今天的上座率并不是很理想，我们还以为……还以为要取消巡演呢。"

骆河洲扫他一眼："你们是赞助商吗？"

众人不解。

"那为什么吃饱了撑的考虑什么上座率？"

众人捂脸。

"太闲的话,多去练习演出的曲目,别到时候上台了还拿着曲谱哆嗦。"骆河洲看了贺鹏一眼,"说你呢,小号手。"

贺鹏打了个哆嗦。

大家被骆大师数落后,纷纷顶着来时的相同表情散了。

不过大家心底还是高兴的,毕竟,巡演要正式开始了。

骆河洲来到S市之后,住在楼兮遥所在的同一家酒店。楼兮遥还没来得及感受一番小别的喜悦,骆老师立刻大公无私地对她进行例行检查。

那日演出结束,骆河洲很快接到了丽兹的电话,她兴奋地向他打听楼兮遥,并表达了对她的喜爱。

但骆河洲并没有放松对楼兮遥的要求,毕竟这场比赛高手云集,不能中途掉以轻心。楼兮遥准备在半决赛中用那首贝多芬《A大调第三号大提琴奏鸣曲》,与上次短短的第一乐章不同,这次她将拉奏整首曲目。

上次楼兮遥对这首曲子的演奏已经是惊艳了骆河洲,但他也说过,她的这首曲子还可以有进益的地方,如今楼兮遥坚持选择这首,也是希望在现场听一听丽兹的点拨。

除了抒情哀婉的第一乐章,还有第二乐章轻快活跃的谐谑曲,谐谑曲之后,一段流畅如歌的E大调行板引出了灿烂的末乐章。想要完美地演奏整首乐曲,确实需要演奏者具备一定的功力。骆河洲之前还有点担心她,但听过她的拉奏后,十分满意地点了点头:"不错,进决赛应该没问题。"

果然不出所料,楼兮遥用这首曲子顺利地进入了决赛。不仅如此,身为评审的丽兹对她称赞不已。楼兮遥在台上提出,希望丽兹能对她的演奏指点一二,丽兹却隐晦笑语,说是日后成了她的学生有很多机会被指点。

丽兹的话立刻引起了大家的揣测议论,媒体大肆宣传楼兮遥,版面报道接踵而至,什么《明日之星的大提琴家》《打败梁晨的无名之卒》《被丽兹钦定为冠军的黑马选手》等。楼兮遥一夜之间被送上了舆论顶峰。

程老在病榻上给楼兮遥打过几次电话,一向严肃寡言的他竟激动不已,嘴里不停念叨:"兮遥呀,你做得很好。要是他还在的话,肯定会很高兴。"

这个"他"字像是一滴小小的雨点,轻轻地打在她此刻柔软的心上。楼兮遥不敢接话，她怕发酸的鼻子泄露太多隐藏的情绪，匆匆说了几句便挂了电话。

走到这一步，楼兮遥突然有了一种想赢的欲望。

虽然骆河洲住在隔壁的目的就是为了就近指导，但楼兮遥也不敢占用骆老师太多时间，毕竟江交在 S 市的演出也很重要。

为了方便，江交的乐手们也住在同一家酒店，集中住在 12 层。由于楼兮遥一直封闭训练，而"八卦输入机"乔纳森在骆河洲到来之后便很少露面，所以楼兮遥对于这些琐碎事并不知情。后来她在电梯里无意间听到一段弥漫着硝烟战火还带中英文两种语言的对白，于是立刻明白了这两人是谁。楼兮遥很自觉地往人群里一躲，避免成为"池鱼"。

那日楼兮遥从外面进来，正好与出电梯的卢故擦肩而过，她立刻转身，叫住了他。

卢故看到她，眼睛里闪过一丝意外的光芒，但很快又恢复了平静，只是本能地眉间轻蹙，声音中带着一如既往的冷漠语气："找我有事？"

如果卢故自带一种情绪测量仪的话，那指数可能永远都是一条直线。

楼兮遥见他身上背着小提琴，急匆匆要赶去哪里的样子，疑问道："你要出去吗？"

由于老江的关系，卢故与楼兮遥私底下多接触过几次，但他并不习惯这样"越界"的询问，敷衍地"嗯"了一声，打算转身就走。

"等等，"虽然知道这清冷的物种长了一张撬不开的嘴，但楼兮遥还是忍着小火苗，"上次投票的事情，谢谢你。"一码归一码，她感谢了上次欠的人情。

"没什么好谢的，我只是就事论事。"

他轻轻一抬肩上的小提琴，转身走了。

楼兮遥心里一叹，赌气地想，要再管他，她跟老江姓。气急之下又回过头来跟老江语音留言："老江，你那宝贝徒弟最近不太正常，你最好抽空问问情况。还有，你到底什么时候回来？"

楼兮遥丢开自己的手机，开始专心于决赛曲目的练习。

决赛选取的是舒伯特的《a 小调阿佩乔尼奏鸣曲》，这首曲子她一开始就想选，只是后来被骆河洲否决了。选择决赛曲目时，骆河洲突然提起，说是可以定这首。

这是楼兮遥最爱的大提琴奏鸣曲,当初她还以为骆河洲不喜欢,后来他才告诉她,这首《a小调》对他来说也是意义非凡,因为是她母亲最喜欢拉奏的曲目。

这首《a小调阿佩乔尼奏鸣曲》旋律动听感人,但拉奏起来不容易,阿佩乔尼其实是一种六根弦的乐器,之后改到大提琴上,导致音都比较高,对拉琴人的技术考验很大。

骆河洲告诉楼兮遥,丽兹钟爱舒伯特,自然对这首曲子了如指掌,要求肯定也更高。他说:"你不仅要细致处理每一个拉奏技巧,更要学会与钢琴伴奏的配合,不强势不抢夺但又要表现出独有的风格和感染力。"

楼兮遥明白骆河洲的意思,她也一直认为,大提琴的魅力其实更多的在于与其他乐器的配合。

楼兮遥一直不敢放松练习,她想,即使是为了初演的好位置,自己也要拼一次。可天不遂人愿,由于比赛场地的限制,江交的演出定在了她决赛的那一天。虽然楼兮遥觉得很遗憾,但也无可奈何。

骆河洲安慰她,说无论如何都会给她留位子,楼兮遥还想着,到时候比赛结束得早,她还能看到下半场。

只可惜,生活的剧本总是与主角的打算背道而驰,命运像是一个狙击手,潜伏高处只等着给你致命一击。

就在楼兮遥信心满满地等待着决赛抽签的时刻,各大网络突然爆出了这位新晋大提琴家的一段不为人知的陈年旧事,媒体报道铺天盖地而来。

此刻,楼兮遥还一无所知地坐在休息室里,旁若无人地擦着松香,直到周围人的目光实在太过炽热才反应过来,抬头看向大家。不仅是屋里的选手拿着手机对她指指点点,连外面的工作人员都忍不住围过来向她抛出一束束隐秘而猎奇的目光。

梁晨觉得众人实在太过分了,很正义感地嚷了一声"看什么看",然后捧着一颗见义勇为的好心过来安慰楼兮遥:"别理这些无聊的八卦,安心比赛。"

楼兮遥无意间看到了过来安慰她的梁晨的手机,黑色加粗的新闻标题像一把利剑一样,准确无误地插进了楼兮遥的软肋。

她早该知道的,这一天终究会来临。

那头正在 S 市大剧院准备上台的骆河洲，头一次在演出前来到后台掀起帘布看了看观众席，他瞥了一眼满座的剧院，嘴角扯起了一点弧度，心想：这回那些操心的小家伙们应该不会垂头丧气地来找他了吧。

就为了他们多操心出来的"上座率"，骆河洲破天荒地向著名评论家欧蒙"无意泄露"自己的行程，于是借他之口做了一次免费的宣传。

当然，这也跟 S 市本来就是文化大都市有关。

骆河洲正准备放下幕布帘返回休息室，火急火燎的周佳怡就差点儿在他面前摔了个四脚朝天。骆河洲眼皮跳了一下，闪过一丝不好的预感。

果然，周佳怡才刚稳住脚步，连开场白都省了，直接递上手机："骆老师，刚出来的新闻，不知道……"

"楼兮遥有没有看到"几个字还没有说完，温婉便以同样焦急的速度奔过来，她却没有周佳怡的镇定，喘着粗气颠三倒四了半天才说完："卢故……首席……不见了，到处都找不到。"

"什么叫不见了？"

周佳怡和温婉感觉身边的温度随着骆河洲的这句问话骤然降至零下，还未等骆大师发完火，他的手机突然响起，是乔纳森。

"Augest，不好了，楼兮遥不知道什么时候离开了比赛现场，人找不到了。"

所谓屋漏偏逢连夜雨，说的就是这个看似平凡的今日吧。

"立刻找，躲到天涯海角也要把她找回来！"

骆河洲挂了电话，抬脚就往外走，全身上下每个细胞都写满了"气急败坏"。他看了一眼木愣的温婉和周佳怡，冷冷道："还愣着？"

周佳怡和温婉撒腿就跑。

骆河洲紧紧握住了双拳，心想：等找到这两个不争气的家伙，他一定会给他们一顿狠教训。

也不知道骆河洲心底的脾气到底是冲着谁，反正又急又气的他周身一阵火爆的小旋风，连带着身后的厚重布帘都轻轻晃动了一下。

而布帘后面的观众席上，高远正看着手机里的新闻，他勾着嘴角像上帝一样发笑，并暗自发誓，这次一定要将她拉下地狱。

Chapter 6

> 从前她觉得人生是公平的,
> 所有亏欠会在另一处得到补偿,
> 如今才明白命运厚此薄彼,
> 生活给你什么,照单全收就是了。

楼兮遥一个人坐在江边。

她迎风听着往来游轮的鸣笛,再一次陷入了被命运打败的无措中。她不停地问自己,为何她那么努力地向着梦想奔跑,却总是被一股无法摆脱的力量扯住自己的脚步?

那种溺毙的恐惧感和无力感在消失很久之后再一次席卷了她的全身。

这段时日如同海啸来临前的风平浪静,让她在阳光沙滩中度过了一段人间美梦,直到那些新闻蜂拥而至,她才猛然间从梦中惊醒,再次坠进无渊地狱。

楼兮遥看着远处来来往往的游轮,看着光怪陆离的彩灯在大厦间忽明忽暗,仿佛身边的一切都包裹着一层迷离光鲜的外衣,只有那反复悠长的游轮鸣笛,暗哑地扯着疲惫的调子,孤寂地沉入暗夜。

楼兮遥想像温婉那样装腔拿调地哭几嗓子,哪怕是憋出几滴眼泪来也好,可无论心里风起云涌而过多么狂大的悲痛,在它经心脏抵达眼眶的这段路程里,总能被什么东西削弱殆尽,最后变成一点点委屈,酝酿不出眼泪。

其实,楼兮遥连那一点点的委屈都不敢有,她伸出双手,看着灯光下的它们,仿佛看到了一对恐怖的怪兽。她一下子陷入了虚无之境,陌生的感觉席卷而来。她想起了刚刚网友的一句留言:如果大家允许楼兮遥用她这双手拉出美妙的旋律,拿起荣誉的奖杯,那么也应该记住,她曾用这双手毁掉了一个人的人生。

楼兮遥眼眶里湿湿的,委屈转浓成了悔恨。她恨的是自己,悔的,也是自己。

她无数次想过，如果那天打扫房间的阿姨随手将窗关上了，如果那天晚上她早早地睡下没有给高远开门，甚至更早一点，她坚持不肯跟着母亲去高家，没有给爷爷打电话哭着要他来高家接他，如果她不认识高远……

楼兮遥想，她的人生到底是从何时踏进了万劫不复的深渊？是六年前吗？

如果让她回到六年前，她还能认出那个恍如隔世的自己吗？

楼兮遥已经不记得自己跟爷爷生活的时候是什么样子了，只是从老江只言片语的回忆里了解到，她那时候是个爱说话又讨人喜欢的小姑娘。

但很多时候她根本不相信，因为在她的记忆中，她一直是个不受欢迎的人。

她的生父是个酒鬼，不仅将妻子逼上了一条抛家弃女的女强人路，还将老爷子微薄的演出收入吃干榨尽。父母离婚后，楼兮遥被判给了父亲，父亲自顾买醉，将她这个拖油瓶甩给了年迈的爷爷。爷孙俩相依为命，倒是过得自在怡然。虽然记忆模糊，但十岁前的童年生活是楼兮遥一生中最好的时光。

可惜好景不长，十岁那年楼兮遥的父亲因饮酒过度猝死，实现了他醉生梦死的追求。母亲那时候刚嫁进高家，高父为了照顾高远的情绪，不同意再生。事业上小有成就的母亲为了家庭上的圆满，想起了自己的骨肉，执意从楼承手上要回楼兮遥。

楼承争不过人家十月怀胎的生母，更争不过法律，即使是心头割血，也只能眼睁睁地看着楼兮遥被带走。

刚开始来到高家的时候，她还秉承天性，撒娇任性又爱瞎叨叨，可接收到主人嫌弃的眼神和母亲严厉的教训后，她渐渐变得沉默寡言起来，并越发地想念爷爷。有一回她晚上做梦，梦见高家别墅变成了一只吃人的大怪兽，龇牙咧嘴地追着她跑，醒来之后她冒了一身冷汗，躲在被子里哭了一夜。

后来她偷偷给爷爷打电话，撕心裂肺地哭着说让他来接她，楼承一边哄着，一边答应说："爷爷一定来接你回家。"

楼兮遥收拾好衣服，每天趴在窗户上等爷爷来接她，可没过几天，等来的却是母亲无情的通知，以及程老和老江的一脸悲痛。他们说，爷爷遇上车祸走了，是在来接她的路上。

楼兮遥再也不闹了，也没再吵着要回家。她老老实实地待在怪兽的肚子里，不需要母亲的提醒和主人的警告，主动缩在自己的壳里，安安静静地不打扰任何人。

高远一开始就看不上楼兮遥的母亲，被俗套偶像剧荼毒的一代们总有一种后妈等同于恶毒女人的固定思维。高远认为楼兮遥的母亲是用了狐媚伎俩勾搭了自己的父亲，不仅哄着高家白白替她养女儿，还轻轻松松地拿走了公司的股份。其实高远恨得也没错，楼兮遥的母亲知道自己确实不是真的善良没心机，手段用也用了，目的达也达到了，她不跟小孩子计较，哄不了就躲着，躲不开就晾着，反正她无所谓。

　　只要手里握着钱，女儿在身边肯争气，她什么都无所谓。

　　但现实是,经常在外忙碌的母亲看不到多少高少爷的脸色，而楼兮遥就不同了。初中三年她与高远同校同班，被戏弄被调侃是常有的事——抽屉里翻出假蟑螂吓得心惊肉跳、书包里的姨妈巾被男生当众扔来扔去、作业本上被人偷偷写上侮辱老师的话、全班最丑的男生被逼着向她当面告白……高远从楼兮遥踏进他家大门的那一刻起，就随时随地对她保持作战的状态。从低级幼稚到高级幼稚，高少爷玩得不亦乐乎。

　　楼兮遥只想躲在自己的壳里安静地长大，并不回应高远的任何针锋相对，可高远对她更加恨之入骨，最后甚至扭曲成了一种复杂、强烈、无理由的情绪发泄。

　　高远几乎将他身上所具备的所有坏禀性全部挥洒在了楼兮遥身上，可除了楼兮遥，外人对于高远的印象却是一致的好。公认的天才高远对于各类比赛、考试都可以轻松拿下，数学、物理、篮球，从户外探险到天文摄影，每一项都玩得有模有样。即使整天逃课玩闹，功课也能年年拿第一。每次高远最得意的就是在饭桌上甩出自己的成绩单，因为除了能够得到父亲炫耀般的夸赞，还能看到楼兮遥母亲脸上的不悦和气恼。最令高远开心的是，饭后的楼兮遥一定会全部接收自己母亲所有恨铁不成钢的恼怒。

　　自从爷爷死后，楼兮遥主动要求学音乐。她还记得住在堇山的时候，爷爷问过她想不想学乐器，可那时候的楼兮遥对于学习如遇猛兽，恨不得每天跟一堆玩具沙土睡在一起，哪愿意坐在椅子上一动不动几个小时。爷爷见她没兴趣，也就不再提。后来上小学了，她见小朋友们都有才艺炫耀，于是心血来潮要爷爷教她，那时候楼兮遥还以为爷爷会教她弹钢琴，可老人家却说："学大提琴吧，我喜欢听大提琴。"

　　楼兮遥一向嘴甜，张嘴就拍马屁："等我学会了，以后每天拉给爷爷听。"

后来三天打鱼两天晒网的楼兮遥连琴都不知道丢哪儿去了，哪还拉什么曲子给人听。可是，她一直记得爷爷当时笑得合不拢嘴的样子。

所以，在决定学音乐的时候，她毫不犹豫地选择了大提琴。楼兮遥在音乐方面极具天赋，而且一入门就是程老亲手带，起点高。她也争气，酷暑寒冬里没有一日落过练琴。

楼兮遥喜欢江城音乐附中的寄宿生活，一方面可以沉浸在自己喜欢的音乐里，一方面可以暂时摆脱高远的"魔爪"。一周一次的见面总好过日日相见如仇人。

也许是距离产生美，高远对于楼兮遥的态度似乎有了一点微妙的改变，他从以前纯粹恶作剧的"幼稚病"患者变成了偶尔冷漠偶尔热情令人捉摸不透的"情绪病"患者。高远情绪起伏毫无预兆，高兴时就笑着叫她几声小哑巴，一副小爷今天赏脸的样子请她去看演唱会，不高兴时就冷眼飞刀，不带一个脏字地将她诟病为十恶不赦的罪人。那时候楼兮遥真的不明白，为什么刚刚他们还能和和气气地在一起吃零食，看着电视里的尔康360度旋转吻紫薇，这会儿他就突然发脾气，薯片一扔，说她是个狐狸精，让人倒胃口。

高远仿佛进入了女孩子的例假期，周期性发病。

楼兮遥不跟高远计较，她心里有了方向，就有了无所畏惧的底气。自从上了音乐附中，她更加明确了目标，知道自己早晚有一天会离开，去S市，去B市，或者更远一点儿，去欧洲，去自己向往的柏林。

那时候，她心里已经藏起了一个追逐的目标。除了爷爷留下来的音乐精神给予的慰藉外，她幻想的世界里还有一个虚无的印象和偶像的符号，时时刻刻给她向前的动力。

楼兮遥在琴包里藏了一张照片，每次练琴累了的时候她都会拿出来看一眼，那是她从报纸上偷偷剪下来过塑了的一张照片，照片中一个帅气青春的男孩在顶尖的舞台上弹琴。他手臂上扬，光芒万丈，似乎全世界的美好都镶在他的手指间。

没有人知道楼兮遥的精神世界里藏着一个不朽的牵引，就连高远都以为楼兮遥之所以这么努力学习音乐，不过是为了死去的爷爷。楼兮遥以为，那张照片背后给自己带来的一切鼓励，会随着自己的成长成为永久的秘密。她从未想过，自己的人生会与骆河洲发生千丝万缕的牵连，她会在人生之初就遇见骆河洲。

那年她十八岁，一切始于一声突兀的兴奋尖叫："啊！骆河洲要来江城演出。"

楼兮遥正在给琴调弦，手转弦轴一紧，琴弦差点儿绷断。

她抬头看了一眼前方的女生，只见一群人正围着她看手机。她说自己的舅舅在文化局工作，不仅偷偷告诉她这个还未公布的消息，还提前给她留了骆河洲演奏会的好位置。

楼兮遥没有什么朋友，对于同学之间的八卦多是充耳不闻，可那天她却凝心聚神，生怕错过别人口中的任何一个字。

楼兮遥零零散散地听到几句，才知道是骆河洲到国内巡演，学校顺时请他来江城演出，本来学校也只是抱着试一试的心态不做任何期待，哪想骆河洲一听是江城，竟从紧密的行程中挤出好几天的时间专门跑过来，还准备在江城音乐附中举行一场比赛，推荐一名优秀学子到慕尼黑音乐学院深造学习。

这个消息很快就在校园内炸开了锅，大家一边翘首期盼骆河洲的到来，一边暗自里铆足了劲要一展身手来获得骆大师的青睐。

晚上，楼兮遥打开新笔记本电脑，在浏览器里输入了"骆河洲"三个字，搜索引擎给出了几十页的关联，楼兮遥一张一张点开来看。

最早的记录甚至可以搜索到骆河洲四岁时，小小年纪的他因为在国外的一档电视节目上的演奏而被称为钢琴神童。当时的骆河洲还看不出将来能有如此英俊的外貌，但一首快得令人惊叹的《野蜂飞舞》完全彰显了他身上的惊世天赋。

楼兮遥合上笔记本电脑，趴在书桌上，她想，除了寄托对爷爷的念想，到底是什么一直牵引她在音乐路上走下去的呢？

她又想起了那年盛夏，爷爷突然离世，程老和老江赶到高家把她接走，本想让她与爷爷见最后一面，哪想楼兮遥赶到医院，见到的是一张空荡荡的病床。还没等她反应过来，大人们又抱着她去了董山。他们忙着处理后事，布置灵堂，而她像个牵线木偶一般，不哭不闹也不说话，在满屋子悲哀伤痛的悼念声里，她手臂系着黑纱布，趁着大家不注意跑了出来。她当时只是觉得闷，想吃点冰的，于是跑到不远处的小卖部去买冰棍。

光着膀子的大叔在摇椅上打盹，24寸电视里播放着少年骆河洲在中国的第一次演奏，不远处传来撕心裂肺的哀乐声，而楼兮遥却什么都没听见，耳边只有电视里激烈昂扬忽又温柔哀伤的钢琴声。橘黄色的冰棍在楼兮遥的手里慢慢融化，浸在她的手臂上一阵一阵透心凉。她感到内心深处正在被一股强烈而温暖的力量包裹着，像是回到了爷爷的怀抱里，在亲切又熟悉的音乐声中沉入了梦乡。

电视里的音乐声戛然而止，一种难言的痛苦情绪突然如海啸般向小小的她袭来，她莫名地哭了，直到冰棍全部融化都没有停止。仿佛直到此刻，她才意识到爷爷走了，从此以后，她再也见不到那个爱她如生命的亲人了。

在那之后，楼兮遥似乎一夜之间长大了，开始在高家过上了谨言慎行的生活，也过上了寒风酷暑学琴的日子。刚开始的时候，程老还惊讶于楼兮遥迟到的音乐天赋，感慨地念叨着不愧是楼承的亲孙女。而那时候楼兮遥根本不懂程老所说的音乐天赋是什么，她只知道，每次从琴弦上缓缓流出来的美妙音符，总会让她想起骆河洲弹琴时的样子，她感到内心充满了从未有过的幸福和安定。

在学琴的年少岁月里，楼兮遥收集了很多关于骆河洲的信息资讯。她知道他每一场钢琴演奏会的信息，知道他从钢琴家到指挥家的历程转变；她偷偷保存着每一份记载他获奖的新闻简报，把他的每一首原创作品听上千遍。

没有人知道，骆河洲此次来到江城，楼兮遥到底有多期待。

骆河洲到达江城后的第一站便是江城剧院，那时候他刚刚成为柏爱的首席指挥，收获了一大批粉丝。

那年，江城剧院还是一幢旧厦，为了迎接国际大师的光临，剧院花了大价钱将设备更新了一番，还特地在院里栽种上了二十四株桃树。楼兮遥第一次见到骆河洲，就是在一阵淡淡的桃花微香里。

她握着程老送的一张门票，早早地来到剧院。幸运的是，她刚走进大门，便看到骆河洲和两三个工作人员从车上下来，走进剧院。她当时回过头去，远远地看着他，仿若身处梦中一般不真实，最近的时候，骆河洲从她身边走过去，两人相隔只有一米。他说着英语，或者是德语，她需要仰头才能看到他的脸，真实而触手可及的他比照片上看起来更英气一些。

楼兮遥一个音符都不愿意错过地听完了整场音乐会。不管是他的独奏，还是与大提琴或小提琴的二重奏，都收获了观众的"Bravo"，特别是那首莫扎特的《土耳其进行曲》，楼兮遥真恨不得将所有感受打包封存起来，留在心底供久久回味。

骆河洲在后台的采访表示，若不是条件限制，本可以给江城带来一场交响乐，希望下次有机会。可江城的乐迷们都知道，这个下次恐怕是遥遥无期。

楼兮遥也遗憾，但能够亲耳听到骆河洲的钢琴演奏，她已经很满足了。当她坐在观众席上看着那样自信又专注的骆河洲，听着他的音乐如浪涛、如清风般激起她灵魂深处的生命力时，她暗下决心，一定要成为像他那样的人。

楼兮遥接受了程老的建议，参加慕尼黑音乐学院推荐信的争取比赛。母亲见她上进，终于安心这个女儿不像她爸一样没出息，到底还是像她多一些，于是非常支持她去留学。那时候她并没有想着要在音乐道路上走出什么名堂，只是希望能在骆河洲面前拉奏一首曲子，哪怕只有一两句旋律能够短暂地走进他的内心，她也觉得是对自己日月风霜中不断努力的最大回报。

骆河洲在江城停留的时间有限，所以给他们的准备时间也仅仅是三天。在这三天里，楼兮遥废寝忘食日夜练习，周末也没有回家。

日拱一卒，功不唐捐。楼兮遥的努力终究换来了对等的回报。她在比赛上的演奏十分成功，一首舒曼的《梦幻曲》极尽温柔浪漫。虽然技术没有达到炉火纯青，情绪层次没有达到透彻深刻，但十八岁的楼兮遥没有杂念没有自卑，用纯真透明的心境拉出了一首干干净净的曲子，那是她少女时代最后一场梦幻，是她在经历生死起落之前拉奏出的最后一曲明亮单纯的音乐。

毫无悬念的，楼兮遥获得了骆河洲的赞誉。被看好的钢琴专业学生全部空手而归，骆河洲手中宝贵的推荐信给了一个拉大提琴的。要不是这次比赛折桂，大家几乎想不起那个"长得挺漂亮就是不爱说话"的女生。

比赛结果公布之后，程老告诉楼兮遥，说是骆河洲希望和她聊一聊，程老对她说："骆河洲很欣赏你的音乐，说你日后有大出息，说是跟你随意聊聊，其实是想给你指点指点。"

程老很兴奋，楼兮遥却是紧张大过喜悦。

楼兮遥怀着忐忑又兴奋的心情期待着亲眼见到骆河洲，可奇怪的是，她和程老在约定时间后等了两三个钟头，也不见骆河洲的身影。

过了很久，骆河洲的助理才着急忙慌地给他们打了电话，说是骆河洲的母亲骆郁突发急性胃炎，骆河洲正在赶回欧洲的路上，非常抱歉失约。程老赶紧说没事，让他转告一句注意安全。

楼兮遥虽然很理解这样的突发状况，但仍旧忍不住失落。她失魂落魄地走在路上，觉得心里空落落的。

她本想打车回家，但司机刚发动车，她又鬼使神差地说调头去机场。等她赶到机场的时候,航班已经起飞了,她站在落地窗前,听着飞机引擎轰鸣之声,对着虚无的天空轻轻念了一句:"您好,我叫楼兮遥。"

楼兮遥前一天练习了一晚上,打算见到骆河洲时这样介绍自己,可最终没有做到。

但也无所谓,楼兮遥安慰自己,她早晚有一天会见到他。

楼兮遥在外面游荡到深夜,回到家时意外地撞见高远。

高远躺在客厅里的沙发上,大门刚被轻轻推开,他立刻弹起来。两人面面相觑。

高远顶着凌乱的头发,趿着拖鞋就急匆匆地跑过来:"你去哪儿……"中途又突然刹了车,狠狠地瞥了她一眼:"大半夜的,吵死了。一个女孩子过了十二点才着家,真是没教养。"

楼兮遥低下头,主动避开高远的轰炸准备往房间走。高远见她半天蹦不出一个字来,越发恼火,走过去拉着她的衣袖一甩,气道:"问你话呢,哑巴了?"

楼兮遥的衣服被他扯得七扭八歪,本就失落的心里越发恼怒,可恼怒只在头脑里走了一圈,没表现在眼神里。

她表面上还是平和的,放低声音老实问道:"有事吗?"

高远被她气得无处发作,扯过沙发上的外套一甩,扔下一句粗话就往楼上走去。

楼兮遥并没有受高远的"周期病"影响,就着蒙蒙亮的晨曦天光做了一个短短的美梦。

拿到推荐信后,楼兮遥便一直忙着准备出国的资料,以为一切终要尘埃落定之时,命运又猝不及防地扇了她一个耳光。

8月31日,离出国仅有一个礼拜,那天晚上父母出门参加宴会,交代说要很晚回来。晚上,楼兮遥早早地在房间睡下,没过多久,她便听到有人"哐哐哐"地敲门。

楼兮遥在半梦半醒间听到高远的喊声,眯着眼起身,一打开门,一股冲鼻的酒气便窜进来,她往后退了一退,高远却突然伸出双手,抓住她的肩膀死死地盯着她:"楼兮遥,听说你要出国了,真是好本事啊。"

楼兮遥已经彻底地醒了瞌睡。

高远虽然被酒精软化成了一摊泥,几乎半靠在她身上,可手上的劲道一点儿也不软,简直要把楼兮遥的肩膀给卸了。她看着高远神志不清的眼神,一点都没听出他话里的意思,反而替他担心起来:"你怎么喝这么多,小心爸爸说你,赶紧去洗洗吧。"

楼兮遥挣扎着从高远魔爪下退出来,想扶他回房,然而她的举动莫名触怒了高远,高远嗤之以鼻地笑道:"爸爸?嘴可真甜,你们母女俩就是这样把老头骗得头脑发昏吧,你妈还特不要脸地拿着公司的钱资助你出国,怎么,是不是还密谋着在海外卷款潜逃啊?"

有时候楼兮遥真想知道高远到底是用哪根没长齐的神经思考问题的。不过她听惯了他的奚落,并不想计较,忍着一肚子气转过身来扶着他走。高远一只手搭在她的肩上,低着头对着她耳边吹气,邪笑道:"听说为了什么推荐信,你还跟那假洋鬼子上了床?"

虽然那一阵子有很多人因为不服气她拿到推荐信,传了一波谣言,但这到底是没影的事儿,风言风语一段时间也就散了。说她跟骆河洲有猫腻,楼兮遥是真委屈,她可是连骆河洲的面都没见着啊。

楼兮遥停下来,侧头凝眉怒视着高远,真恨不得把他甩在地上。

高远脚下一歪,向后倒在了楼兮遥的床上,他双手撑在后面,仰头看着她,眼神迷离,嘴角的梨涡说不出的阴鸷邪魅:"生气了?难道我说的不是实话?大狐狸精生出小狐狸精,很合理啊。别以为我不知道你一直暗恋那个弹琴的,还偷偷藏着他的照片。这勾搭人的套路倒是和你妈一学一个样,怎么,也想飞上枝头变凤凰?"

楼兮遥气得身体发颤,指着房门对他怒道:"滚!"

高远笑了,直起身体来将楼兮遥一拉,抱着她往床上一滚,将她压在身下。楼兮遥吓得惊慌失措,被一股混杂着欲望和恼怒的酒气攫住五脏六腑,身体上的各处器官都缩了起来。她哆哆嗦嗦地问他要干吗,一边使劲挣扎都无果。

盛夏的夜晚热气腾腾,高家别墅绿化好,不知什么时候引来几只蝉,间断不停的鸣叫声抓心挠肺,令人难受。高远酒气上了头,已经红了眼不知自己在做什么,或者他心里想的就如他所说的:"楼兮遥,既然你这么贱,我也不算侮辱你。"

楼兮遥被一股恐惧淹没,使出强劲的力气推开高远,她"啊啊"地嘶喊着,用本能的语气词表达自己的反抗和恐惧。

她扇了他一巴掌,用指甲狠狠地掐他的肩胛骨,四脚乱蹬,终于在某个间歇停顿处找了空子，连滚带爬地离开了床，退到一边角落。

高远怔怔地看着蜷缩在一旁发抖的楼兮遥，充满血丝的眼里闪过一丝自嘲，笑道："你既然故作清高，那有本事别拿着高家的钱去外面浪啊。"

高远站起来，一步迈向楼兮遥，楼兮遥立刻吓得瑟缩起来，等她反应过来时，那封摆在书桌上的推荐信已经落到了高远手里。

楼兮遥几乎是本能地站了起来，她像发了疯，一边"啊啊"大叫，一边生出巨大的力气去抢夺推荐信。高远把信举得高高的，用看小丑一样的眼神看着楼兮遥，楼兮遥扑上去抓他的手，迫使高远将身子往后仰，压在敞开的窗上，扭打间隙，楼兮遥终于抓住了信封，她左手用力扯着，右手本能地按着高远的胸口一推，突如其来的一个失重，空气瞬间凝固起来。

只听高远"啊"的一声惨叫。

那种惨烈的叫声之后无数次在梦中魇住楼兮遥，它就像那一股将高远推下去的力撕裂了那封信一样，也将楼兮遥的心撕了一块。

她整个人都是蒙的，像失去了意识，却又无比清醒。

楼兮遥不记得自己怎么叫的救护车，又是怎么在父母的嘶吼质问中晕过去的。她只知道自己醒过来时，满身都是血——高远的血。

母亲不分青红皂白，跑过来扇了她一巴掌，不停地问她发生了什么事，楼兮遥却吓得话都不会说，只会摇头。

整整十二个小时，高远在手术台上经历了一场生死搏斗，而楼兮遥在手术室外度过了如滚油锅般漫长煎熬的等待。

高远昏迷不醒，医生说可能成为植物人，高父如同发了疯，青筋暴跳地质问楼兮遥。楼兮遥不停地流眼泪，哆哆嗦嗦地说："是……我把……他推下去的。"

然后是厚重的巴掌一个接一个地落在她的脸上，那个将全部希望寄托在独子身上的父亲双眼发红，说要杀了她。母亲狠狠地扇了她一巴掌，红着眼骂她到底被什么鬼迷了心窍，要去做这样伤天害理的事情，她咬牙切齿地说恨自己，恨自己怎么会造孽生了个像她爸一样没用的东西。

楼兮遥不敢大哭也不敢辩解，心里就盼着高远能醒过来。

加诸在楼兮遥身上和心上的疼痛、恐慌和悔恨变成了千斤重，最后压弯了她的膝盖。

她在高远病房门口跪了整整三天。

三天后，楼兮遥被公安带走，高家宣布与她断绝关系，并以故意伤人罪将她告上法庭。

程老和老江每天都去看楼兮遥，但她只问一句话："高远醒了没？"

也不知道是不是上天垂怜，听见了她日日夜夜的祈祷，终于在两个月后，高远奇迹般苏醒，但……也不幸成了半身不遂的瘫痪。

庭审也是在两个月后结束的，结合高远最终苏醒的结果，法院判了楼兮遥三年有期徒刑。案子并不复杂，被告方没有请律师，完全接受审判结果，不上诉。母亲看着楼兮遥在法庭上被带走，红着眼却没有跟她说一句话，她还是那副"即使高跟鞋被绊断，光着脚也要走到目的地"的女强人模样。

母亲说得没错，楼兮遥骨子里那一股倔强全部来源于她。

就在楼兮遥心如死灰地迎来自己的第二年监狱生活时，程老突然神色担忧地来看望她，探望时间快结束的时候才敢告诉楼兮遥，说她母亲得了癌，正躺在重症监护室里，可能过不了这个礼拜。

后来，有律师来过一趟，在他的指导下，楼兮遥机械地签下了母亲留给自己的遗产，她那短短的一生，就这样在孤苦伶仃中谢幕了。

连最后的遗言还是通过一个陌生律师告诉楼兮遥的："你母亲躺在病床上，哭着让我转告你，说她对不起你，让你不要怪她。"

楼兮遥怎么敢责怪母亲呢，她怪的只有自己，母亲一辈子都盼望着她能争气，可她最后还是令她失望了。

从前她觉得人生是公平的，所有亏欠会在另一处得到补偿，如今才明白命运厚此薄彼，生活给你什么，照单全收就是了。

那一天，楼兮遥抱着冰冷的文件哭了很久很久，她想：从此以后，世界上就再也没有一个与她血脉相连的亲人了。

连那个脚踏梦想、仰望星空的自己，也永远留在了十八岁的秋天。

Chapter 7

> ★ 当你一次一次地失败,
> 一次一次地想而不得时,
> 你就会怀疑,到底是自己不够努力,
> 还是有些东西确实不是努力就可以获得的。

骆河洲一直都觉得自己是个没什么运气的人。

他十六岁参加一场重要的钢琴比赛时,一架价格不菲的斯坦威竟在演奏中途出现延音踏板失灵的状况;他二十四岁第一次指挥柏爱进行公开演出时,台下坐着一众期待这位年轻指挥家创造奇迹或闹大笑话的同行和前辈,而驻团钢琴家马斯竟在演出前突发阑尾炎……似乎在骆河洲每一个重要的人生节点上,上帝总是调皮地给他使一点绊子。可那时候的骆河洲根本没有害怕的意思,踏板失灵,他就用高超的技巧进行即兴改编,照样毫不费劲地拿下冠军;没有钢琴家,他就自己担任钢琴指挥,精彩地完成一首从未排练过的钢琴协奏曲。骆河洲从来没有管过什么运气,他一向都是自己捏住命运的咽喉。

而此刻,骆河洲看着大街上的茫茫人海,突然有一种被命运捏住了自己咽喉的感觉,三十二年来一直活得顺风顺水的他,第一次感觉到了不由己的挫败。

骆河洲赶到大提琴比赛现场的时候,焦头烂额的乔纳森已经在外面等待许久了。他手里的电话没停过,一边用来时刻关注比赛现场的进程,一边动用朋友关系帮忙寻找楼兮遥。除此之外,他还一个劲儿地给当地媒体打电话,威逼利诱无所不用地让他们撤销对楼兮遥的无端"造谣"。

已经对新闻报道浏览过几十遍的乔纳森一见到礼服都没换下的骆河洲,赶紧迎上去:"Augest,是不是我中文有问题,这些报道上写的字我怎么一个都不明白?他们说楼小姐……这不胡说八道吗?"

骆河洲看见这些糟心的新闻就头疼,一摆手:"先别管这些,人找到了吗?"

乔纳森耸肩,表示一筹莫展。

"现在里面什么情况?"

乔纳森往后看了一眼:"比赛现场啊?暂时还没有人知道楼兮遥不见了,刚刚我替她抽了签,手气比她好,是最后一个,不过现在人都找不到,手气再好也没用。"

正在乔纳森苦中作乐地感慨自己的好手气时,紧随着骆河洲而来的周佳怡正好赶到现场。乔纳森一双眼珠子差点儿从镜框里跳出来,看着周佳怡这才想起来:"对了,你们不是应该正在演出吗?现在是什么情况?"

骆河洲随着乔纳森反应迟钝的手指一回头,看见了同样让他头疼的周佳怡,果然,周佳怡一上来就没告诉他什么好消息:"我到处都找了,没找到,给兮遥打电话也没回应,骆老师,现在怎么办?"

"她在S市有没有爱去的地方?你有没有问过她平时走得近的朋友?"

"她每天不是在剧院就是在家,更何况是S市,哪里有什么爱去的地方,至于朋友,"周佳怡无奈叹气,"更没几个了,平时接触多的除了乐团这群人,也就是高家那位变态哥哥了。"

乔纳森一听到"哥哥"这个敏感词,立刻抓住周佳怡问道:"哥哥?楼小姐还真有一段隐藏的传奇故事呀?新闻里说的都是真的?"

周佳怡很想怼乔纳森几句,骂他不分场合地乱八卦,可开战的眼神刚杀过去,立刻瞥见一旁的骆河洲也在用同样的目光看着她。周佳怡赶紧将滑到嘴边的脏话拉回来,又叹了一口气,点头"嗯"了一声。

乔纳森的眼镜框随着眼珠子一起掉了下来:"什么?刚刚我还骂那群记者胡说八道乱造谣,现在全都打自己脸上了?怎么回事?"

骆河洲摆手打断了他的话:"现在不是追究这些的时候。"他转头看向周佳怡:"卢故呢?找到了吗?"

周佳怡:"付团已经带人出去找了,但还没消息。离演出只剩二十分钟了,恐怕得往后推迟时间。"

就怕推迟演出时间也找不到卢故。

人生中还是第一次出现首席在演奏会前失踪的情况,骆河洲觉得他之前费尽心思给这群小家伙们找来的上座率简直就是一场笑话。

"跟付团长说,若是二十分钟内还找不到人就直接取消演出。"骆河洲一摆手,"反正我也没有期待过你们能给我长脸,早晚都是丢人现眼,现在这样正好省心。"

骆河洲就地撒了怨气,径直往里面走去,处理另一件更糟心的事。

周佳怡被这几句话砸得有些找不着北,总觉得哪里堵得慌,就像小时候,虽然对自家鼻涕耷拉的亲妹妹横竖看不顺眼,但只要外面有人说她哪里不好,她还是忍不住揍人家两拳,护短的心情让周佳怡很想替江交说几句话,但她实在没有站得住脚的理由。

她冲着乔纳森毫无道理地哼了一声,算是闷声出了气。乔经纪人忙活了一晚上,不仅不讨好,还受了一肚子委屈气,实在是哑口无言,只能冲着周佳怡的背影比手指,又快步跟上这两位祖宗。

丽兹的经纪人认识骆河洲,给他走了个后门,将他领进了不对外公开的比赛现场。乔纳森和周佳怡悄悄地跟在后面,四处张望,却怎么也找不到楼夕遥的身影。

周佳怡偷偷地扯了扯乔纳森的衣袖,低声问道:"在上面演奏的是第几号?"

乔纳森扶了扶眼镜,看向刚坐定在台上的梁晨,说道:"6号,下一个就是你的好姐妹。"

梁晨在台上稳稳地拉奏了一首贝多芬《D大调第五大提琴奏鸣曲》,在她这个年纪能有如此稳定的控制力来处理这首贝多芬晚期的作品,已经算是出类拔萃了。评委们几乎一致好评,望着收弓的梁晨纷纷交头称赞。

梁晨下台后,主持人便宣布7号选手上台,话音刚落,就见一位工作人员冲主持人打了个手势,然后弓着身子来到评委席,与主评委丽兹低声说了两句。

站在后面的乔纳森知道事情不妙,接耳向骆河洲提议:"要不你去跟丽兹老师说一声,建议比赛推迟一会儿?"

骆河洲看着台上若有所思,茫茫然道:"推后多久?她要不愿意,谁还能绑她过来吗?"

他早就跟自己说过,音乐是不能勉强的事。他还以为自己是万能的神,能够一厢情愿地做了谁的主,真是可笑。

骆河洲想:这回就当是自作自受好了。

主持人对着后台喊了三遍7号，仍旧没有回应，他转头看向丽兹，见丽兹失望地闭眼一点头，这才开口："由于7号选手没有按时到达现场，所以这一场比赛记分为……"

主持人的话还没有落地，7号选手便提着精致的礼服裙摆走上了台，她一手提着大提琴，额头上冒着细细的汗，在台上站定后向主持人点头示意，小声说了一句："抱歉。"

楼兮遥说话的声音一向既轻又缓，而且中间隔了大概十多米，可后面那位已经转过身去正打算抬脚离开的先生突然像是被什么击中心脏，诧异地转身，有些难以置信地看着从天而降的楼兮遥。

身旁的周佳怡低声拉着乔纳森大呼小叫："是兮遥，兮遥回来了。我就知道，她不是会临阵脱逃的人。"

乔纳森看着自家指挥像是入了定一样，抬手嘘嘴提醒周佳怡安静。周佳怡难得没有跟乔经纪人吵架，听话地安静下来看着舞台上的楼兮遥。

楼兮遥天生皮肤白皙，在灯光的照映下更加雪白。她的手指纤细修长，遗传了楼承的好基因，若是用这一双手弹钢琴的话应该也不会差。

骆河洲还记得当年骆郁来到楼承家探望他，见自己儿子没大没小地叫楼承老头，于是拍着他的后脑勺让他改口。

骆河洲那时虽然已经被楼承的野路子教学方法吸引住，愿意留下来拜师学艺，但仍旧嘴硬不肯叫这位老顽童一声老师。

骆郁讪讪然看着楼承，跟自己儿子讨价还价："那总该叫声爷爷吧。"

骆河洲觉得这两个字更是输了气势，愣是仰着脖子来了个宁死不屈。老头那时一拍他脑袋，笑到眼角都飞起来："臭小子，怎么着，让你跟着我家小天使叫我爷爷还委屈你了？"

骆河洲想到满嘴车辘轳话的"小唐僧"，愣是想不通老头是用哪张脸皮说出"小天使"三个字的。

而此时，骆河洲突然认同了。

楼兮遥几乎完美地完成了这首舒伯特的《a小调阿佩乔尼奏鸣曲》，她站起来弯身向评委致意，然后像来时那样不卑不亢地下台。若是局外人，根本想象不出这位气质高雅的大提琴手就是新闻中被万人唾骂的"恶毒女人"。

骆河洲趁着楼兮遥下台的时间快步往后台走去。

后台休息室里，群众仍旧热度不减地围观绯闻主角楼兮遥。楼兮遥仍旧像没事人一样做自己的事，将那把珍贵的斯式琴收好。

骆河洲用自带的气场划开了围观群众，畅通无阻地在惊讶和兴奋的眼神中走进休息室。楼兮遥因为自觉屏蔽了周围动静，没有立刻转身，倒是被人群中的动静惊动的梁晨瞬间回头，惊喜地看到了骆河洲："Augest，你怎么在这儿？"

楼兮遥这才停下收琴的动作，转身恰好与骆河洲四目相对。

"你怎么在这儿？"

相比梁晨语气中的惊喜，楼兮遥的问话里只有惊。

梁晨这会儿一点儿也不像刚刚给楼兮遥看新闻时有眼力，走上前来凑到骆河洲面前，不知道是仗着哪种神奇的心态冒出一句："Augest，你是来看我比赛的吗？肯定是乔纳森告诉你我在这儿比赛的吧。"

骆河洲不明白她到底在说些什么，也不想追究这位莫名其妙的女孩是谁，他冲对方敷衍地点点头，便又看向楼兮遥："卢故失踪了，不过……"

"卢故失踪了？"

楼兮遥打断了骆河洲的话，可此时的骆河洲像是吃了一种"楼兮遥回来了"的兴奋剂，再加上刚刚那首舒伯特的奏鸣曲有点儿令他陶醉，于是他嘴角眼梢难得一齐向上扬了一点："对，首席失踪了，但我一定可以完成这次演出。"

身后的周佳怡一哆嗦：刚刚指挥先生可不是这样跟她说的。

骆河洲其实就是想告诉楼兮遥，她今天表现特别好，但他不擅长直白的口头表扬，于是用这样一种自认为对方会在乎的方式告诉她——他一定会遵守承诺。

可楼兮遥的表情里没有他想象的那么喜悦，甚至浮现出一点无所谓的黯然。骆河洲还未彻底研究出她的表情深意时，后面传来了工作人员对结果的宣布。

冠军是茱蒂，柏爱大提琴首席马科姆的徒弟，而她屈居第二，领先梁晨0.1分。

楼兮遥平静地听完了结果，有种用尽全力奔跑仍旧跑不到终点的筋疲力尽感。骆河洲刚想说什么，丽兹便走了进来。

她惊讶地跟骆河洲打了一声招呼后，用蹩脚的中文对楼兮遥说道："你好，楼小姐，我想邀请你到巴黎学习深造，我亲自教，不知道你愿不愿意？"

楼兮遥感到诧异："可是我并不是冠军。"

丽兹笑了笑："这是特例。"

不说这是个捡了便宜的特例，就算今天楼兮遥真的艺冠超群得了冠军，她也会拒绝这番邀请。面对丽兹大师的慈爱笑眼，楼兮遥琢磨了一下措辞："不好意思，我没有出国学习的打算。"

看客们还没有彻底品出心底的嫉妒，听了这话之后惊得差点儿掉了下巴。梁晨心里很不是滋味，比成绩落后于楼兮遥更不舒服。

当然，心里不舒服的不止梁晨一个人，楼兮遥这话像一盆凉水一样浇在了丽兹的心里，同时也将刚刚还兴奋微醺的骆河洲浇了个透心凉。

骆河洲的眼神冷了下来。

楼兮遥偷偷瞥了一眼骆河洲，自认为是自己没有得冠的结果让老师失望了，于是心底的黯然程度又深了一层。

丽兹虽然惋惜人才，但不愿勉强，面对楼兮遥的拒绝，不过愣了两秒，然后低叹一声尊重了她的决定。

丽兹转身时看了骆河洲一眼，冲他无奈地耸了耸肩。骆河洲一直紧绷的嘴唇礼貌性地弯了一下，眼角的弧度却没有任何松懈。

楼兮遥拿起大提琴背在身后，走到骆河洲面前："骆老师，我跟你们一起去找卢故。"

楼兮遥看着脸色不太好的骆河洲，一点儿也不想去考虑骆老师对她失望到了什么程度。而被冤枉的骆老师此时正憋着一股闷气，他气楼兮遥无端放弃这次绝好的机会，更想不通为何她要让这段时间的努力全然白费。

骆河洲捏了捏手心，一言不发地转身离开，顺便将无处发泄的炮火乱开在了可怜的乔纳森身上："热闹好看吗？要不要我去跟丽兹说一声把你带到巴黎去？"

一旁的周佳怡简直快要将背嵌进门板里去了，她给骆河洲让出了宽敞大道，生怕被他周身的怒火烧到眉毛。

乔纳森看着自家指挥先生的背影，握着拳头把打断的牙齿往肚里吞了。

都怪这该死的周佳怡。

此时的周佳怡正追在楼兮遥身边，忙着跟她解释卢故失踪的前后经过。楼兮遥联想起卢故这段时间以来的反常，觉得事情可能没有周佳怡所说的"首席可能演出前太紧张，出去溜达的时候忘了时间"那样简单。

楼夯遥全神贯注地思考着，突然被周佳怡扯了一把袖子。周佳怡往前方两米处那个怒气未消的背影瞥了一眼："你也别怪骆大师生这么大的气，他刚才看到那些新闻，又听说你失踪，心里真急了，乐团都顾不上，直接跑过来找你。"

楼夯遥脚步一顿，看着刹不住车的周佳怡："他看到新闻了？"

周佳怡点点头，眉头一皱："这事也太奇怪了，你的情况怎么突然就被捕到这些八卦记者手里了？是谁这么无……"

"聊"字还没蹦出来，周佳怡立刻想起什么，还没来得及收回的嘴型可以吞下半个苹果，而答案已经在楼夯遥淡定的表情里呼之欲出了。

楼夯遥很难想象骆河洲看到新闻时的心情和反应，她的心像是被人高高提起，但很快又轻轻放下，她想：反正已经让他这么失望了，再糟糕也不过如此。她很快从短暂的失神中回神，眼角微微向下弯，冲周佳怡道："算了，现在追究这些没意义，先去找卢故吧。"

骆河洲他们赶到 S 市大剧院时，正好在门口撞上无头苍蝇似的温婉。虽然夜晚凉风习习，但她此时满额大汗。

她站在骆河洲面前，着急忙慌地说："骆老师，我正要找你呢，你去哪了呀？"

情急之下温婉也顾不上平日里对骆河洲的本能畏惧，埋怨似的透着一点儿哭腔。骆河洲此时才反应过来，自己这样一言不发地丢下乐团肯定会让这群本就胆小的家伙们手足无措，于是有些愧疚。但鉴于骆大师从小就是一个大尾巴狼，于是眉头一皱，冷然的表情中根本看不出任何不好意思："别大惊小怪的，不就是一个首席不见了吗？让第二小提琴组的首席顶了他的位子，后面的人替补上来，没有排练过的队伍我照样可以指挥。"

温婉嘴角一抽，鼓起了这二十多年攒起的全部勇气才开了口："骆……老师，孟……如也不见了。"

"孟如是谁？"

"第……第二小提琴组的首席。"

骆河洲心里的愧疚此刻已经被狂风怒火卷得荡然无存，这么多年虽然脾气不太好，但从未说过脏话的骆老师差点破例。

半个小时前。

卢故不见了的消息传来的时候，孟如正在休息室里用新换了指甲颜色的手给琴弦擦松香。

温婉跑到休息室，扶着门框问他们："你们看到卢故了吗？他好像不见了。"

而那时的周佳怡在看了一眼手机后不知为何像遭瘟一样冲了出去。

孟如见惯了乐团里这些不靠谱的举动，于是弯下身优雅地捡起刚刚掉落在地的松香，继续有条不紊地擦起来。

她抬了抬嘴角，心想：卢故会消失？怎么可能，他盼着这一天不知多久了。

可当之后越来越多的人跑过来问有没有见到卢故的时候，她便知道，卢故是真的反常失踪了。

孟如压下心里的慌乱，一遍一遍地给他拨打电话，前几通还能响两声，后来就彻底关机了。她站起来，围着休息室来来回回地走，在心神慌乱中想起前两天无意在电视台附近看到卢故从里面走出来，当时还不以为意的她此时突然明白了。

她想也没想穿着礼服立刻跑了出去，冷风吹在裸露的手臂上，让她结结实实地打了个激灵。

电视台大厦本来不让她进，奈何孟如的前男友分布广大，于是不过打几通电话的工夫，工作人员便客客气气地将她领进了综艺节目的演播厅。

这是时下非常热门的一档歌唱类比赛节目，制作人为了蹭格调，请了不少知名音乐人在台侧为歌手伴奏，幸运的话，还有独奏的乐手可以被请出来坐在台上和歌手一起亮相。而今天，卢故便是这个幸运儿。

由于这个节目是录制播出，所以时间上控制得不太紧张，加上今天歌手们状态齐齐下线，于是一遍一遍地加录耽搁了原本说好的时间。孟如赶到演播厅时，卢故正在台上不停地看表。

他看着从天而降的孟如，面瘫似的脸上难得出现愣住的表情，然后微妙地皱起眉，看着踩着高跟鞋仍旧健步如飞的孟如道："你怎么来了？"

孟如不由分说就拉着卢故往台下走："跟我走。"

卢故还没反应过来，一旁的编导已经拿起对讲机喊起来："哪里跑来的疯丫头，赶紧拉出去，工作人员呢？"

工作人员迅速跑过去拦住孟如。

孟如习惯了平时扬着嘴角，眼睛跟着笑的时候让人觉得妩媚天真，简直要甜进人心里去，若是眼角不弯纯粹提一提嘴角，也会让人觉得不过是不失大雅的刻薄促狭而已。

她很少有这样严肃的样子，绷直着嘴角和眼神，看着工作人员，几乎有些冰冷地怒道："让开！"

工作人员瞥了一眼卢故，卢故这才从本就紧绷的神经中找回一点清醒。

他甩开孟如的手，重新回到了舞台上的座位，继续等待着正在无休止找状态的歌手重新录制。孟如不解地回过头去，走到他面前，难以置信地问道："卢故，你知不知道今天是什么日子？"

卢故摆弄着自己手里的小提琴，又恢复了卢故牌表情："不用你管！"

孟如冷笑一声："你以为我是管你吗？要不是为了江交这么多乐手，我愿意过来找你？"

"孟大小姐还会为江交操心？"

卢故这句话实在气人。

孟如真的很想抽他一耳刮子，但想想卢故说得也对，她干吗要替那群人操心啊，不演出了更好，她正好去找前男友们凑一桌麻将。

她踩着高跟鞋，已经转身走出了几步，突然又定住了，回头走过去沉了一口气，几乎有点儿讨好地问他："你到底是为了什么？"她看了看周围那些闪得人头晕的灯光："为了出名？为了钱？"

反正肯定不会是为了音乐。

卢故不想跟她纠缠，直接对工作人员说："麻烦把这位小姐请出去。"

孟大小姐一把甩开工作人员的"请"，眼刀子在卢故身上定了一会儿后，恢复了一点清醒神智。她扬了扬嘴角，露出刻薄表情："不用请，我今天非要站在这儿看一看卢大首席是如何当大明星的。"

孟如一转身走下了台，嘴角的弧度也隐没在昏暗的灯光里。

台下，孟如仗着前男友的势，正大光明地免费看了一回现场演唱会。她双臂交叉，冷冷地看着台上的卢故为一名不断出错的歌手伴奏，这难度系数，她这么一个不着调的水平都能边跟周佳怡吵架边拉奏完。

卢故是为了什么？

听说他当年为了拜前首席江老为师，愣是在人家门口跪了一晚上，这么多年来日夜风霜地练琴，就是为了在这里听着一些小姑娘尖叫夸他长得帅吗？

孟如想不通。

好不容易熬到那位歌手唱完了一首勉强入耳的歌，卢故立刻收起小提琴往外走，等在门口的孟如跟上去："现在知道急了？刚才干吗来着？"

卢故不想跟她扯些没用的，边走边问："那边怎么样了？"他等电梯时低头看了一眼表，已经过了预定的演出时间。

孟如有一肚子的讽刺话，可看到卢故额头上不知道是急的还是被演播厅闷出来的薄汗，又强行咬紧牙齿把那些话挡了回去。她在心底抽了一下自己，恨自己忍不住上赶着关心眼前这个不解风花雪月的傻子，叹道："指挥应该会有办法吧。"

电梯刚到，身后一位编导立刻跑了过来，叫住了卢故。卢故敷衍地解释两句："不好意思，我赶时间，有什么事下次再说吧。"

编导笑哈哈地看着他："没什么大事，就是告诉您一声，尾款我们会尽快打进您的账户，还有那个长期合同的事，也请您好好考虑一下。"

卢故面无表情地点了一下头，转身走进了电梯。

一旁的孟如一直保持着侧头看他的姿势，似乎想从他身上看出一个答案来。她想，她到底是猜对了，不为名就为利，还真是没有谁能免俗啊。

"你缺钱吗？"

面对孟如的质问，卢故一点儿都没听进去，他忽略那些没用的问题，自动连接上了她的上一句话："指挥能有什么办法，少一个首席他能找人顶，少两个三个他还能换了整个乐团吗？"

孟如："……"

S市大剧院门口，被卢故操心的指挥先生正在尽量控制自己的怒气。

温婉刚一开口说孟如消失的消息，立刻感受到了指挥周身的冷气，她正不知所措，便看到身后的楼兮遥走过来："付团长呢？"

温婉像是溺水的人看到了救生圈，赶紧拉住楼兮遥的手："师姐，你总算回来啦！付团长在里面呢，他好不容易跟剧院交涉推迟了十五分钟，但现在这个时间也快过了，你说怎么办呀？"

楼兮遥拍了拍她的手臂:"没事,我去找他说。"

楼兮遥刚要抬脚,便看到付团长从剧院门口的长台阶上快步小跑下来,付团本来就圆头肥肚,穿着一双黑色老干部布鞋一跑,更是满头大汗。他还没来得及跟骆河洲说上话,便听见捷足先登的楼兮遥说:"付团,直接取消演出吧。"

话音如平地一声雷,炸响了所有人的耳朵。

虽然大家已经预想过这个最坏的结果,但从楼兮遥口中说出来还是让人震惊。

骆河洲看着楼兮遥,两侧的双拳攥得指盖泛白,只听见当事人跟付团说:"算了,就这样吧,回去之后我会跟程老交代清楚。"

付团发蒙地看着她:"不是,这……什么意思啊?卢故呢?找到了吗?"

他又转头看了一眼骆河洲,只见骆指挥绷直嘴角,眼神冷冷地盯着楼兮遥,一句话也不说。

电话声响起,付团被手里的震动铃声吓了一跳,赶紧回神接起来,一口气提起又放下:"啊……再请您……哦……"语气词蹦出一大堆,最后挂了。

他看着楼兮遥,把无端的怨气撒在她身上:"也别我去说了,人家已经给我们做主取消了。算了,你们想怎么样就怎么样吧,我这次回去立刻辞职,以后要再管这些破事我把名字倒着写。"

付团一摆手,扔下一身怨气往剧院走去。而此时,有不少观众稀稀落落地从里面出来,攥着手里的票念叨着"什么玩意儿"。

S市不像江城,在这里有不少骆河洲的粉丝。乔纳森见散场的观众渐渐多了起来,而且他一眼就看到那个身上永远穿着骚气的大红色的欧蒙已经朝这边走了过来,于是赶紧走过去跟骆河洲和楼兮遥说:"两位祖宗,你们要是打算这么大眼瞪小眼地看到天亮,也请挪个地方,大庭广众的,我怕有人会朝你们扔鸡蛋。"

楼兮遥瞥一眼剧院门口,走到骆河洲面前:"骆老师,我们去那边说吧。"

骆河洲没有动。

乔纳森见不远处的欧蒙已经加快了脚步,于是豁出胆子去拉了拉骆河洲的袖子:"你要是不想耳朵疼,就赶紧的。"

骆河洲也不知道听没听到这番威胁,反正他眼睛一直粘在楼兮遥身上,然后缓缓地跟上了她。

果然两人刚刚走到背光处,身后就隐约听见有人扯着粗嗓子对乔纳森说:"那是 Augest 吧，你拦我干吗，我要找他算账呢。我前脚刚给他吹完牛，他后脚就放我鸽子，我这以后说话还不让人当屁放啊。"

乔纳森赶紧和稀泥："是是是，他就是个混账，回头我替你骂他。不过那真不是 Augest，你看错了。走，我带你找他去。"

一旁的周佳怡觉得乔纳森真是在把自己的胆子当牛皮吹，想到他未来的职业生涯，她不仅替他打了哆嗦。

同样在一旁的温婉就没有这么心大了，她看着楼兮遥和骆河洲在阴影处的身影，有种说不上的忧心。今天她的心情就像是坐了一趟过山车，本来满满的期待此刻全部化成了一摊雨水，混在泥土里留下浑浊的迷茫。

那一边，楼兮遥本来准备了一肚子的话，打算向老师负荆请罪，可一看到骆河洲此时冷漠的表情，又觉得三尺长的解释无从说起。

"对不起。"

一切像是回到了原点，当初她拒绝骆河洲的邀请，执意留在江交时也是这么说的。

很明显，骆河洲并不是很高兴听到这三个字，不久前他还心胸豁达，开玩笑说这是自己第一次被人拒绝，可此时，他觉得自己越活越回去了，不知道从哪里长出来的执念在心里树立起了一堵墙，堵住他的气量，让他变得计较起来。他皱眉问道："为什么要拒绝丽兹的邀请？你知不知道有多少人挤破头想进这个门？"

楼兮遥语气平静："我知道，但人各有志。江交是爷爷一生的心血，留在这里是我最想做的事情。"

"如果他知道你拿自己的前途开玩笑，你觉得他会开心吗？"提起楼承，骆河洲更生气，"好，先不说去巴黎的事，那取消演出呢？你不相信我？"

楼兮遥很少看到骆河洲这样气急败坏，有点惊讶于他的反应。她赶紧解释道："不，是我不相信我自己。"

楼兮遥看着骆河洲隐在黑暗里却依旧明亮如星的眼睛，声音轻柔："六年前，你来江城演出，我在江城剧院第一次听到你的钢琴演奏，那首莫扎特的《土耳其进行曲》，我很喜欢。"

骆河洲没有心思去纠正她所说的"第一次"是个多大的误会，也不想此刻掰开回忆来吐槽一番曾经给她弹过多少摇篮曲，他沉默地听楼兮遥问道："你后来到江城音乐附中听了一场比赛，还给比赛的冠军写了一封推荐信，记得吗？"

"记得。"

"我就是那个人。"

"看到新闻之后，我记起来了。"

楼兮遥的目光黯淡了一瞬，低了低头："那你也应该知道了，我有一段不堪的过去。"

楼兮遥的睫毛低垂，遮住了眸光。他仿佛又看到了那个在斗湖机场拉奏巴赫的忧伤女孩。她身上散发着才情的惊艳光芒，而自己却全然不知。

骆河洲想到当年楼承捧在手心里都怕磕着碰着的那个女孩本应该肆意潇洒、平安喜乐地过一生，却经历了常人无法想象的苦难，活成了如今这样小心翼翼又不自信的模样，他突然憋闷，又难受了起来。

刚刚还对她恼怒的骆河洲一下子心软了下来，声音中透着一点温情怜惜："这些年，你……是怎么过来的？"

这样一句话，骆河洲像是代替楼承问的。

楼兮遥却风轻云淡地笑一下："刚开始什么都没有想，也什么都不敢想，不知道饿，也不知道疼，似乎失去了一切感知，连自己是否活着都不太清楚。后来有一年春节，一个公益组织到那里做文艺演出，有人在上面弹了一首钢琴曲，我的身心才慢慢有了一点复苏的迹象，能够听到外界的声音，能够被触动。出来后才知道，当时我听到的那首曲子，是你在那年新作的钢琴曲，叫作《风之海》。"

有评论家曾经说过，骆河洲的这首《风之海》最神奇的地方在于没有千篇一律的演奏，每一个人弹出来的《风之海》几乎都是不同的。它有一万种诠释的方法——风的暴烈、海的平静，或者是海的狂啸、风的温柔。每个人心中的《风之海》都是当时心境的反映，你的心是怎样，曲子就是怎样的。

《风之海》犹如一阵狂风海啸，激活了楼兮遥濒临死寂的心，她再一次被音乐救赎，再一次被骆河洲牵引。出来之后，虽然她承受着高远如影随形的折磨和对陌生世界的恐慌，但音乐总能随时给她安慰和指引，她在答应程老去江城交响乐团，重新拿起大提琴的那天，一个人在书店里听了一整天的钢琴曲CD，反反复复都是那首《风之海》。

楼兮遥看着骆河洲，眼神充满了坚定："所以说，骆老师，我相信你，比相信自己还要信任你。"

骆河洲的心像是被什么轻轻扯了一下，有一种重重的东西落在了他心里。弹了这么多年琴，写了这么多的曲，指挥了这么多次交响乐，他已经走进了一个迷茫的死胡同，音乐技术上没有再大精进的空间，比赛演出也激不起太大的挑战快感，演出创作的目的变得虚无起来。当他指挥着柏爱进行一场又一场演出后，再也感受不到当初那种激动和满足，反而慢慢觉得疲软。很多时候，他都想问一问楼承，剑客成了天下第一，但他练剑的真正目的是什么？

现在，他被楼兮遥短短的一席话激活了那颗疲惫麻木的心，捡起了一点儿丢失已久的激荡感，他一想到自己的音乐曾经给受苦的她带来过安慰和感动，便觉得自己弹了这么多年的琴没有白费。

音乐抚慰人心，这是当年老头一直在向他传授的道理，也是他的初衷和本心。

骆河洲的眼神柔和起来，声音也异常柔和："既然你相信我，那为什么要取消演出？"

楼兮遥："虽然我不明白你为什么愿意留下来，但我知道你并非心甘情愿。乔纳森跟我说，你在柏爱的时候曾把一个大胡子鼓手骂哭，但你从来没有骂过江交的乐手们。"

所谓爱之深责之切，自古以来都是至理名言。

骆河洲还是头一回见到没有被骂有怨言的人，一时之间被楼兮遥给噎得说不出话来。

可他也确实无法坦荡地反驳楼兮遥，毕竟当初他留下来也只当作权宜之计，他那时候还真没想过要留在江交。而对于那群小家伙们，他最开始也是抱着不必浪费口舌的心态，用"得过且过"的方式相待，但后来当他发现那一个个并非无能的阿斗反而都在拼命朝着自己的梦想而努力时，心底多少被这种无知无畏的单纯劲儿感染了，想着要是能带领他们登上舞台共同完成一场音乐，好像也不是那么无趣。

连自己都还没整理明白的一点隐晦心思，就这样赤裸裸地被楼兮遥一棒子打死了。

骆河洲没有过多解释自己曲折的心理变化，只是看着楼兮遥："我情不情愿并不重要，这是我答应你的条件，我说过会做到。你为什么不试一试就放弃？"

"我试过了。"

"嗯?"

"我试过了。"楼兮遥看着骆河洲,重复一遍,"今天我在江边坐了很久,本来打算直接放弃比赛,可最后还是回去了,因为我也想试一次。可是……最后证明努力不一定换来成功。"

当你一次次地失败、一次次地想而不得时,你就会怀疑,到底是自己不够努力,还是有些东西确实不是努力就可以获得的。

艰难困苦,玉汝于成……艰难困苦,玉汝于成?

"骆老师,你回柏林吧。"

骆河洲:"……"

此时,终于赶到了剧院的卢故和孟如正好与垂头丧气的江交成员们在门口撞个正着,卢故一见到队友们这副沮丧的表情,立刻明白自己终究没来得及。

他早就知道命运待自己不公平,从来没有什么好运气可以做到两全其美。

鼓手陆征虽然是个性情中人,但平时很少会发脾气,此刻他看到卢故,眼睛发红似的几乎控制不住,冲到他面前便往他脸上狠狠地揍了一拳,揪着他的衣领吼道:"你知不知道今天什么日子,玩失踪也不知道挑时候吗?"

卢故闭着眼,提线木偶似的任由他摆布。一旁的孟如倒是先急了,冲上来拽住陆征的手臂:"你放开他,有什么话不能好好说吗,非要跟个野蛮人一样?"

"是啊,用你这双拿鼓棒的手打他,会不会太看得起我们卢大首席了。"身后抱臂的萧何凉凉地搓了一句火。

孟如瞥了他一眼,无奈萧何眼睛长在头顶上,余光容纳不下一丝意味不明的暗示。

温婉也憋了一晚上的委屈,在眼眶里打转的眼泪"哗"的一下就掉了下来:"首席,你到底去哪里了呀?我们找了你一晚上。"

身后乱糟糟的场面早就惊动了那一头的骆河洲和楼兮遥,他们暂停对话,走过来处理这头的群架现场。

温婉问了一句之后,身后的人也都炸开了锅,一遍一遍地逼问卢故去了哪里,有什么事比演出还重要。

孟如尴尬地站在中间不知道该怎么替卢故隐瞒时,一旁的周佳怡突然举起手机,打破了众人七嘴八舌的局面:"别问了,我们的卢大首席忙着当明星录节目呢,哪管得了什么破演出啊。"

　　众人纷纷看向周佳怡,只见她手机里正播放着卢故录制节目的视频:"我一个好姐妹在电视台工作,刚给我发的一个片段。"

　　周佳怡还嫌火搓得不够,愣是添油加醋地讽刺了一句:"我姐妹说这小提琴手长得挺帅,肯定会火。"

　　众人一下子安静下来,一束束目光死死盯在卢故身上。

　　楼兮遥走过去,问他:"卢故,你是不是有什么难言之隐?不妨说出来,大家一起想办法。"

　　卢故除了嘴角刚刚被揍出的一点红肿,脸上仍旧是面瘫似的毫无反应,他无视楼兮遥和众人,径直走到骆河洲面前:"指挥,我正式向您提出辞职。"

　　众人:"……"

　　这平地一声雷轻轻地炸响了所有人的耳朵,没有人想到最后竟然是这样一个结果。

　　看来,选择放弃的人不止楼兮遥一个。

Chapter 8

> 命运把我们逼到角落,
> 就是为了让我们绝地反击。

不战而败,用来形容此次江交的初演真是再合适不过了。

江交,一个名不见经传的三流小乐团,已经连续好几天在 S 市的古典音乐圈里占据热搜榜首,一夜之间名声大噪——不过不是什么好名声。

"江什么乐团?大剧院的三千多个观众被他们当鸽子放了?开什么国际玩笑。"

"真的,听说是骆河洲亲自指挥,所以演出前大家哄抢着去买票,我一个哥们儿是他的铁粉,抢到票的时候老泪纵横了一把,现在还嚷嚷着要剧院赔偿精神损失费呢。"

"骆河洲?柏爱的首席指挥 Augest?怎么可能,你这哥们儿该不是被骗了吧。"

"那还用说,要是 Augest 能来给一个小乐团当指挥,我开直播表演吃键盘。"

"键盘侠,你还别把话说死,据说那是欧蒙大记者亲自证实的消息,还真不是不可能。"

"是真的又怎么样?还不是演出放空。话说一个小乐团为什么敢把人当猴耍啊,难道为了出名不要脸?"

帖子的热度不减,一层一层堆起来快要把最下面的那一条给淹没了,不知道是哪个躲在角落里的"死忠粉"默默地顶着压力强行科普江交——"江城交响乐团成立于1979年,创始人之一楼承曾经是国内第一批留学意大利的钢琴大师,被誉为最有情怀的艺术家。曾经风靡全国的飓风三重奏就是由楼承和另外两位大提琴家程齐英、小提琴家江华组成,他们现在一个任江城交响乐团的常任指挥,一个是其前首席。所以说,江城交响乐团并非什么三流小乐团。"

被淹没在八卦高楼里的帖子难得被人注意到了,可回复起来还是犀利不留情:"曾经辉煌有什么用,创始人再牛有什么用,乐手们要是一群酒囊饭袋,照样白搭。"

此时,那群"酒囊饭袋"们正腰眉耷眼地坐在返回江城的飞机上,陆征用毯子盖住了整张脸,萧何交叉双臂靠在椅背上闭目养神,温婉睁着一双哭了整夜而发红的眼睛望着窗外,孟如难得没有化妆的脸上有一丝憔悴,卢故坐在最后一排,戴着耳机,全身上下写满"生人勿扰"……所有人似乎都得了"演出放空后遗症",一个个没精打采的,除了……乔纳森。

那晚被楼兮遥劝回柏林的骆河洲一气之下跟乔纳森说要回欧洲,他在愣了几秒钟之后兴奋地蹦了两尺高,立马以前所未有的效率订好了机票。本来他打算直接从Ｓ市飞柏林,奈何骆河洲嫌弃飞行时段不合理,非要改成从江城转机的航班。

乔纳森就算再长个脑袋也想不明白,凌晨起飞的航班到底哪里比上午起飞傍晚到的航班更合理。

面对乔纳森的质疑,骆河洲只冷冷地回了一句:"我这个混账就认为更合理。"

乔纳森一脸大问号,好半天才反应过来自己不久前刚刚嘴欠地得罪了这位记仇的指挥,意识到自己处境的乔纳森点头哈腰:"您是英明伟大的指挥,您说什么都对。"

虽然多花了两张冤枉的机票钱,但乔纳森还是很高兴自家任性的指挥先生终于肯回去了。他心里想,管他骆河洲要玩什么花招,回到柏林一切都好办。

坐在乔纳森后座的周佳怡瞥见他一路上简直快要飞起来的嘴角,忍不住侧身拍了他的肩膀。乔纳森吓了一跳,转头瞪了她一眼:"干吗呢?"

周佳怡给他使了一个眼色,让他坐在自己身边。正无聊的乔纳森还以为有什么八卦可以享用,觍着笑脸贴着耳朵挪了屁股。

"你一路上贱兮兮地笑什么呢?没吃药啊?"

乔纳森一张笑脸当场僵硬下来:"关你什么事!"

周佳怡懒得跟脑子有毛病的计较,眼睛一闭,同时,乔纳森也闪过与周佳怡同样的想法,正要起身回自己座位时,立马被她扯着袖子拉回来。

恰巧,刚刚上洗手间的楼兮遥回来了,周佳怡的表情立刻来了个大转弯,亲昵地挽着乔纳森的手,对楼兮遥笑道:"兮遥,我跟乔经纪说几句话,你先去前边坐一会儿。"

看着楼兮遥一脸莫名其妙地坐到自己的位子后,乔纳森才低声跟周佳怡咬耳朵:"你这手法很拙劣啊,周媒婆。"

周佳怡一把甩开他的胳膊:"关你什么事!"

无聊的乔纳森十分乐意跟周佳怡对战升级一小时,奈何身后的萧何重重地咳了一声,提醒他们请自重。

前排的楼兮遥如坐针毡,觉得周围异常安静。她一个劲儿地提醒自己目不斜视,但心里像是装了一个放射状的镜片一样,余光总是不自觉地跑到旁边这人身上去。

自从那天跟骆河洲真诚地进行了一段对话后,他们就再也没有说过话了,她知道乔纳森已经订好了返程的机票,也知道这可能是她与骆河洲的最后一面。

楼兮遥把小桌板放下又收起,拿出杂志翻了一页又塞回去,折腾了半天,本想压制住心底的紧张和胡思乱想,反倒把一旁撑头睡觉的骆河洲吵醒了。

靠窗的遮光板升起一半,有一束浅浅的光正好铺在骆河洲的侧脸上,蒙眬的睡意还未完全在他深棕色眼眸里散去,相比平常多了一丝天真年轻的柔软。骆河洲眯着眼看了好一会儿,才发现身边座位已经易主,于是自然问道:"乔纳森呢?"

"在后面呢。"楼兮遥以为他要找乔经纪,于是立刻想站起来,"我去叫他。"

骆河洲最后一点睡意被这话瞬间吹散,赶紧阻止了楼兮遥:"不用,他在这儿念得我头疼。"

楼兮遥刚刚挺直的腰背这才放松下去,嘴角噙着一点轻松的笑:"乔经纪是挺爱说话的,你有时候觉得特闹心吧。"

"习惯了。"骆河洲补充,"以前也认识一个爱唠叨的小丫头。"

楼兮遥几乎是本能地问了一句:"女朋友吗?"说完之后她立马就后悔了,恨不得打自己一嘴巴,真是跟周佳怡走得太近也惹上了八卦病。

骆河洲听她这么一问,倒是挑眉愣了好几秒,随即嘴角也跟眉毛一样向上弯了一下,看着眼前这个"当事人"有些好笑地摇摇头:"不是。"

楼兮遥讪讪地笑了一下,立刻结束了这个太过私人的话题。不过经过这几句闲聊,她也放松许多,在心里编排了好几遍的话终于敢一吐为快:"骆老师,这段时间谢谢你。"

骆河洲刚刚才扬起的一点嘴角慢慢弱了下去,眉头拧了一点,看着她问道:"之后有什么打算?"

"边走边看吧。"楼兮遥低头苦笑,"现在江交这个样子,我也不知道该怎么办才好。"

骆河洲没有再说什么了。

下了飞机后,大家垂头丧气地拿了行李,沉默着散了。相比来时的热血澎湃,此刻的江交成员们像是一群丧家犬一样。

楼兮遥走在骆河洲身后,在分岔口停下来与他正式道别:"骆老师,祝您一路平安!"

骆河洲轻轻向她点点头,从小将中文成语大全背得滚瓜烂熟的他愣是没有说一句祝福的回应话。

楼兮遥站了一会儿,见骆河洲没有客套礼貌的意思,于是笑着向他挥了挥手,转身和周佳怡一同走去,半途中又想起什么,停了下来,仿佛经历过一番艰难的思想斗争,才攒着一直提在手里的礼盒袋子转身走到骆河洲面前。

一直没有动的骆河洲看着楼兮遥递给他一个手袋,表情很坚定地说:"骆老师,初赛结束那天我顺路在街边买了个小礼物,祝您……前程似锦!再见。"

骆河洲看着楼兮遥的背影,待她走出好远才从这个别致的祝福语中回过神来。前程似锦?看来老头的中文早教水平还不如他家那位粗暴的骆郁女士。

一旁的乔纳森早就被心里的八卦虫子折磨得浑身难受了,也顾不上自己还在指挥的黑名单里,大胆地拿过他手里的礼袋,翻开来一看,"哇"了一声:"喔,好漂亮的指挥棒,这丫头这回可是下了血本哦。"

骆河洲看着楼兮遥走远的方向,挑了挑嘴角,回头面无表情地伸出手来,脸色并不好看地望着乔纳森。乔纳森立刻乖乖地放好礼物,原封不动地双手奉还给阴晴不定的指挥先生。

骆河洲拿着手里的礼袋,往相反的方向走去,乔纳森半天才发现身边的人又犯路痴,赶紧喊他:"Augest,登机口往这边。"

骆河洲头也不回地冲他挥挥手:"不走了。"

这三个字像春雷一样,乔纳森的脑弧线跑了一个马拉松才回程,拉着行李箱赶紧追上那个混账，心里的脏话像跑马一样奔腾着："喂，您别逗我行吗？你这是要去哪儿呀？英明伟大的指挥先生！"

楼兮遥本来打算第二天去医院看望程老，一路上还在想着如何宽慰老师，付团长的催命电话便一个接一个地打了过来。

关了静音的楼兮遥将手机拿出来一看，十几个未接来电，立马给付博回过去。那边的付团长已经是一个头两个大了，急得一把年纪差点儿当场哭出来："小楼啊，现在程老躺在医院，骆河洲又撒手不管跑回欧洲，卢故连个商量都没有就辞职，我实在是没办法，只能找你了。"

楼兮遥忽视付团长冗长的铺垫，问道："怎么了？出什么事了？"

"你赶紧过来一趟吧，江交快要乱套了。"

楼兮遥赶到剧院的时候，一大堆人围在付博的办公室门口，挤不进前排的林蔓踮起脚来伸长脖子往里看。

楼兮遥走近问了一句："你们干吗呢？"

林蔓吓得两脚没站稳，差点儿当场摔个四脚朝天。楼兮遥眼疾手快地拉了她一把，她立刻低下头扶了扶自己的高度近视眼镜，声音小得估计只有自己听得到："好像有人来找付团长麻烦。"

前面的温婉听见楼兮遥的声音，立刻挤出来："师姐，你终于来了呀。"

"怎么回事？"

"远程集团的人来找付团，不但要对我们的巡演进行撤资，还要我们赔偿这次演出的损失。"

楼兮遥一皱眉，循着人缝里看过去，果然瞧见了瘟神似的邹大秘书。

温婉嚷嚷着众人让路，拉着愣神的楼兮遥挤进办公室。付团一见楼兮遥，跟见到活菩萨似的走了过去："小楼啊，你终于来了。"

翘着二郎腿坐在办公椅上的邹敏听到付博的话，抬眼看了一下，嘴角弯起一点高远式的弧度："哟，是我们楼大小姐啊，怎么，听说您不是出国去深造了吗？"

楼兮遥懒得跟她打嘴仗，直接问道："你来干什么？"

邹敏站起来，拍了拍自己的高腰阔腿西裤，双手插兜，踩着高跟鞋走过来，别有意味地说道："我能来干什么，当然是给老板办事啊，像我们这样的俗人，难不成还有闲情逸致来听音乐会呀。"

楼兮遥不知道邹敏是一向如此阴阳怪调,还是格外喜欢对她冷嘲热讽,有时候她甚至觉得邹大秘书比高远还恨她似的。

"高远答应过我的条件,他不能随便撤资。"楼兮遥不想跟她拐弯抹角,直截了当地说。

邹敏扯了一下嘴角:"这可由不得你。"

说来说去就会这几句,楼兮遥真是觉得烦了,她掏出手机拨了高远的号码。很快邹敏意识到她在干吗,着急地想来抢她手机,楼兮遥一闪身,已经来不及了。

那边响了一会儿才接听,他的声音懒懒的,像是刚睡醒似的:"找我有事?"

"高远,你不能撤资。"

高远笑了一下。不知道是不是因为经过了电波洗刷,他一贯犀利的讽刺笑意竟听起来有点儿虚弱:"不能?你有什么资格说不能?"

"虽然那15%的股权我转让给了你,但我母亲毕竟在远程集团打拼了一辈子,总有一两个可以说上话的人。我要是跟他们说是你强迫我签的字,你的日子恐怕也不会好过吧。你在远程目前的处境,经不起这些折腾。"

空气凝结了一两秒。高远紧攥着手机,沉默了一会儿。他还真想不到楼兮遥是个这么厉害的角色,果然是娘生娘养的白眼狼:"你认为我会怕那几个掀不起浪的小角色?"

"我知道你不怕,但撕破脸来大家都不好看。而且,听说远程最近要上市?"

高远咬牙切齿的,将楼兮遥撕了的心都有:"看来楼小姐对我们远程还是挺关注的啊。"

"我不想跟你有任何瓜葛,要不是你欺人太甚,我也不会这么……"

高远知道她所说的"欺人太甚"是指什么,这几天他强迫症似的去看那些糟心的新闻,终于明白了伤人伤己的道理。

他闭了闭眼,认命似的挂了她的电话。

很快,邹大秘书接到了领导的指示,她一边恭敬地听着,一边用刀子似的眼神看着楼兮遥。

挂断之后,她才忍着气传达了意见:"付团长,高总说看你们可怜,赔偿金就算了,但撤资巡演的事没得商量。反正你们也是解散的下场,我们远程不屑于再踩一脚。"

邹敏的眼神没有离开过楼兮遥,她像是看杀父仇人一样看着她,走到她身边:"楼小姐,你知不知道他现在在哪里?"

邹敏弯下身,凑到她耳边咬牙切齿道:"您的心可真狠。"

那边,高远才刚刚挂电话,一群会诊的医生立刻进来给他做检查。他的主治医师皱了皱眉,再次提醒他:"高先生,你身体现在很虚弱,需要休息。"

高远忍着疼痛闭上了眼睛,任由他人摆弄。

剧院那边,楼兮遥目送着邹敏气急败坏地离开,还来不及琢磨她最后那句话有什么深意,便听见付团一屁股坐在椅子上,深深地叹了一口气。

围在门外的看客们见曲终人散,正打算离开,可人群中的陆征就像是泥沙俱下中的一块顽石,站在中间一动不动。温婉轻轻拉了他一下,提醒道:"陆征?"

陆征绷紧了嘴角,眉头拧得跟麻花似的,仿佛有两个小人在心里打了一架,也不知道最后是谁打赢了,推着脚下灌了铅一样的陆征走进了付团长的办公室。

楼兮遥还处于与高远针锋相对的后遗症中,被邹敏一句话给抽走了半个魂,突然听见一个低沉的声音在身后响起:"付团,这是我的辞职申请。"

楼兮遥转过身去,只见陆征低着头站在付博面前。心力交瘁的付团长一脸菜色,握紧了拳头想揍他的样子,腾的一下从椅子上站起来,额头上的青筋突突地跳:"怎么,现在一个个都翅膀硬了,想跟你们卢大首席一样往外飞是不是?"

陆征低着头,任由付团长憋了一肚子的火气撒自己身上,门外刚刚才散去的群众又重新围了上来,伸长了脖子,连呼吸都不敢太重。

付团长将有关白眼狼的骂名从头到尾地甩在陆征身上,无辜的陆征将卢故的那一份也收了。待血压慢慢降下来,付团才缓了口气,晓之以理道:"陆征啊,你来乐团也有七年了吧,就算是门口那几棵树,都应该处出了感情,更别说咱们乐团了。现在是我们江交最困难的时期,我们应该同甘共苦不是?"

陆征抬起头,一双发红的眼睛看着付团长:"我跟我女朋友处了十年,准备下个月结婚,可现在连婚房都没有。"

陆征的心口像是开了闸,积年累月的委屈顷刻间喷薄而出:"本来我想着这次巡演成功,就算收入提不上来,但至少也能在我女朋友面前说一句梦想无价,可是……"

付博的心一下子就沉下去了,刚刚那一通脸红脖子粗的理直气壮全部打回自己脸上,压得他双腿发软,身子"扑通"一下坐在了椅子上。

这么多年来,他们每月拿着十几年来一成不变的工资,在物价上涨、房价上涨、消费上涨的城市里汲汲而生——看着这群小孩从青春热血渐渐消磨成如今这般压抑的模样。

付博想,该辞职的人不是他们,而是自己。

陆征的话触动了大多数人的心,情绪脆弱的已经低头在偷偷抹眼泪了。大家被心底那股喷薄而出的委屈激荡着,纷纷鼓起勇气走了进来,将那一封写了又撕、撕了又写的辞职信拿出来。

付博看着桌上一封封决绝的辞职信,终究狠不下心来像骂陆征一样点着人头一个个去数落。他挥一挥手,垂暮老人似的:"走吧,都走吧。"

楼兮遥闭了闭眼,心想:"难道爷爷毕生的心血,就此付之一炬了吗?"

楼兮遥和付博在办公室里沉默无言坐了很久,最后付博扶着桌角站了起来,经过楼兮遥身边的时候轻轻地拍了拍她的肩,叹了一声。

楼兮遥看着他的背影,问道:"付团,你有什么打算?"

付博摇摇头,一言不发地走了。

医院。

楼兮遥扔下烦乱如麻的心绪,提着水果篮走进了程老的病房。

靠在病床上的程老正在接电话,神情凝重,越发显得清瘦苍老。楼兮遥敲门进去的时候,他刚收了线。

他看着摆弄半天水果不知如何开口的楼兮遥,说道:"付博已经都跟我说了。"

楼兮遥低头削苹果,轻声道:"老师,对不起。"

"日暮途穷是自然规律,怪不得你们。"

楼兮遥将苹果递给程老:"那我们现在该怎么办,解散乐团吗?"

程老没有正面回答,只是叹了一口气:"我现在这把老骨头是不顶用了。不过兮遥呀,我还是希望你去深造,去走一条光明大道。你比赛的视频我都看了,我很为你骄傲。"

楼汐遥敛眉颔首："是我不争气，没能拿个冠军回报您。"

"你做得很好。"程老欣慰地看着她，"你初赛拉的那首《D大调无词歌》我特别喜欢，演奏技巧和表达方式几乎有质的飞跃。我说过的，河洲的造诣在我之上，他指点你几次你会学到很多。"

"他确实帮了我很多，也帮了江交很多。"

"河洲这次能留下来我也挺意外的，也许他是念在你爷爷的面上吧。"

"爷爷？"

"他没跟你提过吗？"程老旋即会心一笑，"不过也是，他那时候还小，跟着你爷爷学习钢琴不过小半年的时间，加上又是个傲气的性子，跟你爷爷一直不太亲。你爷爷那个老顽童，还总是拿他逗趣，估计他早就把他忘了吧。"

楼汐遥怔怔地问："什么时候的事？"

"那时候你还很小，估计是没什么印象了。"程老最近老是想起过去的事，那些模糊而久远的记忆反倒是越发清晰起来。他一想起楼承，嘴角便禁不住上扬："你小时候爱闹腾，不肯睡午觉的时候，你爷爷总爱把你抱在一旁听河洲弹琴，他说你一听准睡着。"

程老笑一下："河洲那时候已经是少年成名的国际冠军，你那老顽童爷爷愣是让他弹琴来哄小孩睡觉，你说气人不气人。不过啊，你这敏锐的音乐天赋，说不定还真亏了人家那些摇篮曲呢。"

电梯里，楼汐遥将一脑袋的记忆掰开揉碎来，也拎不出半点儿少年骆河洲的影子。不过程老说骆河洲恐怕是忘了楼承这话时，楼汐遥心里是不认同的。

她想起骆河洲第一次来到爷爷书房的情景，他摩挲着那架老旧的雅马哈钢琴的样子，明明是在回忆什么。还有，骆河洲当面询问过她和楼承的关系，是楼汐遥逃避心理作祟，才向他隐瞒了过去。如此想来，骆河洲突然留下来的原因也就显而易见了。

还真像他扯淡说的，他们有缘。

楼汐遥走出医院的时候，已经入夜了。她刚想打电话叫在家睡大觉的周佳怡出来喝几杯，周佳怡却先给她打来电话。

"喂，你在哪儿……"楼汐遥话音还没落下，立刻听见对方不知冲谁粗着嗓子嚷嚷："我还打他了，你怎么着吧，有本事你打我呀。"

这样贱嗖嗖的话，除了周佳怡会说，还真想不出别人。

突然出现一个清淡的声音对她说："这里有一位弱智儿童急待失物招领，麻烦你赶紧过来HOH酒吧，免得她妨碍公共安全。"

楼兮遥莫名其妙听了半天，才辨认出是萧何。

刚想问他怎么跟周佳怡在一起，只听见那头"啪"的一声，孟如还真下手了。周佳怡的声音突然蹦出来，简直快要震碎她的听筒："孟如，你大爷的！"

萧何见两疯女人不顾形象地打起来，准备挂电话："不好意思，我得去劝架了。"

楼兮遥听着他不急不缓的声音，急道："别废话了，赶紧去吧。"

楼兮遥伸手拦了一辆出租车，立马赶去事故现场。

等她刚下车，立刻看到了酒吧门口扭在一起跟练摔跤似的两人，周佳怡一向不要脸，但孟如今天怎么也这样豁得出去？

自称劝架的萧何一点儿劝架人的素养都没有，双臂交叉靠在一旁，嘴里不急不慢地念着："别打了，别打了。"

周佳怡抽空还不忘教训他几句："萧何，我叫你来是帮我打架的，不是让你来念经的。"

萧何气死人不偿命似的："阿弥陀佛，施主应戒骄戒躁。"

楼兮遥一脸无奈，真是丢人丢到外太空去了。她跑过去，将战斗力十级的周佳怡从战场拉出来，站在她们中间将两人分开："别打了。"

楼兮遥看着周佳怡："还嫌乐团不够乱是不是？"

周佳怡委屈道："我这不是为了咱们乐团，过来劝劝卢故嘛。"

孟如冷冷地说了一句："劝？又砸东西又打人，你这叫劝吗？"

"谁先动手的啊？我打的是卢故，你出什么头啊？"周佳怡过去踩人家的痛处，"我知道，你喜欢他嘛，可怎么办，人家不稀罕啊，再说卢大首席可是江老师钦定的驸马爷，咱们家兮遥可比你有气质多了。"

孟如被她成功搓火，冷哼道："杀人犯的气质吗？"

空气瞬间凝结起来。

一旁的萧何倒吸一口凉气，自言自语道："唯女子与小人难养也，古人诚不欺我啊。"

当事人还愣在一边，而周佳怡已经举起了拳头，两眼冒火地冲向孟如，楼兮遥正要去拉她时,一辆警车停在了路边,接到报案的警察走过来将闹事的两位扯开,说要带走。

楼兮遥刚要解释,只听见警察对她和萧何说:"我们是接到举报过来的,麻烦你们也去警局做个笔录。"

"是谁报的案?"

刚演出完的卢故从酒吧里面走出来,面不改色地说:"是我。"

警察给众人做完笔录,劝当事人进行和解,奈何两位大小姐就跟有世仇一样,坚决不从。

警察无可奈何,只得执行另一项处罚,对两位进行1000元罚款。这九牛一毛自然对孟如没有任何威慑力,但对周佳怡来说却是割肉一样疼。

楼兮遥正要替周佳怡去交罚款,突然被告知有人已经给两位交了罚款,不可思议的是,那人竟是报案人卢故。

周佳怡一脸蒙,说道:"他是人傻钱多,还是吃饱了撑的没事做?"

别说孟如了,楼兮遥都不想搭理她。只有萧何在一旁认真地思考这道选择题,还一本正经地分析道:"我觉得他是人傻且没事做。"

楼兮遥打断他的瞎扯淡,问道:"卢故呢?"

萧何指了指外面:"刚走。"

孟如听完一句话没说便往外跑,楼兮遥紧跟着也追了出去。

"卢故你站住。"孟如站在台阶上,看着卢故背着小提琴的背影,大喊了一声。

卢故站定在台阶下,门口的路灯将他照得铅华如洗,竟有一种遗世独立的飘然感。可在孟如眼里,只觉得眼前这个人的心一定是石头做的。

她走下去,站在他身后,问道:"你到底想要做什么?"

卢故没有回头,他一向面瘫似的脸隐藏在阴影里,整个人站成了一座雕塑。

孟如再一次得到了无声的答案,她质问道:"你去录节目,我能理解,谁都不是圣人,总想要有出头之日,可你跑到酒吧那种地方去拉琴,不觉得自己是在被消遣吗?那些人摇头晃脑之后累了,拿你的音乐当作新鲜的乐子,或者碰上哪个傻大款让你拉完琴给他女朋友递上一朵玫瑰,你觉得这样更有趣是不是?"

卢故没有动弹,倒是在后面看热闹的萧何说了一句:"呵,她对夜场生活倒是挺了解。"

周佳怡歪嘴瞥了他一眼:"看你翘腿喝酒那架势,也是个夜场熟练工啊。"

萧何一脸无辜:"贫僧冤枉。"

周佳怡看穿他似的讽刺了一句:"假和尚。"

与这边气氛完全不同的那头,孟如仍旧没有成功撬开卢故的嘴,她不死心地问了最后一遍:"你真的要离开乐团?"

卢故终于一字千金似的说:"你们以后不要再来找我了。"

周佳怡这暴脾气一下子就上来了,跨步上去立马要开始新一轮的打架,她撸起袖子:"我看这小子水米不进,就是欠抽。"

孟如显得很低落,没有再次护住卢故的意思,幸好一边的楼兮遥眼疾手快地拉住周佳怡,低声道:"你刚出来又想进去?"

周佳怡想一想自己囊中羞涩的荷包,握着拳头忍了,她看着卢故无动于衷的背影,也不知道想起了什么,突然冲他喊道:"你知不知道有多少人连活着追求梦想的机会都没有,你凭什么这么轻易就放弃?"

不知道是不是喊得太用力,周佳怡那细细一条褶下的眼睛充血似的红着,她一把甩开楼兮遥的手,向另一个方向跑去。

萧何这回倒是不像往常一样淡定了,忙追着周佳怡跑了过去。

一旁的楼兮遥看着卢故停下来又继续迈开的脚步,心里一怔一怔的,她知道周佳怡肯定是想起了自己在地震中死去的妹妹,才会情急说出这番心底的质问。

楼兮遥想:是啊,有多少人连追求梦想的机会都没有,而她怎么就轻易选择放弃呢?

楼兮遥心力交瘁地回到堇山,从未觉得如此疲惫过。

她将自己扔在床上蜷缩了一会儿,又跟浑身上下长了刺一样,左右不是滋味。她站起来,走到院子里来来回回地绕圈,但脚下跟踩了雾一样,轻飘飘的。

她抱着双臂,目光穿过矮墙看向另一幢房子,突然陷入了空茫的失神中。

忽然,一段清凌凌的钢琴声慢慢地传来,似梦境一样缥缈不真实,但每个音符又真真切切地落在她的心上,激起水波似的让她整个灵魂都动荡起来。

是《风之海》。

她往前走了一步,却发现琴声并不是从矮墙那一边传来的。

第四乐章的旋律如轻扬的风飘过平静旷渺的海面,将她刚才还繁杂纷乱的心抚平,一下子像是坠入了安稳的梦乡。

楼兮遥回过头去,突然看向了爷爷的书房。

她循着渐渐激烈的琴声一步一步抬腿登上楼梯,耳边的旋律像一根无形的时光牵引绳一样将她拉进了那段曾经迷茫无助的岁月里,她想起第一次听到这首曲子而被救赎般的心情,想起曾经在书店里反反复复听着这首曲子而渐渐驱散心底迷雾时的心情。

这首曲子仿佛已经融进了她的骨血里,代表了她的那段时光,它的旋律一旦响起,楼兮遥本能地会想起那时走过的路、听过的声音、闻过的味道,还有每一个晴朗或阴沉的天气。

楼兮遥轻轻地推开书房的门,像是推开心底那扇年久失修的门一样,有种走入梦境的错觉。"吱呀"一声,耳边的琴声倾泻而出,那个弹琴的人坐在那里,手指带着魔力似的在黑白琴键上移动着,好像整个世界都在他的手里,都在这个小小的房间中。

第四乐章结束,弹琴的人停了下来,他回过头,看着站在门边傻愣的楼兮遥,挑了挑眉:"好久没弹琴了,手有点儿生。"

楼兮遥是个自认为泪点很高的人,但不知道为什么,此刻竟莫名其妙地想哭。推开门来看到骆河洲坐在这个地方时,她突然觉得,那首刻在骨血里代表着一段阴沉岁月的曲子,竟前所未有的温暖。

她仿佛回到了某个午后,小小的自己蜷缩在爷爷的怀里沉入梦乡,有清凌凌的琴声像慈母的手一样抚摸她的后背,一种安定的力量包裹着她的身心。

楼兮遥的确不记得程老所说的那段时日了,但她此刻却坚信那一定是存在的。一路走了这么久,她到现在才发现,原来自己的生命归宿,一直藏在他的琴声里。

"在醒来时,世界都远了,我需要最狂的风,和最静的海。"[注]

楼兮遥莫名的话传进骆河洲的耳朵里,他愣了一秒,旋即笑了。

月光下的那人闪着光芒,这一幕从此将永远刻在楼兮遥的心里。

注:出自顾城的《世界和我·第八个早晨》。

Chapter 9

努力不一定会获得成功，
但却是我们目前唯一能做的事。

《风之海》也叫《第四号 d 小调钢琴奏鸣曲》。骆河洲大多数曲子都是按调性编号来排，而这首《d 小调》之所以有这样别致的名字，完全是被媒体逼出来的。

《第四号奏鸣曲》第一次公开演奏后，评论家们用自己毫无节制的想象力赋予了这首曲子神秘而华丽的意义，媒体记者们也不知道无聊到什么程度，非要见缝插针地逼着骆河洲给这首曲子取一个有意义的名字，好像不如此便对不起那些评论家们的长篇大论似的。

骆河洲一向不喜欢给自己的音乐添加太多虚无的意义，他认为音乐本身已经代表了他想表达的所有，并不需要格外给它定义。

可记者朋友们的脸皮实在厚，问得他烦了，就信口胡诌了一句："那就叫《风之海》吧。"

"为什么？有什么特殊含义吗？"

"因为曲子的灵感来自一首诗。"

记者们不知道骆河洲是个胡说八道不打草稿的人，一个劲儿地夸赞他具有情怀和艺术气息。其实，真相不过是骆大师吃早餐的时候瞥见了店里窗口上的一句广告语而已。

记者朋友们跟得到宝藏地图一样，纷纷猜测着骆大师的这首灵感诗出自哪里，一个很有名气的古典音乐贴吧为此还特意开了一个板块来谈论这个话题。

乔纳森为了满足自己的八卦心，对骆河洲软磨硬泡，而那时骆河洲早就不记得当时看过的标语了，十分不领情地闭口不言。十分受伤的乔经纪于是常年挂在贴吧上，把那些网友们的猜测念经似的念给骆河洲听。而就在三年前，一位中国网友在上面留言回复了一首顾城的诗，骆河洲听了竟若有所思地点点头："唔，好像是这首。"

虽然骆河洲本末倒置胡诌一通，但后来他竟觉得有种巧合的神秘意味，因为那句简单的诗确实能够准确概括他心里的《d小调》。

此时，楼兮遥站在他眼前，竟然心神相通地念出了这首诗。

楼兮遥几乎强制压下了心底激荡的情绪，踏着月光走过来："骆老师，你怎么会在这儿？你不是已经走了吗？"

"爬窗户进来的。"骆河洲大大方方地指着窗口，"从矮墙上爬到一楼的窗沿，正好可以直接上来。"

"这不是第一次吧。"楼兮遥看着溜门撬锁熟练工骆河洲，轻笑，"小时候爬过不少？"

骆河洲挑眉讶异："嗯？"

楼兮遥走过去，将落地灯拧开，拿水壶烧了一壶水，倒了一杯茶递给骆河洲："程老说，你以前跟爷爷学习过一段时间。"

骆河洲接过茶杯，点点头："嗯。"

"你还记得我爷爷吗？"

"记得。"

"他在你眼里是个怎么样的人？"

老头？是个没大没小爱恶作剧的人，是个爱讲故事废话一筐的人，是个弹起琴来如痴如狂的人，是个童心未泯爱孙女如命的人。

"挺有趣的一个人。"

有些人对于我们来说，真的可以影响自己一生，而楼承对于骆河洲，就是这样一个人。

"当初你是因为爷爷的关系，才留下来帮我的吗？"

"有这个原因。"

"骆老师，我是不是让你失望了？"

"知道我为什么喜欢你拉巴赫的《无伴奏》吗？"

楼兮遥摇摇头。

"因为我听到了对生命的敬畏。"骆河洲看着楼兮遥乍闪光亮的眼睛,说,"如果你会弹钢琴,一定能够弹好《风之海》的最后一个乐章,因为它的精神与巴赫的《无伴奏》是一致的,都是一种至臻纯粹。这种纯粹与你曾经的《梦幻曲》相比,层次更加丰富深邃。我一直都觉得,自己永远没办法完美演绎《风之海》的最后一个乐章,但,我听到过你几乎完美地诠释了巴赫的《无伴奏》。"

楼兮遥敛眉低首:"可我并没有赢。"

"那时候我刚拿到国际冠军,可老头依旧觉得我是个不会弹琴的人。"骆河洲看着楼兮遥,"音乐从来不是为了争什么天下第一,也没有什么天下第一。"

"那是为了什么?"

"《风之海》曾经给你带来过什么,那就是为了什么。"

楼兮遥抬头,怔然地看着骆河洲。他们无言沉默对视了很久,仿佛要从彼此的眼睛里确认什么。楼兮遥心里那一点摇摇欲灭的星火似乎被这一刹那重新点燃了,她仿佛又回到了那天比赛的晚上,自己从江边走回来,站在十字路口看着对面路灯绿了又红的时刻,也不知道身边谁的手机铃声响起来,正是骆河洲的《风之海》,楼兮遥像是如梦方醒一般,几乎拼尽全力跑向比赛场地。

即使楼兮遥可以坚持下去,能够借由心底那一点星火义无反顾地追求梦想,别人呢?她无法控制别人怎么做。

"可是江交现在这个样子,我没有任何办法。"楼兮遥声音中充满了无助,"乐团没有稳定的收入来源,这些年来几乎是在勉强支撑着。现在大家纷纷要辞职,程老躺在医院生死未卜,我除了选择放弃,好像没有别的出路了。"

医院早已过了病人探望的时间,可心事重重又无所事事的温婉不知怎么走着走着就走到了这里。

她趁着护士们打盹的空隙偷偷溜进了程老的病房,本想着悄悄进去看一眼,给老人家盖下被子,谁知轻手轻脚的动作还是惊动了浅眠的病人。

程老一见到这个小丫头,憔悴的脸上立刻浮起笑意,和蔼道:"是温婉呀。"

温婉赶紧道:"对不起,老师,是我把您吵醒了吧。"

程老摇摇头,让她将自己扶起来,靠在床上。温婉给程老倒了一杯水,因为怕惊动护士,只敢拧开床头的夜光灯。

程老就着微弱的灯光看到她眼睛红红的，皱眉问道："怎么了？有人欺负你了吗？"

温婉低头赶紧擦下眼泪，摇摇头："我可是您的学生，谁敢欺负我呀。"

"那是为什么？为了乐团的事？"

温婉本就是个泪篓子，心中云雾一片早就春雨绵绵了，经程老这么一问，立刻两泪落珠子，委屈控制不住似的全往嘴里冒："老师，您说可怎么办呀，他们都说乐团要解散了，我舍不得呀。"

"傻孩子。"程老拍着她的脑袋，笑道，"江交哪就那么容易解散的，你知不知道它是经历过多少艰难困苦才长大的呀，皮糙肉厚着呢。"

温婉似懂非懂地看着他。

程老每次看着这样的温婉，总会想起曾经在楼承身边那个天真烂漫的楼兮遥，语气也更加温柔："1979年我们第一次进行乐团招新的时候，报名的人才二三十个，1983年第一次在江城进行公演，底下的观众比台上的乐手还少，两年后大部分乐手离职，最惨的时候又只剩下我们三个。所以说，那么难的时候我们都过来了，这次也没什么大不了的。"

温婉挂着泪珠问他："真的吗？"

程老笑着点点头："温婉呀，你知道江交精神是什么吗？"

温婉来到乐团这么久，从不知道它有什么精神宗旨，她摇摇头，只见程老突然目光空远，似乎想起了什么……

堇山。

面对楼兮遥无助的叹息，骆河洲突然沉默了。

他将目光从楼兮遥身上移开，望着那架老旧的钢琴出了神，他的右手无意识地搭在旁边的小圆桌上，摩挲着桌上那本《约翰·克利斯朵夫》。

时光仿佛穿梭回到了某个晴朗夏日，楼承穿得精神抖擞地站在江城音乐学院的礼堂里，酸溜溜地说："我觉得人生中有三样东西最闪耀——头顶的星空、心中的善良和手里的音乐。"

"老头当年创立江交的时候，经历过很多次绝境一样的困难，但他不曾放弃过。"骆河洲看着楼兮遥，问道，"你知道江交精神是什么吗？"

楼兮遥摇摇头。

骆河洲翻开手边的《约翰·克利斯朵夫》，从里面拿出那张老旧泛黄的书签，将它的背面递给楼兮遥看。楼兮遥就着昏黄色的落地灯光，只见上面钢笔字迹苍劲有力，是楼承的手笔——

逆境而行，做暗夜掌灯之人；有容乃大，传永世不灭星火。

楼兮遥半响才抬头，声音还带着内心震颤的微微颤动："这是爷爷写的？"

骆河洲点点头。

"可是，我们……真的能做到吗？"

"努力不一定会获得成功，但却是我们目前唯一能做的事。"

楼兮遥心里一怔，半响才问："你会留下来吗？"

骆河洲点头："嗯。"

"那……这次是为了什么？也是因为爷爷吗？"

骆河洲站起来，撑了个懒腰，似乎准备要走，声音里带着一贯以来的漫不经心和随性："我反正闲人一个，向来就是想怎样就怎样。"

乔纳森要是听到这句话，一定会气到当场吐血。楼兮遥手里握着那张书签，隔着不知何时湿润的眼睛看他，竟觉得骆河洲身上那股被其他人看不惯的"我管他呢"劲儿特别有魅力。

骆河洲从楼承的书房走出来，踩着他当年走过的路，经过楼梯拐角的时候，仿佛看见有一个熟悉的虚影与自己擦身而过——

那日老头挑了一条大红色的领带，从楼下疾走上来，献宝似的拿到骆河洲面前，问他是不是很符合自己的气质。

正在练琴的骆河洲嫌他一把年纪还不要脸地给自己选了这么扎眼的颜色，十分不愿搭理他。可楼承那日高兴，难得没有拿话怼他，他哼唧着小曲，嘴角都快飞到天上去："你一个小屁孩，不懂。"

少年骆河洲手指飞速地弹着那首拉赫玛尼诺夫的《第三钢琴协奏曲》，还能分心回他一句："不就是去一个破学校做演讲吗，瞧您这出息。"

楼承系着领带，拍了他一脑袋："臭小子，弹这么难的曲子干什么，又想在我面前显摆你的技巧是不是？"

骆河洲被他兜头一拍，手里错了节奏，停下来气愤地白了他一眼："自己技不如人还不准我弹,什么破道理。"

"哟,激我。"楼承刚才还一副跟你干一架的模样,突然又笑起来,"我偏不上当,走,听我演讲去。"

骆河洲懒得跟上了年纪的人计较,继续弹琴:"不去。"

楼承拎着他的后领:"今天的课程内容就是这个,你不去也得去。"

骆河洲调动了浑身的修养,才忍住没有骂出脏话。

不知道为什么,骆河洲本来准备把老头的一箩筐废话当背景音乐睡个大觉,但那日他看着老头人模人样地戴着那条扎眼的红领带站在台上,竟意外地听完了他全程酸掉牙的忽悠,到现在他还记得其中有一段话是这样的——

"同学们,你们将来或许会走上职业音乐家的道路,或许会进入其他行业而把音乐当作闲暇时的一种消遣。如果是后一种,希望你们可以继续借由音乐获得精神的提升,也能在经历人生的艰难困苦时在音乐中获得慰藉。如果是前一种,那请你们要做好独行无依的准备,因为这会是一条荆棘满布、前路茫茫的道路,不过不要害怕,音乐永远在你们身边,你们正在从事着人类最伟大的职业。同学们,我觉得人生中有三样东西最闪耀,一样是头顶的星空,一样是心中的善良,还有一样就是我们手里的音乐。知道我们江交的团训吗?逆境而行,做暗夜掌灯之人;有容乃大,传永世不灭星火。"

骆河洲看过楼承那通酸溜溜的讲稿,并没有什么扯淡的江交团训,后面那句一定是他忘我忽悠的时候临时加上的。

回来之后,楼承对自己的即兴创作特别满意,写在书签上向骆河洲显摆:"我觉得我要是不弹琴了,可以去写书当个作家,哈哈哈。"

"瞎扯淡,"骆河洲心想,"什么逆境而行,做暗夜掌灯之人。他楼承大话一套一套的,最后还不是留下这么一个烂摊子给他来收拾。"

骆河洲打了个哈欠:算了,反正他闲人一个,而且自己师父亲口吹下的牛,他做徒弟的硬着头皮也要替他圆了这海口。

第二天,一夜无眠的楼兮遥一大早便跑到周佳怡的房间叫她起床。喝到凌晨才回来的周佳怡如受酷刑一般,两手紧紧捂住耳朵,躲避楼兮遥毫无人性地放在她耳朵旁的闹钟。

"公主大人，我是哪里得罪你了，你要这么虐待我？"周佳怡也不知道昨晚喝了多少，声音里都透着一股啤酒味。

楼兮遥将紧闭的窗帘拉开，又给可怜的周佳怡添了一道酷刑："赶紧起来去乐团排练。"

周佳怡闷头躲进被子里，差点没当场哭出来："排练啥啊，人都走了，我跟你二重奏啊。"

楼兮遥坐在她床边，关了闹钟："乔纳森昨晚给所有人发了短信，说今天早上九点剧院集合，你没收到吗？"

"乔纳森是什么鬼？"周佳怡的脑子里还是一团糨糊,根本没有任何思考能力，也不知道多久才神思归位，突然从被子里钻出来，跪在床上大叫道："骆老师回来了？"

周佳怡这个样子都不用上妆，立刻可以去本色出演恐怖片。楼兮遥被她吓了一跳，本能地往后仰了仰身子，纠正她："不是回来，是没走。他会留下来继续指挥江交。"

周佳怡差点儿从床上蹦下来，一副吃多了兴奋剂的样子："我就知道我们伟大的骆指挥是个讲义气的人。不愧是我的偶像，我要崇拜他一辈子。"

楼兮遥赶紧将她拉下来："您可行行好吧，这床年纪大了，经不起你这么折腾。赶紧去洗洗，也不知道昨天到底喝了多少。"

周佳怡往前面的梳妆镜里瞥一眼，立刻从兴奋过头变成了惊吓过度。楼兮遥还以为她是被自己这副尊容给吓着了，没想到她竟指着自己身上宽松的男款衬衣大呼小叫道："这……这是谁的衣服……怎么跑到我身上的？"

她还不死心地扯开衣领往里头看了一眼，春光一片，竟连内衣都没穿。

周佳怡抱住自己哭腔道："到底是谁趁机轻薄了本姑娘？"

楼兮遥抱臂远离这位无药可救的人，轻飘飘道："衣服是你从萧何身上扒下来的，是你周大小姐轻薄了人家。"

周佳怡愣住："谁？萧何？"

昨晚确实是他俩在酒吧里一起喝酒，气氛好时还称兄道弟了，周佳怡摆摆手："这不可能，我再不要脸也不会轻薄萧大和尚。谁看见了？准是他胡说八道污蔑我的。"

"不好意思，我看见了。"楼兮遥指了指自己的眼睛，"昨晚他送你回来，你一进门就吐了自己一身，然后当场将自己的衣服脱了，追着萧何要扒了他身上的衣服给自己穿。我还是头一次亲眼看见别人耍流氓，而且是个女流氓。"

周佳怡觉得自己这张脸可以不要了，她快要哭出来："你的意思是，我一丝不挂地追着萧大和尚扒他衣服？"

楼兮遥想到昨天萧何脸上那无限精彩的表情，一晚上的忧思都烟消云散了。她看热闹不嫌事大似的："放心，在我尽力阻止下，你还剩了一件内衣。"

周佳怡并不觉得这个答案比较放心。她把脸埋进身上那件宽大的衬衣里，可明明塞住的鼻子竟灵敏地闻到了衣服上淡淡的男性香水尾调的味道，她又见鬼似的赶紧换了身上的衣服，把那件可怜的名牌衬衫扔得远远的。

楼兮遥看着周大小姐发怒，突然觉得心情特别好。

两人准备出门的时候，乔纳森正好在门外准备敲门。他一脸无精打采地看着楼兮遥以及她身边的周佳怡，歪一歪头："Augest 让我问问你们要不要搭车，要就赶紧。"

"要要要。"周佳怡听说有顺风车，立刻醒了一大半，拉着楼兮遥立马跟上去，"喂，乔大经纪，你什么时候买车啦？改行当司机了？"

乔纳森看上去比她睡得还不好似的，有气无力地回答："嗯，记得上车给钱。"

周佳怡一听到钱就浑身骨头软，笑嘻嘻地拍了乔纳森一肩膀："哥们儿，别这么小气嘛，反正顺路。"

乔纳森抖了个肩膀将她的手抖落下来，十分不赞同地看了她一眼，他扶了扶眼镜，一想到以后要跟这群怪人朝夕相处，就忍不住在心里画圈圈诅咒自家老板，他仰天长叹一声，恨自己命苦。

骆河洲坐在副驾驶上等着他们，楼兮遥走过去，与他相视一笑："骆老师，早上好。"

周佳怡也乖乖地学着一起拍马屁。

骆河洲扫了她们一眼，礼貌地回了一句，顺便还问道："昨晚睡得好吗？"

周佳怡也不知道是不是一大早受的刺激太大了，竟然当着骆河洲的面诉起苦来："一点儿都不好，现在都没什么精神呢。"

骆河洲不着痕迹地笑了一下："没关系，待会儿自然会有精神。"

楼兮遥看着懒洋洋地靠在自己身上补觉的周佳怡，总有一种她就要倒大霉的预感。

他们四人到达剧院的时候，人才到了一半。骆河洲抬手看了看表，皱眉道："今天这么多人迟到？"

温婉颤巍巍地站出来，小声道："骆……骆老师，人都到齐了，剩下的那些前几天已经辞职了。"

骆河洲快速扫了一眼，还真没想到一夜之间江交变化这么大，估计把这些人排在位子上，整个场面看起来会跟个漏勺差不多。

"没关系，反正所有人员都要重新招录。"

本来一群无精打采的人瞬间被激起了千层浪："什么？！我们要招录新成员吗？"

有人纠正道："明明说所有人员都要重新招录，是我们也要参加的意思吧。"

骆河洲点点头："是这个意思。"他看向乔纳森，吩咐新晋的江交经纪人："乐团招录的公告和前期工作就交给你了，没问题吧？"

乔经纪觉得很有问题，但不敢说，于是点点头，拖着半死不活的调子："没问题，您这招牌一打出去，自然有人会从欧洲排着队来报名。"

人群中瞬间出现了一片哗然地叹息声："那我们怎么办啊？"

骆河洲看着他们，十分人性化地安慰道："别担心，只要你们达到我的标准，我会考虑优先录取你们。"

温婉弱弱地问了一句："那骆老师，您的标准是什么？"

骆河洲丝毫不体贴地回道："至少也该是柏爱的选拔标准吧。"

为了躲避萧何而将自己隐藏在角落里的周佳怡突然叫了一嗓子："您开什么国际玩笑呢。"

那边也在躲着她的萧何听到这声音心里猛然一惊，本能地抓了一下自己的衬衣前襟，往贺鹏身后躲了一躲。

骆河洲对周佳怡和蔼地笑了一下："放心，我会帮助你们尽快达到国际标准。"

他向乔纳森打个手势，让他将一大箱子教材拿上来，然后吩咐大家各自领了自己的那份。里面除了往后三个月要排练的交响乐曲，还有各乐器的奏鸣曲和协奏曲。骆河洲选取了经典的曲目，将它们分类划出重点来，并告诉他们要在两个礼拜之内全部练完。

"从明天开始，每天 7 点半到剧院，上午自由练习，下午随机抽考，其他时间欢迎随时咨询。招录考试定在一个月后，希望一个月后还能在这里看见你们。"

周佳怡一副跟做了噩梦一样的表情，感觉像是被扔进重新考大学的火炉里，这会儿她已经什么酒都醒了，也把萧何什么的统统抛在脑后了。

乔纳森看着这群怪人们一张张生无可恋的脸，顿时觉得阴霾的心情好转了不少，连声音都洪亮了："一个个都打起精神来，骆大师亲自教导你们还免费，你们该高兴啊。"

这话虽然很有幸灾乐祸的嫌疑，但理不歪。楼兮遥看着一旁的骆河洲，很想问问他是不是花了不少时间来做这些东西，可一想又觉得太矫情，还不如实际一点，好好练琴。

骆河洲见乔纳森分完资料，走过去拍了拍他的肩膀："辛苦了。"

乔纳森还从未见骆河洲这么体贴人性，有点儿受宠若惊，刚要说几句肉麻话，立刻又听见他说："招录公告的时候不要提我，我要的不是江交变成柏爱。"

乔纳森拍马屁的话还在舌尖上，听完这话他差点儿把自个儿的舌头咬了，表情跟便秘似的："这还招什么招啊，您这不是为难我吗？"

骆河洲看着他笑得格外和蔼可亲："我相信你。"

乔纳森："……"

这段时间，骆河洲除了对大家进行魔鬼训练之外，还试图调整江交一直以来的运营管理模式，奈何入不敷出的时间太久，面对人员调整还需一段过渡时间，资金短缺仍旧是一个大问题。

付博知道骆河洲重新回来坐镇之后，莫名地信心倍增，他也忘了曾经不辞职便把名字倒着写的狠话，又跟打了鸡血似的到处去拉赞助，而乔纳森也已经看清了自家指挥先生铁了心要留下来的形势，只好认命，硬着头皮到处给江交吹牛。

对于骆河洲重新招录的安排，楼兮遥是十分赞同的，江交如果想要重生，必须经过一轮换血，把那些在这插科打诨的人清理出去。面对卢故这样的人才流失，楼兮遥打心底里觉得遗憾可惜，甚至被大家误以为是花瓶的孟如也属于不可多得的小提琴手，此时，他们统统都不在乐团里。

楼兮遥试着给孟如打过几次电话，但那位大小姐不知道是在哪个销金窟里荒废青春，总是满口醉意地胡说八道。平时看似人缘不错的她，却没有一个人真正知道她住哪里、爱去哪里。

骆河洲因为最近烦恼乐团管理和未来发展方向的问题，所以经常往医院跑，趁着程老身体状况好的时候跟他讨论几句。多数时候，楼兮遥也跟着一起过来看望老人家。

那日，楼兮遥乘电梯下楼去给程老拿化验单，到了5楼有人下电梯时，只见慢慢合上的门缝里有一道熟悉的身影，是卢故。

楼兮遥忙按下开门键，疑惑地循着他的背影走过去。

卢故手里拿着一大堆化验单据，神情凝重地走进了重症病房。她从门上的窗口看过去，只见卢故扶着一个中年男人坐起来，并给咳嗽不止的病人抚顺后背。

楼兮遥仔细一看，发现那人竟是卢故的爸爸。

她还是在两年前见过他爸爸一面，那时候她送老江回家，刚到家门口，便看见一位朴实的中年男人坐在楼梯上。他穿着一件磨破了袖口的外套，手里抱着用塑料袋裹着的鸡蛋，见到老江后立刻弓着身子站起来，硬要把这点土特产塞给他："乡下自家养的鸡，不是什么值钱的东西，江老师不要嫌弃。"

老江客气地说总是让他破费，邀请他进门喝口水，可他怕自己鞋上的泥土脏了人家的地板，死活不肯进门。

楼兮遥一直对他印象很深，因为她觉得卢故那清冷的性子，跟他朴实的父亲一点儿也不像。

楼兮遥拦住门外经过的一个护士，问道："您好，请问这间病房里的病人是为何住院？"

"肺癌。"她冷漠地回了一句，然后看了楼兮遥一眼，"你是病人家属吗？"

楼兮遥摇摇头，愣怔看着护士急急忙忙地走了。

楼兮遥心事重重地回到程老的病房，由于心思不知跑到何处神游去了，所以一头栽进了正要出门的骆河洲怀里。

骆大师扶了一下七魂三魄集体离家出走的楼兮遥，问道："想什么呢？我喊你几遍都没听到,还直愣愣地往我身上扑过来。"

虽然骆河洲不过是纯粹阐释一个事实,但楼兮遥还是遐思连篇地脸红了。她摸了摸自己的额头,低咳一下:"没什么。"然后瞥了一眼空荡荡的病床,问道:"程老呢?"

"护工推他去做检查了。"骆河洲抱臂看着脸颊发红的楼兮遥,用手背贴了一下她的额头,"你脸色不对,是不是哪里不舒服?"

楼兮遥刚想说没事,奈何骆河洲手背的触感实在太过强大,很有加速血液流动的效果,噌一下使得她原本微红的脸颊瞬间发烫起来。

骆河洲还浑然不觉地用手背在她脸上蹭来蹭去,担忧地说:"好像有点儿发烧,要不要……"

骆河洲还没来得及给病人下诊断,立刻被一声呵斥打断,这声音如同天外飞来的陨石,将原本一出风花雪月的言情剧硬生生地炸成了灾难片:"你们在干什么?"

楼兮遥诧异地回过头去,只见刚从欧洲回来的老江像举着一桶炸药准备炸碉堡似的从天而降。他走过来一把抢过楼兮遥护在身后,吹胡子瞪眼地看着骆河洲:"你怎么在这儿?对我家兮兮做什么?"

骆河洲一只手还悬在半空中,看着这位几十年来只长脾气不长智商的老长辈,颇有些意味地笑了一下,伸出手来:"好久不见,江老头。"

老江往骆河洲伸出来的手狠狠地打了一掌过去,奈何骆河洲似乎早有防备,提前收回了手,老江一手闪了个空,嘴里准备的狠话一秒变成了脏话。

果然还跟小时候一样,哪哪都不顺眼。

骆河洲看着老江发脾气,嘴角的弧度扬得更甚,他小时候就喜欢看老江被气得跳脚又拿他没办法的样子,如今更觉得逗乐。

"你不待在欧洲,跑这儿来干什么?接近我家兮兮有什么居心?"

一旁的楼兮遥还在揣测着这两人曾经结过什么梁子,怎么一见面就跟宿敌世仇一样,听了老江这不着调的话,赶紧拉他:"老江,你对骆老师客气一点儿。"

老江听了更是气不打一处来:"老师?你可看清楚了,这小子从小就是一头披着羊皮的大尾巴狼,你小心给人家当点心吃了。"

楼兮遥正色道:"老江!"

骆河洲倒是不觉得冒犯，反而笑道："江老头，谢谢你的夸奖，不过你放心，你这么老，骨头又硬，我要吃也不会挑你。"

老江指着他对楼兮遥说："你听听，他承认了，这小子就是故意的。"

骆河洲见他一副咬牙切齿的模样，几乎有点儿逗猴耍乐的意趣，伸出手来："要不您咬我一口消消气？反正这是医院，打狂犬疫苗也方便。"

老江龇牙咧嘴地向他嗷一声，还真有点儿疯狗咬人的意思："老子今天一定要宰了你。"

楼兮遥一手拦住他："老江，你冷静一点儿。"

骆河洲抱臂搓火："是啊，老人家要懂得少安毋躁。"

楼兮遥一个头两个大了："你也少说两句吧。"

骆河洲耸耸肩："好吧，听你的。"

"你这臭小子，不要对我家兮兮挤眉弄眼的，你再勾引她小心我真揍你。"

"老江！"楼兮遥十分无奈，别说一脸无辜的骆河洲，连她都想拿封条贴住这老头的嘴。

这出棒打鸳鸯戏正上演得热火朝天时，门外突然跑过一群火急火燎的医护人员。楼兮遥也顾不上眼前加起来都一百多岁的两位，拉住一位护士问道："出什么事了？"

"5楼有位患者闹着要出院，动静还挺大的，你们也注意点，等程老先生回来后别再让他出门了。"

楼兮遥心里闪过一丝不好的预感，问道："5楼？患者姓什么？"

"姓卢。"

楼兮遥愣了一瞬，看着又不知被骆河洲说了什么而气急败坏跳脚的老江，大声道："你们别闹了，卢故他家出事了。"

两人瞬间跟装了消音器一样，皱着眉严肃地望向楼兮遥。

Chapter 10

> 其实有时候自尊心并不比其他什么更高尚，
> 真正尊重自己，
> 应该是时时刻刻对得起自己所做的事。

听完楼兮遥的话后，骆河洲和老江互相对望了一下。反应飞速的骆河洲眯了眯眼睛，立刻收起玩闹的心思，沉声问楼兮遥："怎么回事？"

"卢故的爸爸在这儿住院，现在好像正闹着要出院。"

骆河洲已经迈开脚步往外走，边走边说："先下去看看。"

楼兮遥点点头，跟着他一起走去。身后被忽视的老江像个摸不着头脑的丈二和尚，看着两人成双成对的背影，有点儿心塞犯病的感觉。

他一摆手，也赶紧跟了过去。

骆河洲和楼兮遥赶到5楼时，只见一个穿着病服的中年男人抱着卢故一脸绝望："是我没用，是我连累了你。"

卢父脸上有沟壑纵横似的深皱纹，因为常年户外劳作，皮肤格外黝黑，他的眼泪顺着眼角的纹路流下来，声音里透着一股执拗："你别拿好话骗我，我知道你就是为了我这病，才把乐团的工作给辞了。我不治了，咱们回家，你也不会再有负担了。"

卢故本来就是个不怎么会说话的闷嘴葫芦，如今看着父亲要放弃治疗，心里如灌了铅一般，堵了满满的气无处发作，真恨不得给自己一拳。

骆河洲从人群里挤了进去，来不及阻止的保安看着他们直接走了进来，站在门口对卢故的父亲说："您好，我是您儿子卢故的同事，江交乐团的指挥。"

此时正被父亲气得青筋暴起又闷声无力的卢故诧异地转头，只见骆河洲和楼兮遥站在门口。

卢父似信非信地看着骆河洲，听到"江交"的字眼儿时，眼睛里闪过一丝颤动。楼兮遥也插嘴道："叔叔，您还记得我吗？"

他在江老师家见过这个女孩子，也听江老师笑言过几次要把她说给自己当儿媳妇，当时他就想，这么好看的姑娘，自家儿子哪配得上啊。

如今自己得了这个病，别说给儿子娶亲了，连他的事业恐怕都要被自己给毁了。一时间浮想联翩，卢父更绝望了，他低下头说："你们都是好孩子，帮我劝劝这傻小子，别为了我这老东西把自己给耽误了，不值当。"

卢故红着双眼急道："爸，您说什么呢。我是您儿子，您生病难道让我看着不管吗？！"

"我不要你管！"卢父低声强硬道。

思想老旧的农村父辈们都有一种毫无保留的付出心态，他们觉得自己劳累一辈子无非就是为了儿孙们，如果反过头来让儿子负担老子，那就是自己无能。这样一种心态说到底还是复杂的问题，他们或许是为了自己那一点儿可怜的自尊心，硬要儿女们做一个冷漠的人，不知道是怕久病床前无孝子，还是怕承受不起给人添愁的愧疚。

父亲一向觉得自己才是孩子们的那片天，给他们撑起整个世界是理所当然的，一旦这片天塌了，也不肯要孩子们给他撑起，非要狠心将他们赶走，以为他这样走了，孩子们就可以重新开始自己的生活并获得快乐。

卢故看着自己那倔强的父亲，有种力不从心的感觉。所谓一报还一报，孟如的感受他到此时才稍微体谅一点。

骆河洲见两人都是一根筋的主儿，于是趁着老人家心态还算平静，说道："您别担心，卢故并没有离开江交，江交也不会让他离开。您儿子很优秀，又肯努力，只要往后少一点儿自作聪明，会有一番成就。"

卢故看着骆河洲违心地夸奖自己时还不忘损他几句，有点愧疚地低了低头。卢父则是完全忽略"自作聪明"这四个字，只听见人家指挥先生夸儿子好，眼睛里闪过一丝乍亮的光，安慰道："小故跟我说过，指挥是乐团里最厉害的人，您说他好我就放心了。往后我要不在了，还请您多关照关照这孩子。"

骆河洲听着这前半句话还算顺耳，但这后半句就不明白他老人家是用哪种逻辑顺过来的了。骆河洲毕竟没有任何缓和家庭矛盾和父子关系的经验，愣是没有发挥出跟老江斗嘴时的口才，怔在当场。

楼兮遥更不是一个八面玲珑的和事佬角色，也只能在一旁干着急。幸好卢父死活不听地要放弃治疗时，老江及时雨似的冲了进来。等了好几趟电梯终于到现场的老江一肚子怨火，一进门便拍了卢故一脑袋："臭小子，回头再跟你算账。"

转身笑眯眯看着卢父道："老弟，有话咱们好好说，别吓着这些小崽子们。"

老江一连串动作几乎把所有人都整蒙了，连当事人都差点儿没反应过来，奈何老人家以钢铁的意志拉回了被迷惑的神智，厉色道："别过来！"

老江立刻停住了。

他愣了一下之后，笑嘻嘻地看着他："卢老弟，你说你一把年纪了，干吗这么冲动呢，冷静一点儿好不好？"

骆河洲看着炮火头子老江劝人冷静，还真是有种看到太阳从南边升起的错觉。

老江还特镇定地放大话："卢故有啥做得不好的，我替你教训他。"

卢父又抹着两行辛酸泪摇头："江老师啊，是我没用，小故就是因为给我治病筹钱，才辞了乐团的工作，他从小到大吃了这么多苦，好不容易熬到现在，怕是要给我耽误了。"

卢故在一旁道："爸，乐团也没什么好的，我不在那儿，照样可以拉琴。"

没等卢父说话，老江就兜头一手拍了他一后脑勺："臭小子，信不信我抽你。"

卢故摸着脑袋低头没说话，楼兮遥看见他红着的眼睛里有湿意涌出来。打完人的老江还一脸和气地看着卢父："你别操心，钱的事情我会想办法，这孩子我也不会让他乱来。我教了他这么多年，哪能他说走就走的。"

"就是这个理。"卢父终于觉得有话落在了自己心坎上，"他这么一走，别说对不起自己这么多年的努力，就是面对您，也是没脸啊。江老师，往后有您看着他我放心，不过我这贱命不值得您劳心破费，医院说这是晚期，好了也有复发的可能，你们没必要为我瞎折腾。小故，只要你听话，好好拉琴，有出息，爸爸就是死也瞑目了。"

说完，卢父像个小孩一样哭闹起来。一阵吵吵闹闹中，只听见一抹悠扬婉转的琴声传来，一直愣在原地的卢故不知何时拿起了一旁的小提琴，他正闭眼拉着帕格尼尼的《b 小调第二小提琴协奏曲》（即《钟声》），激扬哀婉的旋律萦绕着整个房间，像柔软的绸缎一样包裹着每个人的身体，让原本躁动的心渐渐安定下来。

卢父自认为是个乡下粗人，没读过什么书，他一辈子就希望自家孩子有出息，不要跟自己一样每天卖苦力。

卢故从小就喜欢音乐，又有音乐天赋，学了大半年小提琴便拿了县城里的比赛冠军。他当天抱着儿子那座玻璃做的奖杯一晚上没睡，笑眯眯地想着就是砸锅卖铁也要让孩子走出一条光明大道。

那时候卢故隔一天便要去县城上课，而他风雨无阻地骑着一辆旧自行车接送，可以说，卢故的音乐道路，是父亲流血流汗陪着过来的。

卢故记得他的第一把小提琴是父亲一天打了三份工赚来的。他拿着琴的时候，说给父亲拉首曲子听，父亲问他："谁的小提琴拉得最厉害？"

卢故想了想，说："应该算是帕格尼尼吧。"

"好，就拉他的曲子。"

卢故当时拉的就是这首《钟声》。

其实父亲对于该在哪里鼓掌都不知道，但是他却像个评论大师一样笃定地说："好听，我儿子拉得肯定比那个什么尼要更好。"

如今，卢父像是从这首曲子里听到了什么似的，竟坐在地上号啕大哭起来。所有人看着这样的场面，都没有出声阻止他。

卢父睡下之后，老江才抽空找卢故"算账"。他将卢故拉到一旁，又拍了人家一脑袋，卢故低着头，任凭自己的脑袋被师父当榆木敲。

楼兮遥在不远处看着，心想卢故这愚傻劲儿莫不是被老江给敲出来的。

老江压低着嗓子给卢故上了一堂教训人的示范课，然后默默地拿出一张卡塞到他手里，骂骂咧咧道："拿着，再跟老子说什么辞职的事，我宰了你！"

抱臂站在楼兮遥身边的骆河洲冷冷地评论一句："敢情这老家伙是把宰人当饭吃的。"

楼兮遥看了他一眼，刚想问骆河洲跟老江到底有什么仇怨，话还没来得及说出口，就听见前方的老江暴跳如雷："干吗，翅膀硬了，把师父的话当屁放了是不是？！"

楼兮遥再看过去，只见卢故死活不肯接受老江的好意，一副士可杀不可辱的壮士模样。老江被他气得手痒，又想拍他脑袋，手挥起来后咬牙忍住才放下。

此时骆河洲已经闻声而来，看着把暴力扼杀在摇篮里的老江，说道："他要是肯用你这棺材本，也不会跑去卖艺献丑了。江老头，你能不能别老是这么暴力，一把年纪了不怕闪着腰？"

老江看到这家伙更头疼，小火苗噌地转移到了骆河洲身上："老子管徒弟，关你什么事，给我滚一边去。"

楼兮遥见这两位冤家又有开始打嘴仗的趋势，赶紧站在两人中间，一手拉住老江的胳膊，一手虚虚地撑在骆河洲的胸口上，急道："你俩都消停一下吧！"

楼兮遥看着老江："你刚回来，看看程老去？"

骆河洲挑一挑眉，上前走了一小步："我是江交的指挥，卢故当然关我的事。"

老江一听果然被气到了："你是指挥？谁答应了？"

因为骆河洲无意识的往前动作，楼兮遥虚虚抵在他胸口前方的手一下子结结实实地触到了他的身体，她像是被烫了一下赶紧缩回来。一时间的失神导致老江挣脱她的钳制，几乎四拳并用地挥在骆河洲身上。

楼兮遥使出浑身解数才将老江这个炮筒子拉走，她心想着以后如果这两人非要出现在同一场合，那她绝对有多远躲多远。

他们走后，骆河洲才看向卢故。卢故以为他也会像老江一样训自己一通，可骆河洲半晌才说道："刚刚那首曲子拉得不错，下过不少功夫吧？"

卢故抬头诧异地看着骆河洲，没有说话。

"从前我批评过你太过喜欢炫技，现在收回这句话，我想一个技巧高超的首席对乐团来说并不是一件坏事。"骆河洲看着卢故，"乐团马上要招新，首席最好作为评委来挑选最合适的乐手，怎么样，愿不愿意成为我的首席？"

卢故仍旧微皱眉看着他，只是眼中有一闪即逝的光亮。骆河洲知道他是个闷声性子，也不逼迫他，只道："如果愿意的话，明天来剧院找我。"

第二天下午，骆河洲早早地来到剧院例行抽查。周佳怡头一个遭受了骆大师酷刑一般的折磨。

骆河洲搬了把椅子坐在台上,右手曲臂撑着左手,下巴搁在虚虚握拳的手指上,凝神聆听着对面乐手的曲子:"停,主题句节奏太快,注意控制力量,重来。"

周佳怡已经是第十遍吹奏这首长笛协奏曲了,就算是"柏原崇",也有亲吐了的感觉。而且骆大师就这么与自己面对面地坐着,虽然是盛世美颜,但这会儿的周佳怡实在是没心力欣赏。

看着周佳怡脸上那副便秘的表情,身后胆战心惊的众人都不禁手心冒汗。周佳怡好不容易熬到骆大师说一句过,顿时感觉自己像个被释放的人质一样。

接下来是单簧管组萧何。他与骆河洲面对面坐着,竟在气势上毫不输人。萧大和尚一向心理素质足够稳定,也有耐心,骆大师说重来,他便不紧不慢地再吹一遍,指出的任何细节上的修正,他都能精准无误地做到,连骆河洲所说的"这一小节开始减少四分之一音量",萧何都能奇迹般地一遍就过。

在一旁看得瞠目结舌的周佳怡想,原来大神和怪人之间真的只有一线之隔。

乐手们终于逐个挨过了一个黑色的下午,最后轮到楼兮遥。骆河洲不知道是听倦了还是坐累了,身体不自觉地放松下来,半眯着眼听楼兮遥拉奏着门德尔松的《春之歌》,一曲结束还冲着她笑了一下,点点头说过。

周佳怡在一旁看得牙痒痒,偷偷低声跟温婉咬耳朵:"骆大师讨好女朋友的花样真是够多的,假公济私。"

温婉听了吓一跳,连手里的弓子差点儿都没拿稳:"女朋友?"

胡乱传播谣言的周佳怡毫不负责地说:"未来的女朋友。怎么,不信啊?要不咱们赌五毛钱?"

温婉支支吾吾的,最后冒出一句:"可……可江老师不是一直撮合师姐和卢故吗?"

"卢故?"周佳怡轻哼道,"两个闷嘴葫芦凑在一起干吗,演哑剧啊?"

温婉还在一头雾水地看着骆河洲和楼兮遥,周佳怡嘴里的另一个闷嘴葫芦竟意外地出现在了排练厅。

也不知道是经历了怎样的内心挣扎才终于迈开脚步的卢故,就这样推开了后面的大门,在众人讶异的眼神里,悄悄沉了一口气才走过来。

被人私自贴上恋爱标签的绯闻男女主角也随着大家的视线看过去。骆河洲一回头,便见到了应约而来的别扭首席。

骆河洲站起来，向着卢故走去。卢故有些不自然地咳了一下，别扭地说："我是因为师父才回来的。"

骆河洲挑眉："OK，没问题，什么理由对我来说不重要。"

"那我现在需要做什么？"

骆河洲凝眉想了一下："跟我比一场如何？"

跑了一上午投资而此刻正在观众席上打瞌睡的乔纳森被这话吓醒了，四只眼睛加一个下巴集体掉了下来，他腾的一下站起来看着骆河洲，几乎有些失语。三年前骆河洲不知缘由地开始拒绝钢琴演奏邀约，更别说参加任何比赛了，就算是每日陪在他身边的乔纳森，也已经很久没听过骆河洲弹琴了。

乔纳森走到不远处的楼兮遥身边，愣怔地拉起她的手："你掐我一下，看看我是不是还在做梦。"

楼兮遥诧异地看着乔纳森："怎么？"

"Augest说要弹琴？我没听错吧，我还以为他这辈子都不会再弹琴了。"

"为什么这么说？"楼兮遥不解问道，"骆老师前几天还给我弹过《风之海》。"

乔纳森一副听见外星人炸了太阳系的表情，直愣愣道："不可能，不可能。"

而乔纳森以为的不可能，当场就被打脸。

卢故根本没有害怕地接受了骆河洲的邀战，毫不怯弱地问："怎么比？"

骆河洲："你不是喜欢帕格尼尼吗？就《第二十四首随想曲》怎么样？如果你能跟上我的速度，就算你赢。"

"如果我输了呢？"

"答应我一个条件。"

卢故从来就没有废话："好。"

紧张了一下午的乐手们见有热闹可看，一下就来了精神，纷纷准备看热闹。周佳怡还忍不住低声吹了句口哨，为这场听起来就很燃的对战喝彩。

帕格尼尼是被世界公认的炫技魔神，他的作品一向技巧艰深，转调大胆又变幻莫测，演奏难度非常大。而他在十九世纪初期所创作的《24首随想曲》也是最能代表他艺术成就的作品，被称为小提琴的"试金石"，其中多首被李斯特、舒曼等钢琴家竞相改编，包括超高难度的《第二十四首随想曲》，也叫作《主题与变奏》。

骆河洲坐在台上的三角钢琴旁，左手放在上面弹了一个音，卢故在一旁拿着自己的小提琴调弦，两人默契地对视一眼，只见骆河洲嘴角弯了一下，冲他眨了下眼。

"哗"的一声，就像是两大高手一人持剑、一人拿刀互相对垒，你追我赶，看得旁人纷纷屏息，可那激烈的旋律在他们手里又仿佛轻松自在。

骆河洲在黑白键上的手已经成了虚影，如同飞火流星、移形换位，谁都看不清他的手速有多快。他将这首《第二十四》加快到常速的三到四倍，大顶盖下面裸露的琴弦飞快地摩擦，几乎要起火。即便如此，他连最小的倚音都弹得精准无误。而那边的卢故也不甘示弱，一直保持着只比骆河洲的速度慢半拍的趋势。右手拉奏配合左手快速拨弦，超八度的音程以及高把位的快速演奏，无论多难的技巧他都能驾驭。

"啪"地一抬手，骆河洲始终保持着快一点的速度结束，拉奏完最后一个音的卢故已经冒起了细汗。

周佳怡瞪大了两只眼珠子，机器人一样地抬起手看表，难以置信。她慢腾腾地说："2分15秒。我刚刚经历了什么！"

这首本来就要求速度的曲子按照常人拉奏也要差不多6分钟，即使是演奏级的小提琴家最快也要将近3分钟，而此刻，骆河洲和卢故竟然可以做到2分15秒，简直不可思议。

身后的众人一副吃惊的表情，反应过来之后激动地使劲儿鼓掌，同时后悔刚刚没有拍个视频来见证历史性时刻。

楼兮遥没有像周佳怡他们一样表现浮夸，可内心的震撼也不小。虽然她心知骆河洲技艺精湛，但因为骆大师已经不像小时候一样喜欢炫技，成年之后几乎很少炫技而演奏如此技巧繁复的作品，所以她也没看过这样弹琴的骆河洲。

惊艳众人的两位主角此时还在互相对视中，骆河洲看着卢故提了提嘴角，走过来拍了拍他此刻几乎有点儿僵硬的手臂："这样的速度除了我，估计也没有人能打败你。"

卢故并不接受骆大师不是很好听但真心实意的夸奖，仍旧一脸傲气的样子："输了就是输了，有什么条件你说吧。"

骆河洲看着这样的他，竟想起了曾经的自己，以前他跟楼承比赛时，也是这么说的——"输了就是输了，不用你安慰。"

他笑了一下，弯腰压低了声音："钱我会让乔纳森打到你账户上，算借你的，从你的工资里扣。"

卢故抬头惊讶地看向他，旋即皱了皱眉："指挥是有钱没处花吗？怎么不直接赞助江交去演出，还找投资干吗？"

骆河洲知道卢故是那种自尊心高于一切的人，其实有时候我们所谓的自尊心并不比其他什么更高尚，真正尊重自己，应该是时时刻刻对得起自己所做的事。

骆河洲此刻不想跟他就自尊做一番长篇大论，也不理会卢故的反讽，小心翼翼地维护着他的自尊心，嘴上却不肯吃亏地回嘴道："中国有句古话，叫作救急不救穷，你这儿叫作急，至于他们……"

骆河洲回头看了一眼那脸上满是穷酸相的江交成员们，说道："穷我救不了。"

是真穷的周佳怡听了这话攥紧小拳头，狠狠地拉了一把楼兮遥，小声对她说："你还管不管你家骆老师了？"

楼兮遥掐了她一下："我是该管管你这胡说八道的嘴了。"

周佳怡嗷了一嗓子，给这个精彩的场景添加了一个尴尬的结束。

乔纳森趁着众人散去，走到骆河洲旁边偷偷问道："你这么多年没演奏了，怎么还这么厉害？吃神丹妙药了？"

骆河洲心情好，难得愿意搭理他："不演奏不表示不练琴。我每天弹琴的时候你还在和周公聊天呢。"

乔纳森一头雾水："周公是谁？周佳怡吗？"

骆河洲像看白痴一样地看着他。

卢故的回归让情绪低迷的江交成员们短暂地兴奋了一下，但接下来两个礼拜高强度训练中，所有人都被"魔鬼骆"折磨得呼天抢地。

在每天的例行抽查后，骆河洲会让大家练习一些配器简单的乐曲，中间只要有谁拉错哪怕半个音，立刻会被他叫在一旁将整首曲子拉上十遍，最后变成乐团大部分人都站成一排一排罚练。骆河洲还能从这些乱糟糟的音乐中听出你哪个音又错了——

"单簧管第五十六小节太用力了，重来。"

"小提琴第六十七小节换弦速度太慢了，重来。"

"圆号第八十八小节节奏错了，重来。"

周佳怡心塞地想起一个月前自己念的那首"五言绝句"：上课不拖堂，周末不加班，排练不骂人，准点能吃饭。如今，一样都没有实现。

对于骆大师的反差，乔纳森告诉周佳怡，他叫本性暴露，然而她一直不肯相信，于是在某天加班后的蹭车途中，她掂量着语气小声问了一句："骆老师，你以前挺和蔼的，最近怎么这么严厉？"

骆河洲听她如此说倒是想起了什么，转头看着身边默不作声的楼兮遥："你以前说我是不情愿留下来的，所以从不骂他们，现在该相信我的诚意了吧？"

楼兮遥"啊"了一声，惊讶地看着骆河洲微挑眉，刚想说什么，立刻被副驾驶座上的周佳怡拍了一下肩膀："罪魁祸首原来在这儿呢。"

一旁的骆河洲皱眉地看着楼兮遥扶着手臂，别有深意地瞥了周佳怡一眼，结果是，第二天的排练周佳怡快要把嘴都吹烂了。

经过两个星期的集训，江交乐手们感觉自己的技艺有了飞速提升，纷纷信心百倍地准备赴考。

虽然乔经纪总是被嫌弃智商不行，但嘴皮子功夫还是令人叹服的，由于他吹破天的忽悠，江交招新的报名竟没有想象中那么惨淡。

招新那日，被程老做了很久思想工作才勉强接受骆河洲担任江交指挥的老江也出现在了现场。

他远远地看见骆河洲低头和楼兮遥在商量什么，一个箭步就窜了过去，两只手臂伸直从他们中间划开，将楼兮遥拉到自己身后，又狠狠地瞪了骆河洲一眼："离我家兮兮远一点儿。"

楼兮遥现在一见到老江就头疼，偏偏他这脾气比肚子还大的老小孩特喜欢乱挥棒，总把她和骆河洲当作"鸳鸯"打。

骆河洲平时看上去挺稳重的，就算嘴上不饶人的时候也会保持良好的修养，可一旦遇上老江，他的心理年纪立刻减十岁，变成一个就爱点火的皮孩子。

骆河洲看着发怒的老江立刻眉开眼笑，故意往前走了过来，把手轻轻地搭在楼兮遥的肩上："我刚刚还跟兮兮说好久不见您，非常想念呢。想不到这么快又见面了，江老头。"

老江怒瞪着骆河洲的手，龇牙咧嘴道："把你的爪子拿开。"

骆河洲耸耸肩一副"我就不"的挑衅模样，看着总是被自己轻易气到的老江越发有趣，而一旁的楼兮遥正因为骆河洲口中的那句"兮兮"而心神恍惚，直到老江的大掌挥过来她才及时地回神阻止。

无奈老江的力气没有控制得当，一把将楼兮遥推了出去，幸好骆河洲眼疾手快将她捞回怀里。

楼兮遥软软的身体撞在自己胸口上的时候，有种莫名的异样从骆河洲心底划过，还没等他琢磨出这酥麻的感觉是什么，便听见老江跳脚似的冲他喊："你这臭小子，又想占我家姑娘便宜是不是？！"

骆河洲这才拉回出走的神思，笑道："明明是您送到我怀里来的，怎么说我占便宜呢？"

楼兮遥听了这话只觉得浑身不自在，赶紧离开骆河洲的怀抱。她抱着自己刚刚有过肌肤接触的手臂，气道："老江，你怎么总是针对骆老师？"

老江看着自家的傻姑娘，恨铁不成钢："我的傻丫头呀，你可长点儿心看清楚，这人不是什么好东西。"

不是好东西的骆河洲挑眉一笑："谢谢您的夸奖。"

楼兮遥只怪自己今日倒霉，没有吸取上回的教训："您不在医院照顾程老，来这里干吗？"

老江："我虽然没有投票权，但来看看总行吧。"

楼兮遥一摆手："行，您怎么样都行。我去帮乔纳森做准备了，你们自便吧。"

老江赶紧跟上她，追在身后给她洗脑："兮兮，你可得听我的，骆河洲这小子就是个披着羊皮的狼，你别被他骗……"

身后的骆河洲看着楼兮遥避之不及地小跑起来，忍不住勾了勾嘴角。他伸手摩擦了一下自己的手指，感受着停留在上面的触感，只觉那电流般的酥麻一直流窜到了心上，既新鲜又奇异。还未等自己咂摸出什么味来，老江那句"占便宜"突然从耳边飘过，吓得骆河洲赶紧摇摇头赶跑了"猥琐"的遐想。

这一通充满风月色彩的小插曲并没有吸引八卦大师周佳怡的注意，因为包括她在内的江交成员们此时正紧张地准备面试。

骆河洲、卢故和楼兮遥三人担任选拔的评委，就连喜欢出风头的付博也放弃了此次话语权，完全交给了技术担当三人组。程老自然对他们很放心，而老江虽然嘴硬，也不得不暗自承认骆河洲的水准确实值得信赖。

在选拔过程中，三人的选择几乎出奇的一致，楼兮遥自不必说，这段时间经过骆老师的言传身教，已经潜移默化地接受了他的音乐思想，而卢故，经过那场精彩的对决，竟也与骆河洲产生了心神相通的默契。

他在骆河洲那首炫技的《第二十四首随想曲》中真切地感受到了他建筑在高超技巧之上的表达方式，虽然此时还说不清是什么，但他已经意识到了两人之间的差距远远不止那慢下的半拍。

木管组结束之后，周佳怡和萧何已经基本可以确定被留下来，铜管组的小号手贺鹏虽然在吹奏的时候异常紧张，没有得到严苛的骆老师那一票，但也算是发挥正常，楼兮遥和卢故多少都给他加了点儿感情分，让他通过。除了这些老人们，还有不少年轻的新鲜血液加入，很多刚从学校走出来的青年乐手以其大胆创新的演奏方式和激昂饱满的热情赢得了骆大师的欣赏，比如双簧管手林飞和竖琴演奏者穆筝。

这次骆河洲除了借机提高原江交成员们的水准，换一批新鲜血液，最重要的是为了提高乐团的音响效果和艺术表现力，将原先的双管编制扩充至三管[注]，同时为了缩减支出，他听从乔纳森的建议，招录了一批兼职乐手，按照演奏需要对他们的排练进行机动管理。

虽然这次江交乐手们很紧张，但因为这段时间的集中训练，大多数人还是被留了下来。

一旁的老江看着三个年轻人认真严谨地挑选着未来的江交人时，竟有种老怀安慰的感觉，连多看一眼骆河洲也觉得不是那么糟心了。

小提琴组选拔进入到后半阶段时，一贯脸部表情要拿显微镜观看的卢故竟皱起了眉。每回选手一进门，他便紧张地抬头看一眼，以至于中间隔了一个骆河洲的楼兮遥都感觉到了他的异常，往他那头多看了几眼。

本来听到最后就有点儿疲倦的骆河洲放松地靠在椅背上，见身边的楼兮遥总是侧头去看卢故，心里忽然不舒坦，竟挺起腰背来板正地坐好，还虚咳一声提醒身边开小差的楼兮遥。

楼兮遥见骆老师给了警钟，立刻收回心思，继续认真工作，而此时，扰乱卢故心思的罪魁祸首正推门而入。她冲着三位评委一点头，笑吟吟的眼波从卢故身上滑过，风情无限又调皮似的挑挑眉，看得卢故耳根一红，立刻低下了头。

竟然是失踪许久的孟如。

三天前，卢故特意问乔纳森要了一份招新的名单，发现里面竟没有孟如。作为乐团首席，他一直都很清楚孟如的演奏能力，而且她这次离开多少与自己有关，卢故自觉有义务劝孟如参加面试。但这几天给她打电话一直无法接通，于是卢故只能跑到她家楼下去等。

昨天晚上，守株待兔的卢故终于在半夜等到了买醉归来的孟如，只见她从一辆豪车上下来，身边一位衣着光鲜的男伴趁她不省人事借机揩油。孟如虽然看上去喝了很多，但脑袋里清醒得很，她正想灵巧地挣开男人的手，突然猝不及防地跌入一个结实的怀抱。

她仰头看了一眼，发现竟是那气死人不偿命的呆子卢故。

卢故一边绅士地扶着孟如的手臂，一边看着那男人冷冷道："我送她回家。"

那男人见半路杀出个程咬金，顿时怒道："你谁呀？我和这美女的事你管得着吗？"

"我是她朋友。"

"朋友？男朋友啊？"

那人见卢故不说话了，正要得意，孟如突然踮起脚来搂着卢故的脖子亲了他一下。卢故瞪大着眼睛吓得连心跳都快停了，一张脸跟熟透的虾子似的。

罪魁祸首孟如还不自知，揽着卢故的腰冲男人挑衅道："你说他是不是我男朋友？"

男人低声骂了一句，扭头便走了。

孟如看着卢故雕塑似的站着，也不管他，扭扭歪歪地往家里走。等她走出一段路，身后的呆子才回过神来，忙叫住她："你等等。"

他疾步走过去，对着她的背影说："明天乐团招新，你来不来？"

孟如转过身，眉眼婉转地冲他一勾嘴，声音低沉又魅惑："你想我来吗？"

卢故竟有点儿不敢与她对视，眼神往一旁撇过去，并没有说话。孟如想起前段时间被他气得胸闷心塞，不禁逗他："要我去可以啊，你再亲我一下？"

卢故有点儿恼羞成怒地看向她。

孟如却突然心舒畅快地笑起来,竟有点儿酒不醉人人自醉的感觉。

今日,卢故迟迟不见孟如,还以为她不会来了,此刻突然看到她拿着小提琴站在这里,除了闪过一刹那的惊喜之外,也因昨日的一出闹剧而觉得不自在和尴尬。幸好他的内心再如何激荡起伏,表面上依旧静如冰山,等到孟如一曲拉奏完毕,也不过照章依程地给她划个钩。

注:交响乐队以木管作为判定编制规模大小的标志。如果常用的每一种木管乐器都用上两件,便构成双管编制的乐队;用上三件,即构成三管编制的乐队。

Chapter 11

孤勇

> 宁愿此生孤独地与音乐为伴,
> 也不愿碌碌而为不知为何而忙。

招新结束后,作妖的老江赶紧将楼兮遥从骆河洲身边拉过来,觍着老脸在她面前摇尾乞怜:"兮兮,我好久没吃你做的饭了。"

楼兮遥一见老江不顾脸皮地卖萌就瘆得慌,警惕地看了他一眼,婉转拒绝道:"今天也挺晚了,待会儿您吃完回家不方便,下回吧。"

"正好啊,我叫卢故一起去,待会儿让他送我回家。"老江笑逐颜开地回头冲卢故一挥手,"小故,跟我一起去兮兮家吃饭。"

楼兮遥"唉"了一声,阻止的话还没来得及说出口,老江已经自作主张地请了客,而且看着老头子不怀好意的眼神,肯定又是在给自己和卢故拉红线。

一根筋的卢故根本不会像楼兮遥一样有如此洞察的眼力,他一向对于老江的话言听计从,眉头都不皱一下就答应了。

奈何老江一时得意忘了形,冲卢故这话喊得有点儿太大声,导致很多双眼睛齐刷刷地瞟了过来。首当其冲的便是忙成狗的乔经纪,他一听有免费的饭吃,嗖地从瘫软的状态中弹了起来,走过来摇着楼兮遥的手臂撒娇:"兮遥美女,我也要去。"

反应迅速的楼兮遥想到骆河洲和老江同桌吃饭的场景,立刻打了个冷战,内心表示非常不能接受,可刚想说出拒绝的话,身后的骆河洲便走过来了,星眸笑眼地看着楼兮遥:"不介意吧?"

楼兮遥实在说不出"介意"这两个字,违心地摇了摇头。

身边的老江可不吃骆河洲这套,十分好意思地说道:"我介意。"

于是骆河洲客客气气地为他出主意:"介意的话你可以不去的。"

楼兮遥见老江又被点着了炸药包,赶紧伸手阻止了两人新一轮的战火,站在中间分别看了两位冤家一眼:"还想不想吃饭了?"

老江哼了一声,心想今晚有正事要做,不跟这小子计较。

骆河洲也看在蹭饭的面子上,默默地偃旗息鼓。

刚刚那些齐刷刷的眼神中除了"吃货"乔纳森,还包括今日意外出现的孟如,她一从里面出来便听到老江喊卢故去吃饭,而那呆子竟然从头到尾躲着自己,跟抓住救命稻草似的答应了老江。

突如其来的一股无名火噌的一下就窜上了孟如的心头,她狠狠地冲卢故瞥了一眼,抬脚就走,刚想掏出电话约个伴去酒吧疯一下,立刻听见楼兮遥在背后叫住她:"孟如,你要方便的话,一起去我家吃饭?"

楼兮遥一向性格清冷,除了周佳怡,跟谁都不愿主动多说,而且孟如因为像这次一样默默吃了她几回干醋,平时对她也不是很客气,所以一听到楼兮遥的邀请,先是惊诧了一瞬。

当然,孟如也不稀罕去凑她楼兮遥什么热闹,刚想拒绝,便听到楼兮遥身边的周佳怡偷偷跟她咬耳朵:"兮遥,你干吗请她啊,嫌不够倒胃口呀?"

孟如这拒绝的话立刻从舌尖上溜了回去,她媚眼轻轻一抛,看着楼兮遥说:"好啊,有免费的饭吃怎么会不方便。"

楼兮遥笑了一下,就这样请了一桌莫名其妙的客。

室友周佳怡帮着楼兮遥打下手,边择菜边抱怨:"你说乔纳森那家伙厚着脸皮来蹭吃蹭喝,我们看在骆老师的面子上不好意思拒绝就算了,但孟如,你主动邀请她干吗?"

楼兮遥把切好的菜一撂撂地装进碟子里,轻声道:"你上回不是说孟如喜欢卢故吗?"

周佳怡点点头:"是啊,你难道看不出来?"

想了一下又补充:"你这每天只关注巴赫、莫扎特的人,确实看不出来。唉,兮遥,你说你恋爱商这么低,以后会不会被骆老师欺负啊?"

楼兮遥拿起菜刀看了周佳怡一眼,吓得她赶紧打嘴巴:"我错了,什么骆老师,明明江老中意的驸马爷是卢首席。你瞧,江老师正在外面跟卢故夸你贤惠呢。"

楼兮遥糟心地往外瞥了一眼,只见老江跟个老太一样推销自己,生怕自己嫁不出似的:"所以啊,我才叫孟如过来帮忙接手这朵桃花。"

周佳怡愣了一下:"怎么接?"

楼兮遥笑看着她,将一块刚刚蒸好的红烧肉塞进她嘴里,讨好道:"这就要看你的了,周大小姐。"

周佳怡打了个饱嗝,就知道今天这饭是个鸿门宴,不消化。

开饭之前,周佳怡礼貌性地请老江坐到骆河洲身边去,说长辈们坐一起比较妥当。

老江一向不顾这些虚礼,双臂交叉地瞪着骆河洲:"不用,跟他坐在一起我没胃口。"

对面的骆河洲点点头:"唔,正合我意。"

于是,老江和骆河洲这两尊大神面对面地占据了两个角,其他人只能自觉地坐在其他位子上,并十分小心地避开那两颗随时会炸的雷。

人精似的老江早早地拉着卢故坐在自己旁边,帮楼兮遥占了一个拉近感情的好位子。等楼兮遥把最后一碗菜端上来,他立刻起身准备拉她入座,可自己的屁股刚一离开,周佳怡便一把推着孟如坐上去,笑道:"孟大小姐要减肥,吃点青菜就够了,这个座位好。"

头一次被人说胖的孟如与眼前的一盘青菜面面相觑,狠狠地回头瞥了周佳怡一眼,周佳怡歪着身子跟她咬耳朵,声音都是从牙缝里出来的:"占了便宜得了乖就闭嘴。"

孟如捏着鼻子忍了。

眼睁睁看着自己计划失败的老江赶紧采取补救措施,又拉着楼兮遥往卢故的另一边坐去,奈何周佳怡这根搅屎棍子今天特别没眼力见,猴急地抢先坐下,嘿嘿道:"这有红烧肉吃。"

楼兮遥忍住向上扬的嘴角,在心里默默地给周大小姐点了个赞,然后拉住想骂人的老江坐在离骆河洲最远的那个位子上:"您好好坐下吃饭吧,别闹了。"

老江看着楼兮遥坐在骆河洲旁边,立马站起来阻止:"你别,坐我这儿来。"

爱折腾的老江正要起身与楼兮遥换位子,骆河洲在桌下的手已经稳稳地拉住了楼兮遥,笑道:"您刚刚还说挨着我没胃口,这才多久就变卦了?不会是明明心里很喜欢我,嘴上故意针对我吧?"

老江还真没见过这么自恋不要脸的人,还没开始吃差点儿就吐了,被骆河洲这么故意一说也不敢过去了，老老实实地又坐回了原位。

乔纳森看着自家的指挥先生为了美人出卖老脸，觉得新鲜的同时也有点儿看不下去，另一边的周佳怡则眼尖地看到了桌下这一幕，喜滋滋地想今日这饭吃得算是值了。

而楼兮遥完全没有注意到周佳怡的八卦眼神，她的整个感官神经都集中在骆河洲的手上，只觉他的手掌温厚，把自己常年冰凉的手都贴得滚烫起来。

老江今日的完美计划可以说是全线溃败，甚至还倒霉地被骆河洲占了几回嘴上便宜，想来想去只好怪自己这不争气的呆子徒弟，于是忍不住冲他撇过一阵阵恨铁不成钢的白眼。

而卢故这碗饭吃得也十分坐立不安，他只要一抬头看见孟如，该死的视线就会黏在她的嘴唇上，糟心的是对方还笑得十分无辜，眉眼弯弯的，像是一把小钩子勾住了自己的某根神经，让他浑身上下都不自在。

于是受双面夹击的卢故如坐针毡，难得主动地与骆河洲聊起天来："骆指挥，招新过后我们有什么演出计划吗？"

骆河洲喝了一口楼兮遥刚刚特意给他泡的普洱茶，心情十分舒爽："上回巡演怎么计划的，这回就怎么安排。先在江城进行预演，再去 S 市进行初演。"

这种"从哪里跌倒就从哪里爬起来"的脾气还真像是骆河洲的风格，卢故倒没什么意见，只是乔纳森听了这话吓得嘴边的水果都掉了，从沙发上坐起来："什么？去 S 市？现在 S 大剧院一听'江交'这两个字还恨得牙痒痒呢，人家可能连门都不会让我们进。"

骆河洲靠在沙发上看着乔纳森："唔，看来你这位金牌经纪人浪得虚名啊。"

乔经纪最受不得激，把叉子往水果盘里一插，摸着兜里的电话自行加班去了。骆河洲看着他的背影，觉得十分欣慰。

卢故也不是一个善于聊天的人，三两句便结束了话题，尴尬的他坐不到两分钟就要告辞。老江自讨没趣，又觉得骆河洲实在太碍眼，也说要走。酒足饭饱的孟如伸了个懒腰，说是要去赴下一场局。于是三人跟楼兮遥匆匆打了个招呼，便一起离开了。

周佳怡见大家都散了，甩了甩洗碗的手像阵风一样跑出去。楼兮遥见她扔下一片狼藉，急忙冲她背影问道："还没洗完呢，你干吗去？"

周佳怡拉着客厅里打电话的乔纳森往外扯，回道："我去乔纳森那儿打几把游戏，你让别人帮你洗。"

周佳怡自认为今天特别功得圆满，不仅帮楼兮遥挡了桃花，还特别有眼力地给她和骆河洲创造了二人世界。

但不争气的骆河洲是个该精明的时候偏偏犯傻的人，即使周佳怡这话喊得十分意有所指，他仍然坐在沙发上跟个没事人一样看杂志。

周佳怡恨铁不成钢地叹了一口气，十分敢说地提醒对方一下："骆老师，要不你去帮忙洗个碗？"

骆河洲抬头看了她一眼，周佳怡一溜烟地拉着乔纳森跑了。

骆河洲虽然没有理解到周红娘的良苦用心，但往厨房方向瞥了一眼后，还是站了起来。

他走过去，看着楼兮遥一人忙活，主动挽起袖子来准备洗碗，背着身的楼兮遥还以为是周佳怡良心发现回来了，正打算数落她："你终于……"

转身却突然撞到一个坚硬的胸膛上，而被撞的骆河洲正抻开双手，巧合地站成了张开怀抱的姿势，于是意外地将楼兮遥虚抱了个满怀。

楼兮遥仰头看了一眼，只见骆河洲一脸无辜地看着自己，双眸甚至有点儿单纯无邪。相比于满脑子邪念的自己，楼兮遥只觉尴尬。

她赶紧往后退了一步，磕磕巴巴地说："你怎么过来了？"

骆河洲拿起抹布："我过来洗碗。"

楼兮遥刚想说自己可以搞定，骆河洲便抢先道："帮我一下。"

他弯曲手臂，手上沾了一点儿白色泡沫，等待楼兮遥将他滑落下来的袖子重新挽起。楼兮遥磨磨蹭蹭半天，才走过来小心翼翼地帮他。

骆河洲看着她头顶柔软的发丝，突然涌上一种奇异的感觉，似乎刚刚那个香气满怀的意外拥抱慢了半拍此刻才撞上他反应迟钝的心，一下两下的。

毫无知觉的楼兮遥此时却因为骆大师这双金贵的手在给自己洗碗，惭愧感油然而生。

昏黄灯光下，骆河洲与她闲聊："今天的晚餐很棒，想不到你做菜的手艺这么好。"

楼兮遥接过他递过来的碗擦干净，方才鼓荡的心绪慢慢平复下来："被爷爷逼出来的，小时候他做的菜实在不怎么好吃。"

骆河洲口气中是满满的嫌弃，嘴角却不自知地向上翘起来："我吃过几次，很糟糕，中文叫作难以下咽。"

楼兮遥笑了一下，旋即又勾起一点思念的苦涩，嘴角的弧度弱了下去："要是爷爷还在就好了。"

骆河洲从来没有安慰过人，思来想去半天才颇有点师长意味地鼓励道："老头虽然不在了，但他留下的江交精神会一直在。"

楼兮遥侧头望向他，竟觉得骆河洲那双深棕色的眼睛盛满温暖。

市中心写字楼的某个格子间里，一个中等身材的男人正在手忙脚乱地翻找上司急要的资料，恰时桌上的固定电话又添乱地响了起来，他好不容易腾出手去接，又倒霉地撞翻了一旁的水杯。

一片狼藉，像极了陆征此时的人生。

陆征已经过了半个月朝九晚五的上班族生活，但无论自己如何努力，总是与周围的一切格格不入，他身边的每个人就像装在纸杯里的蛋糕，规规矩矩地摆在橱窗里，看上去光鲜亮丽，却毫无自由。

他和女友住在九十平方米的出租房里，打算结婚之后用贷款换个新房，女友每天高兴地规划着未来的生活，什么时候装修、什么时候生孩子、什么时候还完贷款，仿佛一个人的人生全部装在了她的小本子上。

从江交辞职后，陆征便将那对鼓棒随手扔了，每天工作不顺心便用打游戏来麻痹自己，睡觉之前看一眼人生小本子，想着明天要还贷款便咬咬牙，第二天接着穿上那身别扭的西服把日子熬过去。

招新那日，陆征忍不住跑到现场去看了一眼，他站在门口看着熟悉的队友们，竟觉得羞赧惭愧，脚下如灌了铅一般，始终没有勇气走进去。回家后他把公文包扔得远远的，躺在床上看了很久的天花板。女友回来见他失魂落魄，什么都不敢问，如今在他们生活中"鼓""音乐"成了忌讳的敏感词。

那日去上班时，陆征坐在公司楼下的花坛边上抽了半包烟，终于忍不住给贺鹏发了短信："乐团最近怎么样？"

正在剧院排练的贺鹏躲在人群里，看着骆指挥把新招的定音鼓手训哭，赶紧按住在口袋里震动的手机，颤巍巍地拿出来看一眼，偷偷地给陆征回过去："正排练呢，指挥好像对新来的鼓手不满意。"

其实这位定音鼓手并不是那日招录的，因为那天骆河洲并没有找到满意的乐手，于是这位刚毕业又有点家庭背景的小伙子被付团长趁机塞了进来。骆河洲并不知道其中内情，以为被人拉来凑数也应该是个说得过去的，但一遍一遍排练下来，才发现这位穿得花里胡哨的小伙子不仅把鼓敲得跟棉花似的，心理素质还十分脆弱，骆河洲才说他一句是不是没吃饭，他就当场跟个姑娘一样哭了起来。

骆河洲撑着额头，赶紧停了排练让付团把人请出去。这会儿耳根子才刚清净下来，忽然又传来"扑通"一声，他糟心地抬头，只见谁的手机掉在地上。

骆河洲看了一眼大气不敢出的小号手贺鹏，吓得他立刻低下了头。恰好手机滚落在了周佳怡附近，她八卦地看了一眼，突然站起来向指挥打小报告："骆老师，是陆征，他在问乐团最近怎么样。"

骆河洲皱眉："陆征是谁？"

周佳怡正要趁机在指挥面前刷好感度，谁知死对头孟如一下子就看出她的小心思，狡猾地抢在她前面说："是原来的定音鼓手。听说他早就找了新工作，如今还在询问乐团，估计是舍不得想回来。"

周佳怡冲着孟如咬牙切齿，恨不得把她打个包搓扁揉圆，孟如还挑衅似的冲她勾勾嘴角，两个前世冤家默默地在心底问候对方。

楼兮遥知道周佳怡这火暴脾气，赶紧站起来插了句嘴，这才把她溜到嘴边的话给塞了回去："要不我们去问问他的意思？要是陆征能回来最好。"

骆河洲看了她一眼，无声地表示认同。虽然他不记得陆征有什么惊人深刻的才能，但至少不会像刚刚那家伙一样是个空心竹子吧。

他思量了一下，走过去捡起贺鹏的手机，礼貌地问了一句："打个电话，不介意吧？"

贺鹏的头摇得跟个拨浪鼓似的。

那头快要抽完最后一根烟的陆征突然发现口袋里的手机响了起来，他拿出来一看，发现是贺鹏。刚有气无力地接起，便听到对方用一种陌生的声音问道："新的江交乐团需要一个定音鼓手，有没有兴趣加入？"

陆征的脑回路瞬间转了八百个来回，结结巴巴道："骆……骆老师？"

骆老师不喜欢废话，直截了当："愿意的话明天来剧院报到。"

第二天，骆河洲站定在指挥台上刚刚翻开总谱，身后的门便被人推开。大家抬目望过去，见是陆征。

陆征两手撑着膝盖，弯腰喘着粗气，脖子上的领带已经被扯歪，手里还提着一个装模作样的公文包，一看就是从上班路上半途跑过来的。

骆河洲转身靠在指挥台上，抱臂看着他，陆征见大家都等着，也顾不上顺气，抹了一把额头上的汗赶紧跑过去："指……指挥，我……没带鼓棒。"

骆河洲被他这憨傻劲儿给逗乐了，难得在台上开了句玩笑："那就用头敲。"

众人听闻也低声笑起来。

陆征愣怔了一下，挠头跟着大家一起傻笑。他环顾一下四周，只见人群中有熟悉的和新鲜的面孔，那颗一直无处安放的心，一下子踏踏实实地落回了胸腔里。

他知道，即使女友永远不理解，即使身边没有人会支持他，但他还是会从半路上跑回来，这一路疯狂的奔跑中，有句话在他脑海中不停地闪过：宁愿此生孤独地与音乐为伴，也不愿碌碌而为不知为何而忙。

陆征想：去他的客户和上司吧，像指挥说的，没有鼓棒他就用头敲，他不信敲不出自己的一片光明梦想。

骆河洲冲他一歪头，让他坐回自己的位置上，陆征一把扯下脖子上那根碍事的领带，自觉满身热血，大步昂扬地走了过去。可没走几步，立刻与鼓皮上一对崭新的鼓棒面面相觑，它们像是孩子的眼睛似的期待地望着自己。

一头疑惑中，只见藏不住话的周佳怡站起来："贺鹏说你那天十分豪气地把鼓棒扔垃圾桶了，所以我们大家一起凑钱给你买了对新的。"

周佳怡原是拿话臊他，谁想陆征一个热血男儿竟被周小姐这轻飘飘的取笑给酸出一点儿泪意来，低头抹了一把眼睛，嘴硬道："一对鼓棒还要凑钱买，丢不丢人你们。"

与他相熟的圆号手站起来薅了他一脑袋，笑骂道："做了几天白领就耍大款不是，晚上宵夜你请客。"

陆征丝毫没有房奴的意识，爽快答应道："我请。"

"吃夜宵之前麻烦那些没交鼓棒份子钱的都自觉交上来。"见缝插针讨债的周佳怡将眼风投向第一排，"说你呢，卢首席。"

卢故淡定地给小提琴调弦："我为什么要交，他上回打我我还没找他要医药费呢。"卢首席嘴上虽是这样说着，可一向冷硬的眼角眉梢看上去格外柔和。

陆征笑着瞥了他一眼，轻哼道："记仇的家伙。"

耳尖的卢故低着头，嘴角似有似无地勾着一点儿笑意。而另一边摸着自己手指甲的孟如低声笑骂了一句："装模作样的呆子。"

江交的气氛竟前所未有的和谐，连一向超凡脱俗的萧大和尚都冒出一点留恋的念头。

骆河洲适时地敲了敲台子，提醒道："开始排练吧。"

楼兮遥身后的温婉兴奋问道："骆老师，我们练哪首？"

一般来说，巡演中的每首曲目都是事先排练好的，中间会有一两首规模宏大、经典熟悉的曲目，而骆河洲喜欢预先多准备一些曲子，根据现场的气氛和个人心境在每一场演出前做随机调整。骆河洲还有个私人习惯，预演的第一首多数会选择贝多芬的曲子，像上一次，他便选择了贝多芬的《田园交响曲》。

骆河洲和楼兮遥讨论过这次巡演的演出曲目，但始终没有确定下来，此刻他却突然灵光乍现，若有所思了一会儿，眼神坚定地看着大家："贝多芬的《c小调第五交响曲》。"

《命运交响曲》？

楼兮遥看向骆河洲，眼中乍然闪过一丝光亮。她记得骆河洲上一次指挥这首耳熟能详又令人惊叹的《命运交响曲》，已经是三年前的事了。

这一次，他重新拿起这首曲子，必有其深意和惊喜吧。

预演的前一天，乔纳森在排练结束后给了每个成员两张内部票，说是可以请自己的亲人来观看。

楼兮遥一听乔纳森就差拿着喇叭喊买一赠一了，顿时忧思暗生。她把兼职票务的乔经纪偷偷拉到旁边，低声问了一句："怎么，演出的票卖得不好吗？"

"卖？"乔纳森像听见了什么大笑话似的，"不是卖不好，而是卖不了。江城人根本不爱听交响乐。"

楼兮遥皱起了眉："虽然江交的上座率确实不高，但也不至于三分之一都卖不出去吧。"

江城人不爱听交响乐并不是乔纳森信口开河，这个结论是他做过市场调查后有数据支撑的。前柏爱经纪人还从没为上座率操心过，如今凤凰一朝变山鸡，真有点儿适应不了如此接地气的工作任务，很实在地点了点头："不用怀疑，如果公开卖票的话，估计三分之一也达不到。"

"如果？"楼兮遥见乔纳森话里有话，疑问道，"什么意思？"

乔纳森："Augest前几天跟我说，叫我把一半票送给江城音乐附中和音乐学院的学生，其余一半给一些相熟的乐评家和媒体记者，剩下的送给内部亲友团们。"

楼兮遥看向一旁跟卢故讨论明天演出细节的骆河洲，突然升起一种莫可名状的担忧，她知道如今的江交并未找到长期的赞助商，前段时间刚扩充了一批编制，现在又不对外公开售票，那支撑乐团长久发展的来源是什么？

难道像他帮助卢故一样，用自己微薄之力补了这巨大的窟窿吗？

而有同样担忧的人，并不止楼兮遥一个，当江交成员纷纷拿到赠票时，敏感的人已经觉出了其中的酸楚意味。首当其冲的便是周佳怡。

她在楼兮遥身后将她和乔纳森的对话听了一个大概，立刻邀着温婉和几个相熟的朋友一起低声商量了一阵，然后偷偷将想法告诉了楼兮遥。

虽然楼兮遥知道这样做无非饮鸩止渴，但除此之外也没有别的办法，只好在大家的推搡催促下答应下来。

她走到骆河洲身边，轻声叫了他一句："骆老师。"

骆河洲停下与卢故的交谈，侧头看向她："嗯？"

楼兮遥拿出刚刚乔纳森给的两张票，说道："这票不用送，我们自己出钱买。"

骆河洲挑了一下眉，像是没听清似的，好半天才反应过来，刚想开口问什么，便听见楼兮遥身后众人纷纷附和："骆老师，我的也出钱买，我要三张。"

人精似的孟如一见这场面，立刻明白了怎么回事，不甘示弱地说："我前男友头几天才跟我说想听我拉琴，正好，我也买几张。"

周佳怡一听笑了一句："哟，孟大小姐如果是要送前男友，那估计可以包场了吧。"

孟如笑眯眯地接受了周佳怡的另类夸奖，回敬一句："那你这个单身岂不是可以省了？"

众人轰然一笑，周佳怡忍住了要往她那方向伸出的脚风。

这一通嬉闹下来，骆河洲竟难得地陷入懵神状态。乔纳森一旁交臂看热闹，见大伙儿上赶着给他来送钱，有点儿哭笑不得。

一旁的卢故还傻里傻气地走过去说道："乔纳森，我也买一张，到时候带我爸来看看。"

骆河洲这才找回思绪，打断了围着乔纳森给他送钱的众人："你们干什么呢？"

厅内突然安静下来。

骆河洲走到楼兮遥身边，看着她："怕我倾家荡产给你们救穷？还是怕我骆河洲的音乐会没人来听？"

"骆老师，我……"

"好了。"骆河洲笑了一下，几乎有点宠溺道，"相信我。"

他看向大家，立刻区别待遇地正色道："如果是有闲钱呢，就留着巡演之后请大家吃饭，如果是有闲心呢，就好好练琴，别到时候给我丢人现眼。都散了吧。"

众人"哗"的一声立刻从乔纳森周围退回座位，只听见乔纳森装模作样地哀号："What，我的人生巅峰就这么没了？"

骆河洲看了他一眼，不要脸的乔经纪立刻露出八颗牙对他笑。

"明天的预演不是商演，而是一场特殊的演奏会。把你们的家人请来，"骆河洲别有深意地瞥过站在最后面低头的陆征，对众人道，"是为了让他们听一听你们心里的声音。"

虽然骆河洲并不完全了解陆征面临多少压力，不知道周佳怡悲惨的身世背景，也不清楚卢故面对亲人生病到底是怎样煎熬的心情，当然，他也不会了解在场每一个人的成长境遇、生活经历，但他却说了一句让所有人静默而动容的话："音乐是最神奇的语言，它能沟通人心，也能抚慰人心。"

第二天的江城预演，场内竟然出现了前所未有的超高上座率，当然，也跟乔纳森说的免费有关。

但无论如何，这样的状况给了所有人信心。

休息室里候场的陆征反反复复系领结，手心里冒了一层汗，贺鹏走过去说道："怎么办？我也紧张。"

陆征拍了拍他的肩膀，安慰了一句："没事，有骆老师在呢，怕什么！"

"不怕你冒什么汗。"

陆征摆摆手，不想跟他解释，他慌慌张张地跑到侧台去看了一眼，只见那个自己拿回家的票位上仍然是空着的。

卢父被安排在程老身边，两人有一搭没一搭地聊着，看上去心情特别好。这俩老头在医院住了这么久，早就闷了，特别是程老，对于这场也许会改变江交历史的演奏会，他实在期待太久了。

演出倒计时，乐手们准备批次上台，楼兮遥正拿着大提琴走出休息室，骆河洲便出现在了门口。

楼兮遥诧异道："骆老师，有事吗？"

骆河洲看着她，笑了一下："没事，就是过来跟你说句谢谢。"

"谢我？为什么？"

骆河洲笑而不语，反问道："紧张吗？"

楼兮遥深吸了一口气，点点头："一点点。"

骆河洲勾了勾嘴角："记住，要专注于手中的乐器，跟着我的眼神，别着急，慢慢感受。"

楼兮遥："嗯，我知道。"

骆河洲伸手将她鬓发垂下来的挽到耳后，轻声道："走吧。"

所有乐手在台上坐下后，卢故带领大家校音，而后指挥从后台走上来，先与首席握了握手，然后向观众鞠躬致意。骆河洲走上指挥台，拿起那根崭新的指挥棒，眼神瞥过右手边的楼兮遥，楼兮遥一见骆河洲手里的指挥棒，立刻意识到是自己送他的那根，顿时明白了他刚刚所说的谢谢是为何，随之涌上一点儿兴奋的充盈感。只见骆河洲微不可察地向她勾了勾嘴角，然后才目光坚定地看向卢故一点头。

手臂起落间，是《命运交响曲》的第一乐章。敲门声的音型构成了主部主题，以一种排山倒海之势发起冲击，骆河洲手臂轻扬，各种乐器进行轮回模仿，相继掀起一次比一次紧张的浪潮后，圆号奏出了一个动机的强音，似一种不屈服的必胜信心。

第二主题是一个抒情旋律的连接句，严峻的命运动机退居到低音声部以伴随形式出现，使明朗的氛围中始终笼罩着不安的色彩，最后以热烈的音响结束了呈示部。骆河洲的手指也随着停顿下来，经过两小节休止后，音调开始变得不安，无休止地反复，调性不断转换，力度不断加强，指挥的手指向铜管组，只听见鲜明的主题如号角般传来,命运的动机又闯了进来,以最强音不断重复,形成了戏剧性高潮,音乐进入再现部。

再现部中,骆河洲慢慢地将手指向萧何,单簧管奏出了一段缓慢的哀鸣音调,第一主题还未结束,骆河洲又将手一挥,弦乐组直接闯进来打断,从强烈到微弱,鲜明的力度对比,紧张的和声发展,最后在庞大的尾声中激烈地结束——命运来敲门,斗争无止境,我们相信,希望必然战胜黑暗。

所有乐章结束后,一阵雷鸣般的掌声传来。

最后的陆征一头大汗,本来一颗鼓荡的心异常激动,抬头无意间一瞥时,差点儿当场涌出泪来,那个空荡荡的座位上竟出现了一个熟悉的倩影,自己的女友正抬手为他鼓掌。

人群中周佳怡也望向了那个永远为妹妹预留的空座位,她心里一阵酸楚,想着不知道那个爱哭鼻子的小姑娘来了没有,还会不会没大没小地骂她没有梦想活得像条咸鱼。

卢故看着台下连五线谱都不懂却两泪纵横的父亲,心里顿时百味杂陈。

而程老,他全程握住自己的双手,一颗悬起的心总算是放了下来,他轻声念了一句"Bravo",转头看向自己和老江中间那个空座位,心道:要是现在下去见了你,也算有个交代了吧。

此时,骆河洲也看向那个位置,他无言沉默着,勾了勾嘴角:"老头,你看到了吗?"

他转过身去,情不自禁地看向右手边的楼兮遥,只见她眼中含泪,目光幽深,仿佛正看着某个地方。

楼兮遥在雷鸣般的掌声中久久无法平复心绪,不禁往观众席里扫了一眼,只见那个自己昨日匿名快递过去的票位上空空如也,而她内心深处期待的"家人"正在最后一排的角落里听着这场让人莫名心潮起伏的音乐。高远看不清楼兮遥,也不知道楼兮遥在这一瞬间想起了他。

楼兮遥失神了一瞬,意识到骆河洲的目光后,也仰头朝他看过去,与他相视一笑。

她终于明白了骆河洲选择这首《命运交响曲》的深意,他说得对,音乐是最神奇的语言,它能抚慰人心。

Chapter 12

那些别人眼中的天真,
都是他们以梦为马的狂奔。

时隔一个多月,江交再次踏上了S市。楼兮遥站在S大剧院门口,有种恍如隔世的错觉。

上次大家还在这儿面红耳赤地干了一架,一个个灰头土脸地落荒而逃,而此时此刻,江交的老人们和新人们就跟"忽如一夜春风来"似的,纷纷笑靥如花、信心满满。

虽然江交的预演并未给乐团带来任何收益,但对所有人而言,那是一场意义非凡的演奏会。那日满座的掌声久久不息,让乐手们连日来做梦都是嘴角上扬的。

楼兮遥正望着S大剧院门口的标志建筑发呆,身边的周佳怡不知看到了什么,忍不住嘀咕一句:"不要脸。"

楼兮遥转头看她,只见周佳怡正看着在人群中吹牛的乔纳森。乔纳森确实很不要脸,使劲跟人吹嘘S大剧院愿意重新接纳江交,完全是看在他这个人帅有才的乔经纪面子上。

不过也怪不得乔纳森鼻子长脑袋上,这回确实是靠了他的吹牛功夫,才让栽了跟头的S大剧院愿意再给江交一次机会。

骆河洲实在受不了乔纳森的恬不知耻,调转脚步走到楼兮遥身边寻求一会儿耳根子清净,而人精似的周佳怡见状立刻闪身到后面,十分有不当灯泡的自觉。

本来是图清净的骆指挥却又忍不住跟楼兮遥聊起来:"刚刚见你发呆,想什么呢?"

楼兮遥踏着台阶走上去,淡淡道:"想起一个多月前在这儿发生的事,总有种物是人非的感觉。"

骆河洲点点头:"唔,确实。我本来是要把你带回欧洲,没想到最后是你把我留在了这里。"

也不知这句普通的话有什么魔力,让楼兮遥心里咯噔一下,脚下差点儿踩空,幸好她足够镇定,将微不可察的慌乱感迅速抹过去,只是瞥一眼骆河洲的侧脸,轻声道:"骆老师,谢谢你!"

骆河洲扬眉看着她,低低地笑出来:"江交预演之后,这是你的第十遍谢谢了,如果可以的话,能否一起打包换成一个心愿送给我?"

楼兮遥停下脚步,诧异地看着他:"什么心愿?"

骆河洲刚想开口,便被身后一句响亮的招呼声打断——"萧何?你怎么在这儿?"

大灯泡周佳怡方才自动退避三舍,可不知为何,退着退着就与萧大和尚并肩而行了。心大的周小姐早将日前那场尴尬抛之脑后了,自来熟地与萧何八卦起来:"瞧瞧这两人的背影,真是男才女貌、天作之合、一对璧人啊。"

萧何抱臂挑了挑眉,凉凉地给周佳怡一句中肯的点评:"不错,一口气能说上三个成语,你真是个有文化的人。"

周佳怡"嘿"了一句:"萧大和尚,你这单簧管吹得不咋样,吐槽人的功夫倒是一流啊。怎么,以前专业是写段子的?"

萧何摊摊手,倒眉喊冤:"我是真心夸你。"

没什么文化的周佳怡死活不相信:"扯淡吧,我还不知道你,藏不露尾的大狐狸一只。"

瞧他之前在酒吧点酒那架势,没几年夜店泡妞的功夫根本装不出来。周佳怡心里的八卦虫子作祟,用手臂捅了捅他,笑道:"唉,你到底是什么来路?"

萧何贫嘴地回了一句:"贫僧来自大法寺。"

周佳怡刚想回怼他,立刻听见一个从身边走过的老总回过头来喊了一句:"萧何?你怎么在这儿?"

由于西装革履的年轻老总这一声实在太过响亮,加上他本就是被人众星捧月的中心人物,这样几乎失态的招呼立刻引起了周围人的注意,包括走在前面的骆河洲和楼兮遥。

那人见萧何回过头来，看清之后才敢确认，立刻从震惊中缓过神来，脸上恢复了圆滑的神态，走过来寒暄道："哟，还真是我们萧总，我还以为自己看错了呢。"

这一声萧总喊得让周佳怡差点儿掉了下巴，她对上萧大和尚那张清心寡欲的脸，脑袋里全是不解。

突然被关注的萧何闪过同样的震惊之后，慢半拍地反应过来那个穿得人模狗样的老总是谁，他看着老熟人笑得高深莫测，脸上丝毫看不出其实心里一点儿都不想跟他寒暄的意思。

奈何那人的眼力已经跑到九霄云外去了，跟半辈子没聊过天似的："萧总，三年前金融危机之后你就从圈里消失了，我们还以为……这些年你都去哪里了？不过你倒是没怎么变，还是老样子。"

萧何勾着嘴角，眼里却没有一点儿笑意，说话倒是一如既往地气死人："你看上去倒变了不少，胖了。"

只见那人嘴角弱下去，不自然地笑了一下："呵呵，对了，你怎么在这儿？"

萧何耸了耸肩，瞥了一眼肩上的单簧管："你觉得呢？"

那人也是个成了精的人物，旁边有人出言提醒这是来演出的乐团，立刻便明白了是怎么回事，装模作样地表示一脸遗憾："萧总，你说你好歹也是昔日的金融大鳄，业界传奇，手指随便一点就是千万，如今沦落到这个地步，哎，可惜啊。"

他拍了拍萧何的肩膀："兄弟，有什么困难来找我，再不济我也可以给你口饭吃。"

萧何扯了扯嘴角，坦然道："谢谢，不过我最近胃口不太好，怕不消化。"

那人听出了萧何的意思，心想一只落魄的山鸡还拽得跟二五八万一样，嘚瑟个什么劲啊，不过脸上还是和和气气地笑："你们今晚有演出是吧，我一定来捧场。"说着还向身后的人趾高气扬道："给我订二十张 VIP 票，让公司那些经理都来接受接受艺术的熏陶。"

萧何哼笑一声，也不拆穿他跟个土包子一样没见识，勾起嘴角："那就先谢了。"

一段小插曲过后，大家纷纷向萧何投来意味深长的探究目光，奈何萧大和尚平时的禁欲气质太强烈，以至于没人敢公然大声八卦他。

当然，除了周佳怡。

周佳怡见那群人走远，立刻用目光打量萧何，恨不得拿个放大镜来探宝一样：

"哎哟,你还真是深藏不露的高人啊,来,给我看看你点石成金的手。"

周佳怡毫不客气地握住萧何的手,捧在手里贱兮兮地说:"哇,我感觉自己在摸一堆钞票。"

萧何掉了一地鸡皮疙瘩,这才从那场莫名其妙的重逢戏码中回过神来,赶紧缩回手,加快脚步逃离身边这个猥琐的女人。

恰巧抬眸间与前面骆河洲一直未收回的眼神撞个正着,两人别有深意地看了一眼后各自移开,又继续向前走去。

骆河洲轻声问身边的楼兮遥:"萧何是什么时候来江交的?"

"三年前乐团招新,我、周佳怡、萧何都是同一批进来的。"楼兮遥听程老说过两句萧何,说他来面试并没有提前报名,而是看到外面的宣传牌临时起意进来的。那时他胡子拉碴的,不修边幅,不知道的还以为是个流浪乐手呢,不过对于他的过往,江交没有一个人知道。

楼兮遥说:"他一直挺神秘,也不太合群,现在看来,确实是一个有故事的人。"

骆河洲笑了一下。

两人闲聊着萧何,自然将刚刚那一茬心愿之事给忘了。

演出前夕,骆河洲拿着一杯咖啡在走廊上凝心聚神,看着窗外放空脑袋,身后萧何拈着一根烟走了出来,见到指挥先生,立刻停下脚步。

骆河洲回过头来,只见萧何怔在那儿对他说:"抱歉,打扰您了。"

骆河洲歪下头,示意他过来:"没事,你随意。"

萧何顿了一下,还是走了过去,他点起手里的烟,抽了两口,而后想起什么,又拿出一根递给骆河洲:"您也来一根?"

骆河洲摇摇头:"我在演出前没有抽烟的习惯。"

萧何吐了一口烟圈,道:"我也很久没抽了,以前几乎天天离不开这玩意,后来也不知道怎么就戒了。"

骆河洲笑言:"烟酒都是用来纾解心绪的,音乐也具备此种功能,如果借由音乐得以抒发心中郁闷,也就不需那些俗物了。"

这些年,萧何过着一种作息规律、毫无压力的日子,闲暇时撩猫逗狗,工作时吹吹曲子,不再像以前一样失眠焦虑,分秒必争。他笑一下:"有理。梅妻鹤子,有乐为伴，日子过得赛神仙。"

骆河洲别有深意地笑了一下，掰了一句母亲常常挂在嘴边的打油诗："世人都晓神仙好，唯有功名忘不了。"

"有何忘不了的，我们这叫，曲中自有黄金屋。"萧何把烟在垃圾桶上摁灭，又笑着补充了一句，"哦，还有颜如玉。"

骆河洲像是找到了知音似的，扬眉点头，笑了一声："没错。"

骆河洲没有去探究萧何的过往，也没有好为人师地指点人生，但就是短短几句闲聊的玩笑话，便让萧何豁然开朗。

三年前，一夜之间被金融危机逼至破产的萧何拿着一根单簧管走到火车站，随便买一张票流浪到了江城，本来生无可恋的他遇上了江交，从此便开始了另一种自我救赎的生活。

这些年来，萧何总算明白了一个道理：所谓功名利禄、财富地位，还真不如吹一首曲子来得踏实自在。

世人笑我太疯狂，我笑世人看不穿。

S大剧院的江交演出迎来了真正意义上的市场检测，要说大家不担心那肯定是骗人的。

乔纳森陪着欧蒙坐在观众席上，一边听他骂骂咧咧要找骆河洲算账，一边紧张地观察周围的座位情况。

剧院负责人昨天告诉他今日的演出票全部售空，乔纳森简直比听到外星人占领地球还惊讶，后来经过一番八卦，才有工作人员偷偷告诉他，说是今日来听音乐会的人一半是冲着骆河洲，还有一半人纯粹是好奇，想看看这个敢放观众鸽子的乐团到底长什么样。

乔纳森惴惴地看着四周渐渐入场的观众，一颗心才慢慢放下来，他想，管他什么原因呢，能卖出票去就好。

观众席上，那个嘲笑萧何的老熟人总裁也依约前来，他西装革履地坐在一群马屁精中间，嘴角轻轻勾着，根本没有听进去旁边人说的奉承话，一心想着"呵，他萧何也有今日"。

被看不起的萧何此时正在后台。如果换作几年前的自己，他肯定也会拉不开脸面来从事这样一份工作——在很多人内心深处,乐手仍旧是被看不起的。但此时,萧何觉得江交里的每一个人,都比那个坐在下面穿得人模狗样的老总要活得像样得多。

萧何随着木管组上了台,坐在位置上,目光坦荡地望过去。卢故上台时,他们一齐跺脚,给了首席一阵鼓励和坚定的掌声,然后双簧管给出基准音后,卢故带领大家完成校音。随之是骆河洲,骆大师还未站定下来,便听见一阵雷鸣般的掌声。

这次演出,骆河洲将贝多芬的《命运交响曲》换成了柴可夫斯基的《1812 庄严序曲》。这首基于俄国人民反抗拿破仑侵略背景的曲子,与 S 市百年前抵御外敌入侵的背景遥相呼应,在音乐的情感表达上都有相似之处,所以,他今天选择了这首背景宏大的曲目作为第一首来演奏。

骆河洲依旧是先轻轻地扫一眼右手边的楼兮遥,然后看向卢故一点头,他抬起双手轻扬,弦乐组奏出了缓慢、庄严的第一主题。宗教式的旋律肃穆虔诚,像是人们心中对和平的祈求向往,接着骆河洲加重手中力度,身体从左往右转动,音乐随着他的指挥逐渐加快,乐器也逐渐加入,音量增强,号角声、呐喊声交织成一片,沉重的低音乐器发出了庄严的号召,随之奏出了骑兵进行曲,进入呈进部后,乐曲为降 e 小调,主部主题快如旋风,令人仿佛走入了残酷的战争中……最后乐曲在凯旋的高潮中迎来尾声,第一主题的颂歌旋律再次出现,世界恢复一片和平盛景。

观众席中有个老艺术家颤巍巍地扶着拐杖站起来,激动地念了一句"Bravo",然后是经久不息的雷动掌声。

骆河洲看着江交乐手们酣畅淋漓的表情和望着自己喜悦又满足的笑容,像是找回了第一次指挥时的热情和感动。灯光、掌声、指挥棒,还有在他右手边的楼兮遥,一切都是美好而充满希望的样子。

观众席上那个老总在迷迷糊糊的瞌睡中被掌声吵醒了,吓了一跳,他的脏话差点儿从嘴边跳出来,想起自己的身份才硬生生地憋了回去,而台上的萧何沉浸在音乐的激荡中,把这档子人、事全忘了。

老熟人在结束后来到后台,他找到萧何,向他抛出特别关照的橄榄枝,愿意聘请他当融资顾问,年薪三十万。

萧何笑了一下，拒绝得算是很礼貌了："不好意思，我对目前的生活很满意，没有跳槽的想法。"

那老总不可思议地看着他："你这算是什么工作啊，工资有一万吗？"

萧何耸耸肩，说了一句酸溜溜的话："音乐无价。"

"天真！"

萧何拍了拍那人的肩膀，扔给他一个高深莫测的笑，他没有再说什么，转身走进休息室。

那人不会懂，那些别人眼中的天真，都是他们以梦为马的狂奔。

江交在 S 市的初演取得了意想不到的成功，一个三流小乐团用精湛的演出给所有来看热闹的人一记响亮的耳光，贴吧网友们纷纷炸开了锅，说难怪敢放鸽子，这江交乐团是真牛。

就连话痨欧蒙听完演奏会后都异常沉默了半晌，神神叨叨地说要赶回去连夜写稿，乔纳森一听大记者要动笔杆子，立刻知道江交就要出名了。

心情好的乔纳森自掏腰包，定下 S 市最有名的一间小众休闲餐厅，演出后带所有人撮一顿夜宵。室外摆了六张拼在一起的大餐桌，所有人围成一圈，纷纷拿起手中的啤酒碰杯，兴奋的陆征直接吹了整瓶。

骆河洲还想着帮身边的楼兮遥喝掉一些，哪承想她端起酒瓶一口就是一大半，明显是个喝酒的熟练工。

楼兮遥虽然看上去淡定怡然，其实内心深处早已被满满的兴奋感填充，无法言喻的激动借由此刻的酒精发泄出来，只觉身心畅快。

骆河洲撑着头看她，嘴角扬起一点儿笑意："作为长辈，我是不是要替老头教育你几句？"

楼兮遥心情好，竟也开起了玩笑："那我是不是该趁机讨好你？"

"哦？"骆河洲扬眉，似乎很期待的样子，"你要怎么讨好？"

楼兮遥想了一下："改天我去给爷爷扫墓时，一定替你说一通好话。"

骆河洲笑了一下："说什么？"

周围的树上挂满了五彩的小夜灯，映在两人身上明明灭灭的。楼兮遥看着骆河洲，眼里是轻松的笑意，看上去却又无比认真："说你虽然嘴上不承认，但跟我一样很爱他。"

骆河洲诧异地挑了一下眉,旋即笑出声来:"胡说,我放着漂亮姑娘不爱,爱他这老头干吗。"

他推过自己面前的酒瓶,笑道:"我酒量不好,剩下的你替我喝了吧。"

楼兮遥看着嘴硬的骆河洲,也不拆穿他,接过来笑道:"那这算不算是讨好?"

骆河洲笑一下,低声念一句:"鬼灵精的丫头。"

这会儿周佳怡已经学乖了,坐得离他们两人远远的,成功避开了一次让人羡慕又嫉妒的场景,不过即使坐得远,周佳怡还是看到了骆河洲作弊,大喊道:"唉,骆老师,你要赖,我可看见你把酒偷偷给兮遥了。"

骆河洲一眼看过去,吓得刚刚还起哄打趣的众人立刻神志清明了一瞬,气氛陡然安静下来,温婉偷偷拉了一下周佳怡的衬衣下摆,低声急道:"你怎么这么大胆呀,连指挥的玩笑也开?"

周佳怡迎着骆河洲的目光讪讪地干笑一下,亡羊补牢道:"嘿嘿,没关系,您和兮遥一家人,谁喝都一样。"

众人集体遮住脸,被周佳怡这家伙的智商给气得头顶冒烟,大家一齐等着毒舌的骆指挥把周大小姐羞辱一番,谁想骆河洲这会儿不知是不是已经酒上头,竟笑着温柔道:"嗯,你说得很对。"

所有人跟一群狐獴似的瞪大眼睛望向骆河洲和楼兮遥,孟大小姐更是巴不得这对绯闻主角坐实,起哄道:"既然是一家人,喝个交杯酒怎么样?"

大家见骆河洲今日异常温和,竟也被酒精撑破了胆子,纷纷附和:"交杯酒、交杯酒……"

骆河洲没想到这群小家伙们有勇气敢拿他取乐子,当场蒙了,而身边的楼兮遥只是笑而不语,默默地喝了一口酒压惊,顺便给周佳怡一个求救的眼神,奈何自己交友不慎,她是闹得最起劲的人。

楼兮遥见孤立无援,只能自救。一旁的骆河洲刚想抬起手去拿杯子,便听见楼兮遥对大家说:"不如一起玩游戏?"

骆河洲抬在半空的手不自然地折回来,抵着嘴唇虚咳了一下,几乎有点儿失措地附和:"嗯,大家一起玩才有意思。"

众人听后更加兴奋起来,集体说好,哪哪都有她的周佳怡站起来:"真心话大冒险怎么样？我先来。"

她拿起一个空酒瓶横躺在桌上，用力旋转一下，只见瓶口渐渐停下来，指向孟如。什么叫作搬起石头砸自己的脚，这就是了。

周佳怡嘿嘿两声："孟大小姐，我就不客气了。"

夜场女王孟如深谙这种游戏规则，挑眉一笑："放马过来吧。"

"真心话还是大冒险？"

"大冒险。"

周佳怡撑着下巴想了一下，拿起小篮子里的一块正方形薄饼，对她说："与你左手边起第五个人一起咬着这块饼干，然后数一下他的眼睫毛。"

一旁的温婉抵着嘴唇掩盖住上扬的弧度，心想周佳怡果然一肚子坏点子。

众人还傻乎乎地替孟如去数第五个人是谁时，当事人已经皱眉控诉起来："周佳怡，你是故意的。"

周佳怡看着气急败坏的卢故，笑道："你可别冤枉我，我就随口一说，中间连停顿都没有。"

大家起哄："是啊，首席，有点儿游戏精神好不好，别磨蹭了。"

孟如自是大气地愿赌服输，大大方方咬着饼干等卢故，卢故身边的陆征把他架起来，一掌推了过去。

谁说卢大首席是个面瘫的，这脸红心跳的，不是很明显嘛。不过孟大小姐肯定数学不行，数了半天也没数完，差点儿把卢故逼得当场心脏病发。

孟如看着卢故的表情，心满意足地在卢首席晕过去之前结束了，她拿起酒瓶继续游戏，在众人的观望中，瓶口指向了萧何，萧大和尚本来正自斟自饮，见状立刻笑了一下，抱臂耸耸肩："真心话。"

孟如八卦地一挑眉："你以前真是什么金融大鳄，分分钟上千万的老总？"

萧何淡定地点了一下头："嗯。"

早就憋了一肚子问号的众人"哗"的一下全乱了，七嘴八舌道："真的吗？你具体做什么的呀？年收入多少？怎么会破产呢？瘦死的骆驼比马大，现在也有不少小金库吧？"

还有人在小声沉醉惊呼："我终于实现了毕生心愿，跟土豪做了朋友。"

萧何吓得收起下巴往后仰，干笑道："不是只问一个问题吗？"

萧何赶紧拿起酒瓶，开启了新一轮。报应总是来得太快，转到了刚刚最起劲的周佳怡，周佳怡翘起嘴："真心话，问吧。"

萧何脸上是一贯的云淡风轻："你喜欢什么样的男生？"

众人喝倒彩，说萧何这问题一点技术含量都没有，但萧何却十分认真地等着对方回答。

周佳怡想也没想，贫嘴道："我喜欢人傻钱多的。"

对面的乔纳森笑她："钱多的肯定看不上你，人傻的倒是有可能。"

周佳怡龇牙咧嘴地冲他扔了一把瓜子壳。打闹间，正巧瞥见一旁看热闹的骆河洲和楼兮遥，立刻计从心来，她吹了吹双手，掌握好力度转了一把。

上帝在发笑地看着楼兮遥。

楼兮遥生怕周佳怡让她和骆河洲喝交杯酒，立刻说道："真心话。"

周佳怡呵呵两声，问道："在座的当中，有没有你喜欢的人？不许说谎！"

暧昧的"喜欢"两字立刻点燃了众人的八卦眼神，所有人都期盼地看着楼兮遥，楼兮遥差点儿冲周佳怡蹦出脏话来，狠狠地刮了她一眼。

楼兮遥抄起眼前的酒瓶："我喝酒。"

"等等。"周佳怡顿时来劲了，看向骆河洲，"骆老师，你要不要做回黑骑士，帮兮遥回答一个问题。"

正在看热闹的骆河洲忽然被点名，愣了一下后才点头："行，你问吧。"

"请问你谈过几个女朋友？"

对面的乔纳森一口酒毫无预兆地喷了出来，笑得停不下来。周佳怡居然问到了千年光棍骆河洲的死穴。

"女朋友？"乔纳森笑得喘不了气，问道，"相亲的算吗？在电视上公开表白的算吗？来家里毛遂自荐的算吗？"

众人跟听到了什么八卦秘辛似的，一个个睁大着嘴巴倒抽气，周佳怡兴奋地追问："那骆老师到底交往过多少个女朋友？"

"乔、纳、森。"

兴奋过头的乔经纪这才接收到骆河洲的眼色，全身打了个哆嗦，吓得赶紧收起嘴角摆手："我不知道，我什么都不知道。"

骆河洲将酒杯推到他面前："说了这么多话，口渴了吧。"

乔纳森果然很没骨气地拿起本应罚楼兮遥的那杯酒，嘿嘿道："是渴了，我喝我喝。"

虽然这一杯被"万年背锅侠"乔纳森给顶了过去，但楼兮遥今晚的运气并不是很好，不断被点名，到最后喝了多少自己也数不清了。

大家笑笑闹闹到后半夜才散，大多数人都喝醉了，幸好乔纳森订的机票是明天傍晚，所以大伙儿还有一天时间睡个好觉。

周佳怡的酒品是出了名的不好，以至于乔纳森和萧何两个人扛她也有点儿吃不消，好不容易将她弄到车内，乔纳森才回头冲骆河洲喊道："Augest，剩下的你自己想办法吧，我实在是没力气了。"

骆河洲刚想问他要怎么回去，出租车便扬长而去了。

宴席散去，周围只剩杯盏狼藉，楼兮遥喝得意识模糊，眍着水光似的眼睛冲骆河洲傻笑，脸颊粉红，像是雪白的肌肤上抹了一层胭脂。

骆河洲看了她一会儿，轻声问了一句："能自己走吗？"

楼兮遥除了傻笑就是摇头，逗得骆河洲无奈发笑。他扶住她的胳膊把她背在背上，谁知楼兮遥还特别不老实，立马蹬掉了脚上的鞋子，幸好骆河洲长手长脚，弯腰捡起来勾在手里，就这样背着楼兮遥边走边等出租车。

此时趴在骆河洲宽厚的背上的楼兮遥感觉特别舒服，她轻轻地搂着他往他脖子上蹭，像是小动物蹭过来冲他撒娇似的。骆河洲只觉一种奇异的触电感流过全身，差点儿没托住身后的人。

他轻声提醒道："兮兮，别乱动。"

楼兮遥的酒可能这会儿才彻底上头，酒品本性迟缓到现在才暴露，她迷迷糊糊地说："骆老师，你别这么叫我。"

骆河洲笑了一下："为什么？"

楼兮遥酒后吐真言："你一这么叫我，我的心就扑通扑通跳很快，特别紧张。"

"哦？"骆河洲挑眉，"我有这么可怕吗？"

楼兮遥使劲地摇头："不不不，您是我最最崇拜的人。我告诉你一个秘密好不好？"

"好。"

楼兮遥凑到他耳边，低声道："骆河洲是我的榜样，我的偶像。我从小到大最大的心愿,就是能成为像他一样优秀的人。"

骆河洲听过很多粉丝向他表达喜爱,各种方式都有,但此时楼兮遥带着一点儿沙哑的醉意向他低诉情意时,他竟品出了一点缱绻意味,第一次涌上了强烈的喜悦感。

骆河洲趁着夜深人静,继续套这傻丫头的话:"那你喜欢他吗?"

楼兮遥果然傻傻地直言不讳:"喜欢。"

这两个字像是神奇的小精灵,扯着骆河洲的嘴角往上扬,几乎让自控力甚好的骆大师半晌都抑制不住快要翘上天的嘴角。

楼兮遥却是打开了话匣子,被酒精催发了潜在的念咒气质,突然变得像小时候一样自顾自地念叨着:"可是有这么多人喜欢他,他肯定不会在乎我这个小粉丝,而且他说他喜欢漂亮姑娘,我也不漂亮。你说他到底谈过几个女朋友呢?都是像他一样优秀的人吗?也是学音乐的吗?是中国人吗?漂亮吗……"

骆河洲简直哭笑不得。

他想,这丫头确实是唠叨,没错了。

虽然楼兮遥酒量不好,但幸运的是,她的记性也不是很好,对于昨晚被人套路的一切细节,她是该断片的全断了。

骆河洲坐在飞机上总是忍不住转头看她发笑,害得楼兮遥老怀疑自己是不是脸长歪了。

由于骆河洲的笑实在太过高深莫测,以至于楼兮遥不得不向周佳怡偷偷打听,问自己昨晚有没有做过丢脸的事,要是她也跟周佳怡一样喝醉就脱衣服,那她绝对会从飞机上跳下去的。

无奈周佳怡自己也好不到哪里去,除了前半段闹疯了一样的游戏环节,之后的事忘得一干二净。

楼兮遥见其他人毫无异样,又笃定自己的酒品肯定很好,绝对不会做什么丢脸出格的事,于是慢慢地将疑神疑鬼抛诸脑后。

骆河洲自然没有揭穿她,他像是指着这个小秘密独自乐一辈子似的,从昨晚到现在一直上扬的嘴角就没下去过,连乔纳森都忍不住怀疑,他家指挥先生昨天喝的酒莫不是放了兴奋剂啊。

可能是由于众人的好心情，江交之后的演出都很顺利，它像是一阵骤然而来的春风，吹醒了古典音乐圈沉寂已久的冻土，也像是这片冻土里被春风催生破土而出的嫩芽，生机勃勃。

看过江交演出的人几乎对它是一致好评，欧蒙大记者甚至用前所未有的万字评论来解析这支新生代古典乐团，他不要钱似的卖力吹捧，说江交是国内交响乐的明天，口口相传的好口碑导致江交的演出票在短短几日内一售而空。

那些最初还不肯接纳江交巡演的城市中途疯狂地给乔经纪打电话，说要高价邀请贵团出演。而膨胀的乔经纪开始装腔拿调起来，装模作样地说要考虑考虑。

楼兮遥见他下巴翘到天上去，笑着提醒他："乔纳森，小心别演过了。"

"我前段时间受了他们多少冤枉气呀，这次还不得全还回去？"乔经纪低头抓了一把黑卷发，激动道，"你瞧瞧，我最近压力大得都长白头发了，想到自己身上背了几百万贷款就睡不着。"

楼兮遥敏感地听到了关键词，追问道："什么贷款？"

乔纳森支支吾吾不肯再说了。

后来还是周佳怡软硬兼施，才逼得乔纳森说出真相，原来这段时间支撑江交的演出经费，全部都是骆河洲从银行贷出来的，楼兮遥无法想象，骆河洲如何敢在曾经千疮百孔的江交上下赌注。而面对这些压力，他也从不说一句。

全国巡演渐渐接近尾声。从江城出发的时候是春天，等到如今快要结束时已经是盛夏了。所有人都归心似箭，期待带着满满收获回家。

而结束了H市的演出后，乔纳森突然接到了一通意外的电话。

Chapter 13

爱生活本身远远重要于爱它的意义。

乔纳森算是见识过大风大浪的，以前顶尖的剧院邀请柏爱去演出，他一向镇定自若，表现淡然。

此时，乔经纪跟没见过世面似的，内心的激动从嘴角溢出来，挂完电话后竟在休息室内大叫了一声。

正在休息室里躺尸的周佳怡被这一嗓子吓得跳起来："怎么了？地震了？！"反应过来后的周佳怡看着乔纳森咬牙切齿。

乔纳森抱住自己离周佳怡三丈远，在她飒飒的眼神下躲在楼兮遥身后求救。楼兮遥看着撸起袖子的周佳怡，求生欲望强烈地抬起手来，表示自己无辜，请别殃及池鱼。

上回周佳怡喝醉之后，送她回酒店的乔纳森和萧何像是死里逃生似的，现在两人脸上还剩下一点儿淤青。见识过周佳怡酒品的乔纳森，已经对她产生了本能的畏惧，以前还敢公然怼她一两句，如今是斗天斗地都不敢斗周佳怡。

由于可怜的乔经纪一直将目光锁定在周佳怡身上，忽略了身后一直盯着他的骆河洲。

自从乔纳森两手扶住楼兮遥的手臂，骆河洲的目光几乎就黏在了那家伙的爪子上，他走过来一把提着乔纳森的后领，拎小猫似的将他从楼兮遥身上扒下来，冷冷道："骨头长歪了是不是，有话好好说。"

乔经纪立刻从自家指挥反常的脸色中意识到了什么，心里滑过一阵酸溜溜的委屈，故意道："你们都欺负我好了，我现在立刻去跟芬兰歌剧院的人说，江交不去演出了，什么往返费用全包呀，高额演出费呀，咱们都不稀罕。"

一旁看热闹的群众这才从娱乐环节调成正确频道，纷纷立起身子来，仔细琢磨着乔经纪这一番暗藏深意的话。反应比较快的骆河洲见乔纳森还真拿起电话来，严肃道:"刚刚是芬兰那边给你打的电话?"

所以说,乔经纪这番激动是为了谁呀,偏偏这群不知好歹的家伙们还好意思在一旁看热闹。

不知好歹的众人已经跑完了反射弧,立刻很有眼力劲地围向乔经纪,不要钱似的夸他:"乔帅哥、乔好人、乔大爷……"

周佳怡更是没节操地扑上去:"你的意思是我们可以去芬兰演出?确定是国外的那个芬兰?"

乔纳森一脸嫌弃地看着乡巴佬周佳怡,故意气她:"不,是我们要拒绝去国外的那个芬兰演出。"

周佳怡抬起手里的"柏原崇",吓得乔纳森一脸惊恐,很会见风使舵的江交成员们立刻掉转船头,帮着乔大爷出气,集体批斗周佳怡。

一阵热热闹闹下来,众人那点儿巡演过后的疲累瞬间烟消云散了。大家都明白,能够被邀请去国外知名剧院演出,对江交来说意味着什么。

楼兮遥扬着嘴角回头看向骆河洲,恰巧骆河洲正转头冲她相视一笑。

不久,江交成员们带着前所未有的激动和兴奋,来到了赫尔辛基,这座充满神话色彩的北欧白都以晴朗温煦的天气迎接了他们。

乔经纪这次彻底发挥了他的国际外交水平,与剧院事无巨细地对接各项事宜,为大家妥善安排,连周佳怡都不得不承认,乔纳森虽然嘴欠,但确实是个好经纪。

对方剧院以最高规格宴请了江交,并与骆河洲商量了演出细节。其实芬兰剧院和古典乐听众对骆河洲是并不陌生的,骆河洲担任指挥以来,他曾带领柏爱来到芬兰演出十一次,有一年为纪念西贝柳斯,骆河洲甚至带领乐团整场演奏了他的七首交响曲。

骆河洲对芬兰音乐家西贝柳斯的喜爱,早已是圈内众所周知的秘密。当然,作为骆河洲的忠实粉丝,楼兮遥自然清楚大师的偏好。

她坐在骆河洲身边,听他突然停下交谈,转头看向她。骆老师这回确实拿不定主意,问她:"你对于演奏曲目有什么建议?"

对方非常希望骆河洲能再现辉煌,再次演奏西贝柳斯的七首交响曲,但这七首交响曲是作曲家一辈子的心血结晶,难度本来就不小,加上他们这次来得匆忙,之前没有排练过这些曲子，要临时演出恐怕达不到预期效果。

这也是骆河洲的顾虑。

楼兮遥说："如果在芬兰不演奏西贝柳斯的曲子，确实挺遗憾的。但不一定是交响曲，我觉得他的交响诗《塔皮奥拉》也不错，还可以再加一首《芬兰颂》，毕竟这首大家比较熟，排练几回应该可以拿出手。"

"好，那就第一首《芬兰颂》，最后一首《塔皮奥拉》。"

楼兮遥见他痛快决定，又忍不住犹豫起来："您……不再考虑一下吗？"

骆河洲笑一下，很随意的样子。

洗漱后，楼兮遥在酒店房间里听音乐打发时间，由于饭间谈及骆河洲曾在芬兰演奏的七首西贝柳斯交响曲，她特地在网上找来了那场演奏会的视频录像。

这场演奏会在当时确实造成了轰动，芬兰听众还评价说骆河洲是当代最了解西贝柳斯的音乐家，而骆河洲举行这场演奏会时，正值他带领柏爱进入鼎盛时期，那时候他的音乐风格开始渐渐摒弃了向外的张扬，进入触及内心探索的阶段。

楼兮遥再次回顾这场演奏会的录像，仍旧觉得这是一场震撼人心的完美演奏。

她正坐在地毯上看得投入时，门铃突然响了起来，由于刚洗完澡，她身上穿的是宽松棉质睡衣。

楼兮遥顶着一头湿漉漉的头发，打开门一见到骆河洲时，立刻后悔为什么刚刚犯懒不吹干或者包个头巾。

她赶紧抓了个马尾，一边问道："骆老师，有事吗？"

骆河洲皱了一下眉，看着她："有吹风机吗？"

楼兮遥还以为他是过来借吹风机的，赶紧应了一声："有，我去给你拿。"

骆河洲随着她走了进去。

楼兮遥刚要从卫生间的墙壁上拔下插头，骆河洲立刻接过她手里的吹风机，然后打开开关。

一阵热风呼啦而来，吹得楼兮遥立刻头脑清明，她这才反应过来，原来骆河洲正在帮她吹头发。

骆河洲轻轻地解开她头发上的黑色发圈，一手拿着吹风机，一手捧着她的头发，从毫无章法的手法上来看，骆老师明显并不是个熟练工。

"女生不吹干头发对身体不好。"

骆河洲这样一句解释又让楼兮遥心里沉了一下，刚刚才感慨完他是个撩妹生手，这话又暴露出骆大师可能有丰富的情史。

楼兮遥忍不住开了句玩笑："看来骆老师对女生的事情很懂。"

骆河洲想起什么，笑了一下，正巧楼兮遥面前的梳妆镜上可以清晰地看到骆河洲的每一个表情。他浅浅勾起的嘴角噙着一点温暖意味，映在这雾气朦胧的镜面里又蕴着一丝说不清的暧昧感觉。

骆河洲倒是没有察觉出楼兮遥隐晦极深的酸醋味，闲聊似的说："我母亲最讨厌的事情就是吹头发，她洗完头一般都是我父亲负责吹干。有一回我父亲在外出差，晚上开车五十多公里，回家给她吹完头后又返回去工作。他总说，女生不吹干头发对身体不好。"

楼兮遥眼角眉梢都是羡慕，笑道："你父母感情真好，很浪漫。"

骆河洲笑一下："是感情好，只是……"只是骆郁女士这暴躁脾气八成都是他父亲给惯出来的。

以前骆河洲一直觉得，要是以后自己有了另一半，肯定不会效仿他爸那样宠惯妻子，可现在看着楼兮遥，手里捧着她柔软细腻的头发，竟觉得自己似乎体会到了父亲开车回家只为了给心爱的女人吹头发的心情。

"好了。"骆河洲关掉吹风机，将它挂回墙面上，手臂伸长时恰好将楼兮遥圈在怀里。楼兮遥紧张地绷直身体，连呼吸都不敢太用力。

而骆河洲闻着她头发的清香，心情更加美妙起来。

他终于走了出去，问道："你带了茶叶吗？"

中途给楼兮遥当了一回发型师的骆河洲这才道出最初来意。怔愣在卫生间里的楼兮遥立马收拾心情，"唉"了一声赶紧出去。

"带了。"楼兮遥翻开自己的行李箱，将里面的茶叶盒拿出来，倒水给骆河洲泡了一杯。

骆河洲接过来，坐在地毯上，看着茶几上的电脑问道："你在看这个？"

楼兮遥点点头："嗯。"

骆河洲仰头看着她："过来坐。"

楼兮遥捡回跑远的神思，"哦"了一声，赤脚盘腿坐在骆河洲身边。骆河洲点开播放键，耳边立刻传来西贝柳斯的《e小调第一交响曲》。

《e小调第一交响曲》带有浓烈的芬兰色彩，像是一幅水彩画风格的油画，相比西贝柳斯之后的交响曲，这一部显得太过技巧性，对外在的描摹要胜过内在情绪的刻画。

接下来是《D大调第二交响曲》，在这部作品中，西贝柳斯开始打破传统交响曲曲体形式，在大破大立后逼近精神实质的探索，全部乐章下来，像是从纷乱走向纯净、从迷茫走向升华的过程。

《C大调第三交响曲》，肃穆、沉静、忧伤，相比前两首交响曲，这首更加凝重朴素，西贝柳斯开始削弱外部感受，探索最本质的内心活动，很多技巧性的东西被删简，剔出了繁杂的枝叶。

这部作品中的风格转向，在之后的两首交响曲中更加复杂化了，《a小调第四交响曲》和《降E大调第五交响曲》展现了大悲大喜两种呈现，分别诠释了彻底毁灭和英雄式胜利的两种情绪，而反讽的是，黑暗的《a小调第四交响曲》诞生在战前的太平盛世，明朗的《降E大调第五交响曲》构思于战火酣畅的时期。

而作为西贝柳斯晚期作品的《d小调第六交响曲》，更是一部格式紧缩、配器高精的作品，一个多利亚调式[注1]的音列支撑起了整部交响曲，四个乐章宛然不同的屏风画，而最后圣咏的主题画龙点睛一般，给全曲一个精彩留白的结束。

最后一部《C大调第七交响曲》更是突出了意象的表现，追求凝练简约的风格，作曲家几乎完全打破了传统的奏鸣曲式，组构了诗化的音乐句法，各种意象之间表现了一种微妙的关系，造成了一系列比喻、象征，就像是一首精妙绝伦的七言律诗，竟与中国古典式的诗学意味殊途同归。

两人几乎没有任何交谈地观看完整场演奏会，楼兮遥觉得，与演奏者本人坐在一起看他的演出，似乎更能体会到他的心境。

"你觉得怎么样？"骆河洲问她。

楼兮遥笑着说："Bravo！"

"你最喜欢哪首？"

"我喜欢最后两首，它们很有东方古典的诗意。"

骆河洲继续看着她："其他感受呢？"

楼兮遥想了一下："我觉得您音乐风格的转变历程，和这七首交响曲很像。"

骆河洲挑眉，感觉有点意外："哦？怎么说？"

楼兮遥并不是第一次听这场演奏，但却比之前多了一层理解，她虽然不知道骆河洲为什么会喜欢西贝柳斯，但她从他指挥的这七首交响曲中，听出了骆河洲对音乐的诠释和追求，西贝柳斯对骆河洲影响非常大，或者说西贝柳斯的音乐风格与骆河洲所追求的音乐表现几乎是类似的。

"从繁复到简约，从外在的描摹到内心的探索，从浓墨重彩的油画到素雅留白的水墨画。"楼兮遥感觉有点儿无从表达，"我也不好怎么说，可能是跟您从小背唐诗有关系吧，您骨子里喜爱和追求的音乐风格，也许就是中国古典诗化的。"

骆河洲久久地凝视着她，久到楼兮遥都忍不住去摸自己的脸，他笑了一下，并不否认楼兮遥的猜测，补充道："也有可能是受老头的影响。"

楼兮遥这才反应过来骆河洲说的是楼承，诧异道："爷爷也喜欢西贝柳斯吗？"

"不，他喜欢的是德彪西。"骆河洲将腿伸长，放松地靠在沙发上，目光幽远，回忆道，"老头曾经说过，德彪西只是意外地出生在了欧洲，他的心根本上是中国的[注2]。"

骆河洲看向楼兮遥："你说得对，西贝柳斯的音乐里处处体现着中国古典诗学概念，我莫名地喜欢它可能也是因为，自己的心从根本上是中国的。"

骆河洲看着已经停止的视频画面接着说："其实这次演奏会并不完美，虽然它得到了很多赞誉，但并不是我心目中最好的，柏爱确实是一支实力很强的乐团，但它偏向于西方古典传统风格，对于东方古典式的意象表达无法真正得其要领。"

楼兮遥看着他："所以您之前就想离开柏爱？"

骆河洲淡淡道："音乐理念不同，分开是早晚的事。"

楼兮遥此时在骆河洲的眼里竟看到了一点儿忧伤又迷茫的东西，她杞人忧天地想，连柏爱都没有留住这位音乐大师，江交就可以吗？若是有一天骆河洲也离开了江交，他会去到哪里呢？

楼兮遥怀着隐隐不安的紧张，试探性地问道："骆老师，巡演之后您有什么打算？"

骆河洲刚想说什么，口袋里的手机突然响了起来。他拿出来看一眼，对楼兮遥说："我先接个电话。"

楼兮遥点点头。

骆河洲站了起来，走到窗边才接起。

对方是传说中那位伟大的骆郁女士，她听说自己行踪不定的儿子此时正在芬兰，抓紧机会逮着骆河洲回一趟柏林。

近年来，骆郁女士为儿子的终身大事操碎了心，冲动的时候还口不择言，说哪怕他带个男的回家也好啊。骆郁女士就怕自己那位性冷淡似的儿子哪天看不开跑去庙里当和尚。

骆河洲一听母亲软硬兼施的口气，便知道她肯定不是什么扯淡地想儿子，自己要是回一趟柏林，绝对会两天三顿相亲宴。

骆河洲脑仁隐隐发疼，他觉得骆郁女士那颗老母亲的心比他还更中国化。

骆河洲转头瞥见那边坐在地上看视频的楼兮遥，突然福至心灵，他浅浅地笑了一下，小声道："我过几天带一个女孩去柏林看您。"

骆郁女士那边突然静默了，好一会儿才又有声音传来，是骆河洲的父亲："亲爱的，你撞到墙啦？疼不疼……"

骆河洲带着一脸笑意挂了电话。

楼兮遥见骆河洲心情特别好，忍不住问了一句："有什么开心的事吗？"

骆河洲摆摆手："没什么，一个很烦的女人而已。"

楼兮遥听闻这句话，连刚刚的话题都抛诸脑后了，满脑子都是骆河洲勾着嘴角说的"女人"两字。

江交在演出前进行了两天紧张的排练，训练的主要曲目就是那两首西贝柳斯的《芬兰颂》和《塔皮奥拉》，由于成员们第一次走出国门演奏的激动和热情，这次的排练竟比想象中更顺利。

等到正式演出那天，江交成员们坐在恢宏大气的芬兰歌剧院里，享受着台下几千名古典乐听众的掌声，那种自豪感和满足感简直无法言喻。

最开始的《芬兰颂》一下子拉近了与听众的距离，他们共同感受着音乐的魅力，从中体会到了同一种感情，而最后一首《塔皮奥拉》，更是给所有人带来了一种前所未有的特别感受。

《塔皮奥拉》是西贝柳斯的最后一部作品。作为一部交响诗，它描摹了北欧苍茫料峭的自然风光，通过对外部世界的描绘来诗性地表达内心深度。在这部音乐作品中,没有故事情节,没有人物矛盾,只有单纯的意象和面对意象的观照。

骆河洲用高超的处理技巧,给这首曲子描摹出一种静穆朴素、超脱出世般的意境,每次指挥这首曲子时,他脑海中都会浮现出一句小时候背过的唐诗——关塞极天惟鸟道,江湖满地一渔翁。

曲终前的那一声长啸,竟指向了声音之外的某种留白。

沉默许久后,是一阵经久不息的掌声。音乐竟然超越民族和国度,成为人类共同的一种语言表达。

骆河洲带领乐团向观众鞠躬致意,相比曾经指挥柏爱演奏完七首交响曲时,他脸上的笑意似乎更抒怀畅意一些。

骆河洲下意识地往后面看向楼兮遥,两人默契般地相视一笑。楼兮遥想,刚刚在演奏时她突然想到了杜甫的一句诗,有机会一定要跟骆河洲分享一下。

由于江交的精彩表现,乔经纪特批成员们的强烈要求,在芬兰游玩两天后再返程,骆河洲看了一眼B市的演出安排,见时间绰绰有余,也就顺理成章地满足了这群小家伙们的心愿。

周佳怡兴奋地做了一晚上攻略,准备在两天紧凑的时间里,将芬兰的景点走个遍。楼兮遥忍不住笑她:"这样会不会太走马观花了?你不如找个照片把自己修饰上去得了。"

周佳怡抱着一堆攻略安排,有理有据:"难得出国一趟,这以后有没有机会再来还说不定呢,不玩个底透不亏呀?"

楼兮遥争不过她:"你走这么多地方,语言沟通上能过关吗?"

周佳怡挑挑眉:"不是有你吗?不怕。"

楼兮遥:"别,我英语也不好,勉勉强强问个路还行,别的真没办法。"

周佳怡艺高人胆大:"能问路就够了。"

楼兮遥还是不放心:"要不我们叫上乔纳森?"

周佳怡双手交叉举到了头顶上:"No,坚决反对。"

然而第二天,周佳怡抱着一堆攻略,准备和楼兮遥来个闺蜜两人游,谁知自己的搭档被骆大师中途给截了。

其实也怪周佳怡耽误时间,她一大早见到楼兮遥一副休闲打扮,十分嫌弃地挑剔起来，说楼兮遥跟色彩鲜艳的衣服有仇似的，除了上台穿一穿裙子，平常都是深色衬衫牛仔裤。

周佳怡一边数落她，一边走到隔壁孟如的房间去敲门。

孟如穿着藕粉色的绸缎睡裙艰难地从床上爬起来，眼睛都没睁开，耷拉着脑袋给周佳怡开门。

周佳怡客套话一句都没有，跟个土匪一样直接闯进去，翻开她的行李箱："孟大小姐，借一件你的衣服穿。"

孟如这才睁开眼睛来，看着周佳怡光天化日下打劫，抱着手臂倚在墙上，懒懒道："你这是借吗？分明是抢好不好。"

周佳怡挑了一件柔粉色的长裙，十分满意地点点头："你要说我是抢呢，那我就不还了。"

孟如不想理会这个有病还有理的人，笑道："你这飞机场身材，撑得起我这件衣服吗？"

周佳怡凶神恶煞地看了她一眼，站起来把裙子拿给身后一言不发的楼兮遥："走，这件看起来贵，就它了。"

孟如这才反应过来周佳怡是在唱哪出，装作漫不经心地问道："哟，打扮这么漂亮去约会呀？"

周佳怡故意气她："对呀，跟我们卢大首席去玩呢。"

孟如脸色一下就变了，伸手过来抢衣服，奈何周佳怡手快，一把藏在身后，楼兮遥见孟如是真急，赶紧解释道："你别听她胡说，就我们俩人。"

孟如手一收，弹着手指甲嘀咕一句："跟我有什么关系。"

楼兮遥见她口是心非，勾了勾嘴角："衣服改天还你。"

孟如摆摆手，等她们走到门口，又突然叫住楼兮遥："唉。"

她扔过来一个编织帽，说道："那衣服要搭配这个。"

楼兮遥接下来，突然品出这女人的一点可爱来，说了一句："谢谢！"

在周佳怡的监督下，楼兮遥穿上了那件柔粉色长裙，脚上一双轻便小白鞋，配上编织帽和太阳镜，看上去很像旅游那回事。

骆河洲提着行李箱来找楼兮遥时，正好与磨磨蹭蹭才出门的她们撞个正着。他从墨镜里打量了楼兮遥一番，微不可察地点点头："走吧。"

楼兮遥诧异了一瞬："去哪儿？"

"柏林。"骆河洲摘下墨镜，"乔纳森没跟你说吗？"

正在睡大觉的乔经纪昨晚给骆河洲买完机票之后，竟因为沉迷手游忘记通知楼兮遥了，所以楼兮遥此刻不解地冲骆河洲摇头。

骆河洲皱了一下眉，心里狠狠地给乔纳森记上一笔，然后解释道："你陪我回一趟柏林，到时候我们会从那里飞B市。"

楼兮遥愣了半天才反应过来，赶紧说："那您等我一会儿，我收拾下行李换个衣服就来。"

骆河洲："收拾行李就可以，衣服不用换。"

楼兮遥也没时间琢磨骆河洲这句话的深意，她还以为去柏林是为了乐团的事，立马抛下了一脸苦相的闺蜜，跑回去收拾东西准备跟骆指挥出公差。

好几次跑到嘴边都把话咽下去的周佳怡只能委屈地小声嘀咕："见色忘友的家伙。"

一旁的骆河洲看着楼兮遥的背影，得意似的勾勾嘴角。

骆郁女士在家里坐立不安，来来回回走了几十遍。在沙发上看书的雷昂先生也被妻子扰得紧张起来，不时站起来往外张望一眼。

骆河洲终于在约定时间到达了家中，可嘴上说想儿子的骆郁女士根本没有拿正眼瞧他，眼神直接绕过骆河洲往他身后探寻过去。

瞧见了一抹粉色倩影的骆郁女士抚着胸口，不知道在庆幸什么。等仔细看清那女孩长着一张中国人面孔时，更是喜上眉梢。

骆河洲将自己和楼兮遥的行李箱拿给家中佣人，然后跟长辈打声招呼。雷昂一身休闲装扮，由于常年健身的身材，他看上去比实际上更年轻一些。

楼兮遥尴尬而不失礼貌地问候两位长辈。

雷昂跟她握了握手，笑着说进来坐，而一旁发呆的骆郁女士盯着楼兮遥看得入神，半响没说话。雷昂讪讪地拉了一拉妻子的手，这才使骆郁魂神归位。

楼兮遥下了飞机才被告知是要去见骆河洲的父母，一路上本就忐忑不安的心在骆郁赤裸裸地注视下更是紧张不安。

魂神归位的骆郁热情地拉过楼兮遥的手，将她引到客厅坐下，还亲手倒了一杯花茶递给她："Augest说会带女孩子回来，刚开始我还不相信呢。丫头，你叫啥名字？哪里人？"

骆河洲在路上跟楼兮遥解释过，说带她去见骆郁是为了让母亲以专业人士的眼光指点自己一下。骆河洲告诉楼兮遥，虽然骆郁已经很久没有公开演奏了，但一直在不断学习精进自己的技艺，在大提琴造诣方面，骆郁并不会输给丽兹。

楼兮遥当然不会怀疑骆郁的音乐水准，如果能够得到她的一番指点，相信自己一定会收获不菲。

骆河洲还说，他母亲这些年一直在致力于教学工作，赋闲在家的时候收过几个徒弟，如果楼兮遥能够成为她的学生，接受系统的训练，并不亚于去慕尼黑音乐大学深造。

于是，误以为骆郁老师是在面试自己的楼兮遥老老实实地回答她的问题："我叫楼兮遥，是江城人。"

骆郁心底瞬间炸开了彩蛋，中了大奖都没这样高兴："江城人好啊，我也是江城人。你多大了？职业是什么？"

这就有点蒙了，楼兮遥抬头看向骆河洲。

骆河洲和雷昂只是稍微落后几步，急性子的骆郁女士几乎快把人家家底给刨干净了。

骆河洲坐在楼兮遥身边，看着他母亲："她是江交的大提琴首席。"

"哦？"骆郁拖着调子，似乎比刚刚还认真地打量起楼兮遥，"你会拉大提琴？"

楼兮遥点点头。

骆郁别有深意地瞥过一旁的骆河洲，这才明白过来儿子根本不是带儿媳妇来给自己看，明明是来给她找事做的。

狡猾的家伙。

早就不打算收徒弟的骆郁老师也不想让人太难堪，很人性化地给了她一个台阶下："你要不拉首曲子来听听？"

面对临时抽考，楼兮遥也算是有经验了，点点头站起来拿出大提琴，坐在椅子上调弦，骆郁心想这丫头看上去年纪不大，应该也就那几把刷子，可当楼兮遥拿起弓子拉奏出第一个音符时，骆郁的心一下就提起来了。

骆郁慢慢直起身体，眉目凝神，最后入神到竟恍惚起来。

楼兮遥拉的是圣桑的《天鹅》，优雅而安详，纯净而自然，骆河洲即使现在再来听楼兮遥的独奏,仍旧像第一次听到她拉巴赫时那样感动。他很开心,不管这段时间她的技巧经历多少打磨,那音乐本质中的赤子之心总是没有丢弃的。

楼兮遥拉奏完之后,骆郁久久未语,她独自走到窗边,沉默地望着窗外。雷昂知道艺术家妻子正陷入了某种情绪中,摇摇头示意他们不要去打扰她。

过了很久,骆郁才转头问楼兮遥:"丫头,你学琴多久了?"

楼兮遥:"大概是从十岁开始学的。"

骆河洲在一旁补充:"对了,她的老师是程齐英。"

"师兄?"骆郁感到很意外,"难怪,看来师兄在你身上没少下功夫。"

楼兮遥点点头。

骆郁笑一下:"丫头,那你愿不愿意做我的学生?"

楼兮遥看向骆河洲。

临时上任的骆经纪立刻跟自己的母亲讨价还价起来:"当你的学生也不是不行,但江交目前正在进行巡演,即使巡演结束,我也不希望她离开乐团,所以如果你要教她,必须亲自到江城去。"

呵!骆郁活这么久,还是第一次听说自己收个学生要亲自上门教的,她看着自家狡猾的儿子笑道:"好哇,不过如果是这样的话,当我学生可不够,儿媳妇怎么样?"

楼兮遥吓得差点儿连手里的弓子都掉了,整个人当场变成了木乃伊。骆河洲看着骆郁女士不怀好意的眼神,立刻正色下来。

骆郁走到他面前,小声笑道:"把我的琴都送人家了,还跟我这儿装呢。"

骆河洲干笑一声,趁火打劫:"你楼上那把斯式琴我看也挺好的,在家闲着也是闲着。"

骆郁狠狠地瞥了他一眼:胳膊肘往外拐的家伙。

骆河洲难得回家一趟,趁着时间充裕便在家休息了两天。楼兮遥来时因为紧张,并没留心观察,如今住下来,才发现这幢别墅风格偏向于中国古典园林式,听骆河洲说,这房子里的一草一木都是雷昂先生亲手设计的。

别墅临湖而建,后面连接着大片草坪和小树林。雷昂先生喜欢年轻活力的健身运动,而骆河洲却喜欢坐在湖边钓鱼。

骆郁女士端着早餐摆在室外的餐桌上,无限忧愁地循着楼兮遥的目光望过去:"你说我这孩子怎么年纪轻轻的偏偏喜欢老人家玩意呢?我以前总是担心他有一天会跑去当和尚。"

楼兮遥被这话吓得手一哆嗦,差点儿没拿稳餐具,一边帮着骆郁摆盘一边说:"您想太多了,骆老师其实挺……活泼的。"

至少跟老江拌嘴的时候是。

骆郁听到这两个字,愣神了好一会儿,之后像是指着这个笑话过一辈子似的,笑到弯腰停不下来。正好健完身下来吃早餐的雷昂先生扶着妻子的腰,问道:"什么事这么好笑呢?"

骆郁笑得话不成句:"这丫头竟然说咱儿子很活泼。"

反正骆郁说什么雷昂都是一脸温柔地看着她笑,甜言蜜语:"儿子像你,什么都好。"

"不像,我可没他这么老气横秋。"骆郁突然转头问楼兮遥,"丫头,你觉得 Augest 像我俩谁?"

楼兮遥想了一下:"像您多一些,不过也像雷昂先生,都很英俊。"

骆郁立刻反驳道:"明明是我老公更帅。"

楼兮遥这才明白,为什么骆河洲不愿意和他爸妈久待,两人秀恩爱的节奏实在是太频繁了。

她讪讪道:"我去叫骆老师吃饭。"然后落荒而逃了。

楼兮遥坐在骆河洲身边,看他静坐钓鱼,她觉得骆郁女士说的老气横秋根本没道理,这禁欲气质分明很撩人。

楼兮遥见他完全没有注意到手里的鱼竿,抱臂坐着像是发呆,忍不住问道:"骆老师,你确定自己能钓上鱼?"

"当然不能,这湖里根本没鱼。"

"那你是在效仿姜太公?"

骆河洲摇摇头:"不,姜太公表面上钓鱼,实则钓人,心思不单纯。我这呢,只能说是'独钓寒江雪',钓的是一种意境。"

楼兮遥有时候实在是佩服骆河洲的中文水平,当然还有他瞎扯淡的本事,她笑一下,忍不住戳穿他:"我看你也不是钓什么意境,只是为了躲避父母秀恩爱吧。"

骆河洲糟心地往后面瞥一眼，见自己父母一把年纪了还你侬我侬，干笑了一下，并不否认。

"骆老师，我能问你一个问题吗？"

"你说。"

"骆郁老师这些年为什么不演出了？"

骆河洲顿了一下，皱眉问道："还记得你上次拉奏完《天鹅》，我母亲的神情吗？"

"嗯，她沉默了很久。"

骆河洲说："她是一个特别感性的人，曾经对音乐近乎于痴迷，甚至有点偏执，特别是演出前高强度训练时，容易将自己代入其中无法自拔，所以中途有一段时间患上了抑郁症。"

楼兮遥诧异地看着骆河洲。

骆河洲一脸认真："所以你要记住，音乐家最重要的是控制感情，不是被感情控制，而且，真正的艺术家是不哭的。"

楼兮遥凝视着骆河洲，忍不住又问道："那你呢，你不再举办钢琴演奏会也是类似原因吗？"

骆河洲一直对他不公开弹琴的事情讳莫如深，似乎有什么难言之隐，如今楼兮遥突然又问起，让骆河洲有点儿不知该如何回答。

他站起来收起鱼竿，语焉不详："小事，不说也罢。"

楼兮遥："……"

骆河洲和楼兮遥因为要赶往 B 市进行最后一场演出，所以只能短暂地逗留两天，临走时，骆郁女士将自己珍藏的一把绝版大提琴送给了楼兮遥，还说了一句："江城见。"

楼兮遥一看这琴就知道它价值不菲，拒不肯收。倒是骆河洲不客气，大大方方地接过来拿给楼兮遥："赶紧收好，说不定主人下一秒就后悔了。"

骆河洲刚见骆郁拿出这把琴时，也意外了一瞬，这是她最爱的宝贝，以前演出时都舍不得拿出来。

骆郁掐了亲儿子一把，转头看着楼兮遥笑得格外意味深长："别客气，就当见面礼好了。"

这两天下来,骆郁也算看明白了,虽然自己儿子嘴上不承认,但眼神很诚实,这丫头十之八九就是她家的人了。

只是这两人磨蹭又闷骚的性格如出一辙,恐怕一时半会儿都不会有什么进展。雷昂先生头天晚上跟妻子聊起以上担忧时,粗暴的骆郁女士竟口出狂言,说是实在不行,等她去江城了直接把两人摁到床上。

骆河洲幸好没有听到母亲这番豪言壮语,否则一定不敢再见她。

飞机上,楼兮遥感慨:"我觉得骆郁老师现在状态挺好的,虽然她放弃了音乐道路,但没有放弃音乐。而且,爱生活本身远远重要于爱它的意义。"

骆河洲:"我也这么认为。"

虽然骆郁没有成为一个真正的音乐家,但却一直是骆河洲音乐道路上的引路人,包括她曾经坚持送他去楼承那里学习,包括临走时她对他说的话。

在生活中大大咧咧的骆郁可能是将她所有的严谨认真都放在了音乐上,她虽然很少介入骆河洲的音乐道路和选择,但却一直关注着他的方向。包括这次他带领江交的每一场演出,乔纳森都会及时将录像传给骆郁看。

临走时,骆郁告诉骆河洲:"一个演奏家要被人记住,必有其鲜明的演奏特色,而一个乐团要想长久地存留下来,必须要有自己独特的音乐风格。江交的音乐风格是什么?"

骆河洲看着机窗外,如醍醐灌顶,这些日子以来,他带领江交一路势如破竹,几乎满腔热血地给所有人造了一个激情梦,可是激情过后呢,江交往后该往何处发展?

骆河洲曾经离开柏爱,就是因为柏爱并不会为一个人而改变团队风格,一个优秀的乐团也正该如此。

那江交呢?像骆郁说的,江交不会为任何人而改变的音乐风格是什么?

骆河洲再次走入了人生中的迷茫路口。

注1:以首调唱名 re 为主音的调式叫作多利亚调式,音阶关系是全半全全全半全。
注2:引用自钢琴家傅聪的话。

Chapter 14

> 世界上最困难的事情之一，
> 就是摆脱他人的目光，
> 找到最真实的自己。

B 市大剧院内，卢故正在带领江交成员们排练原定的曲目，最后一首《自新大陆》的尾音结束后，他看向第一排观众席上的骆河洲，出言提醒道："指挥？"

骆河洲一手撑着下巴，翘腿靠在椅背上，但神情看上去并不放松，眉间轻微皱着，嘴角绷直似乎在凝神思考什么，听闻卢故喊自己，第一时间懵愣地"啊"了一声，但很快又拉回跑远的神思，站起来问道："都练完了？"

卢故点点头："曲目上您看还要调整吗？"

骆河洲扫了一眼众人，心想时间过得飞快，三个多月的巡演像是眨眼间过去的，这一群家伙们倒是神采奕奕，一点儿也看不出疲惫和烦恼的样子。

骆河洲将眼光定在楼兮遥身上，只见她抱着大提琴坐在那儿，连眼睛里的光都是柔和的，她也像其他成员们一样望着自己，可他心里却觉得她的目光又是不同的。

"最后一首德沃夏克的《自新大陆》换成他的《b 大协》。"

骆河洲的话语轻轻一出，众人立刻哗然一片，纷纷看向大提琴组的成员们。楼兮遥第一时间根本没有联想到自己身上，很单纯地问了一句："是有哪位大提琴家要来合作吗？"

骆河洲轻描淡写："没有别人，独奏的部分由你负责。"

虽然乐团除了演奏过卢故主奏的小提琴协奏曲外，还没有其他成员可以挑此大梁，但如果对方是水准一直在线的楼兮遥，大家也并不觉得意外。

倒是楼兮遥担心起来："我缺乏经验，又毫无准备，而且这首德沃夏克的《b 小调大提琴协奏曲》本身就很难，我怕……"

骆河洲走到她面前，打断她的重重顾虑："上次在 S 市剧院门口，我不是跟你说过自己有个心愿吗?"

楼兮遥这才想起来,点点头。

"你拒绝跟我去柏爱合作,我希望在这里弥补一点儿遗憾。"

楼兮遥的心颤了一下,被骆河洲温柔发亮的眸光感染。几个月前,骆河洲还半开玩笑地说不如跟他去柏林,如今,她却在他同样带着一点儿笑意的目光下仿佛看到了不同的东西,几乎给人一种恋人般深情而专注的错觉。

骆河洲撩妹的信号给得已经很明显了,奈何迟钝的楼兮遥心里有把拨乱反正的小筛子,任何暧昧的信息都会被她本能地过滤掉,她还时刻提醒自己拉紧理智的神经,不要让自己的心产生其他不规矩的旖旎心思。

楼兮遥坦坦荡荡地迎着骆河洲的目光:"好,那我试一试。"末了还十分官方地说了一句:"谢谢骆老师!"

骆河洲旁若无人地摸了摸楼兮遥的头,宠溺地笑了一下。身后的周红娘一脸功得圆满,比当事人还激动,带头鼓起掌来:"好。"

周佳怡这一嗓子把周边人吓了一跳,也顺便拉回了众人的神思,大家牛头不对马嘴地附和着鼓掌,纷纷对楼首席接下来的演出表示祝贺和鼓励。

然而这阵掌声中,也有敷衍和心不在焉的,比如近距离看着别人你侬我侬的大提琴手温婉。温婉尽力地像其他人一样弯起嘴角,可心里就是提不起劲儿来。

一直以来,楼兮遥都是温婉的榜样,她欣赏着这位师姐,也同情她的遭遇,即使以前程老偏心于她,温婉也不会觉得委屈,可现在,从楼兮遥去而复返拿走了她的首席位置,到如今骆指挥明显的偏爱,让温婉一点一点品出了深藏于心底的嫉妒。

温婉甚至想,是不是有楼兮遥在的一天,她就永远屈居第二?

排练结束后,众人终于到达了B市的酒店。由于大家刚从芬兰回来,一落地便马不停蹄跑到剧院去排练,所以这会儿每个人都是哈欠连天的,匆匆吃完晚餐后便回房补觉去了。

从前一沾床就睡的周佳怡最近几日犯上了失眠病,只要一闭上眼睛,立刻想到在芬兰时的一些片段,然后脑袋里跟装了一辆发动机似的,嗡嗡直转。

那日楼兮遥被骆河洲半路劫走之后,周佳怡本以为自己的芬兰一日游要泡汤,当她萎靡不振地走回房间时,好巧不巧地遇上吃完早餐回来的萧何,于是她心生一计,将萧大和尚骗出去免费给自己当导游。

周佳怡拉着萧何在烈日炎炎下玩遍了小本上的所有景点，本来她还偷乐自己捡了便宜，找了萧何这个会翻译会美拍还自个儿掏钱付门票的好游伴，可到晚上的时候，她后悔莫及了。

他们吃晚饭的时候被一个外国游客忽悠，说是不远处有一个神秘的小树林，据说是圣诞老人的居住地。两个人当时喝了几杯，于是傻呼呼地竟信了这没边没影的话，兴冲冲地跑去找圣诞老人。

奈何国外的小树林和国内的小树林有异曲同工之妙，都有催生单身男女肾上腺素的功能，本来两人头顶星空脚踩大地颇有文艺片的风格，可萧何愣是在周佳怡转身之间亲了她一口，生生整了一出言情剧。

周佳怡被萧何这突如其来的蜻蜓点水一吻整晕了头，看着他无言半响，为了化解尴尬，她反应机智地讪讪笑道："嘿嘿，没事，不小心而已，兄弟之间不拘小节。"

奈何萧何这位大兄弟一点儿都不懂周佳怡的良苦用心，愣是弯下腰扎扎实实地给了她一个深吻。

周佳怡就算神经粗得像树根，此刻也反应过来自己被占了便宜，她一把推开萧何，用胳膊捂着自己的嘴，急道："你干吗呢？"

萧何愣头愣脑地看着她，眼睛里像是把此刻天上的星空都装了进去一样，痴痴道："我会赚钱，也可以为你变傻。"

周佳怡听了这一句没头没尾的话，一时之间怀疑这大和尚魔怔了，奈何嘴上的触感太强烈，她也来不及琢磨萧何为何走火入魔，扔下一句"神经病"，然后撒腿就逃了。

躺在床上辗转反侧的周佳怡回忆起这些，忍不住怨怪起楼兮遥来，她想，若不是楼兮遥见色忘友地抛弃自己，她也不会找萧何出去，之后也不会闹出这场尴尬来。

她越想越气，于是爬起来去祸害楼兮遥，打算让她请自己去搓顿夜宵。

然而按了很久的门铃，楼兮遥的房间都无人应答，她打开手机看一眼时间，发现才不过十点。

其他人犯困情有可原，但楼兮遥和骆河洲可是提前到达的 B 市，并不存在倒时差的需求，她这个时间不在肯定有猫腻。

周佳怡本着八卦的心思给她打电话，还醒醒地幻想着会不会像电视剧里演的那样，自己的这通电话正好卡在了别人好事的关键点上。

周佳怡翘起嘴角继续着一脑袋不健康思想,就在失心疯的边缘时突然被人从身后拍了一肩膀,吓得她本能地一扬手,不仅把无辜的乔纳森打得头晕目眩,自己还叫得跟受害者似的。

乔纳森摸着自己的脑袋,忍住差点儿脱口而出的脏话,扶起眼镜凶神恶煞地看着她:"你的手是铁做的吗?"

周佳怡呼了一口气:"我还没说你呢,大半夜不睡觉出来吓唬人,有病啊。"

乔纳森指着她"你"了半天,最后还是决定大丈夫能屈能伸,不跟女汉子计较,摆了摆手:"算了。"然后抬腿就走。

周佳怡一把拉住他的连衫帽,扯着他往后仰:"唉,你看见兮遥了没?"

乔纳森拉着衣领,赶紧说:"在……在会议室,我看见她问经理要了门卡。"

周佳怡一松手,风一样地跑了。

乔纳森摸着自己差点被勒断的脖子,咳了两下,吞了吞口水,发誓以后一定要离周佳怡三丈远。

惊魂甫定的乔纳森刚一转身,又被悄无声息而来的骆河洲吓一跳,可怜的乔经纪"哎呀"了一声,闭着眼嘀咕几句。

骆河洲皱眉问道:"你怎么在这儿?"

乔纳森不想回答自己为什么会倒霉地路过这儿,但他知道骆河洲为什么会出现在这儿,于是节省力气直接跳过中间环节,无精打采地告诉他:"楼兮遥在会议室排练。"

果然,骆河洲抬腿绕过他,不废话地直接走了。

巡演中每到一家酒店,体贴的乔经纪都会租下一间会议室供乐团成员练习。这天晚饭后,重任在肩的楼兮遥拿着琴和曲谱往排练室走,准备抓紧时间练习即将演奏的《b大协》。

楼兮遥不停歇地练了三个多小时,又加上排练室空调坏了,她几乎大汗淋漓,像是在健身房里跑了十几公里。

周佳怡推开门进去,立刻嫌弃地吐了口气。楼兮遥抬头见她,放下手里的弓子,问道:"你怎么来了?"

周佳怡:"你确定是在练琴,不是蒸桑拿?"

楼兮遥抬手擦了擦汗，站起来拿起水杯喝了一大口："空调坏了，不过这样练琴也挺爽快的。"

周佳怡骂她有受虐气质，楼兮遥倒是皱眉想起一件正事来："今天排练的时候，骆老师好像有点儿心不在焉，不知道……"

"没有啊，我怎么没看出来。"周佳怡又贱兮兮地笑起来，"我倒是觉得骆老师那双漂亮的眼睛里都是粉红泡泡。"

楼兮遥一脸嫌弃地看着她："周佳怡，你怎么人面兽心，一脑袋不健康思想？"

周佳怡伸手扒拉几下她的大提琴琴弦，吓得楼兮遥赶紧去拍她的手。人面兽心的周佳怡别有深意地笑道："还跟我这儿装呢。我可是听说你跟骆老师已经见家长了，看这琴，是婆家送的见面礼？"

楼兮遥小心翼翼地放好这把珍贵的大提琴："别胡说，骆老师带我去拜师学艺而已。"

周佳怡不信："我的兮遥公主啊，你是真傻还是假傻，就骆老师看你那眼神，明显是男人看女人的眼神好不好。"

楼兮遥怔愣地看着她，心想说你开什么玩笑，可周佳怡的目光太过真诚，连楼兮遥都忍不住怀疑起来，这扯淡的玩笑该不会是真的吧？

周佳怡见她一脸复杂，说道："楼兮遥，你这表情不对啊，听到你的偶像喜欢你，你不是应该兴奋激动吗？可别跟我说你清心寡欲，对偶像远观不亵玩，没有任何遐想。"

楼兮遥闪躲着眼神，演技拙劣地反驳道："没有遐想，我对骆老师只有尊敬。"

"屁。你还不如说自己尊敬人民币呢。"

楼兮遥提了一口气，愣是没有找到一句可以辩驳的话，最后只能叹气道："你知道的，我从来没有想过要找个人谈恋爱，甚至结婚。"

周佳怡急道："可那是骆河洲啊。"

周佳怡当然知道楼兮遥的心思。一直以来，楼兮遥就像是勉强活着将自己打发了，吃的玩的在她这里都是对付就可以。本来她这个年纪的女孩子应该活得多姿多彩，没事逛街打扮谈恋爱，可除了大提琴，楼兮遥像是跟这个世界都没有关系似的。

别说找个男人结婚生孩子，就是跟长辈以外的异性多说几句都像是要她命一样。

可这回不同啊，周佳怡想，这不是老江剃头挑子一头热的撮合对象卢故，也不是那个跟她爱恨情仇拉扯不清的高家少爷,而是她心驰神往的榜样骆河洲啊。

楼兮遥看着周佳怡,认真道:"就因为他是骆河洲,我更不能有什么非分之想。"

周佳怡真想敲敲她的榆木脑袋,看看里面都装了些什么不开窍的东西:"怎么不能,男未婚女未嫁,你情我愿的有什么不可以?"

楼兮遥看着这把大提琴,目光幽幽的,她其实很迷茫,也充满了各种不确定,但为了极力板正心里那杆快要倾倒的天平,她拉紧理智告诉自己:"别说我没有谈恋爱结婚的打算,就算是要找个人搭伙过一辈子,也会是一个普通平凡的人,家世背景相当,愿意接纳我的过去。"

周佳怡看着她:"你怎么知道骆老师不愿意接纳你的过去?"

"就算他可以,我也不愿意。"楼兮遥倔强道,"我不愿意自己成为他生命里的瑕疵和污点,更不愿意别人在背后对他指指点点。"

骆河洲的人生应该是完美的。

周佳怡看着楼兮遥,无言以对。

会议室门后那人一直紧攥着把手,沉默半晌才渐渐松开,他转身离开,周身的低气压带出了一股小小的寒意,与里头闷热的气流形成强烈的对比。

第二天的排练,楼兮遥第一次正式与江交合奏了这首德沃夏克的《b小调大提琴协奏曲》,在这首旋律优美的曲子中,作曲家德沃夏克在大提琴主奏与乐团的搭配上采取了对立抗衡的手法,因此大提琴演奏者必须具备很强的能量才能杀出乐团重围。楼兮遥虽然看上去是个柔柔弱弱的女子,但她的巨大爆发力竟超乎想象地足以抗衡整个乐团。

音乐停止后,坐在座位上的骆河洲仍旧沉默着,他轻轻皱着眉头,不置可否。众人都猜不出骆指挥的心思,内心打鼓似的,屏息等待他的一句评价,特别是坐在前面的楼兮遥,望着骆河洲,紧张得手心冒汗。

"有什么问题吗?"楼兮遥忍不住问他。

骆河洲这才抽思回神,站起来说道:"我来指挥一遍。"

他摒弃心里的烦乱,凝心聚神地站在指挥台上,抬起手来,看着楼兮遥一点头。

骆老师刚才坐在底下的时候还想,要是楼兮遥出了差错,他一定站出来连公带私地骂她个狗血淋头,可奈何自己神思恍惚,没有抓到她的任何把柄。

此时，不管骆指挥给出的定量指示多么刁钻，楼兮遥都能做到配合默契、完美演奏，倒是乐团中的某些人，在如此精细的要求下，立刻显得相形见绌了。

"停，这声音冲出来跟大喇叭一样。"骆河洲凝眉看着小号组，"注意控制气息。从前面小节开始，重来一遍。"

骆河洲扬起手，重新开始。

"停。控制气息不是让你不出声。"骆河洲看着脸红低下头的贺鹏，心底的烦躁一触即发，跟小火山喷发似的，"还有，低音贝斯手怎么回事，软绵绵的，没吃饭吗？"

林蔓吓得手里的弓子都掉了。

骆河洲看着鸵鸟一样的他们，更是火大，皱眉道："如果到现在你们还没有找到自信，那不如趁早离开。"

一室静默，鸦雀无声。

发完火的骆河洲看着低头沉默的众人，又忍不住怜惜起这群鸵鸟们，但就像骆郁对待骆河洲那样，父母之爱子，则为之计深远。总要有人在别人为你鼓掌的时候提醒你不曾看到的某些不足。

骆河洲怀抱着一颗千弯百转的慈母心，脸上却摆出一副不近人情的严父表情。他把曲谱阖上，尽量放柔自己的语气："乐团并不是某一个人的乐团，也不是其他人的乐团，每一样配器都应该发挥出它独特的作用，同时也要配合其他声部形成整体的音色和风格。在这三个月的巡演中，虽然江交得到了很多关注和赞誉，但在我心里，江交与真正的国际一流乐团还存在很大的差距。"

这段醍醐灌顶又打击士气的话本应该留到最后一场演出结束之后，但此刻骆河洲被心底那点儿失控的烦躁扰乱，终于还是一吐为快。

可即使说得再多也没有任何实际作用，他自己都不知道江交的风格是什么，何况这群初出茅庐的小家伙们。

骆河洲扬起手，轻声道："继续。"

楼兮遥收回望向骆河洲的目光，强制压下心底升起的沉重情绪，拿起琴弓凝神静气地专注于手里的音乐。

这天的排练室里，除了楼兮遥，还多了两只鸵鸟——贺鹏和林蔓。

两人比楼兮遥还勤快，晚饭没吃就直接过来了，一人占据一个角落默默地练习着。楼兮遥进去的时候，两人以同款表情抬起眼皮瞟了她一眼，然后很快地低下头去，动作幅度几乎可以用最小单位计量。

不善交际的楼兮遥也没能找到合适的契机打扰，与他们的眼神碰了一下之后，带着一点儿尴尬坐到平时的位置上，然后拿出大提琴来调弦。

虽然楼兮遥一向注意力集中，可她的耳力音感太过敏锐，这左右两边蹑手蹑脚的调子总是不和谐地钻进她的耳朵里，让她心理暗示了很久才勉强专注下来。

那头的林蔓从楼兮遥进来的那刻起，便一直在拿余光偷瞄她。林蔓已经练习两个小时了，中间有一段总是顺不过去，她心里冒出一个想要去请教楼兮遥的念头，但两条腿跟黏在了地上似的，丝毫挪不开。

林蔓也不知道是哪个瞬间被心里的念头占了上风，以乌龟倍速挪到了楼兮遥面前。刚刚才进入到调弦状态的楼兮遥猛地一抬头，看着林蔓抱着琴谱站着，声音跟蚊子似的："嗯……嗯……能不能请您帮我听一下这段？"

在乐团待了这么久，林蔓跟楼兮遥说过的话几乎可以用十个手指头数出来，她连合适的称谓都找不到，"嗯嗯"了半天才说出请求。

楼兮遥反应了半天才明白过来，立刻应道："好，没问题，是哪一段？"

林蔓呆呆地"啊"了一声，有点意外又慌张地递过曲谱，给楼兮遥指了一下。楼兮遥侧头认真地看了一遍，对她说："你把琴拿过来，我听一下。"

林蔓头如捣蒜，兴奋地小跑过去拿起自己的低音大提琴，走过来坐到楼兮遥的身边。

楼兮遥听完之后，切中要害地给她做出了指导建议。林蔓扶着自己的眼镜，认真地拿出笔在谱子上做好记录，她的字跟人一样，小得不显眼，却一笔一划很工整。

楼兮遥见她的曲谱上做满了笔记，笑一下："你很努力。"

林蔓低着头，轻声委屈道："可努力还是没有用。"

楼兮遥不久前才说过类似的话，如今看着眼前不自信的小鸵鸟，仿佛看到了曾经的自己，她忍不住安慰道："努力的人是不会被辜负的。如果你没有得到想要的结果，只能说自己的努力还不够，或者是努力的方向不对。"

敏感的林蔓误解了楼兮遥的意思，急道："您是不是也跟指挥一样，觉得我们不适合做乐手？"

楼夗遥连忙摆手:"不不,我的意思是……"

楼夗遥还没来得及解释,那头突然传来低沉而揶地的声音,贺鹏低着头在一旁的角落里,捏着一点儿哭腔委屈而自嘲道:"我们就是不适合。"

楼夗遥和林蔓诧异地转过头,看着不知道何时停下练习而在墙角偷听的贺鹏。他低头抬手抹了一下眼睛,另一只手上松松垮垮拿着的小号突然掉在了地上。

林蔓赶紧跑过去,将他的小号捡起来,小心翼翼地放好。楼夗遥也走过去,拿出纸巾伸手递给他,出言安慰道:"没有人天生适合做什么,只有努力去做好什么。"

贺鹏埋着脑袋使劲地摇头,浑身上下都写着沮丧:"可是别人不会看到你的努力,只会嘲笑你的平庸。"

林蔓颇有共鸣感地猛点头。

楼夗遥拉了张椅子坐过来,看着贺鹏:"你是从什么时候开始吹小号的?"

贺鹏已经慢慢平复了心绪,但仍旧是埋着脑袋,声音里还藏着一点鼻音:"我从小吹小号,小时候还得过少年比赛的冠军,那时候大家都说我是个音乐神童,是个天才,甚至还有公司找我拍广告。"

林蔓忍不住插了一句嘴:"看不出来你还是个小明星。"

贺鹏笑了一下,带着点自嘲,但又藏着一点为往日辉煌岁月而自豪的痕迹。他稍微直起一点身体,眼睛虽然没有望着楼夗遥,却慢慢抬起了头。

"什么明星不明星的,都是过眼云烟。"贺鹏把双手放在两腿膝盖中间,有一下没一下地抠着手指,"上初中那会儿,我慢慢跟不上进度了,老师换了一个又一个,最后都是失望离开。我压力大,每天四五顿地吃,最后技艺没什么长进,体重倒是飞涨,最恐怖的时候达到了两百多斤。我上台演奏的时候,总能听到下面有人笑我是个胖子。"

林蔓忍不住倒抽一口气,小声道:"两百?不可能吧,看你现在也不胖啊。"

贺鹏:"后来我下定决心减肥,每天跑十几公里,掐着卡路里吃饭,努力之后确实瘦下来了。可音乐方面,不管我怎么努力也没用,再也没有人说我是个天才了。"

"多少万人里面才会出现一个音乐天才?并不是每个人都可以成为骆河洲的。"楼夗遥安慰他的同时,下意识地带了一下偶像崇拜的节奏。

贺鹏笑了一下："我当然知道，所以最后我选择了乐团，我不求最优秀，但起码也不是最下等的那类吧。"

"在音乐的世界里，所有人都是平等的，没有什么上下等之分。"

楼兮遥算是听明白了贺鹏的中心思想，归根结底还是骆河洲说的那个问题，他们不够自信。而乐手一旦不自信，就成了最大的问题。

楼兮遥想了一下，说："我刚来乐团的时候，也有很多问题，那时候只要程老在台上看我一眼，我立刻会变得特别紧张，应该说，那时候无论是谁将目光放在我身上，我都会觉得不自在。我躲在乐团这棵大树中间，甚至有点儿滥竽充数的心理，觉得随波逐流就行，可是程老告诉我，乐团并不是谁的庇护伞，每一个乐手都是独一无二和举足轻重的，即使你只是敲了一下三角铁，也足以影响整首曲子的质量。后来，程老还拉着我到大街上去拉琴，一束一束陌生的目光看过来的时候，我觉得整个人跟溺水似的，呼吸都很困难。但没办法，心理障碍只能逼着自己去克服。"

楼兮遥从来没有一口气说过这么多话，中间打了好几次磕绊，她几乎是靠着模仿骆老师的教学语气才勉强完成鼓励工作。

贺鹏有点不敢相信，这么厉害的楼首席也会紧张和害怕？

"那后来，您是怎么做到的？"

程老曾经告诉过楼兮遥，每个人心底都有一个沉睡的怪兽，你若是把外在的目光放进去喂养它，它便会长成魔鬼，吞噬心里那个真实的你。

"世界上最困难的事情之一，就是摆脱他人的目光，找到最真实的自己。"楼兮遥说，"但音乐可以帮你做到，只要你全心全意沉浸在自己的音乐里，便没有心思去在意那些东西。"

贺鹏和林蔓似懂非懂地看着楼兮遥，三人皆沉默着。

这一气氛突然被身后低沉的声音打破，骆河洲不知何时来的，站在他们身后全程听完楼老师的说教，他听到楼兮遥说不要在意别人的目光时，才终于忍不住吐槽一句："理论倒是一套一套的。"

自己做起来又是另一番模样。

骆河洲的突然出现将三个人都吓了一跳，林蔓和贺鹏刚刚才在云里雾里建立起的一点信心一下被打回原形，两人又变成了两只大鸵鸟，在一旁安静地低下头。

除了骆河洲，前来的还有温婉，她看着楼兮遥疑惑的目光，主动笑着解释道："师姐，我来找你练琴，正好在路上遇到骆老师，所以就一起了。"

楼兮遥"哦"了一声，点点头。

骆河洲看着颇得老头真传的楼老师原地变成了乖学生，心底那层雾霾也渐渐散了一些。

他的目光在楼兮遥身上放了好一会儿，最后才转头看着贺鹏和林蔓："还杵着干什么，理论课上完了就实践吧。把乐器拿来。"

两人后知后觉地反应过来是骆指挥要给自己亲自上小课，立刻上了发条似的去拿乐器。

楼兮遥也正好功成身退，抱着大提琴随温婉去一旁练习了。

骆河洲转头看了她一眼，楼兮遥也适时地回过头来，正好看见阴晴不定的骆老师对她勾嘴一笑，这笑里似乎藏着某种她看不懂的深沉意味。

骆河洲想，不急，来日方长。

第二天清晨，楼兮遥被一阵突如其来的发痒扰醒，刚开始她还迷迷糊糊地以为是被蚊虫叮咬，随便往腿上抓了几下继续睡，之后越来越不对劲，浑身难受起来，她睁开眼一看，才发现自己起了一身的小疹子。

最可怕的是，手指也出现了红肿的现象。

楼兮遥立刻打电话给周佳怡，告诉她自己好像过敏了。周佳怡半睁着眼来到她房间，一见到像是滚过马蜂窝一样的楼兮遥，立刻醒了神，赶紧拿起外套陪她去医院。

医生给她开了药，说确实是过敏反应，楼兮遥看着自己红肿的手指，急着问道："吃完药之后手指多久会消肿？"

医生给她开了单子："放心，这两天就会好起来，记得注意卫生。"

两人一听要两天，同时皱起了眉，周佳怡是个急性子，抢先问道："医生，我们今晚有演出，有什么办法尽快好起来吗？"

医生抬起头："你们是做什么的？"

楼兮遥："乐手，拉大提琴。"

医生摇摇头："那没办法，就算给你挂针，手指也没法这么快消肿，你现在连水都最好别碰，更不要提拉琴。"

周佳怡在一旁急得如热锅蚂蚁，转头看着同样愁眉不展的楼兮遥，更加慌乱："兮遥，现在怎么办啊，要不要先告诉骆老师？"

楼兮遥："刚刚来的路上我已经给他发过短信，具体情况等回去之后……"

楼兮遥话还没说完，便听到身后有人闯了进来，除了骆河洲，还有乔纳森和温婉。

骆河洲一脸担忧，看着楼兮遥紧张道："怎么回事，是不是哪里不舒服？"

"没什么大事，就是过敏而已。"楼兮遥偷偷地将自己的手藏在身后。

骆河洲皱眉，蹲下身来捧着她的脸，左右看了看，楼兮遥刚才还没意识到自己长疹会有多丑，如今才不好意思起来，她低下头，躲开骆河洲的目光。

周佳怡又犯了嘴巴大的老毛病，不过脑地反驳楼兮遥："骆老师，你别听兮遥胡说，什么叫没大事，你看看她的手。"

楼兮遥冒着残废的风险，狠狠地拉了周佳怡一把，眼神放过去，警告她少说几句。

可已经完全来不及了，骆河洲直直地看着她，连一旁的乔纳森都忍不住说道："我的楼大小姐啊，别藏了。你不会是想用这双肿成包子一样的手去按弦吧。"

乔纳森还自动配音倒吸一口凉气："嘶，想想都疼。"

楼兮遥小声嘀咕一句："哪有你说的这么夸张。"

骆河洲看了她一眼，一副想骂又无从开口的表情，幸好楼兮遥比较自觉，在骆老师的威慑下识时务地闭了嘴。

骆河洲这才转头看向一旁的医生，问道："请问她这样的情况需不需要住院？"

"住院倒不必，按时吃药就行，不过24小时之内最好不要过度刺激手指，比如拉琴。"

"放心，我们不会。"骆河洲爽快地答应了，完全忽略了身后想开口反驳的楼兮遥，"医生，请问她过敏的原因是什么？"

"这个得做测试，可能是食物、味道，或者接触过特殊的东西，不一定。"医生看着楼兮遥："你知道自己对什么过敏吗？"

楼兮遥："除了芒果，其他倒没有什么不良反应。但我近期并没有吃过芒果。"

医生又交代了几句："反正多注意。"

骆河洲："谢谢！"

乔纳森和周佳怡从医生手里接过单子，给楼兮遥去取药，一直站在门口没说话的温婉立刻走进来扶起楼兮遥，小心翼翼道："师姐，我帮你。"

楼兮遥笑道："我没事，又不是缺胳膊断腿，不用扶。"

温婉被她这么一说，不知缘由地竟低下了头，眼睛里涌出一点酸意。楼兮遥看着她，诧异了一瞬。

此时，演技拙劣的温婉又忍不住想起了昨晚的事。

昨天在酒店练习的时候，一直没有进入状态的温婉主动去给大家买咖啡和果汁，而在饮品店里，本来无精打采的她却在服务员推荐芒果奶昔后突然闪过一个疯狂的念头。

邪念一旦在心里滋生，就会像野草一样疯狂地生长，最后理智溃不成军，任由恶魔做出选择。温婉不敢想后不后悔的事，她现在只有一个硬着头皮也要向前的念头。

温婉看着楼兮遥，心想就当自己欠师姐一次，以后一定加倍还给她。

而毫不知情的当事人楼兮遥，此刻正担忧地看着身边的骆河洲，抓住最后一丝机会为自己争取："骆老师，今晚的演出我可以……"

骆河洲毫不留情地拒绝她："你是想残废？"

楼兮遥："那演出怎么办？"

骆河洲："换曲目，重新换成《自新大陆》。"

身后一直竖起耳朵的温婉一听这话，心里猛地一抽，几乎脱口而出，急道："骆老师，我……"

骆河洲和楼兮遥转头，一齐诧异地看着支支吾吾的温婉，奈何温婉这一辈子的勇气已经在昨晚全部透支，此刻愣是没有说出那句"我可以"。

虽然楼兮遥一开始对骆河洲提出的演奏《b大协》感到犹豫，但后来通过练习，她已经对自己有了把握，所以对于这次演出，她是期待大过紧张。毕竟，这是她与骆河洲第一次正式合作协奏曲，是她一直以来的梦想。

但很多时候，努力之外还要一份运气。而楼兮遥一直都不是被幸运眷顾的人。

楼兮遥坐在观众席上看着大家排练，一时胡思乱想起来。由于她的缺席，乐团必须重新排练一遍所有的曲目，幸好温婉曾经担任过首席，就算临时换上她也是驾轻就熟。

排练结束后,温婉突然来找楼兮遥,她别扭了半天,才吞吐出几个字:"师姐,我……我想拉奏《b大协》,你能不能跟骆老师……"

楼兮遥看着几乎把脑袋埋进身体里的温婉,沉默了半响才道:"你能保证有百分之百把握?"

温婉立刻抬起头做保证:"我……"

"能"字还没蹦出来,又听到楼兮遥说:"保证能够在这么短时间内与乐团配合默契?"

温婉把差点儿脱口而出的大言不惭的话又立刻压下去,她眼睛发酸,委屈地小声嘀咕道:"师姐,我已经很努力了,我只是想要一个证明自己的机会。"

"你想证明给谁看?"

温婉脑袋里冒出了好多名字,比如同行的朋友,自己的家人,比如程老,比如骆河洲。但她都没有说。

楼兮遥一直不太习惯与人有太多肢体接触,可看着一向天真无忧此刻却添了不少迷茫委屈的小师妹,忍不住怜惜起来,她学着程老的方式,摸了摸温婉的头,轻声道:"我们在台上从来不是为了证明什么,而是真心热爱音乐,并因此感到满足和快乐。温婉,努力是不会被辜负的,但努力的方向要正确,不应该把工夫花在一些不好的心思上。"

温婉抬头,诧异地看着她:"师姐,你知道……"

楼兮遥摇摇头:"我不知道。"

温婉看着楼兮遥,一直在眼圈里打转的眼泪突然滚了出来,嘤嘤啜啜的。楼兮遥摸了摸她的头,比刚刚更自然一些:"等到你有把握的时候,机会自然会来。但现在,我不能去跟骆老师说。你明白吗?"

温婉点点头。

每个人都会有迷茫和迷失的时候——那些高高在上的,像骆河洲;那些受过苦的,像楼兮遥;那些曾备受歧视的,像贺鹏;那些平凡普通的,像温婉和林蔓……但不管是谁,在音乐的世界里,他们都是平等的,也都是熠熠生辉的。

前提是,你能一如既往地坚持对待音乐的初心。

Chapter 15

谁也不知道明日和来生何者先至,
请务必珍惜当下活着的每一天。

B市,江交巡演的最后一站。

观众席上的大灯按时熄灭,交响乐团的成员们按照顺序进场,然后乐团首席卢故出现,带领乐团完成校音工作,琐碎步骤之后,作为乐团的指挥骆河洲从侧台走上来,在一阵热烈火爆的掌声中向观众鞠了一躬。

楼兮遥坐在观众席上,第一次以这样的视角看着江交成员们和骆河洲。

穿着黑色礼服的骆河洲拿着指挥棒,英姿挺拔地站在指挥席上,像一个神一般。他的手臂在空中扬起又落下,每一段悠扬婉转的旋律,每一个炙热昂扬的音符,全部从他的指挥棒顶端流泻而出,像是飞流直下三千尺,也像海上明月共潮生,一切自然又震撼。

以前演奏的时候,楼兮遥专注地沉浸在每一首曲子中,从来不知道自己的音乐原来能给人这样的感受。

如今作为听众,她突然多了一种旁观者的清醒和感知,望着骆河洲的背影时,她竟然听出了一点儿乐音之外的东西。

她想起大概是三年前,有一篇知名乐评这样评价过骆河洲在纽约的一场演奏会:他像是握住了上帝的手杖,随心所欲地打乱整个规则,自由而大胆地建立起了新的秩序,每一种乐器的声音像是排队等待着他的分配,而他却随手一挥将它们打乱成散沙,看起来不可思议又莫名和谐。而那种让人酣畅淋漓的自由,在他手里却像是拈着羽毛轻轻一吹那样自然又轻松。

那一场演奏会,也被评论人标榜为骆河洲音乐风格的转折点。

这一段看上去可能连作者本人都不知道在表达什么意思的评论,楼兮遥却在骆河洲此刻的背影里得到了一点解读——他很迷茫。

就像此刻他不知道该如何带着江交走下去一样。

《自新大陆》的旋律结束后，一阵雷鸣般的掌声经久不息，至此，这一场有收获有遗憾的巡演也正式落幕。

骆河洲望着所有的江交成员们，无法言喻的感慨从心底浮游而起，良久他才转身，扶着指挥架一弯腰，感谢了所有热爱音乐尊重音乐的听众。

骆河洲看了一眼观众席上随着众人站起来鼓掌的楼兮遥，轻轻地勾了一下嘴角，他抬起手，把手里的指挥棒往嘴唇上贴了一下，做出一个亲吻的姿势。

被当众调戏了的楼兮遥脸上蓦然一红，闪躲着眼神假装什么也没看到。

时隔四个月，江交成员们终于满载而归，回到了江城。

当初从江城机场离开时，一个个都是青涩稚嫩的毛头小子，心里装载着激动和期待，也藏着隐隐的不安。如今回来，每一个人都像是经历过一场加速度成长一样，青春热血中增添了一点儿深刻的从容。

楼兮遥站在机场内等候托运乐器的时候，感慨地看了看四周，想到她从斗湖机场回来时的心如死灰，之后从S市失败而归时的迷惘沮丧，再到此刻内心充满希望，一切好像都是因为骆河洲的出现，才给自己的生活带来了转机。

楼兮遥下意识地看了一眼不远处跟乔纳森说话的骆河洲，脑袋里冒出了那天演出结束后的画面，脸上不禁遐思旖旎地泛红。

周佳怡本来好端端地站在一旁玩手机，可抬头一瞥间，竟看到瘟神萧何正朝自己走过来。这段时间，周佳怡已经对他产生了本能的躲避反应，甚至听到别人说起"萧何"两个字，她都会自动开启屏蔽模式。

周佳怡破天荒地切断了未完待续的游戏，手忙脚乱地收起手机，一溜烟跑到楼兮遥身边去了。

余光瞥见萧何识时务地停止脚步后，周佳怡才终于落下心里的石头。

周佳怡走到楼兮遥身边，立刻支开了脑袋上的八卦天线，用肩膀蹭了蹭她："看谁呢？骆老师？"

她想到前段时间楼兮遥还义正词严地说对偶像眼直心正，忍不住笑话她："嘴上说不愿意，眼神倒是很诚实。"

楼兮遥理亏，懒得跟她废话，戴起太阳镜藏起自己不老实的眼神，交臂站着把周佳怡的唠叨当背景音乐听。

周佳怡熟谙自娱自乐，一个人扫过全场，立马做报告似的进行总结："唉，你瞧瞧孟如，她最近好像已经成功勾搭上了我们卢首席，上回我还见他们在休息室里眉来眼去的。"

楼兮遥："你别这么龌龊好不好。"

周佳怡鄙视地说："我龌龊？是你自己没眼力劲好吗，骆大师在演出后这么赤裸裸地对你表白，你别跟我说你没看见。"

楼兮遥立刻捂住她的嘴："你别胡说八道。"

转念一想，又忍不住小声问道："你在后面演出，怎么知道？"

周佳怡笑得贱兮兮："我们可爱的乔经纪偷偷告诉我的，说是骆大师手里那根指挥棒是你送的，骆指挥还在B市演出结束后，隔空给你送了一个吻……"

楼兮遥的手瞬间又紧紧地贴上了她的嘴。

周佳怡拍掉她的手，继续道："不过我可提醒你一句，你要再这么矫情别扭，小心骆大师被人抢走。"

楼兮遥瞪她一眼，抖了一句机灵："怎么，你也暗恋骆老师啊？"

周佳怡恨铁不成钢地看了她一眼："虽然说骆老师禁欲气质实在太强烈，平凡女子如我肯定吃不消，但仅凭骆老师这张脸，就够女人喜欢一辈子了，所以，他身边前赴后继的莺莺燕燕肯定不会少。不信你瞧！"

楼兮遥循着周佳怡抬起的下巴看过去，只见不知什么时候，乔纳森和骆河洲身边多了一个高挑美艳的倩影，她笑颜如花地望着骆河洲，一双眼里仿佛有整个银河系的星子在闪烁。

楼兮遥将太阳镜拿下来定睛一看，这才发现是她："梁晨？"

周佳怡刚想笑话楼兮遥事到临头才紧张，可又突然后知后觉地想起她的上一句话，立刻抓住她的把柄："你刚刚说'也'？意思是承认自己暗恋骆大师对不对？"

楼兮遥完全忽略了周佳怡抽疯的胡话，凝神地看着不远处，周佳怡却管不了这么多，立刻扬起手来叫骆河洲，准备向他公布这个让人皆大欢喜的结论："骆老师，兮遥刚刚说……"

楼兮遥虽然不知道周佳怡要说什么，但肯定不是什么好话，立刻本能地捂住她的嘴，奈何已经来不及，骆河洲以及他身边的人正往这边看过来。

本来骆河洲是在跟乔纳森商量几件正事，包括这次巡演的收益以及银行还款的情况,但没说上几句,突然被刚下飞机偶遇的梁晨打断。

骆河洲已经不记得这号人物了,奈何梁晨太过热情和自来熟,连乔纳森都没有插嘴的余地。两人以极好的修养听她废话了几分钟,终于等来了周佳怡的一声拯救。

乔纳森还是头一次觉得周佳怡咋咋呼呼的声音真好听。

骆河洲看过去,只见周佳怡像个人质似的被楼兮遥捂着嘴,他也顾不上两人是在闹哪出,赶紧走了过去。

乔纳森更是飞一样地过去把周佳怡解救了出来。

骆河洲望着她们问了一句:"怎么了?"

楼兮遥生怕周佳怡那张跑火车的嘴胡说八道,赶紧抢先:"没事。"她指了指身后已经跟过来的梁晨,说道:"她……好像找你有事。"

骆河洲避之不及,揽过楼兮遥的肩转身就走,给乔纳森扔下一句:"记得拿行李。"

扑了个空的梁晨一脸气愤,不死心地冲着骆河洲的背影喊道:"Augest,我在江城有演出,你会来看吗?"

没有得到反应的梁晨又加了一句:"是跟你的老师罗多尼的合作。"

扶着楼兮遥肩膀的手蓦然一紧,骆河洲的脚步突然停了下来,他像是踩住了"罗多尼"三个字的地雷一般,一步都没有动弹。

楼兮遥见他神色怪异,刚想问怎么了,手里的手机却在这时响了起来,她见来电显示是老江,立刻接起。

"老江,我们马上就到……"

那头刚说一句,楼兮遥立刻正色下来,挂了电话半晌才晃过神,她拉了拉身边同样三魂七魄丢了一半的骆河洲:"程老师病危,现在在医院抢救,恐怕……"

骆河洲强行挥开脑海里那些烦杂的情绪,拉着楼兮遥快步往前走:"去医院。"

楼兮遥和骆河洲赶到医院的时候,老江正躲在病房外偷偷抹眼睛,他满眼红血丝,看着赶来的楼兮遥摇摇头,声音哽咽得说不出话。

楼兮遥一见这场面,提起的心立刻落进了无底洞,飘忽不定。身后的骆河洲紧紧地扶着她的腰,往自己怀里揽了一下。

他问道:"程老呢?"

老江低下了头,往后面摆摆手:"在里面,提着一口气不肯咽,应该是在等你们。"

楼兮遥轻轻地推开门，一眼就看到了面如灰槁的程老，他已经瘦得不成人形，两只眼睛完全凹了下去，脸上摘掉了毫无意义的氧气罩，死神在旁边为他倒计时。

楼兮遥鼻头一酸，眼泪瞬间落了下来。她自认为是一个看透生死的人，经历过亲人离世，也曾幻想过用死亡来解脱自我，但此时，当她真正面临死这回事时，还是脆弱得不堪一击。

程老像是有心灵感应一般，缓缓地睁开了眼睛，他看着泪眼模糊的楼兮遥，试图抬手唤她。骆河洲扶着她走过去，两人坐在床边握住老人家骨瘦如柴的手。

程老已经说不出任何话了，嘴唇也只是微不可察地动了动，楼兮遥直起身体伏在他嘴边，才听到他模模糊糊地说："兮遥呀，你做得很好。"

楼兮遥瞬间泪崩，哽咽着泣不成声。程老转头看着骆河洲，冲他眨眨眼，骆河洲俯下身体，只听见耳边微弱的声音："谢谢你，让我有脸下去见他。"

程老并没有跟他交代前因后果，也没有告诉他，在自己生命尽头能看到江交迎来希望有多安慰，他知道骆河洲一定会懂。

程老像是突然涌出了一点儿精神，整个人轻松多了。他继续对骆河洲说："他跟我说过，你是他最骄傲的学生。"

骆河洲一直在训练情绪掌控，长大后几乎再也没有流泪的体验了，但这一刻，他竟然也酸了眼眶。虽然老头以前总是满嘴跑火车，忽悠起来废话一箩筐，但在骆河洲的印象里，楼承从来没有正儿八经地说过一句夸奖他的话，倒是时不时地挫他锐气，说他是个喜欢装大尾巴狼的花架子。

骆河洲含着一点儿泪意，扯着嘴角笑了一下："老头那水平能教出我这样优秀的学生，肯定心里偷着乐。"

程老虚弱地动了动嘴角。想起楼承曾经坐在沙发上，拿着骆河洲的琴谱向他和老江显摆："你们瞧瞧，这么点儿大的孩子就能完美地弹奏这样的曲子，你说是不是个天才！嘘，小声点儿，别让那臭小子听到了，不然他又要翘起那根大尾巴来。"

那时候，楼承眼角眉梢都写满了"得意"两字。

程老每每想起楼承，总是不自觉地扬起一点儿笑。若现在有人问他，他这一生什么时候最开心，他一定会说，有楼承在的日子都是最好的时光。

不管是三人走南闯北去演出的青春岁月，还是紧缩着口袋同吃一碗泡面的艰苦时期，或者是后来年纪大了，坐在一起聊天喝茶谈音乐，都是他这辈子最怀念的时日。

他记得楼承生前很喜欢研究一些古怪的乐器,有一回得意地拿出一枚亲手做的陶笛,给他吹了一首自己即兴作的曲子,那几乎是他听过最美妙的音乐了。

程老眯了眯眼睛,嘴角扬着一点笑,眼里异常柔和,他对骆河洲说:"替我们好好照顾兮遥。"然后循着耳边那怀念的美妙乐音,走进了幽幽之地。

骆河洲看着程老闭上的眼睛,流泪对他郑重点点头:"您放心。"
——我会用余生,好好照顾她。

江交成员赶到医院的时候,已经来不及见程老最后一面了,温婉在门口声泪俱下,哭成了泪人。

他们自觉地站在病房门口,看着医生给程老盖上白布,然后深深地鞠了一躬。作为江交的创始人和精神传承人,程老几乎将自己的一辈子奉献给了江交。

程老对自己的后事交代得很清楚,他一生未娶,没有后人,当初楼承下葬的时候,他和老江就在这位老大哥的墓碑旁给自个儿留了位置。如今时隔多年,程老终于与自己的知己知音再次相聚,想必也是求仁得仁,心宽无憾了。

葬礼那天,天空阴霾,下起了淅沥的小雨,乐团所有人都来给程老送行,除了卢敀和孟如。

卢敀的父亲今日要做一场重要的手术,孟如此时正陪着卢敀在手术室门口等待。卢敀从未感到如此紧张,看着亮起来的手术灯闪过很多种设想,他想要是父亲也如程老一样躲不过这劫,那自己以后该怎么办。

胡思乱想时,孟如轻轻地走到他身边,贴心地没有说任何话,只是握了一下他攥紧拳头的手,而那一刻,卢敀的心像是被一股暖流包裹着,里面所有的慌乱不安竟全然消弭了。

一直以来都羞于表达,自卑又自傲的卢大首席竟回应了孟如。他想:既然谁也不知道明日和来生何者先至,那还有什么理由不珍惜当下活着的每一天呢?

那边程老的葬礼现场,乐团成员们一个接一个地将手里的白色菊花放在墓碑上,给这位德高望重的前辈献上沉重的哀思和悼念。

两眼红肿的温婉也随着大家依次上前,将手里的花放在墓碑上,哭着小声说:"老师,我一定会加倍努力,让自己成为你的骄傲。"

程老的音容笑貌宛在眼前，他仿佛平日里那样慈爱和蔼地看着温婉。温婉挥泪告别了最尊敬的长辈，同时在心里告诉自己，一定不要辜负师恩，一定要堂堂正正地成为一个让他骄傲的乐手。

老江将程老生前用过的指挥棒放在他的墓碑旁，看着他的黑白照片笑道："老程，你现在正在跟大哥喝茶聊天吧，我知道，你心里头高兴着呢，你从前就爱听他说话，他说一整天你就听一整天，不晓得哪来的好耐心。反正你们先聊着，等过段时间我下去了，给你们说些新鲜事，到时候我们哥仨再痛快地喝一场。"

楼兮遥穿着一身黑色连衣裙，身边是给她撑伞的骆河洲。他们在老江退下来之后走上去，两人给程老鞠了一躬。

楼兮遥将手中的一枚老旧陶笛放上去，轻声道："您一直说很想念爷爷吹的曲子，所以我把这个找出来了。"

骆河洲将手里的白花放上去，看着程老慈蔼的眉目，说道："您放心吧，我一定会记住您的嘱托。"

葬礼结束后，大家便相携离开。除了楼兮遥和骆河洲。

他们来到一旁的楼承墓前，静默地站了很久。楼兮遥走向前，蹲在墓碑旁摸了摸爷爷的相片，笑道："好久没来看您了，您不会生气吧。"

她往后看了一眼骆河洲，又对楼承说："我身后这位，您应该还记得吧，听说您从前老爱逗他跳脚生气，还忽悠着人家给我弹了不少摇篮曲，不过骆老师可没跟您计较，一直在尽心尽力地帮助我和江交。您若泉下有知，一定要好好保佑他。"

骆河洲一向脸皮厚，对于别人的恭维夸赞来者不拒，权当日常话听，可此刻听着楼兮遥的不吝称赞，倒是有点不好意思起来。他走上前，蹲在楼兮遥身边，半真半假道："你这么说我会脸红的。"

丝毫没看出他脸红的楼兮遥笑了一下："我说过的,要在爷爷面前说你一通好话。"

骆河洲轻轻地揽过她的肩，转头看着楼承，恢复了死鸭子嘴硬的模样："老头，好久不见。"

看着楼承的相片叫出这一声来，骆河洲心里忍不住"噔"了一下，他用轻轻勾起的嘴角掩饰住内心的酸软情绪，故作漫不经心道："我可没说过不跟你计较，你拿我逗趣、忽悠我的事情我一件一件都记着呢。还有江交这个烂摊子，我可都算在你头上了。不过你也别觉得不好意思，因为我已经拿你的宝贝做交换了。"

楼兮遥转头看着骆河洲，一脸疑惑，后知后觉地想起什么，又遐思联翩地蓦然脸红，她此地无银三百两地站了起来，匆匆跟楼承告辞："爷爷，我们就不打扰您和程老师了，下次再来看您。"

　　相片里的楼承笑眯眯地看着自己的宝贝孙女，眼神都显得促狭起来。

　　骆河洲勾唇笑了一下，轻轻地冲老不正经的楼承一点头，然后陪着楼兮遥一起下了山。

　　两人共伞走在台阶上，步伐一致地专心于脚下的路，一直低头的楼兮遥突然感到头顶一阵凉，抬头一看，只见伞已经被骆河洲移了过去。

　　皮一下特别开心的骆河洲笑道："你要是一直往那边躲，那我就自己撑了？"

　　确实故意与骆河洲保持距离的楼兮遥被当面拆穿，不自然地咳了一下，她把双手挡在头上，一时之间不好怎么办。

　　骆河洲弯下嘴角，伸手揽过楼兮遥，紧紧地圈在自己身边，宠溺地念了一句："傻丫头。"

　　楼兮遥突然觉得耳红脸热，为了掩饰自己的紧张，故意转移话题："程老临终时是不是嘱托你什么了？"

　　骆河洲毫不隐瞒地轻声回答："他让我好好照顾一个傻丫头。"

　　楼兮遥被骆河洲的暧昧调戏撩拨得越发紧张和心悸，她既享受着这种奇异的甜蜜感觉，又害怕向前走一步得到确切的答案，一颗矛盾的心被撕扯煎熬着，难受得要命。

　　而对于撩妹技术越来越驾轻就熟的骆河洲看着楼兮遥绯红的耳根，心满意足地勾了勾嘴角。

　　骆河洲和楼兮遥回到堇山的时候，乔纳森第一时间便迎了出来，递给他一个信封。

　　骆河洲见乔纳森一张万年难得正经的脸，疑惑道："怎么了？"

　　乔纳森："有人请你去看演奏会，这是刚收到的邀请函。"

　　骆河洲看着信封："谁？"

　　乔纳森抬了抬下巴："自己看吧。"

　　连一旁的楼兮遥都被乔纳森吊起了胃口，忍不住撇头看了一眼，只见骆河洲打开的邀请函里面夹了两张票，上面写着醒目的"罗多尼"三个字。

骆河洲的脸色瞬间阴了下来，皱起了眉。邀请函上是手写的几句话，虽然是全英文，但楼兮遥看懂了落款——"你的老师，罗多尼"。

罗多尼是在十几年前突然崛起的钢琴大师，最开始的时候，他并不是以精湛高超的钢琴演奏技巧出名，而是因为一首原创的《降E大调第一交响曲》一夜之间备受关注，当时罗多尼以"午后牧神"的名义匿名创作了这首曲子，并经由著名指挥家卡西默拉大师公开演奏后，瞬间声名大噪。后来，这位自称"午后牧神"的作曲家以惊艳的才华和不衰的创作力接连创作出了不少钢琴曲奏鸣曲，甚至还有一些水准不错的交响乐，流传出来之后风靡大众，受到不少关注。当然，除了曲子本身，"午后牧神"这个神秘的身份也吊足了所有人的好奇心。

不久之后，罗多尼在自己的演奏会上弹奏了一首原创的《b小调》，并正式公开自己"午后牧神"的身份，也正是从那时起，罗多尼的艺术生涯开始走向巅峰。

虽然这些年有不少评论家说他面临江郎才尽的危机，但不可否认的是，罗多尼在圈内的地位仍旧是无法撼动的。

有人传言，罗多尼这人自大狂妄、桀骜不驯，曾有三个原则——不收徒、不授课、不与柏爱以外的任何乐团合作。但就是这样一个人，却在六年前打破了自己的原则之一，亲口对外宣称要收骆河洲为自己唯一的学生。

虽然当时的骆河洲已经是柏爱的指挥，而且钢琴造诣也几乎达到了超绝尘寰的境地，但能够成为一直以来就很欣赏的罗多尼大师的学生，骆河洲心底还是欣喜的。

但后来也不知道经历了什么，骆河洲和罗多尼似乎渐行渐远，甚至传出过很多不和的新闻，奇怪的是，三年之后的骆河洲再也没有公开演奏过钢琴曲，而罗多尼也在这三年里，再没有与骆河洲所在的柏爱合作过。

楼兮遥本来就不是八卦的人，但因为涉及骆河洲，她多少听进了几耳朵，如今看着骆河洲的脸色，她想网上的传言可能并非空穴来风。

骆河洲阖上请柬，转头对楼兮遥说："明晚有空吗？"

楼兮遥点点头。

骆河洲将手里的票塞给她："那陪我一起去看看。"

他扔下一脸诧异的楼兮遥和乔纳森，自顾自地上楼去了。反应过来的乔纳森忍不住冲他背影喊道："Augest，你还真去啊？"

江城最近突然刮起了一股古典音乐风，不仅因为江城交响乐团声名大噪，如今连国际音乐大师罗多尼也携手不少知名演奏家来此演出。

此刻的江城剧院并没有因为一个德高望重的老人去世而显得沉重哀伤，反而由于不少人齐聚于此异常热闹起来。

年岁已高的罗多尼近年来几乎不再演出了，所以这天晚上，江城剧院迎来了许多远道而来的国内外客人，这些古典乐爱好者为了一睹钢琴大师罗多尼的风采，早早地来到了剧院最大的演出厅。

罗多尼十分大方，给骆河洲留了两个视野最好的前排座位。骆河洲携楼兮遥提前十分钟进场，即使两人已经足够低调，还是被人认了出来，引起了一波小小的骚动。

一路上，骆河洲遇到了不少老熟人，不仅有国内外知名的乐评人，还有一些享誉世界的顶级钢琴大师。欧洲音乐圈对于骆河洲突然辞去柏爱指挥早已议论纷纷，如今看到他，都忍不住在言语之间打探他此时的近况。

对于这些"关心"，骆河洲通通耍太极地推了回去，好不容易牵着楼兮遥来到位置上，又倒霉地发现邻座竟是好久不见的欧蒙大记者。

骆河洲每次见到欧蒙，总是忍不住怀疑他当初是不是走错了岗位，就他这出格的穿衣打扮，怎么看怎么像是混时尚杂志的。

见到骆河洲的欧蒙倒是一脸惊喜，摘下墨镜笑道："哟，是 Augest 啊，巧了巧了。"

末了又瞅见他身后的楼兮遥，立刻区别待遇地站起来："我没记错的话，这位是江交的大提琴首席吧，来，美女，初次见面，送你一个友好的拥抱。"

骆河洲嫌弃地用两根手指推开欧蒙的身体，不高兴地看了他一眼。而楼兮遥也隔空给他一个微笑，委婉地拒绝了他的友好拥抱。

欧蒙见状拽了一句英文，耸耸肩，瘪嘴道："好吧，看在你琴弹得不错，指挥也还勉勉强强的分儿上。"

坐下来的骆河洲哼了一声，特别郑重地感谢了一句欧大记者的夸奖。

欧蒙一向以嘴贱闻名，八卦起来与乔纳森如出一辙，不过比乔纳森更不要脸一些，当事人也不避及，直接问道："Augest，这江交巡演刚结束，你就带着小女朋友来看演出，不错啊，我听乔纳森说你最近看上了一姑娘，敢情就是这位美女吧。"

欧蒙还大大方方地往楼兮遥这边看了一眼，笑道："瞧这相貌，不会还是个未成年的小姑娘吧，Augest，你可别老牛吃嫩草，违法乱纪啊。"

这倒好，不仅当事人不避，连带着把线人乔经纪也一起出卖了。一旁的楼兮遥听得目瞪口呆，不知道是该笑自己被夸年轻，还是该哭被人当面调侃。

不过也不必楼兮遥出面反击，骆河洲已经结结实实地给了欧大记者一个眼神，凉凉道："看来我得找空跟 Kevin 说一声，欧蒙大记者待在古典乐板块太屈才了，应该去为娱乐八卦事业做点儿贡献。"

Kevin 是杂志社的老大，得罪了骆河洲不要紧，得罪了金主就自找没趣了。这一点欧蒙拎得很清，立刻很没节操地打了自己一嘴："我错了，您大人有大量。"

骆河洲干笑一声，友好地建议欧蒙全程闭嘴。

虽然欧蒙私下话痨，但在专业领域还是挺靠谱的，罗多尼上台之后，全情投入的欧大记者确实一句闲话也没有了。

罗多尼一上台，立刻往骆河洲的方向看了一眼，不知有意还是无意，楼兮遥似乎看到大师冲骆河洲挑了一下眉，笑得别有深意。

与老师好久未见的骆河洲也很大方，轻轻地勾了一下嘴角，表示问候。

这场演奏会中，罗多尼仍旧给大家带来了早年的部分成名创作曲，虽然这些年有不少尖酸刻薄的评论家暗讽过罗多尼，说他靠着以前的曲子吃冷饭，失去了创作力，但骆河洲觉得，即使凭借那几碗"冷饭"，罗多尼也有资格吃一辈子。

就像是那首《b 小调奏鸣曲》（又名《暮色》），曲中那种至臻纯粹的心境和对意象的白描，处处体现了无招胜有招的大家风范。

此外，罗多尼这次演出还邀请了一些音乐家进行二重奏的合作，包括国内的青年大提琴家梁晨，而相比于在 S 市比赛时，梁晨的技艺也有了很大的精进。

结束后，骆河洲坐在座位上沉默了很久，半晌之后才轻声对楼兮遥说："走吧。"

楼兮遥见他心不在焉、神色凝重，贴心地没有出声打扰，反倒是一旁同行的欧蒙又恢复了话痨模式，自顾自地评论道："大师就是大师，这曲子还是得听创作者弹才有味道。"

欧蒙称得上是一流水准的乐评人，听过的演奏会成千上万，见识过的音乐家也不在少数，连他都这样觉得，更别说其他人。

倒是一边同样寡言的楼兮遥意外地开了口，道出了自己的不同意见："相比起来，我更喜欢骆老师三年前在维也纳演奏的那版《暮色》，它更接近我对于这首曲子最初的想象。"

欧蒙贱兮兮地笑道："那当然，情人眼里出西施嘛，你的骆老师弹棉花都好听。"

楼兮遥见他从专业探讨走偏到了八卦领域，立刻闭了嘴，以免自讨没趣。

倒是一旁心不在焉的骆河洲一听这话，立刻停下脚步，严肃地问起楼兮遥："最初的想象？你是指什么？"

楼兮遥想了一下说："我第一次看到这首曲谱的时候，脑海里浮现出了一首诗。"

骆河洲几乎有些期待地看着她："是什么？"

"枯藤老树昏鸦，小桥流水人家，古道西风瘦马，夕阳西下，断肠人在天涯。"

骆河洲看着楼兮遥，一时间心情起伏难辨，他看上去似乎只是神色肃然，但只有他自己知道，他的心里此时浪涌潮生。

正在骆河洲上演激烈的内心戏时，身后一个声音突然打断了此处的无声沉默，楼兮遥诧异地往后望了过去，只见今晚的主角罗多尼大师正往这边走过来。

骆河洲被他一声"Augest"瞬间平息了内心翻涌而起的波涛，镇定地看着他，大大方方地应道："罗多尼先生。"

接近古来稀年纪的罗多尼保养得特别好，虽是白发鬓生，但仍旧一身抖擞，说话也中气十足。他眉目和蔼地冲着骆河洲笑道："这么久不见了，不跟老师打声招呼就走？"

骆河洲礼貌地回一句："我怕您太忙，就没去叨扰。"

罗多尼提了一边嘴角，眼睛不自觉地轻轻眯了一下："我听梁晨小姐说你最近在一个小乐团担任指挥，还带着他们到处去巡演，怎么，在柏爱玩腻了，想换换口味？"

骆河洲轻轻地笑了一下，并没有回应。

"改天你们乐团有演出，可别忘了邀请老师来看看。"罗多尼笑着拍了一下他的肩膀，"你知道的，老师一向以你为荣。"

骆河洲勾着嘴角，轻描淡写道："一定。"

两人不过几句平常的寒暄，却让楼兮遥觉得处处不对劲，直到跟随骆河洲走出一段距离，她才忍不住回头去看一眼罗多尼。

意外的是，这一眼让楼兮遥看到了一个熟悉的身影——不知何时来的老江，竟偷偷地跟在罗多尼的身后。

骆河洲见楼兮遥停了下来，回头提醒一句："怎么了？"

楼兮遥摇摇头："没事。"然后立刻跟上了他的脚步。

Chapter 16

爱情不是花荫下的甜言,
不是桃花源中的蜜语,
不是轻绵的眼泪,更不是死硬的强迫,
爱情是建立在共同语言的基础上的。

回堇山的路上,骆河洲没有说过半句话。楼兮遥甚至怀疑,刚刚和罗多尼大师谈笑风生的是另一个人。

她将神思魂游的骆河洲送回家,不放心地叮嘱了乔纳森几句之后才回去。

楼兮遥洗完澡后,本来打算好好睡一觉,但刚走出浴室,立刻被正好回来的周佳怡逮个正着,于是强行被人灌了一脑袋无聊八卦。

周佳怡憋了一晚上,这个时辰也不好意思去隔壁打扰乔纳森,所以只能把最新消息分享给楼兮遥。

"你知不知道我今天在天河广场看见谁了?"

楼兮遥坐在床上拿笔记本查阅罗多尼的资料,顺便附和一句:"谁?"

周佳怡兴奋道:"我们的卢首席和孟大小姐。"

楼兮遥认真地看曲谱:"这有什么大惊小怪的。卢故的父亲手术顺利,他出去放松一下也是应该的。"

周佳怡凑过来趴在床上笑道:"你说得对,我们的卢大首席最近确实压力很大,如今出去放松一下也无可厚非,但问题是,这回是他跟孟如两人去约会啊。"

楼兮遥:"那又怎样?"

周佳怡简直要被楼兮遥的淡定气死,点点头:"好,就算是两人约会没什么,但问题是,你猜我看见什么了?"

楼兮遥摇摇头。

周佳怡立刻掏出手机给她看,还忍不住伸手转动了一下楼兮遥的脑袋:"你看看。"

楼兮遥敷衍地瞥一眼，原本犯困的眼睛倏然一睁，只见周佳怡的手机里，孟如拉过卢故强吻起来。

楼兮遥："这是……卢故？"

周佳怡见楼兮遥终于有了反应，得意地点点头："你说这孟大小姐如此彪悍还能想象，可这卢首席未免沦陷得太快了吧。"

周佳怡还将视频放大给楼兮遥看："你瞧瞧，卢首席到后来可是反守为攻了。"

楼兮遥推开手机，看了周佳怡一眼："你到底是有多无聊。"

周佳怡敲了她一脑袋："我的兮遥公主，你知不知道我的良苦用心啊，你以为我给你看这些是为了八卦吗？我是想给你敲敲警钟！看看人家这进度，再反省下你自己。你老实交代，跟骆老师到哪一步了？"

"什么乱七八糟的。"

"你学学人家孟如，主动一点儿好不好。骆老师这盛世美颜，也就你能绷得住。"

楼兮遥关上电脑，被迫使出撒手锏来，转移话题："刚刚萧何来家里找你了，不知道现在还在不在外面等。"

果然，周佳怡一听到"萧何"两个字立刻发飙，噌地就跳了起来："我我我……你可别跟他说我在家。"

楼兮遥看着周佳怡唯恐避之不及的表情，忍不住问道："萧何这是怎么着你了，你欠他钱了？"

周佳怡手忙脚乱地在床下找拖鞋："比欠钱还恐怖。"

楼兮遥一时被她勾起了好奇心，拉着她问道："到底怎么了？在B市的时候我就见你不对劲，跟老鼠躲猫似的躲着萧何。"

周佳怡一脸有苦难言，憋了好久都没好意思跟楼兮遥坦白，一摆手："反正就是不想见他，你记住了，别说我在家。"然后撒腿就跑了。

楼兮遥见她这副模样，琢磨了半响都没想出个合理的解释来，不过此刻的她也没心情去八卦周佳怡。

骆河洲近来似有若无的撩拨本来就让楼兮遥心绪繁杂，加上刚刚周佳怡在耳边给她念念叨叨，让她彻底失去了睡意。

楼兮遥索性穿上外套，走到爷爷的书房里去整理旧物。书房旁有一个小小的储物隔间，里面藏了许多爷爷的宝贝，包括那枚他亲手做的陶笛。

楼兮遥前几天为了找陶笛给程老，在这儿倒腾了许久，当时也没太注意其他，如今闲时看起来，倒觉得这些东西都很有意义。

她正擦拭着一把断弦的古琴时，外面的窗口突然传来一阵响动，楼兮遥走出来一看，竟发现骆河洲正从窗户跳进来。

楼兮遥愣住："骆老师，你怎么……？"

骆河洲见到楼兮遥也诧异了一瞬，他拍了拍手解释道："突然想来这儿坐一坐，但又怕太晚吵醒你，所以就……"

楼兮遥笑了一下："看来下次我得锁好门，不然小偷进来把爷爷的宝贝偷走了都不知道。"

骆河洲："宝贝？"

楼兮遥指了指身后的小门，领他进来："你来看看。"

骆河洲疑惑地随着她走过去。

这间储物室的门比较窄，骆河洲必须弯腰才能勉强进去，里面的灯年久失修，早已经坏了。楼兮遥打开一盏老式的手电筒，一束昏黄的灯光射在斑驳的墙壁上，光线中依稀可见尘土飞扬。

楼兮遥捧着一把古琴转身递给他："你瞧，这琴虽然断了一根弦，但音色听起来很漂亮。"

骆河洲伸手轻轻地扒拉了一下琴弦，只觉一股幽远空旷的声音在耳边响起，那种震撼的力量从心底破土而出，仿佛使他的灵魂都震颤了一下。

楼兮遥像是害怕打扰这些沉睡的宝贝似的，声音都自觉放轻柔了些："怎么样，是不是很好听？"

骆河洲虽然内心震撼，但言语之间仍旧保持了一贯的淡定，点了点头："嗯，很特别的声音。"然后顺手接过那把古琴认真研究起来。

楼兮遥已经深深了解骆老师喜形不于色的功夫，知道他虽然嘴上轻描淡写，但那黏在古琴上的眼神已经出卖了他。她见他吃力地弯着腰，顺势将身后的两块海绵坐垫拿过来，提议道："骆老师，要不你坐下来看吧。"

骆河洲弓着身子盘腿坐下，楼兮遥坐在一旁把手电筒立在他旁边，然后抽出角落里的一个纸盒，从里面掏出一件类似埙的乐器来。

骆河洲的眼神这才从古琴上挪开，盯着楼兮遥的手问道："这个是什么？"

"好像是埙。"

楼兮遥试着吹了一下，虽然荒腔走板得厉害，但那奇异的声音却格外贴近骆河洲的心。

骆河洲接过来，又仔细研究起来，他自顾自地说："我以前在中国听过古琴，这个倒是没有见过。这些都是老头的？"

楼兮遥点点头："应该是的。我记得爷爷以前经常带我去古玩市场淘这些旧物件，或者自己琢磨着做一些好玩的东西，比如那枚陶笛。我记得他说过，虽然他学的是西方古典乐，但内心深处更爱中国的古典乐，他说希望有一天能够取长补短，将两者结合起来。"

骆河洲抬起头，借着幽幽的灯光看着她，但楼兮遥觉得他的目光穿透了自己，像是在看着未知的某处。

骆河洲轻声道："我对中国古典乐倒是有一点了解，虽然它在和声、复调上的欠缺导致没有西方古典乐那种建筑式的恢宏壮观，但在意境上确实更胜一筹。老头偏爱中国古典乐也不意外，不然他不会那么喜欢德彪西。"

说起德彪西，楼兮遥想起了"午后牧神"罗多尼，她忍不住问道："罗多尼大师是不是也喜欢德彪西？"

提到罗多尼，骆河洲又是一阵忧思暗生。他晃了一下神，看着手里的埙心不在焉地摇摇头："我开始也这么认为，但后来发现并不是。"

楼兮遥疑惑道："为什么？"

即使是跟在自己身边多年的乔纳森，也不过是隐约知道骆河洲和罗多尼在三年前闹得很僵，但其中隐情也不甚了解。有些事骆河洲从来没对人讲过，最后压在心里成了一团自己都看不清的迷雾。

他似乎有点儿坐麻了，不禁伸直了双腿，靠在身后的矮柜上，把玩着手里的埙，漫不经心地说起往事："我在老头这儿学习了大半年之后，便回到了欧洲。虽然当时的我并不愿意承认，但从后来弹琴的技艺和对音乐的理解上来看，老头潜移默化的忽悠确实对我产生了很大的影响，对了，我学习指挥也是因为老头的建议。后来，当我习惯了拿下每一场比赛的冠军，赢得大多数人的赞誉和掌声时，也渐渐走入了一种迷茫。我本来想回国找老头，让他帮我解解心中的困惑，可却从母亲口中得知，老头已经去世了，堇山的房子也空了。"

骆河洲看着楼兮遥，笑了一下："老头肯定会念叨我是个白眼狼，连老师的葬礼也没去参加。"

楼兮遥对爷爷的死仍旧有一种难以释怀的愧疚，她低下头轻声道："我也是个不孝的孙女。"

骆河洲不想勾起她的伤心事，避开这个话题，继续道："我曾经一直以为，音乐可以给我一种成就感，后来老头教会我，音乐给人慰藉和快乐。可当时，我觉得音乐给我带来的是孤独，我不知道该往哪里走，甚至想过放弃，然而就在这个时候，我听到了罗多尼的一首《F大调奏鸣曲》。"

"你应该知道那种感受。"骆河洲看着楼兮遥，"罗多尼的那首《F大调》对我来说，就像《风之海》于你。"

楼兮遥了然地看着他，似乎从他眼里看到了当年那个对罗多尼崇拜而敬仰的男孩。当时骆河洲还不到二十岁，因为一首曲子重新燃起了对音乐的热情。

"后来我把罗多尼的所有曲子都听得烂熟于心，甚至在很多场合都会弹奏他的作品，虽然我从来没有明确说过，但明眼人都知道我喜欢罗多尼的曲子，然而一直以来我和罗多尼大师只是暗自保持对彼此的欣赏，并没有机会合作过。后来，在我成为柏爱指挥的那天，罗多尼突然打电话给我，说要收我为学生。

"罗多尼不像老头那样奇招怪出，还爱耍嘴皮，他态度强硬，甚至有点偏执。在我的印象里，能够创作出心境平和类似《暮色》一样曲子的人不该是这样的，我们在第一次见面的合奏中，就因为对《暮色》的处理方式不同而产生了冲突和不愉快，后来我们成为名义上的师徒，实际上再也没有过交流和接触。

"之后有一年，柏爱邀请罗多尼合奏肖邦的《第一钢琴协奏曲》。在排练过程中，我们又因为各种分歧而产生了争执。说实话，我对他的演奏，包括技术处理、表达理念，甚至在处理与乐团的关系上都很失望，我甚至当着所有人的面，说他配不上那些美妙的曲子。

"他很愤怒，当场摔了曲谱，还说要教教我这个毛头小子什么叫音乐。后来我们约定比了一场，用各自的方法弹奏那首《暮色》，他运用繁复的技巧赢得了所有大师的一致认可，而我那种'枯藤老树昏鸦'的方式，并不被他们接受。"

楼兮遥听完之后，终于明白了一直以来的困惑："所以，你后来再也没有公开演奏过钢琴曲？"

骆河洲轻描淡写道："我不弹,是因为我还没有找到答案。我不知道自己的坚持是对还是错,毕竟当时没有一个人支持我。老头以前说我太自以为是了,我不希望因为我的自负导致对音乐理解有偏差。"

　　楼兮遥看着骆河洲："程老以前跟我说过,每个人对音乐的理解和诠释都是不同的,没有谁对谁错,只是偏好不一样而已。也许当年那些评委恰好不喜欢你的诠释,但并不能证明你就是错误的。"

　　骆河洲摇摇头:"我当时也是这么想的,所以后来又请了很多前辈来听我的《暮色》,但他们还是不能接受,因为我与原作者的演奏方式实在相差太大了。"

　　楼兮遥:"但我喜欢你的《暮色》,如果爷爷在的话,我肯定他也会喜欢。"

　　老旧昏黄的灯光里,楼兮遥带着一点纯真的眼神看着他,让骆河洲第一次产生了一种被目光摄取魂魄的感觉,它不像是自家父母的感情那般甜得发腻,也不像大街上多数情侣那般把荷尔蒙都写在了脸上,它更像是一种润物无声、细水流长的力量,深深地渗透到了每一寸骨髓中。

　　骆河洲想起了一句话："爱情不是花荫下的甜言,不是桃花源中的蜜语,不是轻绵的眼泪,更不是死硬的强迫,爱情是建立在共同语言的基础上的。"

　　如果说前段时间骆河洲初尝到了喜欢一个人的悸动、在乎一个人的忧思,那此刻他已经彻彻底底地看清楚,爱情已然降临在他身边。

　　骆河洲的注视让楼兮遥手足无措,她觉得这个小小的储物间似乎变得更加逼仄起来,她不自然地调整了一下坐姿,干笑了一声,问道:"怎……"

　　后面的话还没说出口,便被一个温暖的唇堵住。骆河洲拉着她颤抖的手,将她轻轻地靠近自己,细细品尝着她的味道。

　　楼兮遥的肾上腺素像是坐上了火箭一般,幂指数增长的多巴胺瞬间窜上了头,差点儿让她失去意识昏厥过去,那颗平日里几乎没什么动静的心脏此刻也正在身体里叫嚣着、狂跳着,简直就要蹦出来。她的所有神经感官全部集中在了自己的嘴唇上,只觉得触感柔软温暖,还带着一点儿侵略式的小霸道。

　　骆河洲感觉到了楼兮遥的紧绷,恋恋不舍地离开一点,用那种旖旎缠绵的暧昧声调温柔提醒她:"闭上眼睛,放轻松。"

　　楼兮遥在骆河洲的友好提示下紧闭上了双眼,然后跟随经验为零但天赋非凡的"骆老师"慢慢放松下来,偶尔也试着回应一下。

被回应了的骆河洲更加激动,身体里各项指标的叫嚣程度并不比楼兮遥小,他紧紧地抱住她贴紧自己,情到深处时呼吸都急促起来。楼兮遥渐渐感受到了骆河洲的强烈情绪,她跟不上节奏,几乎快要窒息,本能地往后仰了一下,这一动,不小心碰到了身后的矮几,矮几上的纸盒瞬间失去平衡倒了下来,一摞稿纸哗啦哗啦地洒了两人满满一脑袋。

楼兮遥瞬间与骆河洲分开。

幸好昏暗的灯光里看不太清楼兮遥的脸,不然她一定会找个龟壳把自己埋进去。那一抹绯红藏在暗处,像个小精灵一般看着她窃笑。

骆河洲倒是发扬了厚脸皮风格,目不斜视地看着楼兮遥低下头,一点儿都不觉得尴尬,反而弯起嘴角分享起了自己的感受:"很甜。"

楼兮遥生怕骆河洲还会说出什么露骨的话来,立刻装作收拾一地狼藉的稿纸,避开话题道:"怎么还有这么多旧稿纸啊?"

骆河洲也帮着她一起收拾,笑道:"是啊,真是一堆不解风情的东西。"

楼兮遥再也不敢说一句了。

片刻之后,方才还把调笑楼小姐当趣味的骆河洲突然收起玩闹神色,看着手里的一张稿纸正色下来。

楼兮遥见他神情怪异,问道:"怎么了?"

骆河洲:"这些曲谱是老头写的?"

楼兮遥瞥一眼,点点头:"应该是。不过这些都是草稿,没有什么成型的作品。"

骆河洲对音符极其敏锐,任何"小蝌蚪"在他眼里立刻会自动转化为乐音。他刚刚捡起那几张稿纸时,几乎只在瞥一眼的时间里,便听到了一段美妙的音乐。

他把手里的稿纸递给楼兮遥:"你看看这个,是不是一首钢琴协奏曲?"

楼兮遥拿过来看一眼:"好像是,这里应该是第一、二乐章,还有第三呢?"说着,她立刻翻找起来:"你看,这是不是第三乐章?"

骆河洲瞥了一眼:"应该是,不过有些地方看不太清楚了,有些段落也被修改过,不是很完整,而且最后的尾声也没有。"

楼兮遥叹了一口气:"这应该是爷爷的遗作,要是他写完了就好了,那样我们还能拿去公演。"

骆河洲凝神地看着手里的曲谱,半晌之后,突然说:"我会替他完成。"

凌晨四点，夏日的微光悄悄地露出了头。闭关堇山的骆河洲在九尺斯坦威上弹奏出最后一个尾声，终于完成了这首残缺的钢琴协奏曲。

几乎三天三夜未眠的骆河洲反而越发精神起来，心里涌上一种难言的畅快。他忍不住抬头看了一眼，只见熹微的晨光浅浅地铺在黑色琴盖上，像是清凌凌的波光。

骆河洲拿起笔，给曲谱命名为《c小调第一钢琴协奏曲》，然后在旁边郑重地写上作者的名字——楼承、骆河洲。

这些年来，对于创作几乎进入了瓶颈期的骆河洲，从来没有想到自己有朝一日会在楼承的旧作里，得到另一种激发和纾解。

当他调整和填补着这些残缺泛黄的音符时，就像是在跟老头隔着时空进行一场对话。虽然大多数时候仍旧是老头在絮絮叨叨地讲故事，但那种久违的唠叨第一次让骆河洲觉得那么怀念。

这么多年过去，骆河洲仍旧是死鸭子嘴硬的个性，他看着洒在稿纸上的晨光，轻笑了一下："老头，也就只有我能拯救你这首曲子。"

这首被骆河洲拯救的曲子，将在纪念程老的演奏会上进行第一次公演。

公演的前两个礼拜，骆河洲把这首曲谱带到江城剧院，告诉大家他将在纪念演奏会上担任钢琴指挥，演奏这首《c小调第一钢琴协奏曲》。

听到这个消息的众人简直像是被什么原地抽走神思，半晌之后才反应过来——骆指挥要弹琴？

大家暗自猜想，到底是什么曲子，能让骆大师亲自上阵？

周佳怡忍不住举手问道："骆老师，请问是哪首《c小调》，莫扎特还是肖斯塔科维奇？"

在场的人中估计只有楼兮遥心知肚明，可这唯一知情人此刻却看着骆河洲手里的曲谱陷入了魂游状态，她想：他真的完成了爷爷的那首曲子吗？

骆河洲看着这群发愣的小家伙们，笑道："都不是，是楼承的。"

现场被"楼承"两个字搞得迷惑不解，没反应过来的都在交头接耳问楼承是哪路大神，已经反应过来的像周佳怡和卢故，难以置信地看着骆河洲。

卢故问道："楼承？江交的创始人之一楼老先生？"

骆河洲点点头。说着,他将曲谱发给大家,让各自练习两个小时,之后进行第一次合奏,楼兮遥这才回过神来,接过骆河洲递给她的曲谱,凝神看起来。

两个小时后,骆河洲坐在凳子上,将那几张被自己左涂右画的初稿放在钢琴上,望着大家道:"可以了吗?"

虽然这首曲子看上去技巧并不艰涩,而且复杂的部分更多集中在钢琴演奏者身上,但短时间内要想触及一首新曲子的内核,十分不容易。

没有一个人敢说可以。

就连技艺高深的楼兮遥和卢故,也因为了然于此曲的意义,不敢立刻应声。

骆河洲扫了大家一眼,笑道:"别太紧张,就合奏一次而已,出错也没关系,我们以后再慢慢练习,现在大家只要尽力完成就好。"

卢故瞬间明白了骆河洲的意思,带头说道:"指挥,我准备好了。"

骆河洲再次看向楼兮遥,见她点点头。

"好,那我们开始。"

第一乐章,c小调。引子部分,钢琴左右手一齐敲出大地震颤的和弦之声,像是来自地狱的使者,带着幽冥的阴森与诡谲,之后,管弦乐充满张力地奏出第一主题,仿佛是一个人英勇地面对即将到来的苦难甚至死亡。在大提琴的引导下,钢琴主奏出第二主题,一段长句子的悠扬旋律后,管弦乐和钢琴之间迎来互相对抗的发展部,在双方消沉之时,单簧管突然奏出第二主题,而后随着钢琴的带动渐渐退出,最后钢琴与乐队合奏,有力地结束了第一乐章。

第二乐章,A大调。在空灵哀婉的弦乐引导下,长笛奏出了一段潇洒写意的关联主题,突然间,钢琴以三连音的狂想曲形式加入进来,转调后如疾风骤雨,颇有一点"一蓑烟雨任平生"的意味,是一种淋漓尽致的狂放,进入中段,钢琴左右手交替展开半音阶的滑奏,华彩阶段后,乐队重现哀婉的主题,最后在钢琴的几个简单和弦带领下,乐队直接进入第三乐章。

第三乐章,c小调。在钢琴的引导下,双簧管和大提琴奏出了舒缓的第二主题,钢琴如流水般在旋律中流淌,一段过渡后,钢琴奏出更加激烈的三连音,乐队直接达到高潮,一个短暂的停顿后,钢琴主奏出了一段轻柔干净的乐音,带着生命初始的安静祥和,之后弦乐渐渐进入,像是圣教中的赞礼,托举着希望结束了最后的尾音。

曲子结束后,所有人都沉默下来,仿佛陷入了一种对生与死的原始思考中,探索着生命的终极意义。

在演奏第二乐章时，楼兮遥就已经被泪水糊了满脸。此刻，她仍旧无声地流着泪，仿佛在这首短短几十分钟的曲子中，看到了爷爷经历过的一切艰难困苦，也看到了他对生命的敬畏和对苦难的坦然。

骆河洲虽然没有像楼兮遥一样流泪，但心情起伏并不亚于在场的任何一人，即使他已经单独弹奏过了整篇协奏曲，但与乐队合奏之后，他还是被曲中的乐思和碰撞给震撼到了。此刻他才恍然大悟，楼承平日里嬉皮笑脸没个正形，原来是把自己所有的认真严肃都放进了音乐里。

半响后，骆河洲抬头看着各自沉默的大家，轻声道："刚刚还有一些地方没有衔接好，接下来我们一个一个乐章进行练习。"

此时，没有一个人再对这首曲子有任何怀疑，大家只是在心里告诉自己，一定要好好演奏它。

巡演结束后，江交几乎一夜之间声名大噪，在业界产生了极大的影响力，被称为国内古典音乐圈中一颗冉冉升起的新星。

这次为了纪念创始人程齐英而举办的演奏会，也算是圆了一部分粉丝的心愿。除了程老的相识旧友，不少粉丝从全国各地赶到江城，只为一睹传说中的新星风采。

此外，刚结束演出的罗多尼大师一听到江交有演出的消息，立刻取消了返回欧洲的航班，留在了江城。

演出当日，罗多尼送了一束花给江交，以十足的长者姿态祝福这个新晋的乐团。同时他还给骆河洲打了一通电话，虚与委蛇几句之后，说了一句似是而非的玩笑话："Augest，你可得拿出真本事来让老师瞧瞧啊，别让我再失望了。"

骆河洲心里闪过"什么玩意儿"的念头，嘴上却客客气气地回了一句："一定。"

这次演出中，所有人都身穿黑色礼服，演奏曲目也特意选取了程老生前最喜爱的几首交响乐，而那首《c小调第一钢琴协奏曲》放在了最后，作为压轴。

演奏会行进到尾声，工作人员搬上三角钢琴放在中间，骆河洲放下指挥棒，走上台去扶着钢琴向台下鞠了一躬，此刻，舞台上方的显示屏滚动播出接下来的演出曲目名称——《c小调第一钢琴协奏曲》，最令人意外的是，作者名字竟然是楼承、骆河洲。

底下立刻传来一阵小声的惊叹与议论。

在大家印象中，骆河洲并没有作过这样一首钢协，而且按照作者排序，这首《c小调第一钢琴协奏曲》好像并不是骆河洲的主创，可楼承又是谁？

众人带着一脑袋的疑惑，凝心聚神地聆听起了这首陌生的曲子，引子一出来，大家的心几乎被什么攥起，脑袋里那些杂念瞬间烟消云散。

若是一首触及心魂的曲子，内行人只要听几个和弦就知道它一定会成为经典，而《c小调第一钢琴协奏曲》，就是这样一首乐曲。

第一、二、三乐章，在骆河洲震撼有力、行云流水的弹奏中仿若有了神魂，加上乐队的默契配合，简直又给骆河洲的音乐生涯增添了精彩完美的一笔。

所有人都沉浸在这首恢宏大气、充满哲思的乐曲中，内心深处被一种生命的力量震撼着，那些稍微敏感的音乐人早已泪流满面。

经久不息的掌声和喝彩结束了江交的这场特别演奏会，骆河洲带领整个乐团向观众深深地鞠躬致谢，而后望着老江旁边那两个空位置，轻轻地勾了勾嘴角。

他无声地问道："老头，你听到了吗？"

一夜之间，那首出自楼承和骆河洲的《c小调第一钢琴协奏曲》立刻风靡古典乐圈，所有看过那场演出的人纷纷对其赞不绝口，甚至夸张地说，没有听过此曲的人生是不完整的。

然而，就在江交被盛名赞誉捧上高处时，突然爆出了一个重量级新闻，罗多尼大师亲自出来指责自己的得意门生骆河洲，说《c小调第一钢琴协奏曲》是抄袭，这首作品他早年在非公开场合演奏过，而且，罗多尼大师还声称要拿起法律武器维护自己的知识产权，他已经正式通过法院，给骆河洲以及公演此曲的江城交响乐团发出了传票，一切只等公正的裁决。

演出后的第三天，骆河洲一大早起来被以乔纳森为首的众人围观。乔纳森拿着传票，一言难尽地看着骆河洲。

而另一边，楼兮遥在家想破了脑袋也闹不明白，这明明是从爷爷书房里找出来的曲谱，怎么就突然成了罗多尼的？

Chapter 17

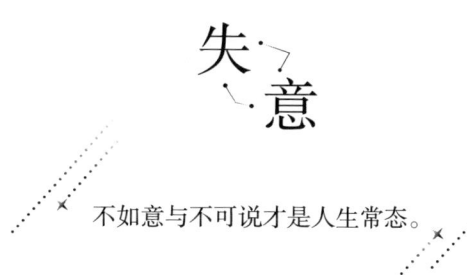

✳ 不如意与不可说才是人生常态。 ✳

难得睡个懒觉的骆河洲突然被集体围观,怀疑自己是在梦游,下意识地摸了一把脸,确定已经整理过仪容的他这才问道:"怎么?今天万圣节吗?一个个哭丧着脸。"

"丧"字本尊乔纳森这会儿一点儿开玩笑的心情也没有,伸手将那张传票递给骆河洲。骆河洲接过看一眼,问道:"这是什么?"

乔纳森皱眉解释道:"罗多尼的杰作,他控告你的《c小调第一钢琴协奏曲》是抄袭。"

"What?"

骆河洲几乎怀疑自己的耳朵出了毛病,甚至忍不住想问一句,难道今天不是万圣节是愚人节?

在一旁的卢故递上手机,补充道:"现在满世界的新闻都在报道这件事,罗多尼还公开说,他有确凿的证据证明您是抄袭。"

万年正经脸卢首席亲口解释,这才使骆河洲似信非信地接过手机,他低头扫一眼,瞬间皱了眉。

几乎还没看完整篇新闻,他便将手机扔给了卢故:"胡说八道!"

虽然江交成员们对骆河洲深信不疑,但在得到他本人的亲口证实之前,心里那根疑惑的稻草难免会被大风谣言晃动几下,如今听到骆河洲的这四个字,所有人才真正放下心中大石。

刚刚还不敢吭声的陆征立刻带头说了一句:"就是,这些媒体八卦就喜欢胡说八道,别理他们。"

一旁的温婉也信口揣测:"肯定是那个什么大师见咱们的演奏会很成功,抢了他的风头才随口污蔑我们。"

就在众人自我安慰的时候,刚刚在一旁挂掉电话的孟如突然转身,神色凝重地看着大家:"罗多尼确实有铁证。"

大家不约而同地看向她。

"我一个媒体朋友刚刚私下给我发了一个视频,他们打算过几天公开。"孟如走过去,将自己的手机递给骆河洲,一边解释道,"十四年前,罗多尼在朋友聚会上演奏过这首《c小调第一钢琴协奏曲》,这个视频是当时他朋友用DV拍的,虽然只有一小段,但和骆老师演奏的《c小调》第一乐章的主题部分几乎一模一样。"

众人凝神看着这段并不是很清晰的视频,可就连林蔓这样耳感平平的人都能听出来,罗多尼弹的那段的确就是骆河洲的《c小调第一钢琴协奏曲》。

骆河洲看着手机,摇摇头:"不可能,原稿上是老头的手笔,我不可能认错。"

乔纳森问道:"原稿在哪儿?"

骆河洲把手机还给孟如,抬腿就走:"在兮遥手上,我去找她。"

这时,楼兮遥正巧走进院子,看着从人群中走出来的骆河洲,说道:"骆老师,我有事找你。"

骆河洲:"正好,我也是,那首曲子的原稿呢?"

楼兮遥将手里的曲谱递给他,侧头看了一下神情凝重的众人,已然明了大家都已知晓此事,她皱眉看着骆河洲道:"骆老师,我们可以请人进行手稿的鉴定和比对,我可以确定这上面的字迹一定是爷爷的。"

乔纳森在一旁小声地嘀咕一句:"如果是楼老先生抄袭罗多尼呢?"

"不可能。"骆河洲和楼兮遥同时看向他。

乔纳森知道触及了两位祖宗的逆鳞,立刻摆手认错:"好好,我也是随口一说而已,不排除任何可能嘛,毕竟这罗多尼的视频可造不了假。"

乔纳森长了一根平常不思考关键时候乱蹦跶的神经,这会儿的一句理性话像枚钉子一样扎进了众人的心里,毕竟除了骆河洲和楼兮遥,没有人真正接触过楼承,那个活在传说中的人物形象是虚幻的,任何时候都可以崩塌。

反过来说,也许这样的客观判断才是真相。

正在两方暗自僵持时,萧何突然站了出来:"现在罗多尼手里有视频,我们手中有原稿，但视频可以看到具体的日期，我们的手稿可没有表明精确的时间，还有……"

萧何看着骆河洲，凝眉道："我早上咨询过一个律师朋友，巧合的是，他的师父正是罗多尼的律师。他说，罗多尼在很早之前就对自己的所有原创稿件申请过知识产权保护，包括这首《c小调第一钢琴协奏曲》。"

众人："……"

即使众人心里的天平已经倾斜，甚至是罗多尼当场拿出所谓的铁证，骆河洲和楼兮遥依旧是固执地不相信，特别是骆河洲。

他亲自改编、亲自演奏、亲自指挥，这中间所有过程体验只有自己最清楚，这首《c小调第一钢琴协奏曲》所传达的理念和情感并不属于罗多尼，一定是楼承的。

就在所有人沉默无言的时候，老江突然怒气冲天地走进来，身后还跟着一脸着急的周佳怡。

周佳怡本来带着老江来隔壁找楼兮遥，可两人刚走到门口，就听到里面在说话，老江反常地伸手拦住了周佳怡，摆明要听墙角。

周佳怡是看着老江的脸色从黑变得更黑的，等萧何那个大傻子说完之后，老江抬腿就走进去，周佳怡见他要发火，赶紧跟上去岔开话："兮遥，江老师找……"

这缓和气氛的话还没说完，炮筒子老江立刻扔出一连串自己发明的单音节词语，一个个点着人头将有眼无珠的众人骂了遍，最后才勉强说出一句人话来："罗多尼他算个屁，真正的午后牧神是我大哥楼承。"

这个结论一扔出，简直把"有眼无珠"的众人吓得眼也掉地上了。

首先反应过来的是骆河洲，在某一瞬间，他脑袋里甚至闪过一个疯狂的念头。

骆河洲走过去，看着老江问道："罗多尼和楼承到底有什么关系？"

老江这会儿已经稍微平息了胸中怒火，他望着骆河洲，牛头不对马嘴地哼了一声："你这没良心的臭小子，枉费当年大哥这么用心教你，你竟然转个头去认贼作父。"

都什么时候了，老江还有心情去挤对骆河洲。楼兮遥急了，上前提醒道："老江，你到底知道些什么？"

老江看着楼兮遥,又忍不住叹了口气,摆摆手:"都进屋说。"

急性子老江头一回摆出了慢慢说的架势,倒是把一边的众人急得差点爆炸。不过就算再怎么着急,也没人敢跟前首席去叫板,一个个言听计从地坐在骆河洲家的客厅里,不敢吭声地看着老江坐在沙发上连连叹气。

楼兮遥急道:"您倒是说啊。"

老江凝眉,眼角微微下弯,双手搁在单人沙发的扶手上,身体随着叹气声下沉,他像是陷入了回忆里,语气凝重:"大概二十年前,江交面临严重的财务危机,几乎濒临解散。楼承大哥为了缓解压力,创作了一首《降E大调第一交响曲》,后经卡西默拉演奏后,立刻风靡大卖,当时,他为了避免被过度关注,故意以午后牧神的笔名进行发表。"

卢故听到了敏感词,立刻插嘴问道:"卡西默拉?您是说曾经的柏爱指挥,卡西默拉大师?"

老江点点头。

众人倒吸一口气,又不约而同地望向了在座唯一一个跟柏爱有关系的人——骆河洲。

骆河洲听到这个名字也很惊讶:"卡西默拉大师是我在柏爱之前的第三任指挥,我并没有见过他,更不知道他和老头有什么关系。"

老江说:"楼大哥曾经留学意大利时,有幸聆听过卡西默拉大师教诲。他创作完自己人生中的第一首交响曲后,抱着试一试的心态寄给大师评鉴,没想到大师立刻将这首曲子拿到柏爱的演奏会上公演。演出成功后,欧洲音乐圈立刻探究起了这位神秘的午后牧神,而大哥也因为这首曲子的高额版税,使江交暂时渡过了难关。老程告诉我,说当时卡西默拉大师不止一次劝过大哥回欧洲,甚至想把他招进柏爱,但他都委婉拒绝了。"

"大哥是一个对自己要求极高的完美主义者,虽然那些年他一直在进行创作,但真正拿出来发表的曲子并不多,除了那首《降E大调第一交响曲》,还有一首钢琴协奏曲,也是经由卡西默拉大师亲自指挥演出的。后来卡西默拉大师去世,加上大哥将更多精力放在江交上,所以他再也没有费心去发表作品,而午后牧神这个名字不过昙花一现,过几年便销声匿迹了。

"可就在十四年前,也就是大哥去世那一年,罗多尼突然对外公开,说自己就是午后牧神，还一连串发表了很多首钢琴奏鸣曲和协奏曲。"

老江说到这儿，大部分人已经理出了头绪，就连脑子不怎么好使的周佳怡都怀疑起来："这么说，是罗多尼偷了午后牧神的名字，还有楼老的所有原创曲子？"

逻辑清晰的萧何疑问道："可他是怎么偷的？罗多尼和楼老又是什么关系？"

老江："罗多尼是大哥留学时的同窗，学习结束后大哥回国，罗多尼留在欧洲发展。"

周佳怡问道："那两人天各一方，罗多尼是怎么偷的呢？难不成他大半夜的跑到这儿来溜门撬锁直接偷啊？"

老江摇摇头："不知道，我和老程想了这么多年，就这件事想不通。为了查清真相，我每年跑到欧洲去找罗多尼，但他一直不肯见我。有一回我急了，上门去堵他，他直接找人将我轰出来。不过溜门撬锁不可能，因为我托人查过他的出入境资料，大哥去世之前，罗多尼根本没有来过中国。"

周佳怡凝眉道："那是谁？难不成还是托人偷的？"

脑洞出奇的周佳怡根本说话不过脑，可就是这随口一丢的话，立刻让人反应过来，大家都想起什么似的看向一直沉默的骆河洲。

如果说楼承和罗多尼还有什么共同点的话，那就是他们有一个共同的学生——骆河洲。

老江也随着众人的眼神望向骆河洲，戴起专为他打造的有色眼镜，哼道："肯定是这家伙，当年来这儿学琴的时候……"

楼兮遥及时阻止了老江的胡言乱语，正色道："老江！"

乔纳森也气不过，为自家指挥争了一句："Augest才不屑做这种事。"

在门口听老江说第一句就明白了个七七八八的骆河洲一直淡定地坐在一旁，即使此刻大家用怀疑的目光看向他，他也是不紧不慢地拿起茶几上的水杯，喝了一口才道："我要是偷了那些曲子，肯定先把创作者名字给改了，什么午后牧神，太土了。"

虽然骆大师这口气可能会将自己的老师给气活，但众人还是偷偷地将提到嗓子眼的那口气给放下去了。

其实骆河洲并不在乎大家对他的看法，甚至对于大家明里暗里的怀疑眼神都没有注意。他一直在想，这么简单的事情，自己怎么到现在才明白呢？

《F大调奏鸣曲》《暮色》……这分明就是楼承啊。还有什么"午后牧神",取出这种名字的人除了每天听德彪西的老头,怎么会是别人。

骆河洲想,原来一直以来,都是老头在给自己指引前行的路。

一旁的老江听到骆河洲口出狂言,刚想说什么,立刻被楼兮遥阻止:"我相信骆老师。若是他早知内情,又何必费心改编《c小调》,还拿出来公演?"

这会儿老江才稍微找回一点理智,扭头犟嘴道:"不是他那是谁?难不成还是大哥亲手送给罗多尼的吗?"

乔纳森插了句嘴:"恐怕事实真相,只有罗多尼自己知道。"

就在众人一筹莫展之时,骆河洲的手机突然响了起来,他瞥过上面的陌生号码,心里涌上强烈的预感。

他在大家的注视下淡定地接起来,果然是罗多尼。

"Augest,是我,你的老师。"

骆河洲突然想起了当年在柏爱与罗多尼争执的场景,当初他还为自己的一时冲动和口不择言感到愧疚,如今想来,只怪自己不该多费口舌。

如今的骆河洲可不是什么毛头小子,他听着罗多尼带笑狡狯的声调,声色不动地应了一句:"我知道,罗多尼大师。"

罗多尼笑道:"老师马上要回去了,有没有空出来见一面?"

骆河洲顿了一下:"好。"

连日来,江交人忙得焦头烂额,几乎全身心地扑在了外界谣传的"抄袭事件"上。孟如利用自己的关系网,四处联系国内媒体打听各路消息,顺便按压一下对江交不利的报道;萧何为即将到来的官司请了律师,整天泡在一堆材料案例里讨论诉讼应对方案;卢故跟着老江跑去欧洲,打算再去找找卡西默拉大师当年的助手,希望他能证实午后牧神的真实身份;而楼兮遥和周住怡几乎把楼承的书房、储物室翻了个底朝天,除了那首残缺的曲谱,没有找到任何其他手稿。

而骆河洲,应约来到了机场,为"老师"罗多尼送行,顺便跟他"叙一叙旧"。

罗多尼在VIP候机室等着他,椅子旁边靠着一根精致的拐杖,桌上放着他常年戴着的灰格帽,室内播放着杜卡斯《小巫师》中的谐谑曲部分。

罗多尼见骆河洲到来,只轻轻地放下搁在膝盖上的脚,伸手给他指了一下,笑道："坐。"

骆河洲坐下后，罗多尼抬起手自作主张地给他叫了一杯同样的咖啡，然后靠在椅背上把玩着一根没点的雪茄。

罗多尼打量着骆河洲，笑道："上回在剧院门口匆匆见你一面，也没来得及看清楚。你好像瘦了。"

骆河洲弯了一下嘴角，不置可否。

"我瞧你脸色不太好，是不是太操劳了？也对，这什么江交可不比柏爱省心。你瞧你好不容易带着这群小朋友们到处巡演，最后还是……"罗多尼皱起眉，恨铁不成钢似的教诲他，"老师早就跟你说过了，要拿出本事来，你看看，又让我失望了。哎。"

骆河洲勾了一下嘴角，听着对方戏精似的语气，又好笑又无奈："大师今天把我叫过来，就是想说这个？"

罗多尼笑道："叙旧嘛，咱们就是随便聊聊，你要听着不高兴，可别跟我这个老头子计较啊。"

"您说笑了。"骆河洲将咖啡杯上的奶包撕开来，倒进去搅了一下，但没有喝，"您这回怎么会想到来江城演出？我记得您以往来中国，也只会去B市。"

罗多尼像是想起什么，晃了一下神，手里的雪茄也停止了转动："江城……江城可是个好地方啊。"他又看向骆河洲，笑道："你瞧，你不也在这儿吗？"

骆河洲听着节奏活泼的音乐，一边搅拌咖啡，一边漫不经心地说："是啊，这个好地方可是培养了不少优秀的华人音乐家，包括楼承。"

骆河洲提起楼承的时候，突然停了手中的动作，抬头看了对面一眼，只见罗多尼脸上的表情僵硬了一瞬，转瞬即逝后又笑起来，继续转动着雪茄："我记得楼，他是我认识的第一个中国人，是我的同学，当初要不是他执意回国发展，一定能在欧洲音乐圈大放异彩。可惜啊……"

骆河洲："中国有句谚语，叫作金子在哪里都会发光，我相信音乐也是。"

罗多尼笑出声来："你这语气啊，像极了楼。"

骆河洲突然把手中的小勺子放下来，盯着罗多尼问道："看来您对楼承印象很深。"

罗多尼："当然，毕竟是同学。"

骆河洲追问道："只是如此吗？"

罗多尼看着骆河洲犀利的眼神，手上下意识地使了一分劲儿，当场将那根雪茄给折了，他搓了一下烟丝，然后用手掌心彻底揉碎，把它们从手心漏进桌上的烟灰缸里，别有深意地感叹一句："这么好的雪茄，可惜了。"

对于罗多尼的答非所问，骆河洲并没有打破砂锅问到底，他笑一下，继续拈着小勺子搅动咖啡。

罗多尼见他不追问了，倒是自己忍不住提起来："其实我和楼是什么关系并不重要，你真正想知道的，是这些曲子的主人是谁，对不对？"

骆河洲并不否认，挑眉道："没错。"

罗多尼扯了一下嘴角，伴随着《小巫师》的节奏在桌上随意扣敲手指，看着桌面上的那堆残烟说道："这些曲子确实是楼写的，但它的主人是我。"

骆河洲的心紧了一下，他凝眉看着罗多尼，知道真相已经触手可及。

果然，罗多尼几乎没有任何隐瞒，坦荡无愧地对骆河洲道："是楼把它们卖给我的。"

罗多尼看着骆河洲讶然的表情，得意地笑了一下："当年我们白纸黑字写得很清楚，他要钱我要曲，很公平的交易。Augest，你们今天这场官司怪不得我，谁想得到楼是个不讲信用的人，竟然没有完全销毁那些曲子，让你们变成了剽窃者。"

骆河洲一直没有说话，手里拈着小勺子也忘了转动，就这样静止在自己的困惑里。罗多尼知道骆河洲是个聪明人，即使告诉他也无妨，因为事实真相就是如此，任何时候他都能理直气壮。

罗多尼抬眼看了一下墙上的时钟，笑道："时间也不早了，我也该走了。Augest，作为老师，我真心提醒你一句，玩够了就回去，别浪费了自己的才华。"

骆河洲这才回过神来，弯了一下嘴角："谢谢您的提醒！"

罗多尼站起来，拿起桌上的帽子戴起，然后撑着旁边那根拐杖走了。

骆河洲端起那杯冷却的咖啡，凑到嘴边抿了一口，瞬间皱起了眉，心道：果然放奶的咖啡难喝。

罗多尼走了，将侵权案全权交给了自己的律师处理，而在案件处理期间，骆河洲和江交被停止了一切演出。

江交成员们各自忙碌着，都在为这场官司四处奔波，卢故和老江奇迹般地找到了卡西默拉的助手，而他甚至找出了当年楼承从江城寄过来的信件原稿。

看起来，上帝的天平倾向了江交这边，但只有骆河洲最清楚，这是一场不可能赢的官司。

骆河洲从罗多尼那里回来之后，将自己关进了房间，楼兮遥站在门外等了他一下午，终于在傍晚等到了他开门。

骆河洲看到楼兮遥，怔愣了一瞬，问道："你什么时候来的？怎么不叫我？"

楼兮遥："我觉得你应该想一个人静一静，所以没有打扰你。"

骆河洲摸了摸她的头，轻轻地笑了一下："傻丫头。"

楼兮遥终于见他多了一点轻松神色，这才问道："是不是罗多尼大师跟你说什么了？"

骆河洲刚刚弯上去的一点唇角又突然弱了下来，他绕过楼兮遥，走到一边给自己倒了杯水，喝了一口后转身对楼兮遥说："想不想听我单独弹一遍《c小调》？"

楼兮遥顿了一下，点点头。

骆河洲坐下，将手放在斯坦威的黑白琴键上，暖色调的夕阳从琴面上铺开，一直洒在他修长的手指上，骆河洲张开手掌，左右手有力整齐地敲击着震撼人心的和弦。

比起上次演出时的控制，骆河洲这回弹得更加动情一些，快的时候手成虚影，慢的时候仿佛能听见微风的声音，那些音符像是有了生命，如同从骆河洲的灵魂中生长而出。

余音回荡在夕阳中，与细细的尘埃一起飞扬，骆河洲坐在琴凳上，久久不能回神，他紧绷的身体一下子沉了下去，叹道："也不知道以后还有没有机会弹这首曲子。"

楼兮遥走过去，神情严肃地问："骆老师，难道这曲子真的不是爷爷创作的？"

骆河洲站起来，看着她："是老头写的，但他早已全部卖给了罗多尼。"

楼兮遥："……"

如骆河洲所料，这场官司他和江交以败诉结束。

相关专家评鉴了江交演奏会上的《c小调第一钢琴协奏曲》与罗多尼十四年

前申请过版权保护的一首无名曲目，判定两者有百分之八十五的雷同，前者已构成抄袭行为。按罗多尼的要求，骆河洲不仅要支付相应赔款，还必须公开道歉，而且自此之后，他以及江交不能再公开演奏罗多尼的所有曲目。

不仅江交一夜之间转盛为衰，骆河洲的光辉形象更是一落千丈。网络上对他的狂轰滥炸简直不堪入耳，直接将他诟病成了江郎才尽的小偷，当然，也有眼明心亮的群众，说骆河洲绝不可能是这样的人。

骆河洲从江交剧院出来时，被守株待兔的记者逮个正着。他和乔纳森被围堵得寸步难行，眼前全是伸直了的话筒。

骆河洲勾起一点儿苦中作乐的笑意，站定下来打断了各位聒噪的记者，不急不缓道："一个一个问，慢点说。"

一旁拦都拦不及的乔纳森见骆河洲准备开个临时记者会，拉了拉他小声道："我的祖宗，这会儿保持沉默是最好的回应。"

骆河洲笑一下："罗多尼大师不是让我公开道歉吗，这儿正好。"说着，他看向镜头，笑着示意大家可以开始提问。

"Augest，请问你现在的心情怎么样？"

骆河洲老实回答："跟昨天一样。"

记者们见这拐弯抹角的招数对付不了狡猾的骆狐狸，索性直截了当地问道："你是否承认抄袭？"

骆河洲笑道："我接受法律上的一切公正裁决。"同时，他对着后面一个摄像机勾了勾手："过来。"然后摆正自己的姿势，像发表演讲似的正经道："我尊重我老师的所有作品，并对他的音乐表示至高的敬意。我的老师曾经告诉我，音乐可以抚慰人心，我很感激这么多年来，他的音乐和精神一直陪伴着我，陪我走过很多迷茫孤独的时刻。"

骆河洲真挚地望着镜头说出平日里打死也不可能开口的表白，仿佛是看着时空中虚无的某个人。

所有人都以为他口中的"老师"指的是罗多尼，但站在不远处的楼兮遥心里清楚，他这番话是对楼承说的。

她知道，骆河洲现在的心情并没有很糟糕，反而觉得轻松和释然，因为那些困惑着他很久的东西，在此刻全部给出了答案，那些他曾经对音乐理念产生的怀疑和自我否定，真相也给了他最好的解释。

骆河洲一向是个不管外界如何评价的人，鲜花掌声时如此，恶语当头时也是如此，谁也不信的大尾巴狼这会儿正勾着唇角看着对面桃花树下的楼兮遥，以及她身后一众可爱的小家伙们。

陆征热血当头，竟当众扯了一嗓子："骆老师，我们永远支持你。"然后大家原地变成骆河洲的粉丝团，全部跟着一起喊。

被吓了一跳的骆河洲赶紧戴上墨镜，小声扔下一句"丢人"之后落荒而逃。而扛在记者肩上的摄像机一扭头，正好晃过骆河洲低头离开时微勾的嘴角。

虽然骆河洲能够两耳不闻窗外事，坦然面对一切流言蜚语，但被板上钉钉的江交却陷入了比之前更加危急的局面。

本来声势大振的江交接到了很多演出邀约，还有不少正在洽谈的合作方案和赞助，如今这事一出，这些橄榄枝一夜之间全部撤走，所有人躲避瘟疫似的躲着它。

乔经纪四处奔走，简直焦头烂额。

而一身轻松的骆河洲，平日里除了对江交进行日常排练之外，就是陪着楼兮遥在家练琴，中间插空写写曲子。

上回补写《c小调》的时候，骆河洲就像是打开了创作灵感的水龙头，这会儿每天都有一些新鲜想法涌出来，特别是亲身品尝到了情爱滋味的他，更是有一腔浪漫情思等待倾泻。

那日晚上，骆河洲正在伏案写曲，楼兮遥练完琴之后想给他泡一杯茶，但发现茶叶盒空了，于是准备出门去买。

她见骆河洲正全神贯注，便没有出声打扰。

在她满心欢喜地拎着茶叶和一袋子刚出炉的点心回家途中，却被一个好久不见的老熟人拦住。

楼兮遥刚从公交车站走出来，便看到街边路灯下停着的一辆黑色奔驰。副驾驶座上的女人从后视镜里看到她，立刻打开车门走了下来。

楼兮遥看着邹敏，当场愣住。

邹敏换了一个新发型，穿着一身精致的名牌休闲装，将双手插进裤子口袋里，勾着嘴角看着楼兮遥。

"楼小姐，好久不见。"

楼兮遥走过去，连嘴角都懒得抬，直接问道："有事吗？"

邹敏笑一下，脑袋一歪。楼兮遥往后座那紧闭的车窗上看一眼，心里突然咯噔一下。

"高总要跟你聊会儿，上去吧。"

楼兮遥紧攥了一下纸袋，犹豫一瞬后还是打开车门坐了上去。

高远正在车内看文件，黄色车内灯落在他的头顶上，映着他的发旋和隐藏在阴影处的眉目，像是给他整个人打了一层柔光。他将西服扔在了一旁，衬衣领口被扯乱，领带歪歪斜斜地挂着。

楼兮遥坐上去的时候，小心翼翼地避开了他的西服外套，坐在另一边与他隔开一段距离。高远头也没抬，继续翻完最后一页文件签了字，扔在前面的储物柜上之后，才撩起眼皮看了楼兮遥一眼。

楼兮遥毫不闪躲地看着他，任由他打量。

高远瞬间加深了嘴角的弧度，一把扯掉领带，扔向前座，然后沉下身子，随意地靠在座椅上，双手插臂瞥了一眼楼兮遥的纸袋："哟，是广斋记的点心啊。我闻闻，枣泥荷花糕、白笋虾饺、杏仁豆腐羹。"

长了一个狗鼻子的高远哼笑道："都是你爱吃的，跑去给谁献殷勤呢？"

还没等楼兮遥给个不耐烦的白眼，高远接着自顾自地说道："我知道，是你那从小暗恋的偶像对吧？"

楼兮遥不想听他废话："没事的话我下车了。"

高远笑道："听说你们最近还惹上官司了？怎么样，那种哑巴吃黄连的滋味好不好受？"

楼兮遥放在门把上的手立刻撤了回来，她转身看着他皱眉道："你怎么知道？"

高远难得真心感叹一句："其实想想你也挺可怜的，自己的母亲不待见你，待见你的爷爷又被自己害死了……"

楼兮遥呵斥着打断他："高远，你到底想说什么？"

高远看着被激怒的楼兮遥，心里越发平静。他嘴角上扬，一双桃花眼微微眯起："那个控告你们的罗多尼大师，知不知道他手里的作品是谁的？"

"知道，是我爷爷卖给他的。"

"那你知不知道,你爷爷为什么要把作品卖掉?"

楼兮遥盯着他,没有说话。

高远笑一下:"因为你妈妈说,要想拿回你的抚养权,必须给她五百万。"

楼兮遥几乎怀疑高远在跟自己开玩笑,或者是自己的耳朵出了什么问题,她摇摇头,说:"我不信。"高远像看傻子似的看着她:"我早就说过,你妈妈是个要钱不要脸的狐狸精。五百万卖女儿,亏她做得出来。"

高远看着三魂七魄集体出走的楼兮遥,继续道:"我告诉你这些,只是想让你认清楚,自己身上到底背负了多少罪孽。"

楼兮遥自嘲一笑:"罪孽?要不你再把我送进去?"

"何必这么麻烦,人生到处都是囚笼,比如……"高远摸了摸自己的腿,笑道,"楼兮遥,其实上一辈的恩怨怪不得你,毕竟那都不是你的选择,但我这儿,是你欠的。"

楼兮遥红着眼盯着他:"如果三年不够的话,你要我怎么还?拿命吗?"

高远低头笑了笑,眼神空虚地放在自己的腿上,轻声道:"命我不要,太廉价了。"然后抬头看着楼兮遥:"自由如何?你们搞文艺的不是说嘛,生命诚可贵,自由价更高。"

楼兮遥:"你到底想怎么样?"

高远废话了十几分钟,这会儿才展开正题:"我们公司刚刚上市,要求领导人有个更加稳重可靠的形象,所以我想着,我是时候找个形象良好的妻子来撑撑场面了,比如……像你这样高雅的艺术家。"

楼兮遥瞬间皱起了眉。

高远摸了摸自己的腿,自嘲道:"你瞧我这个样子,也没有人想嫁给一个瘸子,所以,不如谁造的孽谁负责,是不是很公平?"

楼兮遥一直沉默地看着高远,听着他自顾自地说道:"你放心,你只不过是一个名义上的高太太,顶多也就是多了一张没有意义的证,你还是可以继续拉你的琴,玩你的演奏会,只要不有损我的形象,我都不管。"

楼兮遥一开始听到高远说出这话来,觉得简直不可思议,甚至怀疑他脑子进水了,可后来看着他自嘲般的笑,有意无意地搓着自己的腿时,又忽然平静了下来,觉得高远的话说得也很在理。

谁造的孽谁负责，确实很公平。

如果是自己害得他失去了与平常人一样追求幸福人生的权利，那她是不是该为此付出相应的代价？

高远说得对，人生到处都是囚笼，包括他的轮椅，包括一段无爱的婚姻。

楼兮遥越想越发现，她几乎没有反驳的理由。

……

楼兮遥下车后，邹敏坐上副驾驶，她见高远正在拿着手机看照片，嘴角勾着一点轻蔑的弧度。

"高总，她答应了吗？"

高远将手机扔在一旁，上面是一些江交巡演时的画面，有一张正巧拍到骆河洲拿起指挥棒时眼神停留在右手边的楼兮遥身上。

高远烦躁地松了一颗衬衣扣："不知道。"

邹敏暗中握了握拳头，终于还是说了出来："高总，惩罚她有很多方式，不一定非选这一种。"

高远眯了一下眼睛，快意恩仇似的勾起一点嘴角："佛说，人有三大悲苦，怨憎会、爱别离、求不得。既然她有了所求，那我也正好让她尝尝不得的苦。"

邹敏似乎还想说什么，但没有勇气再开口了。

楼兮遥提着已经凉透了的点心回去的时候，骆河洲正在弹琴，这一段是他刚写出来的，是舒缓浪漫的旋律。

骆河洲看到她进来，停了手里的动作，笑道："你上哪去了？"

楼兮遥走过去，认真地看着他，答非所问道："骆老师，你知不知道，你的粉丝三年前在微博上发起过一个话题，叫作'等待弹琴的骆河洲'。前段时间我看到上面有人发了一个视频，视频中有个姑娘被求婚，她跟他男朋友说，要是骆河洲再开钢琴独奏会，她便答应。"

骆河洲侧身坐在琴凳上，望着楼兮遥挑了一下眉，玩笑道："是嘛，那她男朋友会不会偷偷跑来打我？"

楼兮遥没有理会骆河洲的玩笑话，继续认真道："骆老师，你能不能为了那女孩的心愿，再开一场钢琴独奏会？"

骆河洲笑一下，站起来点了点她的额头："不能。"

他看着楼兮遥一脸蒙愣的表情，低低地笑道："我为什么要为了其他女孩的心愿弹琴。"

窗外的树叶唱着风的旋律，窗边的帘子为它轻轻摇着节拍，天上的月儿撑着脑袋静静地听着，悄悄走过时留下一段无声的对白。

世界似乎一瞬间安静了下来。

楼兮遥看着骆河洲的眼睛，问道："那如果是我呢？"

"如果是你的话，那心愿还可以再提多一点。"

骆河洲站在月光下，伸手抱住了她，温柔道："你说，你想要什么？"

她想要什么？她想要此时此刻变成天长地久，想要心上人永远是眼前人，想要牵着他的手登上同一个舞台，想要与他并肩成为最好的自己。

只可惜，不如意事常八九，可与人言无二三。

不如意与不可说才是人生常态。

Chapter 18

转机

> 改变，才能带来生活的转机。

在江交处于水深火热之时，谁也没想到，第一个提出要离开的人，竟然会是楼兮遥。

那日，高远找过楼兮遥，并向她提出一个异想天开的建议后，她便将自己关在爷爷的书房里想了很久。终于在第三天，楼兮遥找到高远，给了他答复。

时隔六年，楼兮遥再次回到高家。

走过长长的楼梯后，她来到自己在走廊尽头的房间，推开这扇陌生又熟悉的房门，楼兮遥看到高远背着光坐在窗边等她。

楼兮遥走过去，站在他旁边，看着窗外依旧如昨的景色——梧桐树枝繁叶茂，偶尔有一两只鸟飞过来停在上面歇脚，静心时还能听到脆啼鸟鸣。

高远坐在那儿，看着外面也不知道想起了什么，很久才轻笑着说："一直不知道，你这儿的风景这么好。"

楼兮遥也心生感慨，叹道："风景好又如何，这儿根本不属于我。"

高远转动一下轮椅，仰头望着她，勾起嘴角："没关系，做不了高小姐，我可以成全你做高太太。"

楼兮遥转身，走到一旁的睡榻上坐下来，直视着高远："记不记得有一年，我们一起去考驾照，当时因为你不背书，科目一没有过，而等我去考科目二的那天，你偷偷地将我的闹钟调慢了一小时，导致我错过了那次考试，只能等着跟你一起考。"

高远哂笑："我就是不愿让你拿第一，省得你妈在我面前炫耀。"

楼兮遥不理他的口是心非，当场揭穿他："我知道，但其实更重要的是，你害怕一个人。"

高远简直跟听了什么大笑话似的："楼兮遥，你是不是对我有什么误解，我可不是你们搞文艺的，动不动就是什么脆弱孤单。"

楼兮遥看着他，认真地说回了主题："高远，我知道你不缺一个什么高雅的太太，你不过是放不下堵在心里的那口气，你害怕自己一个人困住，而罪魁祸首的我却走了。"

高远眯起了眼睛，眼神变得凌厉起来。他勉强地勾了一下嘴角，不动声色地看着楼兮遥将他的心一点一点挖出来。

楼兮遥继续道："我可以把自己困在一个无爱的婚姻里，但你并不会因此获得幸福，因为你只要看到我，就会想到痛苦的根源，而最后，我们会陷入恶性循环的人生里，一生无法解脱。"

高远算是见识到了文艺青年那拐弯抹角的功夫，不耐烦地哼笑道："楼兮遥，我幸不幸福不关你的事，也多谢你替我操心。你要是不接受我的提议，可以直说。"

楼兮遥："你说得对，我不想做什么高小姐，更不想做什么高太太。如果在这里要有一个身份，我希望是你的妹妹和家人，高远，我们如今是彼此唯一的亲人。"

楼兮遥说到最后，声音竟然不受控制地哽咽了，在一旁的高远也没有比她镇定多少，心里潮起云涌，只能握紧拳头稍稍平息自己的情绪。

高远难得没有嘲笑楼兮遥的文艺病，把头一扭，看向了窗外。

而楼兮遥好不容易敞开心扉煽回情，忍不住一吐为快，继续道："高远，我会如你所愿离开江交，等哪一天你原谅了我，重新接纳了我这个亲人，我再回来，或许那一天，你能来看我的演奏会，而我也能像乐团里其他人一样，收到家人送到后台的鲜花，或者是一个祝福鼓励的拥抱。"

楼兮遥抬起头，隔着蒙眬的泪眼看着高远没有任何触动的侧脸，最后道："这次我会自己把闹钟关掉，等你一起重新开始新的生活，如果你一辈子无法释怀，那我就等一辈子。"

楼兮遥走后，高远仍旧沉默着看向窗外。一阵风吹来，树上的鸟儿一哄而散，各自又继续向自己的目的地飞去。高远如一座雕塑般坐在轮椅上，静默了仿佛一个世纪。

楼兮遥坐在环城公交上，一站一站地将江城看了个遍，在这里生活了这么多年，她从来没有停下来好好看看这座城市。

等到天黑，她才一个人慢悠悠地走回堇山。

虽然楼兮遥跟高远说自己会离开江交，但她此刻根本不知道要去哪儿，将来的路要怎么走，而且最难的是，她该如何面对骆河洲。

正在自己心绪烦乱之时，楼兮遥突然接到了骆郁的电话。

远在欧洲的骆郁正收拾行李，告知自己的学生她即将启程前往江城，届时请她做好魔鬼训练的准备。

骆郁在电话里开玩笑，说是自己为了她推掉了下半年游学的行程。本来邀功心切的骆郁女士不过一句闲聊话，没承想楼兮遥竟突然提议，说要跟她一起去游学。

骆郁当然想两全其美，但自己那宝贝儿子费尽心机想让这丫头留在江城，如今会肯让自己的大提琴首席离开？

骆郁问道："那你的江交怎么办？"

楼兮遥正在马路牙子上三步两徘徊，突然被一只躺在路边的流浪狗吸引住目光，她试图悄悄地靠近，声音也不自觉地放低了些："江交有骆老师，少我一个无所谓。"

人精似的骆郁一听她这口气，便知这些年轻人肯定是遇到了感情上的挫折，她掂量着口气，探视性地问道："怎么了丫头？是不是我家小子欺负你了？"

楼兮遥伸手摸了一下那只走丢的可怜小狗，谁知它瑟缩了一下，轻轻地叫了一声，楼兮遥这才发现，它的小腿似乎受了伤。

"骆老师很好，好到我迫切地希望自己也能变得更好，成为一个配得上他的人。所以，您能帮我吗？"

骆郁凝眉，心里顿了一下，也不知联想到了什么，竟爽快地答应了她："好，如果你想游学的话就来吧，我在欧洲等你。"

楼兮遥："还有一件事，您能答应我吗？"

"你说。"

"这件事请不要告诉他。"

"……"

由于楼兮遥在半路上捡了一只流浪狗，所以她只能折回市区宠物店，替它清洗包扎之后才回去。

当她抱着那只可怜的白色哈巴狗回家时，意外地在院里看见了一直等着她的骆河洲。

骆河洲正在院里的石桌上研究埙，见楼兮遥抱着一只不知是狗还是猪的小东西进来时，愣住道："你去哪儿了？手里抱着什么东西？"

楼兮遥摸了摸已经躺在自己怀里睡着的小狗，浅笑道："路上捡的小狗。"

骆河洲从小就对小动物不感冒，觉得这些毛茸茸的小东西太嫩太软，害怕自己不小心就碰疼了它们。

这会儿他见这个丑得可爱的小东西躺在楼兮遥怀里，竟然忍不住好奇地多看了几眼。

正在骆河洲试图打开一个新世界的大门时，楼兮遥偷偷沉了一口气，突然对他说道："骆老师，我想离开。"

骆河洲还没有意识到楼兮遥的潜台词。他伸手去摸小狗两只耷拉的大耳朵，头也没抬问道："去哪里？"

楼兮遥："离开江交，离开这儿。"

骆河洲手上的力道突然失控，竟将小狗捏疼得叫了一声，他收回了手，抬头凝眉看着楼兮遥，认真严肃地又问了一遍："去哪里？"

楼兮遥不自觉地去挠了挠小狗的头，试着安抚它，可怜的小狗慢慢安静下来，又进入了睡梦中。她看着骆河洲，回道："不知道，我想去看看这个世界，或者找个好学校正经学习几年。"

楼兮遥笑一下："当初，你和程老不是希望我能去深造学习吗？"

骆河洲被她堵得无话可说，他望着她沉默了半响才问："那江交怎么办？"

楼兮遥笑着说："江交有你，一定可以渡过难关。"

她话音未落，便听到骆河洲急迫地追问："那我怎么办？"

楼兮遥的笑瞬间僵在了脸上，只剩下一点勉力支撑的弧度，她手上继续摸着小狗的头，一下一下地，很有规律。

她低下头，转了个身，语气轻松："骆老师，你以前不是说过吗，聚散离合是人生常事，一切随缘随心就好。"

骆河洲扶着她的手臂让她看着自己，虽然他内心有些急躁和激动，但手上的动作和声音却异常柔和，他放慢语速，一字一句显得十分郑重："也许是我的表达方式有问题，所以让你产生了误解。或者我应该清清楚楚地跟你说明白，我想让你做我的恋人，交往一段时间后，我们会结婚，如果你愿意的话，我们还可以生几个小孩，你教大提琴，我教钢琴，要是他们不喜欢音乐，我们就带他们环游世界，只做一个简单快乐的人。"

骆河洲看着楼兮遥不说话，又道："如果你是介意自己的过去，那大可不必，不说我根本不在乎，就算要计较，那现在的我也不过是个声名狼藉的抄袭者，人生已经有了所谓的污点。是你说的，我们要学会摆脱他人的目光。"

楼兮遥根本无法想象，那个拿着指挥棒站在舞台上如神祇一般的人，会说出这样平凡简单的生活企盼，那个她曾经仰望过追逐过的偶像，竟会用这般自嘲来宽慰自己。她几乎要被骆河洲劝服，被他所描述的一切蛊惑住，拼尽全力才捡起自己破碎的理智，重启语言系统："骆老师，为什么当年你已经获得了世界冠军，还要来这儿跟爷爷学习？为什么你不满足于只做一个钢琴家，还要去挑战指挥领域？为什么当初你不选择留在柏爱，执意要离开？骆老师，你知道吗，我从小就希望能够成为像你这样的人，像你这样永远都在改变和进步，永远都让自己变得更优秀的人。"

楼兮遥看着他："你说过，音乐不能勉强。爱也是，它不能成为束缚一个人的理由。"

骆河洲抓着楼兮遥胳膊的手渐渐无力地滑了下去，他从来都没感觉自己这么失败过，相比表白被拒，他更加羞愧于自己竟用越活越回去的心胸束缚了一个年轻人的梦想追求。

楼兮遥不敢看骆河洲的神情，也不敢再多说一句话，她觉得自己若再多逗留一秒，一定会彻底崩溃。

楼兮遥用了三天时间，才想出来这样一个半真半假的理由来糊弄骆河洲。虽然骆河洲此刻被这个将心比心的理由搪塞得满心愧疚，但等他回过神来的时候，他就会发现楼兮遥完全是在胡扯八道。

楼兮遥趁着骆河洲回神的这段时间，给付团长留了封辞职信，通知了老江，然后将那只可怜的流浪狗托付给了周佳怡。

经历过了糊弄骆河洲这座大佛的巨大心理压力，对付老江和周佳怡对楼兮遥来说简直九牛一毛。

老江还真以为她只是出国学习一段时间，除了反复唠叨注意身体外，也没什么其他花样。周佳怡比老江更精明些，乍一听说楼兮遥要出国，又是在这样的节骨眼上，立刻竖起"她要搞事情"的天线，眯着眼问她前因后果。楼兮遥避开话题，塞了她一鼻子狗毛，说来说去就七个字："好好照顾我的狗。"

周佳怡见她原地变成了撬不开嘴的蚌壳，索性来了个粗暴简单的捣乱，楼兮遥一边整理行李,她在一旁及时打乱,最后惹得楼兮遥生了脾气,丢下衣服红着眼差点哭出来:"周佳怡,你别闹了好不好。"

周佳怡这会儿才从撸狗的不正经里回过神来,认真地看着楼兮遥问道:"亲爱的,你到底出什么事了?"

楼兮遥迟钝的泪腺此刻才有了反应,看着周佳怡一下子就崩溃地哭了,周佳怡放下手里的狗,轻轻抱住楼兮遥,安慰道:"没事,没事。"

楼兮遥这几天已经将这辈子的煽情话都说尽了,不想再对周佳怡说一些矫情的委屈。她哭了几鼻子,很快又收拾好自己的心情,继续整理行李。

周佳怡不敢再捣乱,在一旁小心地问:"你去国外学习多久?什么时候回来?"

楼兮遥摇摇头:"还不知道。"

"那江交的大提琴首席怎么办?"

"我跟卢故商量过了,温婉现在完全有能力胜任。"

周佳怡立刻敏感地听出了话中玄机,问道:"为什么是卢故?骆老师呢?他也同意你走吗?"

楼兮遥手上动作一滞,彻底沉默了下来。

"兮遥,你真的想清楚了吗?"

"没有想清楚,但我只能这么做。"楼兮遥看着周佳怡,终于说了一点儿真心话,"佳怡,我并不是在逃避,而是真正地面对,这是我重新开始的机会,你知道吗?"

周佳怡虽然不明白楼兮遥意指什么,但她清楚,一旦楼兮遥下定决心要做的事,便没有人可以阻止。

也许改变,才能带来生活的转机。

江交的转机却一直迟迟没有到来,而且在楼兮遥走后,江交的气氛伴随着指挥先生的阴霾越发沉重。

其实,失恋的骆指挥除了对大家的训练更加严厉了些,也没有别的反常。乔纳森本来还担心头一次被甩的骆河洲心里承受不了,抛下工作陪了他几天,发现指挥先生能吃能睡,并无情伤,也就揭过此事,重新为江交跑赞助去了。

三个月后,经历过震荡死亡期的江交迎来了第一个转机。

乔纳森这边谈了许久的合作案还没有眉目,那边就有人主动抛来橄榄枝,说要与江交长期合作,赞助他们进行新一季的巡演。

而这个具有卓识远见的投资者，正是与江交有过短暂情缘的远程集团。

刚刚上市便一路股价上涨的远程这回投资文化产业，不是高总一拍桌子公报私仇，而是正正经经打着商业算盘来的，他们看准了骆河洲所带来的影响力和市场，也希望通过有巨大潜力的江交，为更多观众打开古典音乐世界的大门。

与此同时，没事便将自己关在家里写曲的骆河洲完成了自己的《第三交响曲》和第一首大提琴协奏曲。

但不知为何，骆河洲似乎对这首交响曲并不太满意，一直在反复修改。

这日傍晚，骆河洲正坐在沉香木桌旁撑头凝思，神游天外之时，脚下突然被一个毛茸茸的软物蹭了一下，骆河洲吓了一跳，瞬间缩了脚。

那小东西也被这突如其来的动静惊住，往后一溜烟逃了，缩进了钢琴底下。骆河洲刚才没有看清这个天外来客，提着心里的一点儿好奇准备去探究。

他踮着步子来到钢琴旁，弯下腰一侧头，与同样好奇的小东西对了个正眼。

这个又丑又可爱的小东西不就是楼兮遥捡回来的那只流浪狗吗？

骆河洲闲得无聊，索性坐在地上与它比赛干瞪眼，小狗还是第一次见到如此奇怪的人类，有点不敢轻举妄动，也静观其变地与他僵持下来。于是，一人一狗就这样盘腿静坐，来了一场无声的对话。

骆河洲在心里问它："你主人自己一个人偷偷逃走，把你也扔下了？"

小狗一脸呆萌地看着他。

骆河洲换了一个姿势，双手撑在膝盖上，又无声道："你长得这么丑，被扔下也说得过去，可我这样上等长相的也被扔下，是不是有点儿过分了？"

小狗的腿有点儿麻，歪了一下身子，小声地"汪"了一下。

可骆大师完全扭曲了小狗的意思，以为它是在应和自己，于是得意地说出了声音："你也觉得我有道理，对不对？"

来寻找骆河洲的乔纳森正打算离开，听见有人说话，猫着身子走过来，一见骆河洲正坐在地上跟狗聊天，吓了一跳："Augest，你干吗呢？"

骆河洲见有人来，赶紧站起来拍了拍腿，咳了一声，走回书桌旁坐下，敷衍道："没什么。"

乔纳森要是知道骆河洲刚刚在跟一只狗比颜值，估计要笑疯。

没有机会笑疯的乔经纪却很忧愁，他见骆河洲行为怪异，加上这几天被周佳怡吓唬，说骆大师的失恋期是暴风雨前的平静，指不定哪一天就刮出龙卷风，于是更加操心起来："Augest，你要觉得闷，可以出去走一走，要不我帮你定个机票，你去度个假？"

骆河洲撑着脑袋，左手拿着笔修曲谱，并没有搭理乔纳森。

大妈心的乔经纪已然被周佳怡成功洗脑，如今看骆河洲哪哪都觉得他有病，于是极力劝道："对了，忘了告诉你，有公司愿意赞助江交，我上午带着付团已经去跟他们谈了合约，关于明年的巡演问题，你完全可以放心。"

骆河洲还是无动于衷。

乔纳森是真急了，竟病急乱投医，当场不要脸地撒娇起来。他推了推眼镜，摇着骆河洲的手捏着声音道："行不行啊？"

骆河洲出神太彻底，连身上的鸡皮疙瘩都自动隐了身。反倒是跑来找狗的周佳怡在门口打了个结结实实的哆嗦，一副吃惊的表情，抱着自己嘶了一口气："妈呀，今天出门没看黄历，见鬼见鬼。"

乔纳森才真觉得见鬼了，他想，要不是你的好姐妹搞事情，他要出卖色相在这儿收拾烂摊子？

两人忽略了一旁的烂摊子，先像往常一样打了一场嘴仗，最后，乔纳森顾及到周佳怡已经蠢蠢欲动的拳头，能屈能伸地收了战火，讪讪地问一句："你来干吗？"

周佳怡按了一下自己的手关节，也顺势下了这个台阶："找我家公主大人呢。"

乔纳森一脸茫然地看着她。

这时，在一旁观战许久的"公主大人"很有眼力劲地自动小跑出来，跑到周佳怡脚下腼腆地叫了一声。

周佳怡抱起来，现场表演了一回什么叫作原地变声，比刚刚乔纳森强行卖萌时还恶心："哎呀，我的公主啊，你咋跑这儿来啦，乖乖。"

接受了现世报的乔纳森抖了一身鸡皮疙瘩，忍不住吐槽一句："管这个长了一张肉包子脸一样的东西叫公主大人，你不瘆得慌吗？"

周佳怡立刻给了他一眼，跟自己的亲闺女被骂了一样还嘴道："你还肾虚呢。我告诉你，这可是我家兮遥的狗，不叫公主大人叫什么……"

话还没说完，周佳怡才意识到自己说了一个敏感词，立刻与乔纳森心神相通地对了一眼，然后小心翼翼地转头去看旁边跟个透明人一样的骆河洲。

骆河洲透明得很彻底，连耳朵一块离家出走了。

两人正庆幸没有踩到骆河洲的地雷，于是打算偃旗息鼓，来日再战。可偏偏这个时候，周佳怡的手机响了起来，她一手抱着"公主大人"，一手掏开来看，发现又是那个比乔纳森还烦人的麻烦精萧何，她立刻惯性地掐断了。

电话又打来，她又掐了。

乔纳森抱臂瞥了一眼，心知肚明地"哦"了一声："我还说怎么这几天回来都能看到萧大帅哥的背影呢，原来是有人偷偷使劲啊。这萧何一看就是个有胆识的人，竟敢看上你。"

这刚刚才有点结束意思的战火又噌地燃起来，周佳怡气道："我怎么了？看上本姑娘是他有眼光。"

乔纳森的话刚要溜出来，一旁的背景墙竟然出了声："刚刚的手机铃声是什么曲子？"

骆河洲一开始确实是很自觉地屏蔽了这两位病友，也确实是周佳怡那颗"兮遥"地雷把他从天外拉回来的，只是后面突然听到周佳怡的铃声时，他仿佛瞬间被什么东西打通了任督二脉。

周佳怡一脸蒙愣地看着骆河洲，生怕一不小心就踩了狼尾巴，掂量着字句老实回答："就是一个我随便改编的曲子。"

骆河洲凝眉："改编？"

周佳怡点点头："嗯，我和二次元的小伙伴们一起编的，本来是一首中国风的曲子，我加了一点儿古典乐的东西进去，除了长笛，还有古筝。"

骆河洲若有所思地点点头，唔了一声："挺新鲜的。"

周佳怡难得被夸奖，有点儿得意忘形："我也觉得很好，我和兮遥都喜欢中国风，以前经常改编一些曲子。"

旁边的乔纳森连袖子都来不及扯，一个头两个大地看着周佳怡犯蠢。周佳怡也意识到了嘴快，恨不得当场抽自己一嘴巴。

骆河洲也不知道在想什么，连"兮遥"地雷都没有成功炸醒他的神思，他凝眉深思了一会儿，突然站起来，扔下一狗两人三双眼睛看着自己，然后走了。

接连三天，骆河洲将自己关在楼承的书房里，不眠不休地捧着那把残旧的古琴，修改完了自己的《第三交响曲》。

由于受到周佳怡的启发，他在这首交响曲中加入了古琴元素，形式上有点儿古琴协奏曲的意思。弦乐团和古琴相辅相成，在黄沙漫漫的沙漠中，弦乐和声是一支庞大恢宏的军队，而古琴独奏是一个以一敌百的孤勇战士，最后结束的时候，古琴和长笛互相迎合，颇有一点儿"不知何处吹芦苇，一夜征人尽望乡"的意味。

骆河洲写完最后一个音符标注时，天已经黑透了，他起身有点猛，还未彻底伸直双腿又差点儿跌坐了下去，腿上这会儿才传来一阵阵酸麻。

骆河洲扶着自己的腿缓缓坐下，手往圆桌上撑了一下，这时却意外地碰到了那本《约翰·克利斯朵夫》，只见厚重的书跌落下来，那张老旧的书签从里面滑了出来。

今夜没有月光，也没有星子，外面全然漆黑一片。屋里竖着一盏昏黄的落地灯，映着楼承的字迹苍劲有力。

骆河洲弯腰捡起来，拿着那枚书签看了一遍又一遍，他轻轻念着——逆境而行，做暗夜掌灯之人；有容乃大，传永世不灭星火。

星火？

失神了好一会儿，骆河洲突然转头望向身边那把破旧的古琴，伸出手来拨弄了几个音，刚刚那首交响曲的旋律后遗症似的又在自己的脑海里回旋反复。

有容乃大，传永世不灭星火。

楼承仿佛就在眼前，用柔和的眼神望着骆河洲，轻轻地向他道："小子，你明白了吗？"

骆河洲看着手里的书签，顿时轻笑了一下，他像是看见了自己从未找到的另一种精神世界。

由于三天没有梳洗，骆河洲脸上胡子拉碴的，要让乔纳森看见他此时的模样，估计会立刻拖着他去医院做治疗。

可看上去不太正常的骆河洲更像是一个找到了武功秘籍的剑客，他心里涌上一种豁然开朗、柳暗花明的舒畅感。一直以来，他都以为楼承是要做掌灯之人，没承想，老头野心这么大，真正想做的竟然是传承星火。

骆河洲笑了一下，心底一片澄明净彻。

这段时间，江交成员们一直都在用行动默默支持骆河洲。在舆论和现实的压力下，除了楼兮遥，没有一个人提出要离开。陆征和温婉还在网络上自发组织了一支反击分队，有空便上网发帖反击那些可恶的黑子们。

虽然开始的时候大家还护短似的无条件相信骆河洲，但后来在骆指挥不辩解的默认态度下，也有不少人产生了怀疑和动摇，他们甚至在私下里嘀咕过几句，说骆河洲毕竟不是完人，犯错在所难免。

虽然这话说得客气又婉转，甚至还有维护他的意思，但听了这话的温婉特别不舒坦，竟然与人吵了起来。

竖琴手穆筝冲动之下口不择言，说道："骆老师在电视上都承认了，你还在这儿狡辩什么？而且连楼兮遥都选择离开，这意味着什么不是很明显吗？"

提到楼兮遥离开的事，温婉更觉得心塞烦闷，敏感的她甚至一度认为，是自己曾经的错误行为才让师姐离开的。

温婉被这话急得哭出声来，指着穆筝只会嚷一句"胡说八道"。

准备过来排练的周佳怡一见这场面，立刻护犊子似的揽过温婉，一边劝慰她，一边帮她出气。她看着穆筝，指责道："骆老师承认什么了，他说过抄袭吗？你们别在这儿跟那群无知网虫一样乱造谣，用脑子想想问题好不好。还有，楼兮遥离开是为什么，我都不知道你知道啊？"

跟穆筝同时间进乐团的林飞见自己的好友受欺负，立刻站出来："我们没脑子，哼，是你们没长眼睛吧。"

向来不掺和凡尘俗事的萧何一听周佳怡被骂，立刻冷冷地送上了一句刻薄话："她有没有脑子我不知道，不过我觉得你的嘴巴肯定长得不太好，不然怎么不会说人话。"

萧大和尚非但一如既往不会劝架，这搓火的功夫倒是罕见一流。加上骆河洲的忠实粉丝陆征在一旁添柴加火，于是成功逼出了一场风暴。

林飞和穆筝说他们倚老卖老、仗势欺人，陆征和周佳怡说他们白眼狼、低智商，而萧何只是为了给周佳怡出口气，并没有兴趣加入到战火中，抱臂一旁任由两方吵起来。

此时，最后进来的卢故和孟如一见到这个场面，吓得双双目瞪口呆，孟如听了几句，立刻了然于胸，以经验之谈总结了一句："肯定是为骆老师的事吵起来的，也对，乌云盘旋了这么久，该下暴雨了。"

卢故则是皱着眉，望着这群不省心的家伙，气道："都干吗呢？还嫌不够乱是不是？"

冰山首席一向没有好脸色，这会儿言辞犀利，更是将大家吓住了，所有人停止了七嘴八舌，纷纷低下头听着卢故发火。

半响也没等来首席的下一句怒火，于是大家都不敢轻举妄动。卢故看了所有人一眼，然后跟没事人一样走上去，拿出自己的小提琴坐在位置上。

他一边调弦，一边轻描淡写道："与其在这里无谓地争吵，不如多花点时间来练习，不相信指挥的可以走，留下来的话就不要有任何怀疑。"

卢故从来都不是什么说教的首席，此时这样几句掷地有声的话，让所有人都不由一怔，大家纷纷低着头，默默地走回自己的位置。

卢故："今天练习马勒的第一交响曲，大家先把曲谱熟悉一遍。"

这些天大家日日排练，可没有人知道排练是为了什么，终于有人憋不住了，小声抱怨了一句："现在巡演结束了，没必要每天练习吧。"

卢故头也没抬，轻声道："等机会来的时候，你就会后悔自己说的这句话。"

果然，卢故口中的机会很快就到了。

乔纳森去找高远谈合约，本来已经达成了愉快的协定，但一向喜欢出尔反尔的高远临时变卦，说是要先给江交举行一场演奏会，若是它能一如既往地迎来良好的市场反响，那他便答应签约。

乔纳森把这个消息告诉骆河洲的时候，骆大师正在跟古琴专家姚景晟见面，姚大师看了骆河洲的《第三交响曲》，对他的创作连连称赞，并答应为他完善古琴曲谱部分，以及加入江交演奏这首特殊的交响曲。

两人在会客厅里聊得十分投机，姚景晟告诉骆河洲，说西方古典乐在国内之所以生存艰难，就是因为没有创新性地迎合国人口味。若是有一天能将两者融合起来，不仅可以传播西方古典乐，还能发扬我们自己的民族古典音乐。

两人后又聊起东西方的音乐发展历程，一老一少几乎要成忘年之交。

要不是乔纳森突然进来打扰，估计两人可以聊一天一夜。

乔纳森走进来，十分忧心地将高远提出来的要求告诉骆河洲。骆河洲却并没有露出什么担忧神色，反倒是和姚景晟对视了一眼，两人相视一笑。

姚景晟笑道："正好，正好。"

乔纳森看着两人打哑谜，一时有点儿摸不着头脑。

Chapter 19

> 人生总有一段艰难的路要自己走，
> 昂头走过去了，
> 就会发现自己远比想象中要强大。

高远要求的试演，安排在了三个月之后的S市。

三个月来，骆河洲除了对江交进行惯常的训练，还特地将重心放在了那首《第三交响曲》的排练上。

起初，大家对于骆河洲这样一个夹杂着古琴的弦乐曲感到十分震惊，可经过第一次与姚大师的合奏，所有人心里那点儿怀疑竟荡然无存，全然换作了深深的震撼。

禅意幽远的古琴声似乎将大家心底民族根脉的东西勾了出来，交融、抵抗、配合、衬托，交响乐团几乎走出了一种固有的模式，融入了一点儿东方音乐的神秘色彩。虽然骆河洲还没有对他们分析过整首乐曲，但他们似乎已然明白了音符中深藏的情感与秘密。

姚大师用那双苍老有力的双手在古琴上抹挑勾剔，一波一波的旋律直击人心，而这种震颤人心的力量又在无形之中传达到了乐手们的手里，不知不觉间使每个人的乐器之音显得有所不同。

骆河洲只是指挥了一遍，便发现了那些细小甚微的变化，虽然整体来说存在不少瑕疵，但他仍旧忍不住舒心一笑。

他知道，江交的风格已经露出了小荷尖尖角。

姚景晟也对江交的演奏赞誉有加，他连连称赞完骆河洲，又好脾气地将成员们数着人头夸了一遍。好好先生姚大师立刻得到了所有人的好评，大家都说他亲切和蔼、平易近人。

可好人缘的姚大师事务繁忙，抽出一个礼拜来排练已属难得，不可能日日待在江交。面对大家不舍的眼神，他笑眯眯道："我难得找到这么合拍的乐团，大家不必担心合奏的部分,而且这首曲子是你们骆指挥创作的,有什么问题他一定能帮助大家解决。"

听了最后这句话,人群中立刻有人沉下面色,心里暗暗提上一口气。

林飞和穆筝还默契地对视一眼,无声地诉说了彼此的担忧。

果然,在第二天的排练过程中,大家便遇到了阻碍,特别是双簧管组的林飞,失误频频,与之前的表现大相径庭。

骆河洲被迫中止排练,扫过包括林飞在内的个别心不在焉的成员,皱眉问道:"姚老师一走,你们的状态也跟着走了?怎么回事?"

卢故也听出了问题,作为首席,他主动揽责:"第二主题是我没有做好衔接,才导致双簧管的拍子进入失误。"

孟如一听,忍不住为卢故辩白道:"恐怕不是我们首席技术不精,而是某些人心有疑惑吧。"

孟如还意味深长地瞥了一眼林飞等人,直接揭穿了他们的心思:"莫不是听说这首曲子是骆老师写的,所以怀疑他……"

虽然孟如把"抄袭"两个字咽了回去,但此时大家已经不言而喻、心知肚明。

而指挥台上,早已经将此事抛诸九霄云外的骆河洲这会儿才醒过神来,他扫了大家一眼,发现林飞等人早已在孟如的挖苦下埋低了头。

骆河洲将指挥棒放下,走到钢琴旁站着,大家所想象的愤怒、辩解都没有到来,他只是轻声道:"你们仔细听好了。"

然后,骆河洲弹奏起《第三交响曲》的整首钢琴独奏版。

虽然没有弦乐和古琴配合起来时的那种气势恢宏,但骆河洲的钢琴版本更加深刻细腻,每一个音符都在表达着它存在的意义和哲理,他双手间时而狂风骤起,时而风静云止,仿佛一双手同时弹奏了无数种乐器,变化出了无数种声音,可不管技巧繁复还是音符简单,骆河洲都能准确地表达出它们与生俱来的情感,仿佛它们存在就是应该这样。

音乐结束后,骆河洲看着大家,又道:"接下来是另一首,听好了。"

骆河洲弹起那首风波之作《c小调第一钢琴协奏曲》,弹完之后,他看向大家,问道:"听出什么了吗?"

所有人一脸茫然,摇头沉默。

骆河洲笑了一下,又抬起双手弹起了那首《暮色》,整首曲子几乎都是舒缓悠扬的节奏,他用这种"古藤老树昏鸦"的方式演奏完,连自己都忍不住会心一笑。

他再一次看向大家:"这回听到了什么?"

没有人知道骆河洲的深意,也不明白他想要说些什么。而骆河洲望着一个个眉头紧锁、雾水深重的面庞,忽然想起了楼兮遥,他想,她要是在这儿的话,一定明白。

骆河洲叹了一声,站起来说道:"音乐是不会骗人的,如果你们不相信我,那就相信音乐。"

从小信奉"爱谁谁,管他呢"的骆大师,这会儿却费尽心思地跟大家做出一番委婉的辩解,虽然他的辩解中仍旧带着一点儿本性难移的脾气,却是真切地希望他们能从音乐里找到答案。

可就连他自己都被蒙蔽了这么多年,何况这些涉世未深的小家伙们呢。

即便是孟如和萧何那等人精似的物种,也不会全然明白,骆老师其实是在告诉他们,这些曲子的风格一脉相承,说是骆河洲的或者楼承的都不重要,重要的是音乐本身。

骆河洲看着一脸茫然的大家,摆摆手:"你们现在不懂没关系,总有一天会明白的。接着排练吧。"

骆河洲淡淡道:"之前排练失误怎么受罚都还记得吧?接下来有失误的话自己站出来。"

也许是骆河洲的惩罚威胁起了作用,又或者是大家从他那几首钢琴曲里懵懵懂懂地领悟了一点什么,反正之后的排练顺利多了,甚至比姚大师在的时候进度还快。

忽而入冬,不知不觉距离那场风波已过去小半年,沉寂许久的江交带着他们的《第三交响乐》,准备再次回归大众视野。

这一回,乔纳森在高远的资金支持下,对江交的公演毫无压力地大肆宣传,再加上那一场半真半假的官司,江交迅速引起了大众的关注。

虽然仍然有很多人诟病骆河洲和江交,但也有不少眼明心亮的群众表示,以骆河洲的实力,他根本不屑去抄袭,反倒是罗多尼,这几年的音乐生命力越发衰竭,并没有创作出什么好作品,而且骆河洲从来没有正面承认过他抄袭,这件事必有不为人知的内情。

乐迷们经过这半年的冷静,也慢慢找回了理智的判断力。虽然两边的粉丝仍有分歧和争执,但相对于当初对罗多尼一边倒的情况,江交的劣势已经明显小了。

骆河洲倒是没怎么在乎外面的流言蜚语,相比这些无聊的谈资,他更在意江交人的团结与信任。

这段时间的排练中,他有意无意地给大家灌输一些音乐理念,慢慢地调节着新旧老成员的心理隔阂,虽然相比楼承,他的确不算是一个得心应手的施教者,但相比他以前独我的脾气,这回在江交的教导上,确实是用了心。

排练了三个月,江交终于迎来了他们期待已久的公演。

骆河洲带着江交来到S市的那天,S市正好迎来了今年的第一场雪,所有人的心情似乎都随着这晶莹的雪花而明亮了起来。南方下雪是个稀罕事,连裹着大衣冻得眼皮都不想睁开的乔纳森都忍不住摇开窗户,惊喜地看着这一场不期而至的自然美景。

下了车,缩在大羽绒服里面的周佳怡立刻跑到温婉身边,把两只手插进她的口袋里取暖。温婉本来沉浸在伸手接雪花的梦幻里,突然感觉身后多了一个人,忙往后看一眼,见是周佳怡,又转头瞥见不远处萧何的愁苦目光,于是顿时明了。

她笑道:"还在躲着他呀?"

周佳怡为了躲避向她证明自己人傻钱多的萧大和尚,早已经练就了一副乾坤大挪移的绝世功夫,这样的奇怪行径多了,自然也被人看出了猫腻,于是,乐团里除了林蔓这样的天真孩子,其他人早已发现了痴情种萧何正在乐此不疲地吃着闭门羹。

周佳怡不理温婉,如今楼兮遥这个师姐不在,她自然拿起了长辈架子,一本正经道:"小丫头别整天想些无聊八卦,现在你是乐团的大提琴首席,肩负着你师姐的重托,要好好努力知道吗?"

温婉听到周佳怡提起楼兮遥,忍不住伤春悲秋:"也不知道师姐现在在哪儿?"

周佳怡也很气恼,想着自己跟楼兮遥这样好的交情,可那家伙竟然都不给她个信,完全音讯全无,于是气道:"你那没出息的师姐肯定在哪逍遥自在地浪呢,我们就别瞎操心了。温婉你好好争气,将来让她回来瞧瞧我们江交的厉害,后悔死她。"

温婉知道周佳怡嘴硬心软,实则是跟自己一样担心楼兮遥,于是重重地点点头,权当如此安慰自己。

提起楼兮遥，周佳怡又忍不住瞥了一眼前方台阶上和姚景晟一起并排聊天的骆河洲，心道这骆大师也是，这半年倒是半分不急，似乎少了个楼兮遥就真跟只是走了一个大提琴手一样，他半句不提。就算周佳怡偶尔在骆河洲面前故意炸出"楼兮遥"三个字来，他也权当没听见。

周佳怡摇摇头，不想思考这些想不通的事，于是拉着温婉打趣她："上回你爸妈来乐团看你，还托我给你介绍对象呢，怎么样，乐团里有看对眼的吗？有喜欢的跟姐说。"

温婉白她一眼："你要是无聊，还不如好好想想怎么面对萧何哥哥。我说呀，这萧何哥哥挺好的，你不是喜欢颜值高的吗，他就不错呀。"

周佳怡被她这一句一句的"萧何哥哥"惹出了一身鸡皮疙瘩，刚想吐槽她几句，便听到身后有人笑道："对呀，人家瞧得上你这男人婆，你应该烧高香了。"

周佳怡回头一看，果然是那个吐不出象牙的孟如。

孟如看着周佳怡一脸龇牙咧嘴，赶紧道："话糙理不糙，我可是为了你好。"

周佳怡不领情地重重谢了一句，顺便威胁道："孟大小姐，你可别气我，小心我把手里的视频群发给大家。"

孟如被周佳怡那段视频威胁了好几个月，刚开始还有点儿羞怯地被她拿捏，后来次数多了，也就豁出去，厚脸皮地说随便，反正她做得出爱得起，正好昭告天下卢故是个名花有主的人。

这回她也是如此，笑道："你要发出去呢，我还谢谢你了，正好替我警告那些每天垂涎卢故的小妹妹，不过我可是真心提醒你，前几天我瞧见有个漂亮姑娘开着一辆玛莎拉蒂来剧院找萧何，要是萧大帅哥被别的姑娘先下手为强了，到时候你可别躲着哭。"

周佳怡当场爆了粗话："哭你个屁。"

两人又掐着斗了几句嘴，急得一旁的温婉左右为难，劝架劝出了一身汗……

江交还是江交，一切似乎并没有因为谁的离开而改变。

江交在S市的公演，简直像是一阵小宇宙爆发。经过这半年的沉淀，江交的水平又比上次巡演时提高了不少，所有经典的曲子演奏得游刃有余，控制力方面做得比以前成熟多了。

不过最令大家惊艳的，还是最后一首《第三交响曲》。当古琴被搬上舞台的时候，观众席上罕见地发出了一阵小小的议论和惊讶声。而在听过整首曲子后，这些所谓的惊叹和质疑，全然变成了久久无法平息的震撼。

就像是成员们第一次演奏这首曲子时被触动的那样，所有观众的心情几乎无以言表，只能用一阵一阵的掌声和一句一句的"Bravo"赞叹着这一首曲子。

演出结束后，评论家欧蒙坐在观众席上久久不愿离开。他少见地沉默下来，然后偷偷背着助理抹了眼泪。

助理不敢打扰他，直到见他站起来时才怯怯地开口，问道："您怎么了？"

欧蒙不说，只道："把明天最好的版面留给我。"

后台，骆河洲告别了姚大师之后，把脖子上的领结扯开，将自己扔在沙发上，撑开手脚半躺着。指挥了这么多年，他第一次冒出这样一种心绪久久无法平静的感受。音乐的余震仿佛还停留在自己的身体里，既有一种酣畅淋漓的充盈感，又有一种怅然若失的惆怅感。

相比骆河洲这边的复杂心情，那边的休息室里已经欢呼一团，闹着开了香槟庆祝。而热闹的人群中，林飞和穆筝却悄悄地退了出来，敲开了隔壁骆河洲的门。

骆河洲正闭眼听着旁边的哄闹，见林飞他们进来，于是端正起坐姿，问道："有事吗？"

林飞和穆筝怯怯地低着头，支支吾吾了半天才小声道："骆老师，对不起。"

骆河洲诧异凝眉，只听见林飞抬起头接着说："以前我们怀疑过您，但现在，我们打心眼里无条件地信任您，您的音乐真的特别棒，我们很庆幸能遇到您这样的指挥。"

骆河洲半晌没说话，吓得林飞和穆筝站在那里手足无措，忽听到："口渴了，谁去给我倒杯水。"

穆筝反应快一些，立刻跑去给骆大师倒了一杯温水，双手奉上。骆河洲接过来喝了一大口，看出来是真渴了。

"好了，水也喝了。如果你们是道歉，我接受了；如果是表白，那我可没时间回应你们这些小粉丝。"

林飞和穆筝还没反应过来骆大师的厚脸皮，突然被人从身后拍了一下肩膀，只见乔纳森他们已经走了过来。

本来大家是过来请骆河洲一起去庆祝，可冷不丁地听见骆大师在这儿玩自恋，众人全都偷偷笑起来。

乔纳森看着林飞和穆筝，笑道："咳，两位小粉丝，如果有什么情书呀、花呀，都交给我。我这些年为你们骆老师处理过不少这些事，有经验着呢。"

众人的八卦脸果然呼之欲出。

林飞和穆筝这会儿已经明白了骆河洲的意思，两人讪讪地笑了一下。林飞走到周佳怡和温婉面前，又道："上回吵架的事情，我道歉，姐姐们别跟我计较。"

在林飞的感召下，那些曾经闹过事的都纷纷跑来求和解，恭敬有礼地给前辈们道歉。周佳怡倒是不好意思起来，爽朗笑道："大家都是兄弟姐妹，没关系的。"

在喜悦的气氛下，江交人热血澎湃、称兄道弟起来，屋内弥漫着青春荷尔蒙的激情气息。

陆征趁着气氛好，羞答答地宣布了一个喜讯，说是请大家下周来参加自己的婚礼，所有人都欢呼起来，纷纷祝贺新郎官。

而躲在一旁的骆河洲撑头看着大家，在热闹中忽又想起楼兮遥，嘴角的弧度渐渐淡下去。

人群中的乔纳森正起哄得厉害，突然被手机的震动打断，他一见是骆郁的视频，立马接起来。

那头的骆郁正在荷兰的一间咖啡厅，阳光明媚，时光静好。她听见乔纳森这边热闹的声音，笑道："演出完了这么开心？"

乔纳森刚把演出的现场视频传给她，骆郁看完最后一首《第三交响曲》之后，立刻迫不及待地给骆河洲打来电话，奈何自己儿子常年不带手机，于是只能烦扰乔经纪。

乔纳森眉开眼笑："是啊，演出很成功，而且我们乐团里有一个小伙子刚宣布结婚，大家正高兴呢。"说着，乔经纪立刻举着手机坐在骆河洲身边，对骆郁道："您跟 Augest 说吧。"

乔纳森将手机硬塞到骆河洲手里，神情恹恹的骆河洲勉强打起精神来才问道："您最近怎么样？游学还顺利吗？"

骆河洲也是通过父亲的抱怨才知道，骆郁女士一声招呼不打就跑去游学了，这半年来也玩得不亦乐乎，几乎忘了自家先生还在独守空闺。

面对骆河洲的问候,心里有鬼的骆郁女士敷衍了几句:"很好很好。"

骆郁女士这回连先生都不顾,更别提这个跟捡来似的儿子了,骆河洲见骆郁主动给自己打电话,奇怪道:"有事找我?"

"我看了你的演奏会视频,很不错,比你在柏爱的时候还要好。"

骆郁破天荒地将儿子夸奖了一通,听得骆河洲差点儿睡着,本来已经眯了一半的眼,可画面那边突然传来一句熟悉的声音,震得骆河洲身体里的瞌睡虫全跑了。

骆河洲猛然正起身子,凝眉看着视频,只见一个身影从里面的角落闪过,待他要仔细分辨时,画面突然被切断了。

骆郁女士几乎手脚并用地直接关了机,慌得差点没当场把手机砸了。

楼兮遥见她慌张无措,坐下来问道:"您怎么了?"

骆郁心疼地去看自己的手机,心直口快道:"跟Augest视频呢,你突然出现,吓得我赶紧关了。"

楼兮遥脸色一下子暗下来,低声道:"不好意思,害得您因为我遮遮掩掩。"

骆郁向来一诺千金,既然答应了楼兮遥,那她就算是冒着将来被儿子怨念的风险,也要守住这份承诺。更何况,经过这段时间的相处,她越发喜欢这个丫头。

她肯吃苦,从不埋怨,悟性又高,一点就通,每回带她去参加一些私人的宴会交流学习,她都能拿出惊艳的水准得到众人的赞誉,而且言谈之间,两人几乎对音乐的理念不谋而合,骆郁甚至从她身上领悟了不少东西。

骆郁把她当作知己,忍不住多了一句嘴:"丫头,也不是我爱打听,你跟Augest是不是出什么事了?上次我见你们郎情妾意的,非常有戏啊。"

楼兮遥与骆郁相处久了,知道她性情直爽,像个大孩子一样十分单纯,甚至颇有点儿当年爷爷的风骨脾性,听她这么问,又想笑又愁苦,最后只是苦笑着摇摇头:"是我的问题。"

骆郁见她如此,于是拐着弯打听:"你刚刚去寄东西了?是什么?"

"嗯,是我的演出视频。"

楼兮遥每次演奏都会让人给她拍视频录下来,之后会按时寄到一个相同的地方。骆郁忍不住好奇,挑眉问道:"寄给谁呀?难道是Augest?"

楼兮遥摇摇头:"是我哥哥。我曾经做过一件伤害他的事,我希望他能原谅我。如果不行,我也希望我的音乐能给他带来一点儿快乐。"

骆郁见这丫头确实有难言之隐，也不便继续追问，于是揭过这茬，认真道："游学计划也快结束了，我能教你的这点儿东西也都差不多了，接下来你有什么打算？"

楼兮遥没有什么具体的计划，但这回出来，她确实学到了很多，也见识到了很多，而且这么走下来，日子并没有刚开始想象的那样难熬，反倒是那些曾经令人困惑迷茫的人与事越发清明起来，她感觉自己越来越自信，内心也在经历蜕变。

所以，她很庆幸当初那个决定，毕竟人生总有一段艰难的路要自己去走，昂头走过去了，就会发现自己远比想象中要强大。

楼兮遥打定主意要继续游学，此时突然心生一念，问道："上回您说骆老师十六岁的时候也在欧洲游过学，他的路线行程您知道吗？"

骆郁一怔，半晌才笑着点点头。

陆征的婚礼办在户外，那日天空明媚，是个冬日暖阳的好天气。

忠实粉丝陆征本意邀请偶像骆河洲当自己的证婚人，可骆大师以不善言辞婉拒，再加上乔纳森在一旁有意无意地偷偷提醒，说是凭骆河洲这毒舌本事，别到时候给他整出什么尴尬来，陆征想到骆大师过往的金句，也就没再强求。

婚礼现场十分热闹，除了双方亲属，来的大部分还是乐团这帮朝夕相处的同事朋友，卢故、贺鹏、林飞等伴郎十分不厚道，一大早就在女方家里出卖了兄弟一把，害得陆征做尽丢脸事。

由于卢故今日去给陆征当伴郎，孟如在一边闲得无聊，于是端起香槟跑来找周佳怡磨嘴皮子。难得今日没被萧何堵截的周佳怡此时正乐得自在，无奈孟大小姐非要过来给她添堵。

孟如笑道："咦，今天怎么不见萧何？他还没来吗？"

周佳怡吃着点心，不想理她："问我干吗，我怎么知道。"

孟如逗趣她，故意皱眉："哦，我想起来了，昨天晚上我好像看到有人来剧院接萧何，似乎还是那个玛莎拉蒂美女。"孟如抬手看了看表："这个点都还没来，莫非……"

孟如很邪恶地笑起来。

周佳怡白了她一眼，无声地骂了她一句神经。此时正好瞥见萧何，他身边还挽着一个风姿绰约的美女，竟然连正眼都不瞧她，直接带着美女往骆河洲那处去了。

周佳怡看着萧何神情愉悦，亲昵着跟那女人说话，眼睛里瞬间火冒金星。

一旁的孟如看在眼里，摸着手指甲笑她活该。

好不容易等到萧何独处，周佳怡几乎分秒不差地走过去，一直被躲的萧何这会儿看到周佳怡近在眼前，拿着酒杯静止了一般。

周佳怡靠在高脚桌旁，眼睛望向别处，装作漫不经心地嘲笑道："哟，萧大和尚竟然也偷下凡尘，沉迷美色了？"

周佳怡瞥一眼还在跟骆河洲聊天的美女，笑道："不过您这品位可不怎么样，也跳跃太大了吧。"

萧何这会儿大概明白了周佳怡是闹哪出，装作不解道："跳跃？从哪儿跃到哪儿？"

周佳怡心直口快："当然是从惊世骇俗的仙女范儿跳跃到那个俗不可耐的脂粉堆啊。"

萧何差点儿一口香槟喷了出来，笑得眉目开朗，就差背过气去。

周佳怡见他笑话自己，忍不住心中气恼，但又不好意思明目张胆地说他朝三暮四，于是装作一副好心劝诫的样子："我跟你说，做人最重要的是专一。你说你一个大男人，如果一件小事都不能坚持，今天见这个喜欢，明天见那个上心，到头来找不到好姑娘的，当然，我不是说我啊，你喜欢谁可跟我没关系，我只是作为同事，关心关心你而已。"说着，还十分兄弟范儿地拍了一下萧何的肩膀。

萧何忍俊不禁，好不容易缓过气来，才开口说出真相："你口中那个俗不可耐的脂粉女人是我亲姐。她是骆老师的粉丝，我带她来见见自己偶像而已。"

周佳怡的表情像是吃了一百只苍蝇。

萧何看着耍宝的周佳怡，这段时间被她煎熬出来的愁苦一下子烟消云散了，眼睛里仿佛有整片星光。

他笑道："你不信可以问问别人，乐团里都知道的。"

周佳怡瞬间就把目光射向了不远处看热闹的孟如，果然，这邪恶的女人正举杯冲自己笑，一副坏样。

周佳怡转头强行结束话题："是骆老师的粉丝了不起啊，我也是，我全家都是。"然后气冲冲地走了。

萧何看着周佳怡，心道，看来对付这丫头有新对策了。

另一边，萧何姐姐跟骆河洲聊了一会儿，也不好意思太过打扰人家，互相留了一个联系方式后，她便去找萧何了。

骆河洲怔怔地看着萧何姐姐的名片发愣，乔纳森见状走了过去，问道："Augest，你怎么了？"

骆河洲轻轻地摇摇头，自言自语道："我在想，若我和她也是这样简简单单地相遇，不知这段故事会是怎样。"

自从楼兮遥走后，乔纳森还是第一次听骆河洲谈起她，于是忍不住提议道："要不要我打听一下她去了哪儿？"

骆河洲把名片塞给乔纳森，喝了口香槟，摇摇头："不用，总有一天她会回来。"

乔纳森还想继续这个话题，奈何骆大师已经没有了倾诉欲望，转言道："对了，接下来我要办一场钢琴独奏会，你帮我准备一下。"

乔纳森简直听到了火星人要袭击地球，惊讶道："Augest，我没听错吧，你是说你要办钢琴独奏会？当初我劝了你这么久你都不肯，这次怎么会……"

骆河洲不想跟他瞎唠叨，又道："对了，帮我在微博上找一个女孩，到时候给她送两张票过去。"

乔纳森不解："微博，什么微博？"

骆河洲凝眉想了想："……好像叫什么'等待弹琴的骆河洲'。"

骆河洲要举办独奏会的消息一经传开，立刻引来了巨大的关注，门票开放的第一天便票务紧张，害得不少铁杆粉丝们挤破脑袋。

当初那个在微博上扬言要等骆河洲开独奏会才肯嫁的女孩也是其中之一，虽然她被磨人的男朋友缠到已经结婚生子，但仍旧阻止不了她要去见骆河洲的决心。

本来已经使出了生孩子的劲儿来抢票，可无奈骆河洲的铁杆钢琴迷们都个个英勇，抢票手段花样百出，于是她不幸失落而归。

就在自己吃不下睡不着的时刻，她突然被好运砸中，也不知道是不是哪天积善行德，竟然有人匿名给自己寄了两张票，还是位置最好的一排。

女孩带着丈夫去看了那场期待已久的独奏会，结束后激动地哭了。乔纳森将这一幕告诉后台的骆河洲之后，骆河洲签了一张早年的钢琴合集CD，让乔纳森转手送给她。

女孩打开CD，只见上面除了骆河洲的签名，还有一句祝福的话——

愿所有等待终不被辜负。

尾声

两年后。

剧院门口的桃树又迎来了新的春天,在艳阳下开得灼灼其华。只可惜,桃花依旧笑春风,人面却不知何处去。

江交这两年来几乎有了质的飞跃,成员们不仅在技艺上有了提高,在对音乐的理念以及江交的认知方面也有了新的理解,当然,也有不少人通过自己的努力,在自己的音乐梦想道路上跨出了新的步伐。

比如温婉。

温婉一直想去国外读书学习,成为一个优秀的大提琴独奏家,所以这些年来她通过一些比赛和考试,终于成功被柯蒂斯音乐学院录取。

对于温婉的另一种追求,没有人试图阻止,反倒是积极地鼓励她勇敢追梦,至于她所担心的乐团,骆河洲早就有了新的考量。

时隔三年,骆河洲准备新一轮的乐团招新,因此,江交的大提琴首席正虚位以待。

招新那日,骆河洲正好还接受了江城音乐学院的演讲邀请,于是他准备结束后再去招新现场。

堇山,春日早晨的阳光洒满了整片落地窗,骆河洲穿着一身合衬的西装,正思考着要不要系一根领带,在衣橱旁看了一会儿,忽然想起了楼承。

当年,楼承也是被邀请去江城音乐学院演讲,他系着一根大扎眼的红色领带在自己跟前显摆的事仿如昨日。

若是根据骆河洲以往的臭脾气,肯定不愿随着老头那般没品位,可这回也不知道是吃错了什么,竟挑了一根红色的领带给自己系上。虽然款式比楼承当年那条精致许多,但同样扎眼的颜色,一点儿也不像骆河洲的风格。

当然,坐在座位上期待许久的学生们可不像当年骆河洲吐槽楼承那样,他们全都把精力集中在了骆河洲的讲述中,还有那张好看的脸上。

骆河洲很懒,全篇演讲中几乎有三分之一和楼承当年那篇差不多,剩下的三分之二他记不太清了,不然他准会通篇照搬上来。

就连这结束语,几乎都是一模一样。

骆河洲整了整领带,说道:"同学们,你们将来或许会走上职业音乐家的道路,也或许会进入其他行业而把音乐当作闲暇时的一种消遣,如果是后一种,希望你们可以继续借由音乐获得精神的提升,也能在经历人生的艰难困苦时,在音乐中获得慰藉。如果是前一种,那请你们要做好独行无依的准备,因为这会是一条荆棘满布、前路茫茫的道路,不过不要害怕,音乐永远在你们身边,你们正在从事着人类最伟大的职业。有人告诉我,他觉得人生中有三样东西最闪耀,一样是头顶的星空,一样是心中的善良,还有一样就是我们手里的音乐。"

骆河洲这抄袭版的煽情演讲没有酸掉观众的牙齿,反而激发了在座学生们的热血激情。他们使劲地鼓掌,给了骆老师人生中的第一个演讲"Bravo"。骆河洲看着这一张张青春热情的面庞,心想:老头,看来我比你受欢迎多了。

而在这群稚嫩的面庞中,有一个清雅的女子却偷偷扬起了嘴角。

等到提问环节时,学生们一个个抢着举手,有人问骆河洲:"听说江交有二十二字团训——逆境而行,做暗夜掌灯之人;有容乃大,传永世不灭星火。请问这是您本人提出来的吗?"

骆河洲举着话筒老实回答:"不是,这是我们江交创始人之一、楼承老先生的精神遗训。如今,我们每一个江交人都把它当作一种使命。"

最后一个提问机会时,有个女孩怯生生地举手,问了一个十分玄妙的问题:"骆大师,请问对您来说,音乐是什么?"

骆河洲这辈子最哲思煽情的话都放在刚刚的演讲中了,他愣了一下,还真没想过这个问题,于是机智地反问大家:"你们认为音乐是什么?"

有人抢答道:"是由节奏、旋律或和声的人声或乐器音响等配合所构成的一种艺术。"

有人科普物理知识似的说:"是有组织的物体规则振动发出的声音。"

某个好学生怯怯地说:"是人的思想感情和现实生活的一种表达方式。"

也有人说:"音乐是一种特别的语言,它可以传递情感和力量。"

最后,一个看上去不像本校学生的女孩举起手来,在众人的注视下,她缓缓站起来,眉目明媚,眼有星光,她望着已然怔愣在台上的骆河洲,弯起嘴角轻声道:

"音乐是一束光，赐生命以意义。"

一个月后，江交招新后的第一次公演在江城盛大举行。骆河洲将演奏他三年前创作的一首大提琴协奏曲，而主奏者，正是江交的新任大提琴首席——楼兮遥。

后台，骆河洲牵着楼兮遥的手，温柔问她："紧张吗？"

楼兮遥笑着点点头，如第一次上台与他一起演奏那般："有点儿。"

骆河洲安慰道："你如今技艺了得，恐怕再过上几年，名声成就都可盖过我，没有必要觉得紧张。"

楼兮遥笑了一下："若是等到那一天，让我嫁给你好吗？"

骆河洲猝不及防地被人求了婚，有点儿激动和意外。虽然楼兮遥这次回来明朗自信许多，但像现在这样勇敢地跳过表白直接求婚，实在是让骆河洲措手不及。

幸好骆大师反应快，镇定地笑道："没必要等到那时，待会你表现精彩，我便答应了你。"

楼兮遥看着骆河洲强装镇定的表情，忍不住想笑，但顾及老师的面子，硬是忍了，配合道："好，我一定好好表现。"

两人携手走上台，并肩站在舞台上，迎接整齐而响亮的掌声。台下仍旧给楼承和程老空了两个位置，而在他们身后，出现了一个意外的观众——高远。

楼兮遥想起一个多月前，她在马赛演出结束后，竟意外收到了一个漂亮的花束。不仅如此，高远还亲自到后台给了她一个祝贺的拥抱。那时楼兮遥哭了整整两个小时，而高远还在一旁笑话她，于是，两人便在这一哭一笑中达成了亲人的和解。

楼兮遥与高远相视一笑，然后转身望着乐团里的每一个人，卢故、孟如、周佳怡、萧何、陆征、贺鹏、林蔓，还有远走追梦的温婉，那一张张哭过、笑过、闹过、吵过、奔跑过、迷茫过的青春面容一闪而过，全都变成了如今舞台上这般自信从容的模样。

楼兮遥向大家一躬身，然后提着裙摆坐在舞台右侧的座椅上，望着骆河洲轻轻一点头。

人生几多艰难困苦，但楼兮遥一直在为梦想而不懈努力，如今，她终于可以堂堂正正地、毫不羞愧地与他并肩，成为最好的自己。

# 后记

山高岁月远，遥遥河洲兮

我有一个独特的习惯。

每次提笔写长篇之前，需要在脑海里为它构建一个主题意象，像画家画一幅画，又像诗人为它提一句诗。第一本书是"南有乔木，不可休思"，第二本书是"日落桑梓地，何时拟归舟"，而这一本《弦上的星光》，是"山高岁月远，遥遥河洲兮"。

每每念及这意象大于意义的两句话，我的脑海中便会浮现出一幅景象，仿佛看到了一个白衣飘飘的远古诗人，手提一壶酒、一支箫，伴着旷渺的音律踏歌而来，像是那个大笑出门去的楚狂人，又像是弹着广陵散的嵇康。

这也许就是我对东方古典音乐最初的一个不具名印象吧。

在我的理解中，东方古典乐像水墨画，讲究的是意境；西方古典乐像建筑，讲究的是结构。不管是旷渺神秘的东方艺术，还是恢宏壮丽的西方文明，都是上帝遗落在人间的瑰宝，只要你像探索星辰大海一样寻觅它、触碰它、享受它，就会发现一个五彩斑斓的新世界。

我爱音乐。它几乎与文字一样成为了我生活中如衣食住行一般的存在。文字或许还会存在它的虚伪性和迷惑性，可音乐，却是"众生皆平等"的。就像我书里写的那样：每个人都会有迷茫和迷失的时候——那些高高在上的，像骆河洲；那些受过苦的，像楼兮遥；那些曾经备受歧视的，像贺鹏；那些平凡普通的，像温婉和林蔓……但不管是谁，在音乐的世界里，他们都是平等的，也都是熠熠生辉的。

在我心里，音乐除了平等性，还有着慈悲性。傅雷曾在家书中提到：莫扎特的音乐有着抚慰人心的力量。其实，音乐本身即存在抚慰人心的力量。在这本书中，我将女主角楼兮遥设定为一个身世复杂、经历曲折的人物，甚至为了艺术化她的艰难困苦，特地给她添加了一段狗血的"霸道总裁"式悲剧情节，我希望通过楼兮遥的改变，诠释音乐抚慰人心的道理，当然不仅仅是受过苦的大提琴手楼兮遥，还有从神坛迷雾中走下凡间的指挥骆河洲、因贫困而不堪生活重担的首席卢故、经历过大灾难而依旧热爱这个世界的长笛手周佳怡……他们都是被音乐宠爱的孩子，在音乐的抚慰中找到了对抗并与世界和谐相处的力量。

而我们每一个人都需要这种力量。

近来大家都爱用"人间不值得"调侃世事,但亲笔作者却一再解释他的本意是"人间不值得,开心点"。人间确实不值得不开心,但人间不开心的事永远会猝不及防地出现。苦难,是每一个人无法逃脱并在漫长一生中常态化的存在,而《弦上的星光》这本书,除音乐外还进行了另一命题的探讨——艰难困苦,玉汝于成。

《弦上的星光》中的主角们面临着生活的压力、疾病的折磨、灾难的降临,这也几乎是我们凡人或多或少要承受的真实生活。我曾经也在生活灾难的剧痛面前苦不堪言,在信仰崩塌的惨痛面前支离破碎,但最终仍是撑着一身骨气和勇气走了过去。书中说:不如意事常八九,可与人言无二三。也许生活永远都是这样,如人饮水,冷暖自知。只有我们自己最清楚,苦难本身有多残忍,承受苦难的人有多脆弱。即便如此,我还是坚信:蹚过苦难才能看到清风明月,而苦难过后仍旧心怀善念,才能成为温润如玉一般的人。

我非常喜欢这本书的名字——《弦上的星光》。江交的精神领袖在演讲中提到了我爱的一句阐释,他说:"这个世界上有三样东西最闪耀,头顶的星空,心中的善良,还有我们手里的音乐。"志同道合者一定也看过日剧《交响情人梦》,里面有一段是讲野田在教堂里弹莫扎特,她的钢琴上出现了一串一串动画星星,被影视化具象出来的音乐魅力,原来就是闪耀的星光。

写书五载,我不算一个勤奋高产的作者,但庆幸每次所写的题材都是我热爱且有所感触的。《南有乔木》写的是英雄主义式的梦想,《何时拟归舟》写的是回不去的乡愁,而《弦上的星光》,写的是人间美梦。我同样庆幸,自己在写作这条道路上没有停止努力和突破,并每次都是有所进步的,我的老读者们肯定会在这本《弦上的星光》中看到一个不一样的我,那些熟悉又陌生的语言表达和写作方式,代表着我在这条路上越来越清晰开阔的视角和永远探索新鲜并追求成长的脚步。也许我所有的作品都会在时光中成为"黑历史"(至少在我心里会这样),但《弦上的星光》绝不会,即使它存在瑕疵和不完美,也永远会是我心中的朱砂痣。

山河、湖海、星辰、大地,造物主赐予世界的美好如此之富裕,何其有幸,那些热爱音乐的人,他们歆享了人间最美的一块宝藏。我希望读者能够从接触这本书开始,打开兴趣去探索那个璀璨斑斓的浩瀚世界,到时候,你会发现,那里有星辰和大海。

图书在版编目（CIP）数据

弦上的星光 / 顾浅意著. -- 北京：中国致公出版社，2020
ISBN 978-7-5145-1094-2

Ⅰ．①弦… Ⅱ．①顾… Ⅲ．①言情小说－中国－当代 Ⅳ．① I247.5

中国版本图书馆 CIP 数据核字（2018）第 282428 号

本书由顾浅意委托湖北知音动漫有限公司正式授权中国致公出版社，在中国大陆地区独家出版中文简体版本，未经书面同意，不得以任何形式转载和使用。

弦上的星光 / 顾浅意 著

出　　　版	中国致公出版社	
	（北京市朝阳区八里庄西里 100 号住邦 2000 大厦 1 号楼西区 21 层）	
出　　　品	湖北知音动漫有限公司（武汉市东湖路 179 号）	
发　　　行	中国致公出版社（010-66121708）	
作品企划	知音动漫图书·少女心诊所	
出 品 人	王应鲲	
总 策 划	陈婧	
责任编辑	秦璟	
特约编辑	江枫　谢玉笛	
装帧设计	刘妍秋	
印　　　刷	武汉市轩辕印务有限公司	
版　　　次	2020 年 9 月第 1 版	
印　　　次	2020 年 9 月第 1 次印刷	
开　　　本	640mm×960mm　1 / 32	
印　　　张	8.5	
字　　　数	271 千字	
书　　　号	ISBN 978-7-5145-1094-2	
定　　　价	45.80 元	

（版权所有，盗版必究，举报电话：027-68887933。）

（如发现印装质量问题，请寄本公司调换，电话：027-68890818。）